Péter Esterházy

ESTI

Aus dem Ungarischen von
Heike Flemming

Hanser Berlin

Der Verlag dankt der »Stiftung Ungarisches Buch«, Budapest,
für die freundlich gewährte Übersetzungsförderung.

HUNGARIAN BOOKS
AND TRANSLATIONS
OFFICE

Die Arbeit der Übersetzerin wurde vom
Deutschen Übersetzerfonds gefördert.

Die ungarische Originalausgabe erschien 2010
unter dem Titel *Esti* bei Magvető, Budapest.

1 2 3 4 5 17 16 15 14 13

ISBN 978-3-446-24145-9

Satz: Greiner & Reichel, Köln
Druck und Bindung: CPI – Ebner & Spiegel, Ulm
Printed in Germany

FSC
www.fsc.org
MIX
Papier aus verantwortungsvollen Quellen
FSC® C006701

SIEBENUNDSIEBZIG GESCHICHTEN

I

ESTI WIRD VORGESTELLT

Der einzige Held dieses Buches

Auf der dunklen Straße ging ein junger Mann mit hochgeklapptem Kragen.« Das bin ich, in Anführungsstrichen, ich bin meine Reisebeschreibung, mein romanhafter Lebenslauf (in dem ich auch Rechenschaft darüber gebe, wie oft der Held in seinen Träumen gestorben ist), ich bleibe Fragment. Novellenkranz. Keiner schreibt, was er ist, sondern was er gern wäre. Nichtsdestotrotz wäre es gut, noch eine Zeitlang zu leben.

Verschreiber

Es ist nicht unsere Absicht, irgendwem (Verschreiber: Esti) zu schmeicheln, Kornél Esti wiederholte, es ist nicht unsere Absicht, irgendwem zu schmeicheln, und begann, mit seiner Feder wie mit einem Taktstock weit ausholend, zu dirigieren, einen guten kleinen Strauß-Walzer. Wäre ihm wirklich eine Welt (Verschreiber: ein Leben) lieb, in dem Bartók lockere Walzer schreiben könnte und wollte? Oder ist das nur sein seichteres Ich? Oh, heilige Narren-Leere und so weiter.

Die Stimme des Herzens

Kornél Esti, darin ähnelte er Haydn, haderte nicht mit seinem Schicksal, zwar hatte er die nötige Selbstachtung, doch kümmerte es ihn nicht, ob die Welt gerecht war. Sein Graf war gerecht genug, falls sich diese Frage bei einem Grafen überhaupt stellt. Insbesondere wenn wir noch das siebzehnte Jahrhundert hinzunehmen, und jetzt nehmen wir es hinzu. Estis Selbstachtung, und darin unterschied er sich von Haydn, speiste sich nicht aus seinen schätzenswerten Fähigkeiten, sondern, sozusagen, ganz im Gegenteil. Esti zeichnete sich durch nichts aus, er war nicht dumm und nicht klug, er war nicht schön, aber auch nicht hässlich. Nur ein Beispiel: In seinem Nacken wuchs immer wieder ein Furunkel, man hätte es nur ungern angefasst, sein Gesicht jedoch strahlte trotz der Pubertät so rein wie – zum Beispiel – ein Bergsee.

Ein Talent hatte die göttliche Gnade ihm nicht zuteilwerden lassen. Doch – selten! – spürte er sein Leben. Mit dem Vertrauen der Hoffnung auf ein ruhiges Leben begann er seine Tage, die einfache Arbeit in der Arbeitsküche. Dieses Leben hätte einen eigenen Glanz, Ehre; nicht so sehr Größe, Erhabenheit, aber doch Gerechtigkeit. Die Heiterkeit der Selbstachtung wurzelte also allein darin, dass Kornél Esti Kornél Esti war.

Dass er lebte und ein Mensch war.

In der Küche ließ man ihn nicht die niedrigsten Arbeiten verrichten, aber beinahe, der Weg zum Küchenjungen schien noch weit. Er kehrte gerade Zwiebelschalen zusammen, als Köchin Katus aufgeregt aus der Prunkküche hereinstürmte und fragte, wo ihr Károly sei (Namen von der Redaktion geändert). Der italienische Küchenmeister, die subalternen Köche, Fleischkoch, Beilagenkoch und Nudelkoch, die Küchenbediensteten aller Coleur beruhigten sie gleichsam im

Chor, sie solle sich keine Sorgen machen, zum einen seien weder Türken- noch Malariagefahr aktuell, zum anderen sei die schützende Gnade des Herrn immer aktuell; sie sprachen voll guter Absichten und mit mangelnder Aufrichtigkeit, blickten sich zuweilen an, ob es schon genug war.

Esti schweigt eine Weile, mit den Zwiebelschalen ist er fertig, er lehnt den Besen gegen die Wand, tritt langsam wie in einem Theaterstück auf die Köchin zu. Stille. Er atmet tief ein – gar nicht die Luft, eher die Köchin: Ihr Schwitzen erregt ihn nur in dem Maße, wie sein Alter, die siebzehn Jahre, es vorschreibt, so sehr aber doch. Nichts Persönliches, keine mildernde Bewegung, nur Worte, gleichmütig: Ihr Károly liegt tot im oberungarischen Januar, im Mund eine kernige, rote Rose. Die noch größere Stille zerschneidet das immer wieder hervorbrechende Schniefen der Köchin. Ich habe gespürt, dass dieser Hund mich betrügt.

Esti tritt zum Herd, Herr Meister, sagt er plötzlich zu dem Küchenmeister, bisher war es ihm unmöglich, das Wort an ihn zu richten, Maestro, prego, mit diesen Worten kostet er das Krebsragout, prego, Maestro, stoßen Sie einen Gran Eschenpfeffer hinein, wir täten damit Gutes. Der Welsche kostet, schließt die Augen, öffnet sie, blickt Esti an, nickt, geniale.

Vorbei war es mit der ruhigen Zukunft.

Von da an entfernte er sich in seinem Leben nie wieder mehr als zwei Meter von den Töpfen. Von seinen Töpfen. Viele Jahre später hörte er, als er wie gewohnt dem Puffen der Töpfe lauschte, auch in sein Herz hinein. Ob es … ob die Stimme des Herzens noch die alte war. Es beschwerte sich nicht, war nicht betrübt, auf, auf, zum Abendmahl kommen Ritter des verfeinerten Geschmacks zum Grafen. Das war schon ein anderer Graf, doch er hieß wie sein Vorgänger, so konnte man es sich leicht merken, auch den Namen der Hunde, immer Klió, über Generationen hinweg.

Mottokollektion

Und das Ende der Welt ist der Anfang der Welt. Das wollte ich dir sagen. (Kosztolányi)

*

Diese Geschichte ist nicht mir widerfahren, doch nur in der ersten Person kann ich darüber reden. (Zsuzsa Takács)

*

Keiner schreibt, was er ist, sondern was er gern wäre. (Kosztolányi)

*

Und unserem Gesicht haben wir, so wenig ungarisch das auch sein mag, das Lächeln angewöhnt. (Pál Závada)

*

In diesem Land gibt es nichts, nur Missverständnisse. (Sándor Márai)

*

Alles, was es hier gibt, gehört uns, von Miklós Bethlen bis zu den Spritzgießmaschinen, von Péter Bornemisza bis zu den Fledermäusen im Treppenhaus, vom heiligen Stephan bis zu unseren konfusen, schwülstigen faulen Lügen. (Der ausgestopfte Schwan)

*

Ach, mein Gott, woher hat er nur diese Ohren? (Tolstoi, zitiert von Endre Kukorelly)

*

Ob das Leben einen Sinn hat oder nicht, ist eine komplizierte Frage. Ich kann darauf keine Antwort geben. Ich würde gern, wenn ich könnte, doch ich kann darüber nur lachen. (Péter Nádas)

*

G o t t i s t s c h ö n.* (mehrere)

*

»Kommen Leben, hauen drauf.« (István Domonkos)

*

Es wäre gut, noch eine Zeitlang zu leben. (Kosztolányi)

*

Gegen Kälte warmes Schloss. (István Géher)

*

In dem, was du machst, sei nichts als Originalität, Zärtlichkeit und Liebe. (Salinger, zitiert von Joyce Maynard)

*

Eines will ich mir aber ausbedingen. Dass du es mir nicht zu irgendeiner läppischen Geschichte zusammenkleisterst. Es soll alles so bleiben, wie es eines Dichters würdig ist: Fragment. (Kosztolányi)

*

Die Füße Christi berührt zu haben ist keine Entschuldigung für eine fehlerhafte Interpunktion. (Pessoa, zitiert von Tamás Halmai)

*

* Gesperrte Textpassage steht für Deutsch im Original.

»Was ist das doch für ein widerliches Metier.« – »Schreibe, und hab dich nicht so.« (Kosztolányi, Danilo Kiš)

*

Je mehr ich nachdenke, desto mehr denke ich nach. (Paul Valéry)

*

Was ist die Liebe ohne Liebe wert? (István Bálint: *Bekenntnisse eines verantwortungslosen Mannes*)

*

Da es nicht unsere Absicht ist, irgendwem zu schmeicheln, wollen wir auch nicht verschweigen, dass Madame de Rênal, die eine wundervolle Haut hatte, sich Kleider anfertigen ließ, bei denen Arme und Brust reichlich unbedeckt blieben. (Stendhal)

*

Außer Hunden sind Bücher die besten Freunde des Menschen. In Hunden dagegen ist es zum Lesen zu dunkel. (Groucho Marx, zitiert von Zsófia Iványi)

*

Was war mein Problem zur Zeit Alexanders des Großen? (...) Überhaupt keins. (Kosztolányi)

*

Ich bin Jake Horner, gewissermaßen. (John Barth)

*

Nichts tat so weh, wie es geschrieben zu sehen. (Mátyás Varga)

Esti wird vorgestellt

Esti ist die schwermütige Dämmerung, das lila Abendrot, die glückliche Stunde, Esti ist das untertauchende Sonnenlicht, Esti ist das luftig leichte und leise Gespräch, ist Weintrinken mit Freunden und einsames Gebet, Esti ist ein Name, der zwar schon besetzt ist, der aber neckisch von sich behauptet, er sei leer, zu füllen, noch (immer noch!) unbestimmt, er sagt: Sei das Unendliche. Nennt mich Kornél Esti.

Doch wenn er aus der machtlosen Intimität der ungarischen Sprache heraustrat und sich vorstellte, mit einem kurzen Nicken, weil er bescheiden war und selbstbewusst, d a r f i c h m i c h v o r s t e l l e n, Kornél Esti, oder manchmal herumalbernd: Cornelius Esti, dann bedeutete es nichts, an Estis Stelle war nichts, nicht einmal ein schwarzes Loch. Schließlich war auch dieses »nicht einmal« Kornél Estis schönes Leben, das auf das Unendliche vertröstende Nichts, das mit dem Nichts drohende Unendliche.

Die Struktur der Veränderung

Die Hälfte meines Lebens war schon vorbei, als mir an einem windigen Frühlingstag Kornél Esti in den Sinn kam, kam es Kornél Esti in den Sinn (schrieb ich an einem windigen Frühlingstag).

Porträt des Künstlers als junger Mann

Knie

Kornél Esti saß auf den Knien seines Vaters. Sein Vater hatte kalte Knie und einen warmen Nacken, das war die schlechte und gute Seite des Alten. Gewiss ist es deine brennende Sehnsucht, dass ich dir erkläre, wie die Welt ist. Sein Vater meinte das im Scherz, doch das machte die Lage nicht besser. Die Lage war, dass Esti verkündete, er wolle nicht lernen, sondern die Welt entdecken. Ich verstehe, mein Sohn. Nun, aber die Dinge stehen so, dass wir gleich ganz am Anfang aus dem Paradies gestoßen und vertrieben wurden, so folgte dann das »Im Schweiße unseres Angesichts«-Projekt. Das heißt, man muss arbeiten. Das heißt – doch da war Esti nicht mehr aufmerksam, er lauerte darauf, sich an das Gute, den Nacken seines Vaters schmiegen zu können. Ich pfeife auf das vorgekaute Wissen der Menschheit, sollte er seinem Vater später einmal entgegenschleudern. (Da saß er auf niemandes Knien mehr.) Ich verstehe, mein Sohn, antwortete sein Vater so leise, als hätte er mit Sicherheit recht.

Wort

Esti wechselte fünf Jahre lang kein Wort mit seinem Vater. Das war sein größtes Vatererlebnis, er hütete es auch, bewahrte es sein ganzes Leben. – Ich habe es so satt, nicht recht zu haben, Esti seufzte im vollen, unumstößlichen und traurigen Wissen, recht zu haben.

Auf einen Baum

Schon als kleines Kind konnte er heftig weinen; ernst, ohne Tränen wie ein Mann, und mit dem tiefen Entsetzen der Selbstverständlichkeit, mit der als Platzregen fallenden Tränenflut wie ein kleines Mädchen. Keiner wagte es je, ihn zu verspotten, er hörte kein »Memme« oder »Heulsuse«, eher starrten sie ihn ängstlich an oder wandten sich angewidert ab. Als sagten sie: Das Nest seines Lebens beschmutzt man nicht. Oder: Glaub ja nicht, dass nur dein Leben besonders ist, auch wir hatten Träume, das Leben ist halt so, das Leben ist die Dichtung des Wahrgewordenen, nicht die der Träume. Mit diesen Worten wandten sie sich ab oder blinzelten ängstlich.

Esti wusste von alldem nichts. Er umarmte seinen Vater, dessen Knie, weil diese auf gleicher Höhe waren. Was ist los, mein Junge?, fragte sein Vater so lieb, wie ein Vater nur kann. Es ist schwer, es ist so schwer, Vater, sagte Esti in das Knie hinein. Was soll ich darauf antworten, dachte sein Vater, aber so leise, dass keiner, nicht einmal er selbst es hörte. Versteh doch, ich möchte nichts weiter, Esti schniefte, ich möchte im Leben nichts weiter als auf einen Baum klettern. Als er dies ausgesprochen hatte, war er auch schon alt.

Fuß

Mich interessieren nicht die Bücher, sondern die Dinge, bockig stampfte Kindergartenkind Kornél Esti mit dem Fuß auf, als man ihm schon zum dritten Mal das Chamäleon Kunterbunt andrehen wollte.

Knabbern

Sein Vater schnauzte ihn an, beleidigt rannte er in sein Zimmer. Dort saß Esti im braunen Halbdunkel mit der ganzen – nun, was eigentlich? – seiner elf Jahre. Am ehesten noch Verwirrung, das heißt greise

Resignation und Gekränktheit und Lustlosigkeit und ... und nichts. Sein Vater trat ins Zimmer, sagte nichts, streichelte dem auf dem Fußboden sitzenden Esti den Kopf, schon gut, murmelte er, du bist ein guter Hund. Er bewegte geringfügig den Zeigefinger. Entsprechend ihrem alten Spiel schnappte Esti sofort nach dem Finger, guter Hund, friss, flüsterte sein Vater, in der Stimme Verzweiflung. Esti biss von der Seite sanft auf den großen, starken väterlichen Finger und begann glücklich, bellend an ihm zu knabbern.

Oh

Das schlechte Beispiel: Er war soundso alt, ist aber auch egal, jedenfalls gewöhnte er sich an zu trinken. Ich habe es satt, diszipliniert zu sein, seit Jahren reiße ich mich verbissen zusammen. Zwanglosigkeit, ich möchte ein bisschen Zwanglosigkeit. Das sagte er zu seinem besorgten Vater, der besorgt war. Du kennst nicht die Kraft, Wildheit, Heimtücke, Unberechenbarkeit und das Verführungspotential des Alkohols. Bei dem Wort Verführungspotential hätte Esti am liebsten sofort einen hinter die Binde gekippt. Er bedauerte seinen Vater, ein wenig. Oh, mein Vater, sei nicht besorgt. Ich bin Herr der Lage. Ich kotze auch nur selten, höchstens einmal die Woche. Und vergessen wir nicht (oh, mein Vater), dass es mein Leben ist. Das ist jetzt mein Leben.

Dennoch, wenn er spät in der Nacht nach Hause kam, schlich er wie in den Filmen auf Zehenspitzen in sein Zimmer, um seinen Vater nicht zu wecken (und natürlich auch nicht seine Mutter, nur kommt die jetzt in dem Film nicht vor). Sein Vater schlief friedlich wie ein Kind. Sein Schnaufen umfing Esti. Was kann man mit einem Vater anfangen, der immer – fast immer – glücklich ist?, murmelte Esti missmutig. In der Woche hatte er noch nicht gekotzt.

Positiver KISZ-Bericht

Alle deine Tanten haben schon um 1900 geraucht. Dein Onkel hat in Maßen, aber ausdauernd getrunken, nulla dies sine Gläschen, und maßlos gelesen. Kornél Esti zündet sich eine Zigarette an, gießt sich einen ein, blättert, seine gemeinnützige Arbeit ist befriedigend.

Tausch

Romanplan. Harmonia-Variante. – Ich sage die Wahrheit. Die Wahrheit ist, dass Kornél Esti im Krankenhaus vertauscht wurde. Die Aufmerksamkeit der Schwestern war von Extraarbeit, wurzelnd in der akuten Unberechenbarkeit der Räterepublik, in Beschlag genommen, und neben dieser unverzeihlichen beruflichen Nachlässigkeit (Lebensschludrigkeit) kam auch die Heimtücke eines unglücklichen sprachlichen Zufalls ins Spiel: Estis Name, Esti, ähnelte dem Namen einer großen ungarischen Aristokratenfamilie. Um zu beweisen, dass dies prinzipiell nicht unmöglich ist, reicht es, auf die italienischen Herzöge d'Este zu verweisen.

So geschah es, dass der aus voller Kehle brüllende Esti sich nach kurzer Zeit inmitten einer gräflichen (oder fürstlichen, keine Ahnung, ist aber auch nicht von Interesse) Familie wiederfand. Der kleine Fürst (dann also Fürst) kam nach Szabadka oder schon Subotica?, auch das muss alles ordentlich ausgearbeitet werden, Arbeit zieht Arbeit nach sich.

Bei der ersten sich bietenden Gelegenheit fiel Esti über mich her. Pass auf, verfickt, das wird nicht gehen. Was kleisterst du hier zusammen? Was zum Teufel mache ich unter so vielen Graffs?

Fürsten, mein Kornél, Fürsten, seien wir ein bisschen aufmerksam.

Graf, Fürst, scheißegal, ich habe dazu keine Lust.

Dieser Ton und diese Plumpheit eignen weder dir noch mir. Das möchte ich hier festhalten. Und nebenbei möchte ich bemerken, niemand wird gefragt, wohinein er geboren werden will. Und du hättest auch schlechter abschneiden können, du bist der Erstgeborene in einer First-Class-Hochadelsfamilie, halb Ungarn gehört dir …

Wird gehören, nur wird, das muss man noch abwarten. Und höchstens ein Viertel.

Großartig, ich sehe, du hast dich informiert.

*

Stell dir vor, Alter, mein Vater hat Horthy aufgesucht.

Da müssen die Probleme schon groß gewesen sein. Ich denke, sie schlugen sich mit dem Absprung herum.

Stell dir vor, Alter (beziehungsweise verdammt), als sie allein waren, öffnete der Reichsverweser, anstatt meinem Vater wie üblich einen Whiskey anzubieten, plötzlich seinen …

Ich will es nicht hören.

Willst du nicht die Vergangenheit kennenlernen? Die gemeinsame Vergangenheit? Ohne die es weder Gegenwart noch Zukunft gibt? Ich fahre fort. Diese Vorbereitungen treffend, bat er meinen Vater um das Schrecklichste, um das ein Mann einen Mann bitten kann.

Der Reichsverweser ein Mitglied des Kronrats?

Nein, zuerst ein Mitglied des Kronrats den Reichsverweser.

Esti! Das ist eine Schande! So kannst du nicht reden! Denk daran, das Schicksal, die Dignität eines Landes …

Nun, das ist es ja! Daran hat unterdessen auch mein Vater gedacht. Er hat das Ganze schlucken müssen – sozusagen. Aber war das nicht immer so?! Unser einsames Vaterland darf nicht länger dahinsiechen! Mit den Türken, den Habsburgern, den Russen, immer ist es dasselbe, zuerst konkludentes Verhalten, dann bittender Befehl, befehlsartige Schleimerei, schleimender Zwang, zwingendes Betteln, bettelnde Anweisung, dann das Schlucken, das Schlucken der Kröte, der ewige Verlierer der ungarischen Geschichte … Übrigens hat meinen Vater Horthys Habitus angenehm überrascht, nicht dass er im Vorhinein Erwartungen bezüglich Horthys Habitus gehabt hätte. Mich würde es überraschen, wenn mein Vater vorher an Horthys Habitus gedacht hätte … Die Aristokraten fühlten im Zusammenhang mit dem Reichsverweser fast genauso wie der Plebs. Jedenfalls, wenn du dir die geheimen Protokolle des Kronrats anschaust, aus ihnen kann nicht auf diesen aufopferungsvollen Zwischenfall geschlossen werden.

Der Plan des kleinen Romans wurde verworfen (vorübergehend, provisorisch, einstweilen, hihi).

Appendix: »Was war mein Problem zur Zeit Alexanders des Großen?«, brüllte Esti außer sich. »Was für ein Problem, verflucht nochmal, hatte ich zur Zeit Ludwigs des XIV. und zur Zeit der Pharaonen und zur Zeit Karls V. und Leopolds II.? Überhaupt keins, es gab überhaupt nichts, was mir fehlte. Im Jahr 2000 wird mir wieder nichts fehlen, und auch 3000 nicht und 5000 nicht, und danach wird mir auch nie irgendetwas fehlen. Nur jetzt«, brüllte er, »nur hier.«

Von innen

Nicht einmal wegzerren konnte man den kleinen Esti von der Orgel der Dorfkirche. Meistens spielte er Bach. Kornéllein! Kornéllein. Esti spielte weiter. Kornéllein, kommen Sie auf der Stelle, Ihr gütiger Herr Vater hat ausgelitten! Esti spielte weiter. Seitdem hört er die Töne anders. Und wenn er nicht gestorben ist, dann spielt er noch heute. (Er ist noch nicht gestorben, obwohl seine acht Jahre jüngere Schwägerin letzte Woche von uns gegangen ist, von innen verfaulet, so hat es geheißen.)

Appendix: *Don Giovanni*-Ouvertüre mit dem langsamen Furtwängler: ideal zum Packen oder Supperühren. Doch schon zum verschnörkelteren Zwiebelschneiden nur Bach! Das Wohltemperierte Klavier!

Pläne

Zur Zeit des Burenkrieges, doch es hätte *leicht* auch zu anderer Zeit geschehen können, beschloss Esti, sich von nun an regelmäßig mit seinem Vater (seinem Sohn) zu treffen, nicht zu sog. Vater-Sohn-Gesprächen, nicht um die immer saurere Einsamkeit des alten Herrn zu zerstreuen (nicht um dem Sohn die sowieso bloß für die eigene Person gültigen Weisheiten der Erfahrung einzutrichtern), sondern nur so, einfach, um *physisch* in seiner Nähe zu sein. Spazieren. Ihm zuzwinkern. Seine Schulter berühren. Seinen Nacken. Ihn umarmen, nach Hause gehen, weinen.

Erfindung

Zu derselben Zeit geschah es, dass Esti das Doppelweinen erfand. Als er darauf kam, freute er sich dermaßen, dass er wochenlang außerstande war zu heulen, auch wenn die neue Methode zur Hand war. Die im Wesentlichen darin besteht, den Kopf seitlich auf das Kissen zu legen, so dass man sinnvoll von einem unteren und einem oberen Auge sprechen kann, und die Idee ist nun, eigentlich die Gravitation, dass die Träne aus dem oberen Auge in das untere fließt. Die konkrete Realisierung erfordert ein wenig individuelles Geschick, denn es reicht nicht, den Kopf auf das Kissen zu legen, man muss ihn auch leicht nach vorn hängen lassen, damit die Träne über den Nasensattel fließt.

Damit verging nach dem Tod seines Sohnes Estis Leben.

Onkel

Dieses viele Heulen, diese Heulerei ging ihm – Esti – schon auf die Eier. (In welchem Augenblick und worüber auch immer, beim Anblick eines ausgedienten Streichholzhalters oder eines müden Gesichts war er imstande, in Tränen auszubrechen.) Na, und da konnte er zu Onkel Ede gehen, dem Hautarzt der Familie.

Grabstein

Kornél Esti, das zeigt sich in jeder seiner Zeilen, war zugleich Vater und Sohn, und dann starb er. Der Tod ist nirgends zu sehen, ausschließlich auf dem Gesicht der Baroness. Ach ja, und auf dem Grabstein, das hätte ich fast vergessen.

Aus Kornél Estis Liedern

Treffen

Zur Zeit des Burenkrieges
oder wann auch immer
beschloss er
beschloss er nun
ab der darauffolgenden Woche
sich regelmäßig
mit seinem Vater mit seinem Sohn
zu treffen
Nur so
Physisch
Physisch in der Nähe sein
mal des Vaters mal des Sohnes
Spazieren
Seine Schulter berühren
Seinen Nacken
Ihn umarmen
Nach Hause gehen
Weinen

Ouvertürenkollektion

Die Ersten

Kornél Esti, das werden die ersten beiden Wörter, dachte Kornél Esti und schrieb, Kornél Esti.

Ein bisschen

Am 9. Februar 2004 schrieb ich wichtigtuerisch: 16:06. Nennt mich Kornél Esti. – Das ist zwar wie gewonnen, so zerronnen, aber zumindest haben wir einen Namen, einen Namen zwar, der bereits besetzt ist, der aber verlockend von sich behauptet, er sei leer, zu füllen, (noch!) unbestimmt – deshalb bittet er, fülle mich, bestimme mich, sage, wer ich bin. Irgendwie kann man immer ein bisschen dafür, heißt es bei Camus, irgendwie ist man immer ein bisschen fiktiv, behauptet Kornél Esti mit dem ganzen Gewicht seiner Existenz.

Trester

Kornél Esti hatte seinem neuen Romanhelden den Namen Kornél Esti gegeben und erhoffte sich davon die Abschaffung des Autobiographischen. Darüber haben wir viel gelacht. Esti und die Hoffnung sterben zuletzt. Meines Erinnerns haben wir damals meistens Trester getrunken, der Trester war in Mode gekommen. Wartet erst das Ende ab, sprach Esti mit dem vollen Ernst, der ironischen Würde (dem ganzen Gewicht) des Sprechens und schloss sich uns sowohl beim Lachen als auch beim Trinken an.

Ich bin Kornél Esti, gewissermaßen.

Das Knabbern

Vater, Anschnauzen, beleidigtes Wegrennen, Vater, Streicheln, schon gut, guter Hund, Zeigefinger, guter Hund, friss, Knabbern an dem väterlichen Zeigefinger. Das ist Estis Leben, dieses Knabbern.

II

RAUSCH IN DER FRÜHE

Der unendliche Paradiesapfel

Eines Sommerendes kam Esti aus Italien nach Hause, im Kopf die summende Melodie der Kilometer, im Herzen die Erinnerung an sonnenbeschienene Märkte, lärmende Straßenkinder, Tizians, der süß stinkende Geruch von Muscheln. Ich habe das Paradies gesehen, mit diesen Worten fiel er über uns her, glaubt es mir, Ungläubige, er, selbst ein Ungläubiger, zwinkerte uns zu.

Wir kannten seine Meerestheorie, das Meer macht ein Land besser, befreit es von den eigenen Fesseln, die Menschen heben den Kopf, in Ländern am Meer liegt der Horizont einfach höher, gehen Frauen und Männer stolzer, ohne eingebildet zu sein, sie kennen keinen Neid (dabei kennt ihn jeder), in Ländern am Meer wird das Unendliche sichtbar, selbst die Werktage verunendlichen sich, selbst die nichtssagenden Dienstage bekommen ein wenig Feierlichkeit, deshalb können die Hiesigen, wenn sie nicht auf der Hut sind, leicht an Größenwahn leiden, sie sind nicht selbstherrlich, doch sie genießen das selbstherrlich.

Wir riefen im Chor: Du hast das Meer gesehen!

Nein, meine Freunde, das Paradies ist nicht so groß wie das Meer, es ist kleiner, bedeutend kleiner. Ich habe die Küste gesehen und an der Küste eine Trauerweide und unter der Weide eine Familie.

Oh, die Familie, wir johlten, das Heiligtum Familie, die kleinste Zelle der Gesellschaft, ach, die Basis der Regierungsarbeit, oje. Nein, wir waren mit der Schöpfung nicht zufrieden. Na, wartet's nur ab, warnte uns Esti, als wäre er unser Bruder, das Rindvieh.

Ich ging schon früh, sofort nach dem Morgenkaffee an den Strand und besetzte meinen Platz auf einem bequemen Felsen, mit einer Vertiefung wie ein riesiger Sessel, ein richtiger Aussichtspunkt, eine B e o b a c h t u n g s s t e l l e, ich las, schaute mich um. Jeden Tag konnte ich sehen, wie die Familie herunterkam, die verstümmelte Familie, würde ich sagen, wäre dieser Ausdruck hier nicht morbid und geschmacklos, vier Kinder schoben den im Rollstuhl sitzenden Vater unter die Weide. Der kräftige Mann mit einem schönen Gesicht schien nie mit seinen Kindern zu sprechen. Angekommen, schob eines der Kinder einen Stein unter das Rad des Rollstuhls, der Mann zog das Hemd aus und vergrub sich in sein Buch, den ganzen Vormittag las er eisern, noch eiserner als ich.

Nun, das ist wirklich das Paradies auf Erden!, kreischten wir. Logisch, für Esti ist das Paradies eine Bibliothek, jauchzte einer von uns. Aber nicht irgendeine Bibliothek, trumpften wir auf, in ihr stehen ausschließlich seine Bücher, und er liest und liest … Holdseligkeit ist die Ewigkeit, was, Cornelius maior?! – Wir genossen das Zusammensein, wir waren jung, vor uns lag das Leben, und davon waren wir berauscht und erregt. Wir produzierten uns: voreinander. Jeder war eines jeden Spiegel. Wir liebten es, wenn wir stolz sein konnten – aufeinander. Die Realität (hingegen) macht immer hilflos.

Esti dämpfte seine Stimme zu einem Flüstern, mit diesem läppischen Theatereinfall erzwang er unsere Aufmerksamkeit. Selbst das älteste Kind kann nicht mehr als zehn gewesen sein. An besagtem Nachmittag sah ich gerade, wie sie etwas spielten, im Spiel waren, sie bewegten sich anders, als sie aus dem Wasser kamen, irgendwie unheildrohend, und in der Tat, als sie die Weide erreichten, ließen sie sich auf alle viere hinab: vier wilde Löwenjunge schlichen um ihren unansprechbar scheinenden Vater herum. Ihr dünnes, katzenhaftes, aber furchterregend gedachtes Knurren war bis zu dem Felsen herüber zu hören.

Der Unglückliche, er kämpft hier mit den vier Kindern, seine Frau hat sich mit einem neapolitanischen Falschspieler aus dem Staub gemacht – Esti!, stop!, wir fielen ihm ins Wort, auch die Dichtung hat Grenzen!, hat sie nicht, blaffte er zurück und fuhr fort –, er hat genug von dem Bücherwurm, der nun heroisch seine Kinder erzieht, er kämpft tapfer, doch er kann sich nur hinter den Büchern verschanzen, er ist außerstande, eine Nähe herzustellen, auch wenn sie sein Fleisch und Blut sind. All das las ich zweifelsfrei aus der steifen Haltung, der Schweigsamkeit des Mannes, nun, nicht einmal eine Erzieherin wagt er einzustellen, die Kinder waren auf Selbstversorgung dressiert, man sah, dass jedes seine Aufgabe kannte, das Sandwichverantwortliche, das Kleiderverantwortliche und so weiter, doch ich quäle euch nicht länger, meine verrufenen Freunde.

Der arme, strapazierte Vater, den ich mit meinem seelischen und deshalb wahren Auge sah, tat, was er zu dieser Zeit des Tages noch nie getan hatte, er unterbrach seine Lektüre, doch bevor er das Buch hätte weglegen können, schlug hinter dem Buch ein solches Löwengebrüll hervor, dass selbst das Herz meines Felsens einmal heftig klopfte. Er schleuderte das Buch in den Sand, die kleinen Löwen wichen misstrauisch zurück wie Wellen vor dem ins Wasser geworfenen Stein, mit dem Rollstuhl schaukelnd, stürzte er sich regelrecht um, stellte sich, so er es vermochte, auf alle viere, seine lahmen Beine wie Fetzen.

Die kleinen leichtsinnigen, noch grünen Löwen waren sofort um ihn herum, drückten die Köpfe gegen ihn, schnurrten, beschnupperten einander, die nackten Hintern der Kinder leuchteten von weitem, manchmal wackelten sie damit wie Tänzerinnen, und die majestätische Tatze des Löwen versetzte ihnen einen Klaps, sie bissen auch einander, knurrten. Knabberten. Die vollkommene Unschuld einerseits, Esti hob die eine Hand, und wie ein Priester bei der Messe hob er symmetrisch dazu auch die andere, die vollkommene Sinnlichkeit andererseits. Das Glück der Liebe und des Fleisches. Dieses Glück sah man auf dem bisher ungerührten, grauen Gesicht des Vaters wie auch auf denen der kichernden Kinder. Ich konnte das Himmelreich sehen, dort, an diesem billigen, italienischen Strand, Esti blickte triumphierend in die Runde.

Vorhin hast du Paradies gesagt. Habe ich das? Lapsus linguae.

Es wurde still. Im Kaffeehaus ist die Stille schwer. Esti sagte gedankenverloren, ja, das Paradies, der unendliche Paradiesapfel … obwohl der Vater an einem Punkt des Spiels länger regungslos liegen blieb, vulgo: gestorben war, wie der Rhythmus des Spiels das hatte ahnen lassen.

Wir sagten kein Wort, alterten, in großer Ruhe, glaubten, wir hätten viel Zeit, praktisch unendlich viel.

Die große Chance der Endlichkeit

Totale Sonnenfinsternis!, Esti erwachte aus seiner vorübergehenden Lethargie, das war ein Ding! Wir hatten sogar einen Sonnenfinsternisoberschirmherrn. Nennt mir ein Land, meine schändlichen Brüder, das je einen Sonnenfinsternisoberschirmherrn gehabt hätte! Er genoss das Wort wie sonst die Kabanos. Ein kleines Land momentan, doch wir tun, was sich gehört.

Wie Márai bedauerte er sich mit großer seelischer Kraft: In diesem Land gibt es nichts, nur Missverständnisse. Aber, aber, Marcsi, Esti klopfte Márai auf die Schulter (der abgesehen von der eigenen Klasse, der christlichen Mittelschicht, diese beiden Dinge am meisten hasste, dieses Marcsi und die Schulterklopfkumpanei), jetzt sage ich, was es alles gibt. Es gibt das »es gab« oder es gab das »gab es nicht«! Esti war schon betrunken.

Er war trunken, um es mit einem vor langer Zeit gehörten Wort zu sagen, das ich gestern gehört habe (von Dottoressa Cserkaszegi, aber das ist nicht von Bedeutung). Ich bin bis auf meinen eigenen Absinth gesunken, er zwinkerte, das billig Menschliche und die unübersetzbaren Wortspiele waren ihm nie fremd. Erinnert ihr euch?, das Verhalten der Tiere änderte sich, die Hühner quakten, die Pferde blökten, die Kühe waren stumm. Und die Nachrichtensprecher lächelten uns schelmisch an und sagten uns ins Gesicht, Frau Luna sei außerordentlich gierig.

Zwei, drei, vier, wir wiederholten im Chor: Frau Luna ist außerordentlich gierig. Meine Lieben, geben wir zu, wir könnten tagelang gierig an unserem Schreibtisch sitzen, auch dann wären wir nicht in der Lage, uns so etwas Wunderschönes auszudenken. Weine nicht, Marcsi. Und ein italienischer Bischof äußerte sich, die unruhigen Gläubigen sollten sich beruhigen, es werde nichts geschehen, was nicht Gottes Wille sei. Das hatte einen in der Tat sehr beruhigt.

Und als damals die Sonne verschwand, Frau Luna verschlang sie tatsächlich gierig, standen wir im unheilschwangeren Zwielicht auf der großen Terrasse, einer von uns, ein dahergelaufener Ästhet, rief kämpferisch, das heißt höhnisch und zögernd: Noch eine Chance! Noch eine Chance! Esti zeigte mit seinem üblichen Grinsen, das dich hegt und hüllt, in die Runde, als wäre das alles *irgendwie* ihm zu verdanken, wir haben es bekommen, also freut euch.

Und wir freuten uns.

Mag sein, dass es banal ist, aber diese Freude ist Estis Leben.

Liebe

… seine *Bar*zeit, besser, Barpianistinnenzeit. Lili, ein Künstlername, so hieß die Barpianistin der Barpianistinnenzeit. Ein phänomenaler Bauch wölbte sich unter ihren phänomenalen Brüsten, ein ausgesprochen männlicher Bierbauch. Sie trug kurze Hemden, Trikots, Oberteile, Luftiges, wie sie sagte. Bewundern Sie, Kornéllein, bewundern Sie mein kleines Luftiges? Beides, liebe Lili, woraufhin die Frau Esti eine Ohrfeige gab, dass es nur so schallte. Alles, was sie tat, war kräftig oder alles an ihr bewegte sich aus Kraft, strahlte Kraft aus. Wie sie aß (beileibe, sie fraß), wie sie trank (beileibe, sie soff), wie sie mit Männern flirtete, wie sie Klavier spielte. Esti ließ den Blick in der Tat lange auf Lilis Luftigem ruhen – wie das nach einer Weile immer (immer!) den Bauch hochrutschte, es begann behutsam hinaufzuklettern, und so entstand der den Blick fesselnde weiße Streifen über der Hose. Ein schwarzer Flaumpfad führte an der Rundung des Bauches hinab.

Es gab eine Zeit, als Esti hier seine der Nacht sich zuneigenden Abende verbrachte. Drinnen Rauch- und Cognacgeruch, draußen der reinigende Sturm des Sozialismus, so ungefähr. Lilis Ordinarität bestand darin, alles auszusprechen, was ihr in den Sinn kam, und in den Sinn kamen ihr vorwiegend Leibesdinge, egal was, angefangen beim Stoffwechsel bis zur geschlechtlichen Vermehrung, und das äußerte sie auch sogleich mit jener rauen, verrauchten Reibeisenstimme. So kämpfte sie gegen den Kommunismus.

Esti saß direkt neben dem Klavier, gebannt betrachtete er die über die Tasten huschenden Wurstfinger. Lili musterte von Zeit zu Zeit immer gereizter Estis schwärmerische Visage.

Kornéllein, ein fürchterlicher Verdacht macht sich in mir breit. Ist es möglich, Kornéllein, dass Sie mich gar nicht ficken wollen?

Umsonst klimperte sie weiter, es wurde sehr still.

Lieber Himmel, ja, Sie wollen nicht. Kornéllein, machen Sie sich vom Acker, versuchen Sie hier ja nicht, sich in mich zu verlieben! Wenn Sie es sich überlegen, dann blase ich Ihnen einen, aber schauen Sie mich bitte nicht so an, das ist nicht im Preis inbegriffen …

Der Schoß der Karpaten

Esti (weißer Seidenschal, im Schoß der Karpaten): Mit meinem offenen Buick bog ich um Mitternacht ins Kronstädter Hotel Krone und schoss mit meiner Browning den Kronleuchter runter. Das waren noch Zeiten, Alter.

Appendix: Auf dem Nacken der Bratschistin und der zweiten Geigerin befindet sich haargenau an der gleichen Stelle, gleich groß, von gleicher Farbe (von Dunkellila ins hellere Purpur spielend) ein wie blutunterlaufener Fleck? Wie das? Warum? Wer? Dem armen Kornél Esti fallen nur Schweinereien ein.

Die Würde des Neins

Esti hatte auch eine Gleichgewichtstheorie. Er arbeitete sie aus. Wir waren voller Theorien, betrachteten die Abstraktion als Kern unseres menschlichen Seins und meinten, all das sei überaus wichtig. Obwohl wir nicht mehr ganz jung waren – doch wir beschäftigten uns noch nicht damit, ob wir jung waren oder nicht –, kamen wir damals regelmäßig zusammen, um über den Roman zu reden.

Natürlich über den Roman als solchen; aufgeregt träumten wir vom absoluten Roman, vom totalen Roman, vom Minimumroman, vom stummen Roman, vom narrationslosen Roman (Pityus Idee!), überhaupt vom -freien Roman – decaf?, Kinder, decaf? –, vom vollen Roman, vom leeren Roman; wir fuhren am Limit, wie es bei Formel-1-Reportern heißt. Auch die aktuellen Bestseller prüften wir auf Herz und Nieren, so im Rückblick waren wir sehr großzügig, wir schwadronierten gehörig, da wir uns im Vorromanzustand befanden, waren wir nicht betroffen.

Auch Esti lungerte mit uns herum, doch er äußerte sich nie, las ununterbrochen und lächelte aus seinem Buch aufblickend so süß, dass wir nicht böse auf ihn sein konnten, weil schon wieder nur er am vornehmsten war. Ohnehin waren wir, nicht wahr, mit anderem beschäftigt. Und wir dachten auch nicht, dass er vornehm war, sondern hochmütig, und den Hochmut schätzten wir hochmütig gering.

Doch wir waren im Irrtum.

Einmal fragte ich ihn aus Höflichkeit, ob er gelesen habe, worüber gerade jeder sprach. Verschämt schüttelte er den Kopf, das Buch lesen – blättern, mein Alter, blättern, rief er eifrig – jetzt so viele, er sei deshalb mit dem Buch einer kroatischen Dichterin über Zwetajewa zusammen, und begeistert erklärte er, dass dies keineswegs als Gegenlektüre gedacht sei, er lese nicht gegen den auch von mir geschätzten erfolgreichen Autor, vielmehr ausschließlich für das Gleichgewicht der Welt, und er wolle es nicht an die große Glocke hängen, er betreibe weder Propaganda noch Gegenpropaganda damit, dass dieses Buch an die Stelle des anderen tritt, nein, er leiste lediglich eine Arbeit, von der er meine – also alles klar, oder?!

Still *anderes* lesen, das lernten wir von Kornél Esti.

Esti ging noch weiter und versuchte seine Theorie auch auf weniger intellektuellen Gebieten des Lebens zur Geltung zu bringen. Als alle die Vorzüglichkeiten der Starwinzer tranken, stöberte er unter den Flaschen (200-Stück-Lieferung!) der namenlosen Weinhandwerker, als der um sich greifende Gesundheitswahn schon alle Innereien aus der Küche vertrieben hatte, spürte er (mit seinem Freund Ulrik Vencel) die aus den siebziger Jahren übriggebliebenen Gasthäuser auf – in der Hoffnung auf frisches überbackenes Hirn, sämige Kutteln mit Hirn, deftige Schweinshaxe mit Kutteln, Hirn mit Nieren, geröstete Leber, Kalbsbries, sogar Lammbries und die obligatorische Niere in Senfsauce (vergeblich! vergeblich!).

Es war ein aufopferungsvolles Leben, auch er fuhr am Limit. Zum Beispiel widerstand er, obwohl er neun Sprachen konnte, mit großer Anstrengung dem Englischen, dabei drangen die Sprachen in Esti ein wie früher der Bandwurm in das Kind, man bemerkte es gar nicht und schon war er okkupiert. So langsam spricht jeder Englisch, die Welt wird aus den Angeln gehoben. Nix Inglisch, das ist Kornél Estis menschheitserlösende Würde. Nun, wenn ich ihn richtig verstehe. Wer vornehm sein will, verwende nur eine Sprache.

Rausch in der Frühe

Oder Esti heiratet. Fritzchen, wenn mich nicht heimtückische und rasende Kopfschmerzen quälten, wenn ich nicht Frau und Kind hätte, wenn mich nicht diese törichte, traditionelle Mann-Frau-Einteilung daran hinderte, nun, dann nähme ich dich auf der Stelle zur Frau, sagte er zu Karinthy. Hier stellte sich die Frage, who's who, wer ist Frigyes Karinthy, wer ist Esti, doch stelle sie sich nicht. Égi **kar inti, frigye s**ikerülni fog. (Es winkt eine himmlische Hand, die Ehe wird glücken). Das übersetze mal, Schnuckiputzi, sagte einer von uns und küsste unverantwortlich den Bart des anderen auf den Mund. Ich stand da mit offenem Mund.

Kette in der Frühe

Im besten Fall dachte Kornél Esti an die Gegenwart, als wäre sie Vergangenheit. Die Vergangenheit ist immer ein bisschen schöner. Er erinnerte sich an das dem Hunger verwandte Verlangen, mit dem er nachts die Stadt durchstreift hatte, er war mit der Straßenbahn herumgefahren und hätte die Nacht am liebsten verschlungen. Als er in die Straßenbahn stieg, saßen die beiden jungen Frauen schon neben dem Fenster, zwei auf einem Sitz beziehungsweise die eine auf dem Schoß der anderen. Sie sahen einander schön und ernst an. Esti blinzelte anerkennend zu ihnen hinüber, damals war es noch eine Seltenheit, öffentlich ... Er versuchte auf ihren Gesichtern Mut, Unabhängigkeit, Freiheit abzulesen, aber er sah nur Liebe. Die Turmuhr schlug schallend eins. An der Margareteninsel stiegen sie aus oder rappelten sich vielmehr mühsam auf, ungeschickt und auf einmal irgendwie gereizt zerrten sie aneinander; sie waren aneinandergekettet. Ihren Anblick vermag er nicht mehr heraufzubeschwören, nur den der Kette, diesen schweren, verschlossenen, verbittert strengen, rostigen Anblick.

Dort an der Wand

Kornél Esti besaß die Welt mit solcher Selbstverständlichkeit, besaß die Welt so schamlos, genoss so schamlos jede Minute seines (elendigen) Lebens, dass man das nur argwöhnisch zweifelnd mitansehen konnte, ja, zuweilen angewidert oder wütend, denn diese strahlende Lebensfreude erschien nicht selten auch unwillkürlich als Verurteilung skeptischerer, dunklerer oder einfach nur schwächerer Existenzen, als eine nicht offen ausgesprochene Art Vorwurf. Dass dies auch umgekehrt so war, wusste Esti nicht, konnte er auch gar nicht wissen, denn hätte er es gewusst, wäre dieser Vorwurf gegenstandslos gewesen.

Doch das ist vielleicht ungerecht, ich würde also eher sagen: Esti erörterte gern das Leben als solches, und ich ging davon die Wände hoch. Dort an der Wand aber, so Esti auffahrend, ging es dir dann gut, du hörtest gern zu und machtest immerfort Notizen. In der Tat, ich immerforte hier herum in meinem Entsetzen. (»Dezső is Dezső is Dezső …«)

Betrübte Batschka

Waisenesti. Nein.

(Nun, hier wären ein, zwei Anmerkungen angebracht, dachte Esti. Also: Géza Csáth, sagen wir es so, einer der Väter der modernen ungarischen Prosa, mit bürgerlichem Namen József Brenner (siehe Seite 49), Kosztolányis Cousin, seine bedeutende und wilde Kunst blieb Fragment, 1919 erschoss er im Morphiumrausch zuerst seine Frau, dann sich selbst. Bei Kosztolányi blieb nichts Fragment (nicht einmal das Fragment). Beide sind Söhne der Batschka, deren epitheton ornans bei Kosztolányi das mit der Batschka bereitwillig alliterierende »betrübt« ist. Sowie: Ein großer zeitgenössischer Dichter dieser Region, Ottó Tolnai (geboren 1942), schrieb unter dem Titel *Waisencsáth* einen Gedichtzyklus über Csáth, im Zusammenhang mit Csáth, unter dem Deckmantel von Csáth. Und wenn wir schon dabei sind, enthüllen wir hier auch, dass die Bedeutung von »esti« »abendlich«, »Abend-« ist (siehe Seite 52), doch es wäre gut, wenn man es immer mithörte.

Esti winkte glücklich ab, nun, das ist hoffnungslos. Es lebe die geheimnisvolle Übersetzung!)

III

DAS OBSKURE DER BEGIERDE

Die Obskuritäten des Briefkastens

Kornél Estis Liebesbrief an Dezső Tandori

Mein lieber Dezső! Doch da blieb er stecken.

Kornél Estis Liebesbrief an sein Vaterland

Mein liebes Vaterland! Doch da blieb er stecken.

Werkstattdilemma

So wie Béla Bartók das Volkslied, so wollte Kornél Esti das Volksmärchen benutzen. Es war einmal, doch da blieb er stecken.

Kornél Estis Liebesbrief an Géza Csáth

Lieber Brenner, seufzend begrüß' ich dich Schlachtfeld, gerötet vom Blute der Helden. Da blieb er stecken, aber – hier blieb ich stecken.

Die Radikalität des Kasselers

Lieber Kornél, Sie sind so sehr Ungar, dass Sie die ganze Welt als ungarisch betrachten, auf gut Ungarisch (Achtung! Wortspiel! – selten sei es vielleicht auch mir erlaubt), Sie fühlen sich überall zu Hause; hier musst du leben, sterben hier, murmeln Sie überall. Ich sage das nicht als Vorwurf, eher bloß so, als seufzte ich plötzlich, ach wie schön ist das Wetter!, einst wird man für dieses kosmische Ungarntum bezahlen müssen und die Zeit wird kommen, da Sie sich mit offenen Armen (Achtung!, schiefes Bild!) nach dem kühlen, reinen Gefühl der Fremdheit sehnen werden, danach, nicht *so viel* mit denen gemein zu haben, unter denen Sie leben. Selbstverständlich sage ich all das nicht, damit Sie darüber nachdenken, Sie gehen Ihrer Wege.

Lieber berichte ich von meiner neuen Sülzeidee. Was halten Sie davon, Kasseler – jetzt nicht den Brief zerreißen – – –

Die Obskuritäten des Notizheftes

Fragment-Kollektion

Meine Beine sind voller Reif.

*

»sie schlägt mein Blut« (das heißt eine gute Frau; laut freundlicher Mitteilung von I. Sz.)

*

Was in *Keine Kunst* fehlt: Mutter (achtzigjährig): »Was auch immer es sei, mein Junge, erlaube es dir.«

Ich pflege mit mehr Liebe von unserem Hündchen zu sprechen als der Herr Domherr vom Herrgott. (A.s Großmutter)

*

Prüfen wir unsere Herzen und schalten wir unsere Mobiltelefone aus, um den Tag des Herrn würdig zu feiern. (A.)

*

Hasenschatten (regional für Spargel); lepontisch – was bedeutet das?; »Ich hau dir eine rein, dass du Hasen fängst.« (?); Nikolatschka (Würfelzucker + Zitrone), nach Zar Nikolaus; Kabanos!

*

Briefentwurf: Ihren Entschluss, dem zufolge Sie mich lieben und für immer, haben wir an dem und dem Datum mit Beruhigung zur Kenntnis genommen –

Ich habe gelernt, mich zu langweilen. Ich genieße es.

*

Nachmittagsfragment. – »Stellen Sie sich vor, ich habe von Ihnen geträumt.« – »Eine anständige Frau macht so etwas nicht.«

*

Flehen um Erbarmen.

*

Morgenfragment. – Das traurige Gefühl von Glück.

*

Estifragment. – Das Leben ist unerträglich süß. (So ist es erträglich usw.)

*

Nein, sie waren mit der Schöpfung nicht zufrieden. (Kosztolányi)

*

»uns durchlügen zu einer höheren Wahrheit«: oh, oh.

*

Der Himmel ist so grau wie der Bauch des Esels. Keine eigene Beobachtung. (Sebastián Salazar Bondy, glaube ich)

*

Schielende Brüste. Und: Entweder sie schielen oder sie hängen. Eigene Beobachtung.

*

Berufsfragment. – Ein Non-fiction-Buch, ausschließlich auf Phantasie beruhend.

*

Nietzsche: »die Wissenschaft unter der Optik des Künstlers, die Kunst aber unter der des Lebens«. (*Die Geburt der Tragödie*)

*

Fragment, denn alles ist Fragment. – Du bist meine letzte Hoffnung, hörte Esti, und die Hoffnung stirbt zuletzt, hörte Esti, dann übergab er seine Seele dem Schöpfer.

*

Fragment, das heißt Dichtung. – Kornél Esti lebte und starb. Variante: Kornél Esti lebte und starb für – – –

Das Obskure der Begierde

Zwei Geiger kommen zu spät auf die Bühne. Wo können sie gewesen sein? Keck schwingt die Tür der Herrentoilette.

*

Ich, sagte Esti, denn manchmal pflegte er das zu sagen, ich, wenn ich könnte, wäre ich eine Vulkanlandschaft.

*

Iljóna, juar beri, beri naiß.

*

Lachst du über mich? Denn ich seh es deiner Fresse an, dass du über mich lachst.

Über dich. Aber selbstironisch.

*

Ein Akademiker schnarcht wie ein schwelgerisches Schwein.

*

Ein Schlager geht so, *sag, love, sag,* Esti hört, ich habe dich satt.

*

Aufzeichnungen aus dem Kellerloch. »Oje, mein Schwanz wird steif, was soll ich tun?!« – »Mein Kleines, ich äße ein Stückchen Käse.«

*

Skizze, Lebensskizze. – Der Mann gräbt seine Frau im Küstensand ein, so dass nur die Augen frei bleiben, und geht auf ein Bier. Der entsetzte Frauenblick. Ich flehe dich an, rette mich. Esti verlangsamt nicht einmal seine Schritte, vielleicht geht er nicht auf ein Bier, eher Eis essen, dabei hat er Durst, unendlichen Durst.

Esti versteht

Wenn ich die Bühne betrete, seufzt du laut, *na, endlich!* Wenn ich abtrete, *wie schade*. Beim Kollegen umgekehrt, hast du verstanden?

Esti dolmetscht

Was zum Henker sagen wir jetzt, Chef (Genosse)? Was ich sage, ist eine Sache. Kümmern Sie sich nur darum, was Sie sagen.

Parallelgeschichten

(Windschiefe Geraden: Sie sind weder parallel noch schneiden sie einander.) Die Frage ist nicht, warf Kornél Esti die Frage auf, was zuerst da war, das Huhn oder das Ei, sondern wann zwei Eier (Hühner) parallel sind (so gleichen wir einer dem anderen).

Eigentlich

Als N.s Vater mit der Wehrmacht den Kaukasus erreichte, sagte er: Noch weiter will ich eigentlich nicht.

Idee einer Freundschaft

Esti traf sich mit Marcovaldo. Es war nicht einfach, Marcovaldo als Calvinist – – –

Aus Erde, zu Erde, auf die Erde

Irgendwo hatte er (Esti) gelesen und sich gut gemerkt, »das Evangelium erwähnt nur eine einzige Schreibgeste – des eigentlich *schreibkundigen* – Jesu, wonach Jesus auf die Erde schreibt (Johannes 8,6–8)«.

Ungarischer Satz

Kornél Esti zuckte nur leicht die Schultern, kaum, als zuckte Sándor Rózsa mit der Augenbraue.

Deutscher Satz

Kornél Esti sah die Wissenschaft unter der Optik des Künstlers, die Kunst aber unter der des Lebens.

Kornél Esti fasst sein Leben zusammen

Flehen um Erbarmen.

In Gottes Hand

Fragment

In der Zeit, von der ich jetzt sprechen werde, war Kornél Esti eine Frau beziehungsweise ein Mädchen. Kein kleines Mädchen, eher ein Backfisch, er verliebte sich in einen Jungen und fertig. Sein Name wurde Kornélia, damit nicht so viele Fragen kommen, denn die Leute hören nicht auf, sich wichtigtuerisch zu wundern, wenn sie sehen, dass Kornél ein schickes Röckchen trägt oder einen roten Tanga, obwohl sie, wenn sie einen Tanga sehen, gewöhnlich keine Fragen mehr stellen. Er hatte den Spitznamen Lia oder Kiki, bei seinen Freunden so, bei der Familie so.

In voller Grazie

Niemandem kam in den Sinn, Esti könnte ein Mann sein, auch ich erwähne es nur, weil eventuell meine Lektüre etwas anderes suggeriert, Kornél Esti war also eine dufte Biene, gescheit, mit einem tollen Arsch, sie trug Miniröcke und verzog nicht den Mund, wenn das als nuttig bezeichnet wurde. Aber wenn irgend so ein Großmaul aus ihrem Jahrgang noch hinzufügte, eine Nutte macht noch keinen Sommer, dann sah Esti den Typen so lange an, bis es still in der Stadt wurde, dann flüsterte sie ihm lächelnd wie eine tonlose Explosion ins Gesicht: Doch.

Es ging ihr gut in diesem Sommer. Sie genoss, wie die Jungen Stielaugen machten. Und dann die alten sabbernden Vierzigjährigen! Zu ihrem Frausein kam hic et nunc noch ihr Jüdischsein hinzu, ausschließlich deshalb, damit der eine Sabbersack sagen konnte (weil er es sagen mochte): Setz dich, schönes Judenmädchen, auf meinen Schoß. Aber Onkel Misi, bitte nicht unernst sein, das Kartenspiel ist eine ernste Angelegenheit.

Denn sie spielten Karten. Konkret Ultimo, die schwerfälligen Männer und die in voller Grazie prangende Esti. Noch konkreter: Esti schlug sie ununterbrochen. Ihr Vater hatte es ihr beigebracht, der Ultimo wie Gott spielte. Ihr Vater nahm an, dass auch Gott ein Atheist ist. Wenn er nun einmal allwissend ist, kann er gar nicht anders, und er sagte einen roten Betli an. Siehst du, Papa, zu irgendetwas war diese Arbeiterbewegung doch gut. Doch Estis Vater mochte dieses uferlose Gerede nicht, obwohl er von seiner Tochter begeistert war. Das Ende davon ist, dass Esti alt geworden ist, obwohl die Miniröcke lange durchhielten, ihr Vater gestorben ist, die einstigen Vierzigjährigen mit einer Ausnahme ebenfalls und dieser eine sich nicht erinnert, dass sie Karten gespielt hätten. Esti bekommt noch immer gute Laune (lacht), wenn sie an die verrauchte Redaktion denkt, an die vielen unausgesprochenen Worte, Spannungen und die berauschende Apathie der Siege.

An den Sommer.

Kleines Wollustfeuilleton

Selten kommt man an G r a f e n f l e i s c h heran, das Zimmermädchen, namentlich Kornél Esti, streckte sich zufrieden aus und kratzte sich faul die marmorschönen, gewaltigen Schenkel (Formen).

Schönheit (1)

Kornél Esti wurde unter der Aufsicht des Notars in einem harten, den Menschen auf die Probe stellenden, aber fairen Kampf zur Schönheitskönigin Kentuckys gewählt. Das ist selbst dann ein schönes (den Menschen auf die Probe stellendes) Leben, wenn Esti von da an im Wesentlichen ausschließlich Hamburger essen durfte – laut Vertrag.

Außerhalb des Vertrages jedoch murmelte sie ständig, Schönheit, Schönheit, Schönheit – ausgenommen die Zeit, wenn sie Hamburger aß.

Lange erkannte man sie auf der Straße (oder beim Hamburgeressen), obwohl sie fett wurde wie ein Schwein.

Schönheit (2)

Während Esti als »Kentuckys Schönheitskönigin« den Höhepunkt ihres Lebens erreichte, geschah es, dass ihr Vater starb.

Im Zusammenhang damit stand sie auf dem Friedhof neben dem Grab, aus dem Himmel von Kentucky sickerte der bleierne Regen, für den Weizen zu wenig, fürs Herumstehen zu viel. Don't be fat, hatte der Vater zu ihr gesagt, einzig dieser väterliche Satz fiel Esti ein. Das hat mein Vater gesagt, und ausschließlich diesen einen Satz habe ich mir gemerkt.

Denn es war der einzige Satz, den der Vater in diesem ganzen lumpigen, fettigen, nach Hamburger riechenden, grandiosen Leben zu ihr gesagt hatte. Dann hörte der Regen auf, Esti tauschte schniefend die Blumen aus. Schwerfällig bückte sie sich nach vorn, doch sie mochte ihre Fettheit.

Die Neuverteilung der Karten

Kornél Esti war damals, nun, das ist schon sehr lang her, die Jungfrau Maria. Sie betete viel, erfreute sich großen Ansehens. In einer dramatischen Situation – Geschrei, Blut, Nägel, Polizei – antwortete sie auf die amtliche Frage für viele unerwartet: Nein, nicht mein lieber Sohn, und um ihren Mund erschien ein neuer, bitterer, unbarmherziger Zug.

Oh

Karpfen können im Allgemeinen nicht beten, weil sie nicht über ihre Kiemen hinaussehen, Kornél Esti aber war ein Karpfen, der, prinzipiell, beten konnte. Dies war ein einziges Mal von Bedeutung, von Nutzen vielleicht auch mehrmals, während des großen Pester Hochwassers von 1838. Mit – durch eine spezielle Bewegung der Flossen ausgedrückter – ehrfürchtiger Anerkennung verfolgte Esti aus dem Wasser, quasi aus der Froschperspektive, Baron Wesselényis aufopferungsvolle Rettungsaktionen. Wenn es einen Zufall gibt, dann geriet er zufällig in die Rochuskirche, die Kirchentür war von der eisigen Flut weggeschwemmt, gleichsam abrasiert worden, er schwamm bis ganz an den Altar heran, und obwohl er damals, logischerweise, zum ersten Mal eine Kirche von innen sah, begann er zu beten, flehte den Herrn um Erbarmen an. Erbarmen, mein Vater. Das Wasser war höllisch kalt. De profundis clamavi ad te, Domine. Aus der Tiefe rufe ich, Herr, zu Dir. Da sprach der Herr (ziemlich seltener Fall!): Oh, Komma, wie untief die Tiefe, neue Zeile, und die Untiefe wie tief. Esti notierte es auf der Stelle (was nicht einfach war), was ist das doch für ein widerliches Metier, murmelte er. Esti drinnen, Wesselényi draußen, der Herr oben (und unten).

Und in der Mitte.

Aus dem wundersamen Leben eines Huhns

Bei Hunden, Karpfen lässt sich leichter, bei Menschen, Hühnern schwerer sagen, wann sie glücklich sind. Ob sie glücklich sind. Das Huhn wedelt nicht mit dem Schwanz (ausgenommen das Hundehuhn, aber das zählt nicht), es schnappt nicht selig nach Luft wie der ans Ufer geworfene Fisch, und wenn wir ihm tief in die Augen schauen, nun ... nun, die Wahrheit ist, dass wir ihm nicht in die Augen schauen, und das ist sicher kein Zufall.

Kornél Esti war das simpelste Bauernhofhuhn, doch wenn du schon mal jemanden glücklich gesehen hast, dann Esti. Wenn man es sah, hatte man das Gefühl, Estis Leben fliegt. Ein Steinadler oder ein anderes derartiges (in die Lüfte) steigendes Symbol! Wie es beim Scharren den Fuß hob, die Leichtigkeit, Eleganz, ganz Pina Bausch, das heißt, die Herzallerliebstheit, die Esti einfach so ausstrahlte, entbehrte nicht der schwermütigen Universalität. Aus diesem Grund liebte Esti die langen Sommersonnenuntergänge, es saß unter dem im Laufe der Jahre langsam völlig verdorrten Walnussbaum im Staub, bewegte sein Hinterteil ein bisschen hin und her, machte sich einen Sitzplatz und starrte den ins Lila spielenden, schweren, doch gehaltvollen Himmel an. Hühner kennen nur die Gegenwart, das ist die notwendige Bedingung des Glücks. Esti lebte ständig in diesem faustischen Augenblick, und es stimmt nicht, dass das Synonym für ununterbrochenes Glück die Langeweile wäre.

Aber es gibt ein Aber.

All das aber ereignete sich in dem Film *Pink Flamingos*, das heißt, Esti wurde ohne viel Federlesens: vergewaltigt. Auf die Frage eines Journalisten antwortete der Regisseur Jahre später, das Huhn sei bereits tot gewesen und nach dem Dreh hätten sie es gegrillt, denn sicherheitshalber hatten sie einen Elektrogrill und der Stab hatte wahrlich schon einen mörderischen Hunger. Einen mörderischen. Das Glück war groß, erinnerte sich der Regisseur (John Waters).

Was Esti angeht – nun, im Vergleich zu diesem Sonnenuntergang und zum Steinadler die Arschkarte gezogen. Aber so ist halt das Leben. Beziehungsweise sein Leben ist so (gewesen usw.).

Federzeichnung

Zu der Zeit war Esti meine Mama. Bist du wach, Mama? Gewiss, mein Junge, ich habe auch schon geweint.

Mir wäre es lieb, wenn meine Kinder wüssten, dass ich in den letzten Jahren meines Lebens glücklich gewesen bin. Damit sie sich darüber freuen. Damit der Schmerz, den ich ihnen bereitet habe, und der Schmerz, den ich meiner Frau bereitet habe, einen Sinn hatte. Nein, das wird so nicht gut, das wird man als puren Egoismus auffassen. Dabei wollte Esti so etwas in der Art sagen, das entstandene Glück lässt den bereiteten Schmerz winzig werden, und dies sieht er nicht vom eigenen, sondern vom Standpunkt der Welt so. Sein Leben hat sich geglättet, er freut sich über jeden Tag. Morgens betet er mit seinen eigenen Worten, geht zum Frühstück hinüber zu der Baroness, Rühreier mit Speck aus vier Eiern, Earl Grey, Spezialmischung, und ein Gläschen Quittenschnaps. Bis zum Mittag sind sie im Bett. Immer scheint die Sonne, goldene Streifen auf dem breiten Bett, immer blinzeln sie. Lachen über die gemeinsame Bindehautentzündung.

Ich denke so gern an mein Leben. Was brummst du, Onkel Kornél? Kinder, Onkel Kornél murmelt wieder Gedichte. Reimt es sich auch, Onkel Kornél? Und ob es sich reimt, selbst in der Unterführung sprudelt aus Onkel Kornél der Reim. Aber Onkel Kornél, entweder ist man obdachlos oder man reimt. Du weißt es sicher, liebes Kind, Nichtsnutze leben gut wie ein King. Das ist zwar richtig, Onkel Kornél, aber das geht hier nicht. Wer dichten will, der täte gut, er macht' es so, wie Goethe tut!, das ist ein Grenzfall. Entweder man stinkt oder man reimt, denkst du nicht? Du bist ein guter Junge, Esti zog sich die Skimütze tief in die Stirn, aber von Dichtung hast du keinen blassen Schimmer. Jeder hatte seinen festen Platz, der von Esti war unter den Telefonen in der Ecke. Einer der besten Plätze. Man müsste schon schlafen. Das Mittagessen kochen sie zusammen, Esti macht sich als Küchenjunge nützlich, schneidet Zwiebeln, wäscht ab, schmeckt ab. Er schmeckt gut ab, seine Geschmacksknospen sind gut. Etwas Kaffa?, ertönt die obligatorische Frage der Baroness nach dem Mittagessen. Das ist der einzige Augenblick, der einen Schatten wirft, denn auch seine Frau hat genau so gefragt, etwas Kaffa? Wahrscheinlich gibt es viele Frauen auf der Welt, die ebenso Kaffa sagen, denkt Esti dann. Das kann er irgendwie zu seiner Entschuldigung anführen. Dann lesen sie jeder für sich, dann machen sie ein Nickerchen, dann lesen sie einander aus Romanen vor, aber auch Gedichte und kürzere Essays oder auch essayartige Studien. Sie essen früh zu Abend. Sehen nicht fern, hören Musik. Sie schlafen lange, friedlich wie die Kinder.

Alles okay, Onkel Kornél? Auf dem Nasensattel des jungen Mannes, seines Nachbarn, eine gelb perlende hässliche Narbe. Esti setzt sich auf, er weiß nicht, wo er ist. Mag sein, dass ich Gott verlassen habe, schreit er dem anderen auf einmal ins Gesicht, mag sein, dass ich ihn verlassen habe, aber Gott hat mich nicht verlassen. Außer ihnen ist niemand in der Unterführung. Wie ein großzügiger Salon; jemand hat vergessen, das Fenster zu schließen. Alle sehen Kornél Esti an. Sie kichern, Onkel Kornél, das reimt sich irgendwie nicht, Onkel Kornél. Esti legt sich wieder hin, rollt sich zusammen, zieht die Knie an den Bauch wie sonst, wie ein Embryo. Nicht dass er von vorn anfangen wollte, aber irgendetwas müsste er seinen Kindern sagen. Eine Flasche Apfelwein macht die Runde. Jemand bemerkt noch gut gelaunt zu Esti: Was das Verlassen angeht, so höre man doch auch, um es so auszudrücken, die andere Seite, audiatur et altera pars. So ein Blödsinn, brummt ein anderer Jemand im Halbschlaf, höre man, höre man.

IV

SCHMIEDEN

Nichts

Jahrelang wusste Kornél Esti, man soll den Brunnen zudecken, *nachdem* das Kind hineingefallen ist. Er lebte nach dieser Devise. Illusionslosigkeit, Traurigkeit, die Schönheit der Verzweiflung, Ironie.

Alles

Der Zilpzalp heißt auch W e i d e n l a u b s ä n g e r, außerdem gibt es den W a l d l a u b s ä n g e r, und die S c h w a n z m e i s e heißt so, weil sie einen langen Schwanz hat. Kornél Esti hätte gern ein Leben gelebt, in dem er dieses Wissen hätte verwenden können. (Eigentlich alles, sein Wissen, sein Nichtwissen, das Alles, das Nichts oder das Alles, dieses Nichts, und was dazwischen liegt.)

Er kannte einen Mann, der war kräftig wie ein norwegischer Fischer und kultiviert wie ein französischer oder, noch besser, englischer (aber sexy!) Blaustrumpf – dessen Leben schien ihm so, so bis ins Kleinste vollkommen. Quesig ist in manchen Gegenden der Name für quengelig. Esti blickte auf sein Leben wie auf ein seltenes Wort, und es wäre das Geringste, zu sagen, dass er unzufrieden war.

Gebet vor dem Kampf

Er ließ seine Zugfahrkarte fallen (mit der Platzkarte!), er bückte sich danach, aber dann wurde ein Knien daraus, er fiel vor dem Kölner Dom auf die Knie. In brutaler Schönheit ragte der Kölner Dom furchteinflößend empor, davor im Staub, auch wenn es Asphalt war, Kornél Esti. Ich knie vor meinem himmlischen Vater, definierte Esti die Situation und spürte eine solche Leichtigkeit, ja, Erleichterung wie noch nie.

Nie.

Jubel machte sich auf seinem Gesicht breit, so sehr, dass ihm sogar einige Geld hinwarfen, nehmen Sie es, guter Mann, weinen Sie nicht. Es tat ihm so gut, da zu knien, er hatte dieses Größere so bitter nötig, wollte es so sehr, es schien ihm so notwendig, und als er das Geld aufsammelte, hatte er so sehr das Gefühl, angekommen zu sein, dort zu sein, wo er sein muss – dass er das Ganze, das Knien, den Staub (wenn auch Asphalt), die Geldstücke, den Jubel als Beweis *gegen* die Existenz Gottes, als selbstverständlichen, auf der Hand liegenden Beweis betrachtete.

Tagelang war auf den Knien seiner Jeans das Knien zu sehen. Er streichelte sie immer wieder, schon gut, du kannst, wenn du willst.

Appendix: Esti reiste von Köln, ich erinnere mich nicht mehr, wohin, sei es Portugal, dorthin pflegte er zu reisen, doch es ist nicht von Bedeutung, zumindest nicht in diesem Augenblick. Das war zu der Zeit, als er im Kölner Dom oder davor niederkniete, er kniete gar nicht nieder, sondern fiel auf die Knie. Es tat ihm so gut, die Größe von etwas anzuerkennen.

Ironie hin, die Pflicht zu zweifeln her, Esti suchte ununterbrochen nach der Würde des Sprechens.

Vor dem auf ihn fallenden Dom spürte er seine Winzigkeit. An Augustabenden in der Tiefebene kann der Himmel so wirken. Ersteres betrachtete er für gewöhnlich als Gottesbeweis oder dessen Gegenteil, Letzteres als Gewissheit, Chance und Ermutigung zur Freiheit des im Universum allein gebliebenen Menschen.

Mit dieser guten Laune und beinahe taumelnder Zerstreutheit stieg er in den »Tejo«-Express. Eine noch größere Ruhe als das metaphysische beziehungsweise gegenmetaphysische (was natürlich metaphysisch ist) Erlebnis zuvor gab ihm die Tatsache, dass er eine Platzkarte hatte. Wagen, Sitzplatz neben dem Fenster, zu seiner Überraschung aber saß dort schon jemand, ein älteres Paar. Esti zeigte seine Fahrkarte und erklärte ihnen nett und höflich, sie hätten sich geirrt, soweit er sehe, stimme der Platz, aber der Wagen sei ein anderer. Das alte Paar, zwei mitgenommene, dünne Vögel, begriff nur schwer die Situation. Sie schauten einander an, dann ihre Fahrkarte, dann Esti, doch wenn sie etwas sagen wollten, fiel Esti ihnen regelmäßig hilfsbereit und erklärend ins Wort, doch auch wenn er ihnen nicht ins Wort fiel, sagten die Alten letztlich nichts, sie öffneten und schlossen den Mund, winkten ab.

Sie tippelten davon, Esti nahm mit gutem Gefühl Platz. Noch auf dem Bahnhof hatte ihm ein befreundeter Philosoph einen Witz erzählt; Petrus muss aus irgendeinem Grund auf die Erde – aus welchem?, doch Esti wagte es nicht zu fragen –, und als er zurückkommt und das Himmelstor öffnet, nun, da starrt ihn der Satan höchstpersönlich an, scusi, sagt Petrus, ich habe mich in der Hausnummer geirrt. Nein, nein, beruhige dich, mein Freund, wir haben fusioniert.

Er blickte auf seine Fahrkarte und sah auf einmal, dass er auf dem falschen Platz saß, einen Wagen weiter. Er sprang auf, rannte den Alten hinterher und holte sie zurück. Sie standen da um den Platz und die Koffer herum, machten auch jetzt den Anlauf zu einem Satz, sagten aber schließlich auch jetzt nichts, winkten ab. Als Esti seinen Mantel abnahm, sagte der ältere Herr, sichtlich mit letzter Kraft, danke. Esti verbeugte sich wie in einer Operette, oh, gern geschehen, und lächelte zerstreut.

Es wurde irgendwie still, sie waren aus der Zeit gefallen, nur das rasselnde Klappern der beiden alten Körper war zu hören. Da brach der Alte in Tränen aus, Esti wandte sich erschrocken ab, aber es war zu spät, in diesem Augenblick gingen beide auf ihn los, du Lump!, du lumpige Satansbrut!, brüllte der Alte Esti ins Gesicht, die Frau aber schlug ihn, drosch auf ihn ein, sosehr sie nur konnte, sie hingen an ihm wie eine arglistige Kletterpflanze oder ein liebeshungriges Enkelkind.

Appendix: Esti hatte kein Gefühl für den Schmerz, den Schmerz der Welt. Für den menschlichen Schmerz hatte er ein Gefühl. Doch es leuchtete in ihm ein kindliches Vertrauen, das schon an Grobheit grenzte, an Gefühllosigkeit.

Beschreibung von Kornél Estis Leben

Kurze Beschreibung

Esti betet.

Etwas längere Beschreibung

In holdseliger Reihenfolge überlassene Wörter; es ärgerte Esti zutiefst, wenn er mit einem solchen Wörterhaufen nichts anzufangen wusste. Er kam aus der Schweiz zurück, wo er Schweizerisch gesprochen hatte, in der Sprache der Schweizer. Es gibt keinen Schweizer Schriftsteller, der nicht früher oder später Frisch und Dürrenmatt erwähnt. Das muss so sein wie bei uns Bartókundkodály. Welchen Unterschied gibt es zwischen Frisch und Dürrenmatt?, lautet die listige helvetische Frage. Frisch sitzt im Flugzeug, jemand tritt auf ihn zu, entschuldigen Sie die Störung, sind Sie nicht Friedrich Dürrenmatt? Nein, bitte, ich bin Max Frisch. Stille, als wäre es zu Ende. Ja, und? Das ist der Unterschied.

Ärgerlich, ärgerte sich Esti.

Die mürrische Beschreibung

Manfred Frank stellt zu Recht fest, dem Kommentator von Salomon Maimon sei nicht aufgefallen, dass Maimon, wie das Dagbar Mirbach nachgewiesen hat, bei der erschließenden Analyse von Baumgartens *Metaphisica* nicht der ursprünglichen Paragraphenzählung folgt, sondern jener der gekürzten deutschen Übersetzung von Georg Friedrich Meier.

Das ist Europa.

Einschließlich der Verschreiber, Übersetzungsfehler, murmelte Esti mürrisch.

Appendix: Esti, der Europäer, reißt sich schließlich zusammen und gesteht seine Liebe: Kann es denn sein – es nervte mich enorm –, dass Gnädigste die Einzige auf der Welt sind, die mich nicht nervt?

Die medizinischen Aspekte der Beschreibung

Wer auch immer was behauptet, Kornél Esti spiegelte manisch gern die Realität. Sein Arzt schüttelte mit Blick auf die Befunde nur den Kopf, Herr Kornél, wieder viel gepichelt, oder? Esti war stolz auf seinen Realismus. Nun, aber wie viel, Herr Kornél, bitte, wie viel?! Nicht wie viel, sondern immer!

Esti stellte sich vor, dass die Dinge und die sie beschreibenden Worte zusammenfallen *und* voneinander zu trennen sind. Das heißt, dass er etwas beobachtet, es in Worte fasst und so dieses Etwas nun auch durch Worte existiert.

Doppelsehen, bemerkte der Arzt knapp. Wenn auch weiße Mäuse dazukommen, bitte sofort anrufen, Herr Kornél.

Die knackende

Das Knacken der Blutwurst – die schönste Musik. Auch das der Crème brûlée ist nicht ohne, wenn auch trivial. Das der guten Bockwurst dito, aber das ist das Mindeste. Wie gern würde ich so knacken, Esti träumte sehnsüchtig. Seine Rückenschmerzen hielt er in diesem Zusammenhang für die rückgratlose Allianz von Schöpfung und Sprache, für den niveaulosen Scherz ihrer geschmacklosen Wohngemeinschaft.

Nachmittagsbeschreibung

Wie langsam, noch vor dem Auftauchen des braunen Dämmers am späten Nachmittag das Herz des Tages sich zusammenzieht: kein Grund, bloß das tröpfelnde braune Dämmerlicht. Sterben ist eine Sünde, murmelte Kornél Esti.

Appendix: (eine totgeborene Beschreibung von Kornél Estis Leben): Waisenesti. Nein.

Esti schmiedet Schreibpläne

Der Wind wehte die Luft fort, brachte frische statt der abgestandenen, das Licht wurde scharf und kalt, als wäre es Anfang Frühling oder früh am Morgen.

Jetzt bräuchte ich nur noch ein wenig Handlung, rief Esti den angreifenden Kämpfern entgegen, um sie dann einen nach dem anderen – wie sonst, du Depp! – mit der Maschinenpistole zu erledigen. Oder mit der Armbrust, wie Wilhelm Tell. Besser noch mit der bloßen Hand, wobei sich herausstellt, dass der eine bestialische Kämpfer Estis uneheliches Kind ist, das im Dienst der Peruaner steht, weil es damit erpresst wurde, ein Verhältnis mit seiner älteren Schwester zu haben, doch das weiß Esti nicht, und bevor er den vaterländischen Interessen entsprechend den Terroristen (der eine Frau ist) erledigen kann, verlieben sie sich ineinander. Alle sind schon tot, sowohl mein Vater als auch meine Mutter, Esti kniet nackt über dem Mädchen und jammert wegen der Handlung. Das Mädchen schließt die Augen, es ist glücklich. Glück ist keine Handlung. Ihre Schenkel lösen sich, das Vaterland ist auf der Flucht.

Es ist Anfang Frühling oder früh am Morgen.

Er schmiedet wieder

Fassen wir uns kurz: In einem englischen Hotel übergibt eine Hotelangestellte, ein Serena-Williams-Typ, eine urwüchsige Putzfrau (sagen Sie, wie schnell ist Ihr zweiter Aufschlag?) oder ein Liftboy von fragiler Schönheit Esti einen mit Bleistift beschriebenen Zettel. »Die Katze frisst den Menschen *nur* nicht, weil sie kleiner ist als er.« Wenn ich daraus keine Novelle schreibe, dann aus nichts, und Esti konnte und mochte am liebsten aus dem Nichts schreiben. Er rieb sich lustlos die Hände, als freute er sich und auch wieder nicht. Schließlich trat der letztere Fall ein.

Auch wenn wir uns nicht kurzgefasst hätten, wären wir an dieser Stelle. Und wie typisch wäre das für Esti, dieses »wenn«, dieses »nichts«, sie sind wie »alles«. Ich kann nicht mit Einwänden gegen die Schöpfung leben, schrieb er (Esti), doch nur, um es zu streichen. Mit blindem Kern, in einer Nuss gefangen, einerseits, Woge, du Welle, walle zur Wiege, andererseits.

Appendix: In ebenjenem Hotel geschah es, dass sich Esti in den Schlagzeuger der Barband verliebte. Verknallte. Der wie Glenn Gould spielte: an der Grenze zum Verstummen. Die aus verschiedenen Richtungen – aus den Gliedmaßen – kommenden Rhythmen mit der ständigen Gefahr des Verlöschens ... Schon jenseits der Bravour, die zuweilen dennoch angedeutet ist. Eine elementare Heiterkeit: an der Grenze zum Schluchzen.

Ich verstehe, der Schlagzeuger nickte, nachdem Esti das begeistert vorgetragen hatte, Gould, Interferenz, Bravour ohne Bravour, Grenzen, ich verstehe, ficken wir dann jetzt oder nicht. Esti gab die entsprechende Antwort und war kein bisschen enttäuscht, nicht die Spur.

Appendix: Esti fühlte sich immer allein, immer, einsam, aber manchmal noch mehr allein, einsamer. Er tobte, wenn er das schrieb, schlug mit dem Kopf gegen die Wand, um die Enttäuschung über sich selbst zum Ausdruck zu bringen. Das von seiner Stirn tropfende Blut brachte ihn zur Besinnung, und auch wenn es weh tat, die alte Hexe des Selbstmitleids führte ihn nicht mehr in Versuchung.

V

VERHÄNGNIS UND BEDRÄNGNIS

Tiefpurpurnes Detail einer russischen Prinzessin

Den Sommer verbringt Esti zwischen italienischen Hügeln. Zum Tee am Nachmittag wird eine russische Prinzessin erwartet, Esti bekommt von den Gastgebern ein festliches Tuareggewand, Silber, handbestickter Halsausschnitt, die seidige Berührung des Perlleinens verursachte ein kühles, vornehmes Gefühl. Er fühlt sich in dem Überwurf groß, schlank, mehr noch, schön und mächtig. Er sieht das in den Augen der Köchin bestätigt, ja, sagt die Frau hinter einem gewaltigen Topf hervor und errötet. Das Gewand passt gut zu ihrer Gesichtsfarbe. Auch die Gastgeberin mustert Esti anerkennend, ich hoffe, Sie haben es auf Ihren *nackten* Körper angezogen! Darauf.

Die Prinzessin ist die Urenkelin eines berühmten Dekabristen, mütterlicherseits ist auch Schaljapin ein Verwandter, die Prinzessin hat noch auf dem Schoß des großen Sängers gesessen. Das erzählt sie schon selbst, mit zerstreutem Genuss, er hatte breite, kräftige Schenkel (sie sagt, Schänkel, offenbar scherzhaft gedacht), kräftig wie seine Stimme. Sie spricht mit jedem so, als würde sie ihn kennen. Sie beobachtet wie ein Zoologe.

Plötzlich verstummt sie und verschüttet mit einer erschreckend heftigen Bewegung den Inhalt ihres Glases, ich habe Platz für den Wein gemacht, und sie lacht wie ein kleines Mädchen. Wie einem guten, alten Freund flüstert sie Esti zu, ich möchte nicht *immer* reden, doch wenn ich schweige, fragt man mich sofort, was los sei. Eure Exzellenz, was ist los?, Esti kichert, die Prinzessin streift sanft wie ein Lüftchen am frühen Abend sein Gesicht. Daraufhin führt Esti aus, die Ungarn, obwohl sie eine Wagenladung (!) Gründe hätten, hassten die Russen nicht, es gibt keinen historischen Automatismus!, ruft er. Die Prinzessin weint über die Info. Eine bizarre, freie alte Frau, als wäre sie noch immer groß und mächtig, eine Freundin des Zaren, und gut möglich, dass sie es tatsächlich ist. Machen Sie sich keine Sorgen, sie lächelt durch die patriotischen Tränen hindurch, ich liebe die jungen Burschen – sie blickt in die Runde, das Gefolge, das sie begleitet, senkt den Kopf –, doch meine Familie ist mäßig glücklich, wenn ich das erwähne.

Prinzessin, Sie sind rot geworden, Esti verbeugt sich und denkt sehr an die Köchin, die Gesäßmuskeln wie ein Fußballer hatte (oder wie eigentlich?).

Schön wäre es … Ich glaube, dieser chaotische Junge, dieser Uljanov, hat noch gelebt, als ich mich noch zu erröten in der Lage wissen konnte. Durch den spätnachmittäglichen Abend huscht der eisige Schatten des Bolschewismus. Sein rauer Atem.

Noch beim Mittagessen hat die Gastgeberin erzählt, dass die Prinzessin bei Madame Claude angefangen habe. Esti, Sie wissen natürlich nicht, wer Madame Claude ist. Eine berühmte Pariser Madame, berühmt dafür, darauf zu bestehen, dass »ihre Mädchen« gebildet seien, mit jeder Frau oder jedem Mann, der sich einsam zu ihnen verirrte, sollten sie auf hohem Niveau konversieren können, es kam ein Lehrer zu ihnen, der sie in Musik, Kunstgeschichte, Sprachen und ein wenig Mathematik unterrichtete; böse Zungen sagen, Madame Claudes Mädchen haben es in drei Sprachen gemacht.

Und dass die Prinzessin verheiratet ist. Vor einigen Jahren hat sie einen Arzt geheiratet, und als ihre Freunde sie nach der Hochzeit fragten, wie der Mann sei, überhaupt wie es gehe, da fragte sie ungeduldig zurück, und zwar wortwörtlich: Welcher Mann? Sie hatte buchstäblich ihren Mann vergessen. Der angeblich hier in der Nähe wohnt, doch natürlich fragt keiner mehr nach.

Anstatt eines Grußes fragt die Prinzessin Esti beim Abschied, ob er sich die Zehennägel lackiere (in der verwendeten Sprache reimt sich das). – – – – – – Niemand mehr sonst ist im Garten, die Gendarmen sind abgezogen, die Gastgeber haben sich ins Haus zurückgezogen, woraufhin Esti stammeln kann, dasswidanja, Afdottja Jegorofna, dasswidanja, meine Teure. Er erinnert sich an nichts, nur wie sich infolge des Schusses der Seidenrock der Prinzessin am Bauch blutig färbte, das ist ihm im Gedächtnis geblieben, der tiefpurpurne, schwarze Fleck. Der Bauchschuss ist vielleicht am schlimmsten, heißt es.

Ein achtzigjähriger eifersüchtiger Ehemann, fast schon eventuell vielleicht nicht einmal banal. Esti sitzt in der unschuldigen Musik der Zikaden und wagt nicht zu fragen, was habe ich mit alldem zu tun. Es wäre kein Halten. Tiefpurpurn, wenigstens das nicht vergessen. Kornél Esti ist nicht so undankbar. Er vergisst nichts, was in seinem Leben geschehen ist.

Eine osteuropäische Frau

Das Kaffeehaus hieß Kaffeehaus, aber heutzutage gibt es keine Kaffeehäuser. Weil wir nicht, dachte Esti, kaffeehausreif sind. Er achtete nicht mehr auf die Frau. Die ihm unbedingt ihre Lebensgeschichte erzählen wollte, weil ausschließlich ein so glänzendes Talent, ein so aufrechter Charakter, eine so ungarische Seele wie Esti fähig sei, sie eventuell aufzuschreiben. Der wie ein unbeschriebenes Blatt in die Falle getappt war, insofern er die Beschreibung der Frau objektiv, sämtlich zutreffend fand.

Zu Beginn der Erzählung hegte er noch keinen Argwohn, ein üblich zu nennendes osteuropäisches Lebensdrama entfaltete sich, die gewaltige Last der Geschichte usw. Kommen Leben, hauen drauf. Doch dann wurde sie bekehrt … nun, sie (ich) weiß gar nicht, zu was. Und woher kann man das wissen, fragte Esti zunehmend leiser. Aus der Stellung der Augen, lautete unerwartet die Antwort oder an anderer Stelle: Das ist ein Scherz, darüber gibt es ein Meer von Literatur, das wissen Sie nicht?! Und ob, brummte Esti.

Und die von der Staatssicherheit haben ihren Mann bei ihr eingeschleust. Zu der Zeit gab es schon keine Staatssicherheit mehr. Was reden Sie da, selbst heute funktioniert sie mit Volldampf! Mit Volldampf?, Esti sagte nichts mehr. Ihr Mann sei absichtlich impotent geworden, nicht vollständig, aber doch so sehr – typisches Stasi-Tempo! –, dass sie nervlich kaputtgehe. Und ihr Kind hätte man auf dem Zebrastreifen überfahren. Auf dem Zebrastreifen! Sie waren sich ihrer Sache so sicher, dass sie einen Lada mit staatlichem Kennzeichen dafür verwendeten. Wie in Paris die Zwillinge ihres Bruders. Und sie sei als kleines Mädchen vergewaltigt worden. Der Pfarrer, damals noch Kaplan, doch das wolle sie nicht näher ausführen. Das ist dieselbe kommunistische Bande. Tränen stiegen ihr in die Augen, die Erinnerung tut weh, Kornél, tut sehr weh. Für mich ist der Friede von Szatmár bis heute eine offene Wunde.

Esti senkte den Kopf, die Frau nahm das als Ermunterung. Kornél, so sehr schmerzt das Leben, bin eine offene Wunde, die Dinge tun mir weh! Esti maß die Donau (ach so, inzwischen waren sie aus dem Kaffeehaus gekommen und schlenderten zusammen am Donauufer entlang), die Donau, die zwischen steilen Ufern rauschte, mit wirren Wellen und Eistafeln. Sie hören meine Brüste ab. Aus meinem Jungen haben sie einen kommunistischen Janitscharen geschmiedet, er steht hinter den Machenschaften, er zieht die Strippen, mein Junge.

Wenn ich sie hineinstieße, dachte er.

Dachte es aber nicht nur. Hatte sie im selben Augenblick schon hineingestoßen.

Er begann zu laufen.

Eine Baroness

Marquise de La Mole

Sie sind schlecht gelaunt, sagte die Marquise de La Mole beziehungsweise Kornél Esti zu der Baroness, lassen Sie sich gesagt sein, auf einem Ball schickt sich das nicht. Verschonen Sie mich mit Ihren sentimentalen moralischen Bemerkungen, die Baroness fuhr hoch und streifte Esti mit ihrem Fächer. Den schwarzen Fächer hatten sie auf der Heimreise aus Portugal gekauft, in Madrid, bei einem Stierkampf. Als er an den Stier dachte, bekam Esti schlechte Laune. Er saß in der Patsche, das heißt bei der Baroness, nur dass er, Esti, keinen Fächer hatte. Ich möchte ein Fächerleben haben, Vater. Doch er hatte auch keinen Vater mehr.

Höschen und Satz

»Du hast mich verlassen.« – »Ich bin zurückgekommen.« – »Wirst du mir denn nie verzeihen?« – »Ich möchte dich nie mehr treffen.« Danach musste Esti sein Leben nach diesen Sätzen ausrichten. Die Frau hatte kein Höschen an.

Leben und Tod

Guten Morgen, ich lebe!, lachte die Frau im Bett. Sie kniete sich auf, ihre Brüste … was eigentlich machten ihre Brüste? Kornél Esti nahm, wie es seine Art war, jedes Wort ganz genau (legte es auf die Goldwaage). Sie wippten nicht, beziehungsweise sie wippten zwar, baumelten, baumelten aber kompakt. Sie schwankten zwischen Beben und Baumeln. Vielleicht schaukelten sie? Am genauesten ist noch »lachen«, auch die Brüste der Frau lachten. Die Frau strahlte eine derart strahlend gute Laune aus, dass Esti es für besser hielt, die Augen zu schließen. Er drückte die Augenlider fest zu, gold-schwarze Kringel tanzten ihm – eher hinter als vor – Augen. Das ist es!, das könnte auch auf die Brüste passen, die Brüste der Frau tanzten.

Esti streckte sich dankbar, dann antwortete er heiter seufzend: Guten Morgen, ich lebe nicht. Doch leider geriet die Frau darüber in Panik, sie zog sich hastig an und ging arbeiten, in eine Garküche oder Konditorei, wenn Garküche, dann Kutteln mit Schweinshaxe, wenn Konditorei, dann russische Cremetorte. Über Esti brach eine große Stille herein, vielleicht nur dieses »animal triste post coitum«, er starrte auf die gold-schwarzen tanzenden Kreise, um kurz darauf auch usw., und später dann starb er.

Am Himmel stumm die Sterne stehen

Esti legte sich zwischen zwei Schenkel. Sank hinein. Er suchte ein Reimpaar. Weimar. Er legte sich nicht, sank auch nicht, er fiel, fiel hinein. Nun, jedenfalls war er auf einmal da. Er drehte sich einmal um und war da! Er schien es zu träumen. Er schien zu träumen, dass er zwischen zwei Schenkel fiel. Und irgendwie ging es auch um Seifenblasen. Da – mit der abgedroschensten Wendung – blieb sein Leben stehen.

Wollustfeuilletons

Mit dir zu leben ist doch die reinste Langeweile. Esti hatte das Gefühl, seit langem war ihm nicht mehr so ins Gesicht gelobt worden. Er wollte keine Verwicklungen, deshalb wählte er ein Stück von der Baroness aus, mit dem begann er zu schlafen. Wenn es dich nicht gäbe, sagte später die Baroness mit versöhnlicher Hochnäsigkeit, müsstest du uns erfinden. Hass verzog Estis Mund zu einem Lächeln, meine Liebe, im Anfang war das Wort.

*

Esti wollte der Baroness nicht in die Augen sehen. Nur das nicht. Die Augen sind der Spiegel der Seele, nur das nicht. Durch einen Spiegel in einem dunklen Wort, nur das nicht. Es gelang, während des gesamten Liebesaktes, bis zum Schluss, es gelang.

*

Du hirnloser Hornochse, du freche Frotze (zufälliger Fehler), zischte Kornél Esti der Baroness ins Gesicht, die übrigens Etus Farkas hieß, egal, sie hatte sich auf seine Brust gekniet, ein bisschen tiefer, und begann ihn klassisch zu ersticken. Sowohl Esti als auch Etus zerbrachen sich unterdessen den Kopf, wie man damit aufhören könnte. Und wenn sie nicht gestorben sind, dann leben sie noch heute.

*

Wäre da eine Ritze in der Wirklichkeit, könnten Sie sich zu mir hindurchquetschen, neckte ihn die Baroness. Da begann Esti sie zu ersticken. Logisch würde ich das nicht nennen.

*

Als sie aus dem kellerartigen Geschäft trat, wusste sie, dass sie sich nicht über das Sonnenlicht freuen durfte, auch wenn Esti es geschickt hatte – ich habe, meine Teure, für Sie dieses bisschen Glanz arrangiert –, es hatte etwas Bedrohliches. Nicht einmal Bedrohliches, eher Mattes. Doch ein matter Glanz ist bedrohlich genug. Und tatsächlich, sie sah Kornél Esti nie wieder.

Die Milchsäure

Der Dienstbotenlärm, das Dienstbotengelärme, der Dienstbotenkrach, lieber Esti, ist der scheußlichste Klangeffekt auf diesem Erdball, bemerkte die Baroness, die Ohren zur Küche hin gespitzt, nachdem sie berichtet hatte, sie habe von der Intimgymnastik tags zuvor Muskelkater. Esti stellte für sich fest, dass er niemals so viel Aufmerksamkeit bekommen würde wie das Personal, dann verbat er sich auf dem Boden von Freiheit-Gleichheit-Brüderlichkeit diesen Ton und dass man sich in Zukunft mit ihm in irgendeiner Form über die Dienstbotenschaft austausche. Lobe sie auch nicht mir gegenüber. Die Baroness zuckte die Schultern, auch hier habe ich Muskelkater, warum bloß? Sie sind ein Hypokrit! Oder werden Sie vielleicht jetzt nach dem Abendessen abspülen? Den Garten in Ordnung halten? Mich in die Stadt chauffieren? Waschen, bügeln, putzen? Meine Gedanken lesen, ach was, lesen?!, kennen, wissen, der gute Dienstbote weiß im Voraus, was ich von ihm will, er weiß es eher als ich, fallen Sie mir nicht ins Wort, versuchen Sie nicht zu sagen, Sie trügen mich auf Händen, denn das stimmt vielleicht, doch deshalb muss man immer noch den Rasen mähen, und im Übrigen tragen Sie mich eher auf dem Schwanz, was ich Ihnen natürlich nicht verüble …

Na logo, du Miststück!, dachte Esti wütend. Seine ungehobelte Erregung überraschte ihn selbst, so ein feiner Mensch, dann aber bitte … Wenn noch immer die Theorie gilt, dass Muskelkater durch Milchsäure verursacht wird, die schmerzhaft die Nervenenden reizt, dann begänne jetzt tief, undefinierbar, irgendwo in Estis dunklem Innern, hinterhältig wie Nasenbluten, die Milchsäure zu sickern.

Eine Teilmenge der sprudelnden Quellen

Ich könnte nicht sagen, wie es geschehen konnte, und gerade Kornél Esti! Der jedes Wort auf die Goldwaage legt (sich mit jedem Wort abmüht)! Wir müssen nämlich die verwirrende Situation konstatieren, dass Esti, dieser aus Worten gewobene Mann, lange Jahre hindurch, man kann sagen bis zur Mitte seines Mannesalters, nicht wusste, dass mein Sack und mein Schwanz – nicht meiner, es klingt nur blöd, der Sack und der Schwanz; der Satz schlingert – nicht dasselbe sind. Sie sind nicht identisch. Er hatte nicht mehr lange zu leben, als er sich schwerwiegende Gedanken darüber machte, quasi post festa. Er machte es zum Gegenstand ernster Erwägungen. Ja, die Erkenntnis haute beinahe die Sicherung raus! – würde ich auf die Schnelle sagen. Dieser Irrtum, so grübelte er, von wie viel Freude, Lust, Heiterkeit und Freundschaft war er die sprudelnde Quelle! Und von wie viel Schmerz, Enttäuschung, Scheitern und Einsamkeit!

Von wie viel?, gelangweilt zog die Baroness die Augenbrauen hoch.

Das andere Ende des Lebens

Esti stürzte aus seinem Zimmer und fiel über die Baroness her, sie solle ihn sofort anrufen. Ich will es, Esti stampfte mit dem Fuß auf wie ein kleines Kind, dabei war er schon im fortgeschrittenen Alter. Du hast den Verstand verloren, stellte die Frau ruhig fest. Die Vorgeschichte von alldem war, dass Esti vor dem Herausrennen gehört hatte, wie die Baroness mit jemandem telefoniert. Er hatte gehorcht. Mein Gott, wie lieb, weich, nett sie spricht, auch die alltäglichsten Sätze sagt sie so, dass man errötet, wenn man es hört, wie gut muss es jetzt am anderen Ende der Leitung sein. Esti schlich in sein Zimmer zurück. Horchte. Es wird gut sein.

Appendix: Was ist die Liebe ohne Liebe wert, dachte Esti. Bekenntnisse eines verantwortungslosen Mannes, er zuckte sinnend die Schultern.

(Esti wurde schließlich Oberst. Er freute sich. Die Frau des Generals nahm sein Gesicht in ihre weichen Hände.) Sie täuschen mich nicht, Kornél. Sie taugen zu nichts, ausschließlich zum Kriegführen und mitunter nicht einmal dazu. Wenn Sie das Schlachtfeld verlassen, ist das, als watschelten die Schwäne am Seeufer. Wussten Sie das, Kornél, wussten Sie von diesem Gewatschel? Witzig. Erbärmlich. Sprechen Sie nicht. Sie lassen niemanden an sich ran, und dann wundern Sie sich, dass Ihnen niemand nah ist. Ich sehe, dass Sie das sehen, und ich sehe, dass Sie sich schämen. Richtig. (Ich will drei Sätze auf einmal sagen. Das nennt man Schweigen.) Glauben Sie nicht, lieber Kornél, dass nur Sie einsam sind. Wenn Sie brav sind, wird um elf Lammbries serviert. Schlüpfen wir bis dahin ins Bett. Am Ende werden Sie noch General, aber so lange warte ich nicht ab, Sie Strolch.

Seite und Kehrseite

Seite

Er wachte mit summenden, kribbelnden Muskeln auf, mit summender, kribbelnder Muskulatur. Neben dem Wecker fand er einen kleinen Zettel. *Esti, my dear – in the light of day you remain rare and fabulous … XXX*

Klopfenden Herzens nahm Esti einen großen Laib Wörterbuch hervor.

Kehrseite

Damals, als er für Geld fickte, schlief er entweder nicht am Tatort oder stahl sich auf die gewöhnlichste Art und Weise früh aus dem Bett. Wie die schwarze Tulpe, Alain Delon, hinterließ er immer die gleiche kleine Karte (deshalb hatte er ständig einen kurzen IKEA-Bleistift in der Tasche): … (hier stand der aktuelle Name geschrieben), *my dear – in the light of day you remain rare and fabulous … XXX*

Zwiebelleben

Wenn Portugiesisch die Sprache der Blumen ist, dann ist Deutsch was? Die Sprache des Krauts, könnte man frech sagen. Doch die Sprache des Blumenkohls wäre schon ein vertretbarer Standpunkt, das Wuchern des Blumenkohls erinnert an das Gehirn, und die deutsche Nation ist, wenn auch nicht die der Ratio, so doch die des Denkens.

Wie auch immer, damals sprach Esti noch nicht Portugiesisch, Deutsch ein wenig. Aus der Küche, hinter der Tür, hörte er eine fremde weibliche Stimme: *Sie sind so stark, so stark sind Sie.* Er öffnete die Tür. Es wurde still. Ein verschwitztes Frauengesicht blickte ihn an, und ein verschwitztes Vatergesicht. Gleichsam ein Doppel-L bildend, hingen sie über der Tischplatte. In der Stille bewegte sich sein Vater weiter, auf dem Tisch bebten die Gläser. Nahe dem Gesicht der Frau lag ein Stück rote Zwiebel. Er schloss die Tür. *War das Ihr Sohn? Nicht unhübsch.* Kusch dich!

Kornél Esti war in dem Alter, in dem ihm alle anderen Leben, egal von wem, interessanter und wertvoller erschienen als das eigene. Vor sich sah er das rot pulsierende, schweißperlige Gesicht der fremden Frau. Bräuchte ich ihr Leben? Das wäre nicht schlecht, *Sie sind so stark* ... Oder das meines Vaters? Das wäre noch besser. Doch schließlich entschied sich Esti für die Zwiebel, die rote Zwiebel, Allium cepa. Das wird gut sein, er grinste (denn meistens weinte oder grinste er) und machte sich ans Portugiesisch.

Tränenleben

Eine Frau schluchzt in der ...straße (Budapest). Sie schluchzt und plappert. Sie plappert, als würde sie verfolgt. Damit die Worte schneller dahin, irgendwohin gelangen. Der elegante Mann (Boss-Mantel) wischt der Frau mit einem Papiertaschentuch fachmännisch die Tränen ab; er wartet, bis eine Träne herausrollt, dann am Gesicht hinabgleitet, und dann. Für jede einzelne Träne trägt er Sorge.

Der Mann ist Kornél Esti. Er findet sich selbst zum Kotzen. Er wäre gern an der Stelle der Träne, und sofort – ah, egal! Viele Menschen gehen an ihnen vorüber.

Negativer KISZ-Bericht oder Das Lob der Langsamkeit

Kornél Esti war einer (keiner), der, wenn die Baroness gereizt Rechenschaft verlangte, warum er schon wieder kontinuierlich einen Meter vor ihr herliefe, genüsslich darlegte, dies, sollte dem tatsächlich so sein, bedeute, dass sie sich mit gleicher Geschwindigkeit vorwärts bewegten, also nicht er schneller werde, vielmehr die Baroness zurückbleibe; im Laufe der Erklärung erklang immer der Ausdruck Meterpersekundum, beziehungsweise wenn nicht, dann verwendete er Kilometerperstunde, dann aber fügte er zuvorkommend die Umrechnungszahl hinzu, auch wenn er die Rechnung nie ausführte.

Nie.

So einer (nicht so einer) war Kornél Esti.

VI

UNSER EINSAMES VATERLAND

Das Heldentum brauchen wir

In keinster Weise, zur Gänze, das Einzigste – wenn Kornél Esti das hörte, zerrte er, auf die Pflicht zur leidenschaftslosen wissenschaftlichen Beschreibung sprachlicher Phänomene pfeifend, seine *.38er Smith & Wesson* hervor und schoss den Betreffenden nieder wie einen Hund. Zuweilen vergewaltigte er ihn auch noch, doch das hielt er selbst für übertrieben. Entweder Esti oder ein Romanheld à la Falstaff; im Prinzip. Das war der Wilde Westen.

Wenn oder Das Heldentum

Wenn die Dinge liefen beziehungsweise wenn sie liefen, dann flogen sie, wenn sie also flogen, dann hatte Esti das Gefühl, er könne sich die Alltäglichkeit, die Normalität, es ist schwer, das genaue, passende Wort zu finden, erlauben. Zur Gänze. Wenn nicht, dann war die Normalität nur Kleinlichkeit, Absicherung, Sicherheitskür. Als wäre Gott ein Versicherungsvertreter und die Kunst das Formular, das man im Ereignisfall ausfüllen muss. Wenn ja, Rausch, wenn nicht, Exzess. Wenn ja, Leidenschaft, wenn nicht, Annehmlichkeit. Wenn ja, Freiheit, wenn nicht, Provinzialität. Wenn ja, Gebet, wenn nicht, Gefeilsche. Wenn ja, nicht, wenn nicht, ja.

Die Bühnenversion

Vorhang

Da ist ein Vorhang. Er geht hoch und wir sehen eine typisch mitteleuropäische Gegend, im realistischen Sinn, also zum Beispiel mit einer echten Donau, einer Müllhalde, streunenden Hunden, nationalen Symbolen. Im Vordergrund der breiten, abgesehen von Obigem gähnend leeren Bühne, fast schon den Zuschauern auf den Füßen stehend, Kornél Esti. Er kratzt sich an den Eiern. Die Wollust knistert. Baroness: Ah. Sie ist nämlich empört. Überkritisch oder angewidert; wenn die Vorstellung gut ist, ist das schwer zu entscheiden. Esti (selbstsicher): Das Eierkratzen gehört in die Sphäre der Erotik. Die Baroness schneidet Grimassen, ich mag nur, was geschmackvoll ist. Esti bittet die Baroness in zivilem Ton, doch die nationalen Interessen vor Augen, sie solle auf der Stelle die Schnauze halten, wenngleich (hier blickt er ins Publikum, dabei habe ich ihn schon tausendmal gebeten, es nicht zu tun, es ist nicht nur billig, sondern zerstört auch den Rhythmus des ganzen ersten Aktes), wenngleich er ihr mit Freuden auf diesem Gebiet kulturhistorisch den rechten Weg weise. Damit du hier nicht verlassen, ohne Hoffnung herumirrst. Sofort irrt die Baroness auf obige Weise herum, ihre Schminke verstärkt die Wirkung.

Esti rennt von der Bühne, sein Lauf erinnert an einen Schmetterling (laut einem gehässigen Kritiker an die Fledermaus, laut einem patriotischen, ein Missverständnis, an den Würgfalken), er geht links ab.

Ein eingebauter Mann (Nachwuchsschauspieler) aus dem Zuschauerraum: Doch er hat auch das Eierkratzen mitgenommen! Keine Lacher, ein Lob für die Regie. Die Schicksalsfragen fressen sich in das

Material der Bühne. Verunsichert und langsam zerstreuen sich die Zuschauer.

Als das Theater praktisch schon leer ist, kehrt Esti auf die Bühne zurück, entschlossen, heiter, er macht da weiter, wo er aufgehört hat. Keine Pointe. Die Baroness steckt inzwischen – das ist das Eigentümliche am Inzwischen – mit dem Schiffskapitän, das heißt im vorliegenden Fall mit dem Beleuchter, unter einer Decke. Wie jeder echte ungarische Mann – sine qua non – kratzt auch der sich an den Eiern.

In Anbetracht dessen ist die Beleuchtung nicht nur bravourös, nicht nur menschlich (zum Beispiel die nicht kitschige Behandlung von weichem Licht), sondern derart geschmackvoll, dass die Baroness das Gefühl hat, den Sinn ihres Lebens wiedergefunden zu haben (dabei hat sie ihn schon einmal neben Esti gefunden und auch nicht verloren, na, egal).

Kornél Esti bleibt ein unverknüpfter Erzählfaden. Vorhang.

Zweiter Akt

Ende des zweiten Aktes, noch ist alles möglich, aber das Nichts liegt schon hinter uns, der König, Esti, in Schwierigkeiten, die Rebellen sind sympathisch, das Land siecht dahin, die Königin ist fett, hat jedoch Esprit, in der Szene kann sich der Kostümbildner austoben. Königin: Ich liebe Ihre eng anliegende, rote Hose. (Stille) Und ich liebe es noch mehr, wenn Sie sie ausziehen. (Stille) Haben Sie schon bemerkt, dass ausgezogene Hosen ihre Farbe verlieren? (Lange Stille) Beziehungsweise sämtlich rot werden?

In der günstigeren Rollenverteilung spielt die rote Hose Graf Gyula Andrássy, in der schwächeren reißerisch und dennoch ergreifend John Lennon.

Ende des dritten Aktes, der Vorhang will kaum noch hochgehen, die Mechanik quietscht, mindestens zwanzig Jahre sind vergangen, der Maskenbildner kann sich austoben, die Rebellen sind König geworden, die Königin steht noch immer in blühender Fettleibigkeit, doch an Esprit ist kein Bedarf, der König ist ein Rumpf ohne Arme und Beine, er murmelt auf Rumänisch vor sich hin: Mein Gott, wie sehr ich dich liebe. (Musik) Liebst du mich nicht mehr? Doch, ich liebe dich, ich bin nur alt geworden, und in mir ist mehr Lüsternheit als Liebe.

In der günstigeren Rollenverteilung spielt die Lüsternheit ein bekannter Politiker von heute, auch in der schwächeren ebenjener. Einspringen würde der kapriziöse Zsigmond Báthory.

Patriotische Kollektion

Anfangs

Kornél Esti stand ein Stück weiter hinten. Das Reisigfeuer loderte. Diese vielen sauren Kurutzen!, Esti beugte sich zum Hals seines Pferdes hinab, so viele sauertöpfische Protestanten! Als hätten die Habsburger den Orgasmus entdeckt! Doch der gute Patriot lässt sich nicht vom Kummer übertölpeln, Esti jauchzte düster fröhlich und sprengte davon – wäre er, wenn es etwas gegeben hätte, wohin.

Später, bei Tageslicht, rauchte nur noch stinkend die schwarze Glut, Esti strich diese Szene, sie war zu symbolisch geworden. Dabei hatte ich ganz auf das Reisigfeuer gesetzt. Anfangs schien es eine gute Idee.

Zusammenhänge

Kornél Estis Hund wurde am 11. September 2001 geboren. Wäre Esti ein echter Ungar und nicht nur Gast eines großen, unbekannten Wesens, sähe er hier gewiss die mehr als verdächtigen Zusammenhänge.

Dienstmagd

Das Morgen ist klüger als das Heute, sagen die Portugiesen. Und hier? Heute wird das Gestern von morgen sein! Was für ein Land!, quengelte Esti wie eine Markgräfin (eine Dienstmagd) an ihrem freien Tag.

Vivat Kossuth!

Ich habe mich bei dem Rothschild eines prächtigen Jahrgangs so lange mit dem Engländer unterhalten, bis ich überhaupt nicht mehr verstand, warum ich meine Ländereien nicht zurückbekommen habe, erzählte Estis Freund ihm leicht angeheitert. Vivat Kossuth!, warf Esti trocken und leicht angeheitert ein.

Verschreiber

Es ist etwas anderes – weil andere Scherze (Verschreiber: Schmerzen) dahinterstecken –, 't s c h u l d i g u n g statt perdona zu sagen. Perdona! Sorry, fiel Esti noch ein. Wer vornehm sein will, verwende nur eine Sprache.

Pfeifen

Wie sehr braucht das Vaterland diejenigen, räsonierte Esti, nein – einen habe ich noch! –, pfiff Esti vor sich hin, die auf es pfeifen.

Œuvre

Nach dem schmackhaften, vitaminreichen, vom Geist der neuen ungarischen Küche inspirierten, leichten und doch nahrhaften Abendessen überblickte Esti das Œuvre, sein Œuvre. Was auf dem Tisch lag, auf dem Tisch der Nation. Gott, Vaterland, Familie, stellte er fest. Sie können mich mal. In diesem Können, Mitleid und Lachen verging der Abend.

Der Himmel

Wenn Kornél Estis Gehirn ein Himmel ist, dann zuckten an diesem Himmel zwei Blitze, so schnell hintereinander, dass man den zweiten nicht nur für die Folge des ersten halten musste, sondern geradewegs für einen Beweis, den ersten für die Verifikation des zweiten.

1. Fußbulle. 2. Ich bin Ungar.

Am Himmel zeichneten sich auf einmal die düster bedeutenden Wolken der Logik und das Vaterland in der Höhe ab.

Historische Skizze

Mein Herr und Gebieter, mein lieber Vetter Béla, so empfing Kornél Esti Béla IV. in der Burg von Trau, dem heutigen Trogir, einem beliebten Urlaubsort, obwohl das südländische Temperament mitunter ärgerlich ist: die Menschen sind laut, die Straßen schmutzig, die Gebäude und Strände vernachlässigt. Der König war vor den Tataren hierher geflüchtet, und Esti ist da, wo er ist (in der Regel).

Ich lege vor dir, mein treuer Mann, Kornél Esti, ein heiliges Gelübde ab, dass, wird mir ein Sohn geboren, er Priester wird und Nonne, wenn es ein Mädchen ist, und er zeigte auf den sich wölbenden Bauch der Königin. Meiner Ansicht nach ist es eine gute Pointe, dass der König bei der Rückkehr aus dem Heiligen Land seine Gemahlin und sein Land auf den Kopf gestellt vorgefunden hat. – Eine peinliche Stille störte den dalmatinischen Hain auf. Hoppla, mir fällt ein, das bezieht sich auf den gnädigen Herrn Vater Eurer Majestät, unseren König András. Doch auch hier *stimmt* es beinahe, oder nicht?! Doch wir müssen aufbrechen, mein Herr, das Abendessen müssen wir im Geheimen zu uns nehmen. Bezahlte Fischer warten in der Bucht.

Der Grund für die Geheimniskrämerei war, dass Esti den auf der Flucht nun wirklich nicht verwöhnten königlichen Geschmacksknospen mit lokalen Muschelspezialitäten aufzuwarten wünschte, doch das Fischen von *prstaci* war gerade wegen der lokalen Besonderheit verboten. Ein möglicher Skandal hätte dem ungarischen König gewiss nicht gutgetan. Die länglichen Muscheln wachsen jahrelang unter dem Meer an einem Felsen haftend.

Die Fischer begleiteten die glanzvolle, dennoch staubige Gesellschaft in den wirtshausartigen Verschlag, wo sie ein einfacher, unförmiger Tisch erwartete, mit würzigen dalmatinischen Weinen, weichem weißem Brot. Als zweiten Gang brachte man Kleinfische und Sardinen, *gavrum* und *gilice*, dann folgte Großer Roter Drachenkopf, *škarpina*, dann *arbun*. Rotbrasse, sagte Béla IV. finster, Grundstufe 1, er hatte gerade Friedrich Babenbergers üblich zu nennende Streitbarkeit schlucken müssen. Auch dem Babenberger wird's mal in die Bude regnen, aber das konnte die Tischgesellschaft noch nicht wissen, als Zahnbrasse, *zubatac*, die vielen kleinen *kozice*, Garnelen, und *lignje*, Tintenfische, serviert wurden.

Nach dem verbotenen Muschelessen ruderten sie still zu ihrem Quartier, im Kopf tausend Gedanken, die lediglich das ewige Platschen der Ruder zerschnitt. Kornél Estis Gedanke: (*Seufzen*) Es gab keinen *gof*, Makrele, dabei war er bezahlt. Béla IV. dachte wie immer an das Land, dann an Batu Khan, dann an sein im Fieber liegendes Mädchen, und dass ihm zu viel Knoblauch am ... wer erinnert sich an so viele Namen.

Ich bin Flüchtling, nicht Ungar, sagte er in der Tür zum königlichen Schlafgemach in mildem, persönlichem Tonfall zu dem sich tief verbeugenden Esti. Der sich daraufhin aufrichtete, dem König in die großen Augen sah. Und ich bin Tourist. (Tatsächlich machten sie gerade dort Urlaub.) Von da an rechnen die Historiker die zweite Staatsgründung.

Das Bild der Schöpfung

An dem Tag, als sein maßlos lesender Onkel, eine echte Leseratte, als Mitglied des Prónay-Kommandos eigenhändig eine verdächtig (wie ein Kommunist) aussehende Person in den Kopf schoss, begann im New Yorker Madison Square Garden eine gewisse Patricia Salmon ihren hundertdreißig Stunden und vierzig Minuten dauernden Tanz, quasi mit wechselnden Pferden.

Esti mochte zwar – leider – nicht die Frage beantworten, was besser, schöner, heilsamer ist: bis zum Äußersten tanzen oder jemanden auf eine wackelige Begründung gestützt in den Mund schießen, doch anhand der Koinzidenz grübelte er lebhaft über historische Zufälle, die Unbeständigkeit des Glücks, die enorme Kraft der Zeit, die spielerische Brutalität des Ganzen nach; er machte Skizzen zum Bild der Schöpfung.

VII

IM RACHEN DES TODES

Im Rachen des Todes

Alfred Brendels Bemerkung

Motto: »Kommen Leben, hauen drauf.« Früh, das weiche Ei war noch gar nicht so weit (es war zwar fertig, aber zu heiß), platzte sein Freund herein, man hätte auf seiner Lunge etwas gefunden, aber seiner Ansicht nach sei es bestimmt kein Krebs, denn er habe fünfzehn Kilo zugenommen. Er blickte Esti abwartend an. Was möchtest du hören. Und er streichelte dem Freund die kleinen, weichen Hände.

Am Nachmittag telefonierte er mit einem anderen Freund, der mit Leukämie im Krankenhaus lag, dieser aber hatte, wie er erzählte, fünfzehn Kilo abgenommen. Dass dies, am Morgen und am Nachmittag, die gleichen fünfzehn Kilo waren, sagte Esti nicht, nur, dann bist du endlich bei deinem Wettkampfgewicht. Stimmt, Blödmann, nur der Wettkampf, bitte schön, ist ein anderer, tönte es lustlos, aber noch immer ein wenig frotzelnd aus dem Hörer. Und Brendels Klavierspiel (Mozart).

Jerry Lee Lewis' Schweigen

Ich habe mir detailliert, Ton für Ton, vorgestellt, wie ich Stücke von Jerry Lee Lewis teuflisch für Sie auf dem Klavier spiele, dachte Kornél Esti und starb. Er hatte ausgelitten.

Der Tod als Werkstattdilemma

Zitat, »ich«, Zitat Ende, so fasste Kornél Esti die nachmodernen literarischen Bestrebungen und deren Elend und Notwendigkeit zusammen, dann starb er, aber er konnte nicht. Wer einmal in Anführungsstriche geraten ist, lebt ewig. Esti fluchte den ganzen Nachmittag.

*

Du wirst noch Fiktion sein, zischte Esti plötzlich hasserfüllt in das per def unschuldige Gesichtchen seines Enkels und weinte hastig – so dass es keiner sah. Sie hätten es ruhig sehen können, niemand nahm mehr Anstoß an einem schluchzenden Mann, niemand wunderte sich mehr über ein ödes Herz. Während Esti, selbst Fiktion vom Scheitel bis zur Sohle, weinte, starb er. Biss ins Gras. Sein Enkel quietschte vor Lachen.

*

Ich war überrascht, prompt in den Himmel zu kommen, äußerte sich Kornél Esti auf die Frage eines Journalisten, finster vor Schmerz. Mehr über den Tod zu sagen ist schwer, auch die Zeitungen schwiegen geschlossen.

Jammertal

Motto: »Kommen Leben, hauen drauf.« Kornél Esti war ein Förßt-Klaaß-Hypochonder. Er werde ein eingebildeter Kranker, sprach der Herr, der im Ruf stand, ein Purist zu sein, ein Sprachreiniger, sein ganzes Leben und seine ganze Existenz erschöpfte sich, leicht übertrieben ausgedrückt, im Verfolgen wirklicher und vermeintlicher sprachlicher Fehler, und es geschah also. Estis Leben war der reinste Jammer, hier ein Zipperlein, da ein Zipperlein, und dort wird eins sein; freilich, er hatte auch seine Freude daran. Freude und Schmerz Hand in Hand – so banal widersprüchlich ist das Leben. Als er in dieser Dualität unten am Nasenflügel den ersten Mitesser seines Lebens ausdrückte, schrie er dermaßen, dass die halbe Straße zusammenlief. Fettwürmer haben mein Gehirn okkupiert, er schniefte voller Genuss – aber dann wurde die Angelegenheit bereinigt.

Als die Zeit gekommen war, wuchs der Nagel seines großen Zehs ein. Von dem Zeitpunkt an, als er einwuchs, wuchs er regelmäßig ein, und wenn er einwuchs, ging Esti nicht zur Pediküre (zum Beispiel hier zu der Rita, nur einen Sprung), sondern zu seinem Bekannten, einem berühmten Chirurgen (wenn es nötig war, wartete er, bis der aus dem Ausland zurückkam; er nahm an zahllosen Konferenzen teil), der ihn schon kennend nicht stritt, ihn nicht mit einer abwinkenden Handbewegung (»ach, das ist nichts«) ärgerte, eine weichmachende Salbe und eventuell Alsol verschrieb beziehungsweise sich mit ernstem Gesicht über den Fuß beugte, ihn wichtigtuerisch betastete, woraufhin Esti mit triumphierender Koketterie herausschleuderte, dann also Knochenkrebs!?, woraufhin der Oberarzt mit dem obligatorischen »ach, mein lieber Kornél« müde endlich das tun konnte, was er schon im ersten Augenblick hatte tun wollen (mögen): Er winkte ab, und Esti flog glücklich aus dem oberärztlichen Thronsaal.

Und da entstand dieser leichte Schmerz in seiner Brust. Er ging wie gewohnt zu seinem Doc, der ihn jetzt nicht mit einer weichmachenden Creme versorgte, doch mit dem gleichen ernsten, gleichmütigen Gesicht wie sonst seine Untersuchungen machte. Am Ende der Untersuchungen fragte Esti, an seinen Gewohnheiten festhaltend und damit der bewährte Abflug, der Abgang, Schwung kriegte, hämisch, dann also Knochenkrebs? Nein, sagte der Prof ohne jede Regung, eher Brust.

Wieder verging etwas Zeit, der Herr vertrat bereits eine nachgiebigere Sprachauffassung, Esti saß mit ihm auf einer Schäfchenwolke und dachte unzufrieden, nun, das ist alles?, derart anekdotisch soll das Leben sein und fertig? Er sagte dem Herrn nichts, doch schon seit geraumer Zeit spürte er im großen rechten Zeh einen leichten stechenden Schmerz.

Noch vor dem *dolce* bitte er ums Wort, doch er hätte auch schon nach dem Filet Wellington darum bitten können, und sie sollten jetzt nicht pedantisch werden, dass gar kein Filet Wellington serviert worden sei, irgendwo gebe es immer Filet Wellington, auch wenn außer Frage stehe, dass diese Tatsache nicht beruhigend auf die anwesenden vaterländischen Busen wirken müsse, er wolle auch nicht lange drum herumreden, obgleich es sich nicht gehöre, geradeheraus zu verraten, wer der Täter sei, wogegen man hier einwenden könnte, dass in unserem Fall Täter und Opfer scheinbar ein und dasselbe seien und Letzteres aus Sicht der klassischen Narration nicht unter Schutz stehe, nicht wahr. Er wolle auch nicht viel Lärm um nichts machen, auch wenn er zweifellos über dieses Nichts zu reden wünsche.

Vielleicht könnten sie aufhören zu essen, verdammt nochmal!

Oder wenigstens, mit dem Besteck zu klappern. Verzeihung. Er druckse auch gar nicht länger herum, er spüre eine leichte gereizte Ungeduld, und es würde ihn freuen, wenn davon auch etwas für das Dessert bliebe, dann also in medias res, wiewohl auch das langsame, episch-lyrische Fortschreiten seinen Schauwert habe, die behutsame Darstellung der ersten Zeichen, die noch gar keine Zeichen sind, so dass wir sie auch nicht als erste ansehen könnten, und so, kommod weiter, wie der ganze Horizont zunehmend von Schatten überzogen würde, das wäre schön, doch beginne er jetzt sofort mit diesem Schattendunkel, aus dem es nicht nur keine Aussichten gebe, man habe noch nicht einmal Lust zu schauen: also das Ergebnis der gestrigen Gewebeprobe, und nun sage er auch gar nichts mehr, alles sei klar, ja, sie ahnten richtig, nun ja, wo ist das Klappern des Bestecks?, ja, Knochenkrebs, inoperabel.

Er bitte sie, ihn nicht so anzustarren. Er bitte sie, sich nicht die Hand vor den Mund zu halten, als parodierten sie unbegabt einen unbegabten Schauspieler. Er bitte sie, nicht betont erschrocken einander anzusehen. Er bitte sie, das Glitzern der Augen einzustellen.

So.

Er werde innerhalb eines Jahres sterben, mit großer Wahrscheinlichkeit. Also nicht in einem Monat, aber auch nicht in zwei Jahren, mit großer Wahrscheinlichkeit. Dass der Mensch sterblich ist, erführen sie nicht erst jetzt von ihm, obwohl durch seine Person zweifellos eine neue Situation entstanden sei. Bisher sind immer andere gestorben, heißt es. Er mache sie darauf aufmerksam, dass es normal ist zu sterben, er mache sie darauf aufmerksam, dass es der Norm entspricht, folglich sollten auch sie normal bleiben, beide Seiten sozusagen sollten normal bleiben.

Er wolle nicht, dass sie nun in seiner Gegenwart leiser sprächen, horribile dictu flüsterten, er wolle nicht, dass sie taktvoller seien, es reiche, wenn sie taktvoll sind, er wolle nicht, dass er aus bedeutungsschwanger beabsichtigten Blickwechseln konstatieren muss, wie sehr sich sein Zustand verschlechtert habe, er wolle nicht, dass sie permanent in Tränen ausbrächen, und auch nicht, dass sie so tun, als sei nichts geschehen. Er wolle nicht, dass sie von heute an jenen letzten Augenblick einübten.

Das werde sich ergeben.

Er wolle nicht so tun, als kennte er die Zukunft, als wüsste er, sagen wir, was der Schmerz mit ihm tun werde, und, nun, er gebe auch zu, dass ihn dieser ganze metaphysische Kram nicht in Ruhe lasse.

Sie sollten versuchen, ihn *sich einzuprägen*.

Das sei sein Wunsch. Nicht im Herzen, vor allem nicht für immer, auch sie würden einst auf dieser Seite stehen, ja, selbst die kleinen Knirpse, unter ihnen gesagt, pfeife er auf ihr Herz. Vielmehr sollten sie sich seine Zellen einprägen, die Beziehung der Zellen untereinander, ihre Substanz, seine Ohren, seine Gelenke, seine Schwielen, an so etwas denke er. Das wäre gut, darüber würde er sich freuen, von ganzem Herzen. Sie sollten ihn nicht so erschrocken mustern. Mehr könnten weder er noch sie tun. Ganz ruhig.

Jetzt könne die feine russische Cremetorte kommen, sagte Kornél Esti und starb, völlig unerwartet. Irgendwo erwartete ihn das unendliche Wellington, medium rare, wie es sich gehört.

Ich bin dein

Als der Vorhang aufgeht, fällt in winzigen, stechenden Körnern der Schnee. Es ist nicht kalt, doch wäre es besser gewesen, die Mäntel nicht an der Garderobe abzugeben. Hinter der Szene scheinen wir Nietzsche vorbeihuschen zu sehen. Nehmen wir an, sagt Kornél Esti, ich sei, aus rein dramaturgischen Erwägungen, der Herrgott. Und das versuche ich, in den kommenden (vergangenen) drei Akten nicht verkrampft, aber mit Demut und Bescheidenheit auszubalancieren. Und ich verzichte natürlich auch auf Ironie. Das sagt Esti und, er hat keine andere Wahl, stirbt. Abgesehen vom Schneefall beginnt (und endet!) hier im Wesentlichen das Stück. Der Vorhang wird nie mehr zugehen. (Anrechtler im Vorteil!)

Kuttelkompromiss

Das Bett sah nach Sterben aus. Kornél Esti saß am Rand von Ulrik Vencels Sterbebett, in seiner Hand hielt er die immer schwächer werdende Hand des Mannes. Oder alternde. Er hatte, so glaubte er, diesen Mann gemocht, sofort verbesserte er sich, er mochte ihn, der Mann war noch nicht gestorben, auch wenn er im Sterben lag. Nein, das, was geschah, war passiver: Sein Freund verschwand, verging. Dieser, als spürte er, woran Esti dachte, flüsterte gemessen an seinem Zustand leichthin, wenn auch nicht lachend, so doch heiter, beinahe zufrieden: Kutteln!, Kutteln habe ich immer und zu jedem Zeitpunkt gemocht, wirklich gemocht. Ich also ihn, er die Kutteln … vielleicht die Kutteln mich, Esti wusste nicht, ob dies Ulrik Vencels letzte Worte waren, dennoch begann er bei diesem Kuttelbekenntnis ohne Tränen zu weinen. Auch seine Hand bebte, als würde er dem (nun schon) Toten gratulieren.

So dass leicht

Wie tief soll ich das Becken graben?, fragte Kornél Esti der Gutsverwalter. Esti dachte nach, dividierte, multiplizierte. So dass ein zwölf-, dreizehnjähriges Kind leicht darin ertrinken kann. Der Gutsverwalter dachte nach, dividierte, multiplizierte. Ich verstehe, Herr Kornél, wird gemacht.

Gut

Keine dunklen Wolken, kein Unheil. Die Minuten plätscherten friedlich dahin, die Sonne schien (als hätte es jemand bestellt oder geregelt), eine liebe Frau zwitscherte ihm gerade etwas über das geheimnisumwitterte Leben der holländischen Moorsiedler ins Ohr, als Esti befremdet konstatierte, dass sein Kopf voller Kohlehydrattabellen war. Hülsenfrüchte, Ausrufezeichen, voller solcher Dinge, bis Oberkante Unterlippe, mit Mist.

Auf der Stelle machte er sich ans Verschlingen russischer Cremetorten.

Damit fertig aber erwischte er in seinem Gehirn die Cholesterin- und Triglycerid-Bilanzen. Gib's ihm, Knochenmark, Kutteln mit Schweinshaxe! Dann aber kamen die Termine für das Bezahlen der Umsatzsteuer, über die Folgen lasse ich mich gar nicht erst aus.

Am Anfang fand Esti in der Zuckerkrankheit den Tod, später ging er, wie seine Mutter, infolge von Gefäßverengung von uns, dann holte ihn der Knochenmann (zuerst habe ich irrtümlich Koch geschrieben) im Schuldturm. Doch natürlich absolvierte Esti – seiner schillernden Figur entsprechend – Herzattacke, Aortariss (auf den Zentimeter genau die gleiche wie bei Misi Figula), Gehirnblutung, was noch?, was es noch gibt, irgendwas ist immer. Was für ein Leben!, jubelte Esti, doch da war es in gewisser Weise schon zu spät.

Zu spät, nicht zu spät, gut, und er zog fröhlich das »u« von gut in die Länge. Und was ist wohl mit diesen armen holländischen Moorsiedlern?

Todeskollektion

Esti, den Säugling im Arm, fiel in die Türglasscheibe und starb (verblutete). * Während der Zeit bei der Armee bezahlte er die leichten Mädchen mit Bohnengulasch, und das musste er bitter (mit dem Leben) bezahlen. * Starr vor Entsetzen hörte er sich an, wie der junge unbekannte Radfahrer mit dem sympathischen Gesicht bemerkte – vorn und hinten am Fahrrad flatterte die Nationalflagge –, Esti habe Schande über seinen Namen gebracht, er sah dem sogleich davonradelnden Mann noch eine Weile hinterher, und erst dann starb er den Heldentod. * Die Welt wird immer schlimmer, oberflächlicher, entfernt sich immer weiter von den lebenspendenden Wurzeln, der Tsunami der Globalisierung reißt auch noch die restlichen Werte mit sich, den Werterest, die moralische Krise der Welt ist unverkennbar – dieses Lied dudeln viele, als wären sie nicht Teil dieser Welt, als wäre es das Problem der anderen, der Kulturpessimismus findet wieder reißenden Absatz, und er teile diese Ansichten zutiefst nicht, sagte Esti und starb. * Esti lebte, dann starb er.

Ohne Titel

Kornél Esti lebte, dann starb er. Ist das dem Leben oder dem Tod zuzurechnen? Es wäre gut, noch eine Zeitlang zu leben.

KORNÉL ESTI

Erstes Kapitel

in welchem Das Fahrrad des Kornél Esti oder Die Einrichtung der Welt

Zu seinem Vater blickte Kornél Esti gemeinhin wie zu Gott auf, als sein Vater ihm aber jenes gewisse Fahrrad kaufte, ganz und gar. Ein Atheist wie zu Gott. Die leicht über die Lippen kommenden Vergleiche ordnen den Lauf der Welt niemals auf befriedigende Weise, denn es gibt Myriaden von Atheisten, kämpferische, müde, entsetzte, interessierte, wie auch von Göttern: kämpferische, müde, entsetzte, interessierte. Vielleicht müsste ich von Gott hier in der Mehrzahl reden, aber ich gebe zu, auf primitive Weise war das für mich immer eine Schweinerei der Kommunisten, irgendwie hat sich das so in mir festgesetzt, sie befahlen die Mehrzahl, um zu beweisen (!), es gäbe Gott gar nicht. Nicht einmal Gagarin hat ihn gesehen. Deshalb ist die Grammatik gut, sie pfeift auf die Kommunisten und auch auf die Beschimpfung als Kommunist. Esti muss so um die zehn gewesen sein, sein Vater, nehme ich an, etwas älter.

Der Herrgott blickte zu der Zeit gern auf Esti, damals *kam* er sozusagen *auf ihn*, wieder einmal; in Estis ernstem und wildem Gesicht fand er sich (anhand unerwartet aufgetauchter alter Fotos) wohltuend wieder. Ich bin stolz, dir zu ähneln, erklärte er gelehrt seinem Sohn, und als Esti den Mund langsam, überlegt, großzügig zu einem Grinsen verzog, zu einem so breiten wie das der amerikanischen Schauspielerin Julia Roberts vielleicht, schien ihm das aus irgendeinem Grund ungeheuer beruhigend, gar ermutigend, als wäre die Welt in Ordnung, nicht nur sie beide verstünden einander, und sie verstünden einander nicht nur wie Vater und Sohn, pfiffen auf die Sitten, auf Ödipus und diesen ganzen Firlefanz (oder Mischkulanz?, Kram wird es wieder, auf diesen ganzen Kram), sondern … nun, ich weiß es gar nicht, kann gut sein, dass allein das lodernde Gefühl der Liebe sie umzingelte und sie es aus Scham sofort auf die Welt ausdehnten, als verstünde auch die Welt sich selbst.

Ich habe mich eben nicht richtig ausgedrückt, Estis Beurteilung von Estis Vater wurde durch den Fahrradkauf nicht besser, wohl auch nicht schlechter. Zum einen, weil Esti seinen Vater nicht beurteilte, er kümmerte sich kaum um ihn, er entdeckte gerade die Welt, das tat er dann in seinem Leben noch ein paarmal, immer wieder entdeckte er die Welt, doch in diesem Fall gehörte sein Vater nicht unmittelbar zur Welt, halt, auch das ist nicht ganz richtig, er gehörte zwar zur Welt, aber nicht zum Entdeckenswerten, mit seinem Vater, so hatte er das Gefühl, war alles in Ordnung, wie mit dem Gartentor, nur die Scharniere müssten endlich einmal geölt werden, denn auch wenn es nicht quietscht, scheint doch etwas nicht ganz ideal, er musste mit seinem Vater nichts anfangen, höchstens dessen launische, ausbruchartige (Zrínyi!) Initiativen im Keim ersticken, dies aber, das Ersticken, erledigte leicht und fröhlich sein bezauberndes Grinsen; zum anderen hielt Esti diese ganze Fahrradkaufgeschichte für keine so große Sache, ich würde sagen, für nichts Besonderes.

Natürlich war er sich darüber im Klaren, dass es um einen außergewöhnlich teuren Kauf ging, denn er hatte lange und gründlich die von mindestens zwei unabhängigen Quellen eingeholten Prospekte, Kataloge, Reklamehefte, Broschüren, Flyer studiert und so die möglichen billigeren Ersatzlösungen auch in Betracht gezogen, ich glaube, bei Katzenauge, Pumpe und Lackierung hätten nur in moralischer Hinsicht (der Wille zählt!) bedeutend zu nennende Einsparungen erreicht werden können, doch Esti hatte Gesichtspunkte, an die ich mich unmöglich erinnern kann, ich fürchte, er hatte Prinzipien, Fahrradprinzipien, strenge Fahrradprinzipien, an denen er ... festhalten wäre nicht das richtige Wort, er machte sie mit einer Blasiertheit geltend, als wären sie Naturgesetze, es ist dumm, angesichts des zerbrochenen Teeservice die Schwerkraft zu verfluchen oder sich hämisch zu freuen, und noch dümmer, weil es höflich ausgedrückt auf einem Missverständnis beruht, zu sagen, wir für unseren Teil, was uns angeht, so halten wir an der Gravitation fest. Esti wollte etwas, das Fahrrad, *dieses* Fahrrad, und was jenseits davon lag, das sah er nicht, die Umstände, Bedingungen, Konsequenzen seines Wollens ließen ihn kalt. Wir könnten das Fahrrad das Nichtweiter seiner Sehnsüchte nennen, und tatsächlich gab es kein Weiter, so dass Esti auch nicht berührt war, als sich seine Sehnsucht, die Sehnsucht seiner Sehnsüchte erfüllte. Es ging ihm damit, Verzeihung für die unernste, leichtfertige und lockere, kokette und unvorsichtige, unangemessen spielerische, aber nicht fahrlässige, weil präzise Parallele, wie dem jungen Helden jenes ungarischen Romans mit dem Konzentrationslager, sie studierten gerade die Welt, und da sie bis zur Naivität unvoreingenommen und infolge ihrer kindlichen Würde aufmerksam waren (nicht im Sinne der Zuvorkommenheit, sondern indem sie beobachteten, wachsam waren, achtsam, vigilant), sahen sie, dass die Welt ist, wie sie ist, und infolge ihrer Unvoreingenommenheit und Aufmerksamkeit kamen sie nicht einmal auf die Idee, überrascht oder befremdet zu sein, sie verzogen keine Miene, weil sie gerade keine Erwartungen hatten, keine Wünsche, sie nahmen das Kennenlernen ernst, ihre Freude (mit anderen Worten ihr Glück) wurzelte in diesem Ernst wie die meine in *diesem* Unernst: Die Welt ist so, stellt der eine von ihnen fest, dass man früher oder später ins Lager gebracht wird, das ist normal, das ist der Lauf der Dinge, oder die Welt ist so, Esti nickte bedächtig, dass ... – diesen Satz aphoristisch zu beenden ist schon schwieriger, auf jeden Fall ist sie so, dass in ihr dieses Fahrrad möglich ist. Dass der Fall des Fahrrads – bezogen auf Esti – in der Welt möglich ist.

Esti war nicht verwöhnt, und er ließ sich, wenn in das große Paidagogos-Getriebe Sand geriet, auch nicht verwöhnen, obwohl ich nicht behaupten würde, dass er Geld schätzte (hier waren auch die Eltern ein schlechtes Vorbild, sie konnten gemäß ihrer Erziehungsprinzipien nicht verbergen, dass Geld sie nicht direkt interessierte, weder der Erwerb von Geld noch der Mangel an Geld, und da sie nicht vollkommen mittellos waren, konnte Esti, mochte er sich auch höflich abwenden, nicht nicht sehen, dass keine ihrer Handlungen von ihren finanziellen Mitteln motiviert war), er schätzte es nicht, verschwendete es jedoch auch nicht, dank der strengen oder vergesslich gehandhabten Taschengeldreglementierungsordnung gab es auch nichts zu verschwenden, diese Ordnung jedoch, selbst wenn sie sich in der Prinzipienlosigkeit der Unordnung präsentierte, akzeptierte er klaglos. Er war ein puritanischer Junge. Klaglos hätte er auch akzeptiert, hätte sich sogar darüber gefreut, wenn sein Vater, sagen wir, die Bedingung gestellt hätte, dass Esti einen Teil des Fahrradpreises, wenn auch nicht die Hälfte, so, sagen wir, doch ein Drittel, durch Ferienarbeit verdienen müsste. Doch reichte seine Freude nicht so weit, dass er selbst es angeboten hätte: Er kam gar nicht auf die Idee. Er wusste nicht, spürte eher, dass seine Eltern in den sogenannten Erziehungsfragen nicht aufgrund von Prinzipien entschieden, sondern in allererster Linie (natürlich nicht unabhängig von Prinzipien) nach ihrem guten Gefühl, ihrer Zufriedenheit und gewiss ihrer Begeisterung. Diese Begeisterungsattacken dämpfte dann Estis erwähntes Grinsen.

Ihn interessierte ausschließlich das Fahrrad und absolut nicht der Fahrradkauf, die von seinem Vater feierlich, im feierlichen Rahmen überreichten fünfzigtausend stopfte er wie ein halb benutztes Taschentuch in die Hosentasche, eher wunderte er sich darüber, dass sein Vater nicht mitging: es zu kaufen. Estis Vater hingegen interessierte das Fahrrad absolut nicht, er konnte die Fahrräder auch gar nicht voneinander unterscheiden, er hatte keine Kriterien; auch beim Fahrradkauf war nicht der konkrete Kauf, sondern das Kaufen wichtig, so dass er nicht auf die Idee kam, seinen Sohn zu begleiten (und überhaupt, in dieser Hitze!).

Seitdem jedoch Esti, indem er die übliche kindliche Gerissenheit, also Umsicht, Schmeichelei und Behutsamkeit vermied, die Fahrradfrage nicht aufgeworfen oder zur Sprache gebracht, sondern als zu lösendes Problem vor sie hingestellt hatte, mit einer solch entwaffnend schamlosen Unschuld, dass seine Eltern beinahe das obligatorische Jammern und Hinausschieben vergessen hätten, beinahe, denn dann besannen sie sich und widersetzten sich pflichtgemäß, indem sie es jedoch faul vermieden (beziehungsweise unverständlicherweise, also unsinnigerweise), die Gründe zu benennen, immerhin sanken sie nicht so weit herab, auf jenen öden Salzboden, wo als Gegenleistung, sagen wir, die guten Noten in ihrer Wenn-dann-Jämmerlichkeit herumliegen, kurzum, von da an dachte Estis Vater mit starken und erhabenen Gefühlen an das »Vater kauft seinem Sohn ein bedeutendes Geschenk«-Projekt. Geschenk ist nicht das richtige Wort, weil nicht der Gegenstand wichtig ist, sondern die Geste. Obwohl das Fahrrad eine glückliche Wahl ist, man gibt jemandem, nicht wahr, Starthilfe. So etwas würde nicht oft in ihrem Leben vorkommen, ohnehin wäre er nicht geneigt, *Hals über Kopf* so einen frevelhaft teuren Gegenstand zu kaufen, es wäre auch nicht übertrieben, es (den Frevel) wirklich Frevel zu nennen, denn könne ihm jemand erklären, wozu man in der Stadt, auf flachem Gelände siebenundzwanzig (!) Gänge gebraucht. Zum Beispiel. Er meine ja nicht, es solle keine Entwicklung geben, obwohl sein R-26er in *jeder* Hinsicht auch heute noch ausreichte, es würde mit seinen drei Gängen der Konkurrenz Paroli bieten, drei Gänge, nicht zu viel, nicht zu wenig, gerade genug, diese neumodischen Fahrräder sind keine Produkte der *organischen* technischen Entwicklung, sondern der flatterhaften Mode, Übertreibungen, Firlefanz, Zufälligkeiten, ist eh schon egal, es geht sowieso nicht mehr um das Fahrrad, das ist nur der ärmliche Ausdruck (könnte ich das nur von mir sagen!, sich für fünfzig Riesen ärmlich ausdrücken!) einer symbolischen väterlichen Geste, an die nicht nur er, sondern auch sein Sohn sich erinnern wird.

Estis Vater beging nicht selten den (klassischen) Fehler, seinen Sohn nicht bloß als gleichberechtigt – er war ein guter Vater, jedenfalls bemühte er sich –, sondern auch als erwachsen zu betrachten. Und Esti war damals, zehnjährig, zwar in allem ein zehnjähriger Junge, der mit solch unerwarteter Heftigkeit seinen Vater umarmen und dessen Hals küssen konnte, dass er (Vater und Hals) rot wurden, doch er trug zu dem Irrtum bei, er war voller erwachsener Gesten: Er grüßte mit »Guten Tag« und nicht mit »Küss die Hand«, was ein ungarisches Kind nicht macht; auch sein Denken, das nicht nur nach konsequenten, sondern nach fast schon dogmatisch zu nennenden Prinzipien funktionierte, untermauerte diesen Irrtum, nicht minder sein Streitvermögen, mit dem er die unmöglichen Konsequenzen seines konsequenten Beharrens auf diesen Prinzipien verteidigte; seine allgemeine, nicht selten wählerische Prätentiosität, die von der Beachtung der Farbharmonie der Kleidung bis zur sorgsamen Auswahl der Fernsehsendungen reichte. (Sein Vater wusste nicht einmal, was er gerade trug, geschweige denn, was es für eine Farbe hatte und dass die Farben im Verhältnis zueinander stehen könnten. Und Esti hätte es nicht passieren können, dass er, tägliche väterliche Praxis, den Fernseher einschaltete und erst danach das Programm studierte, Esti sah außer Mezzo und Spektrum sowieso kaum etwas, Filme nie, und wenn er seinen Vater erwischte, wie der einen Western, Columbo, Petrocelli schaute, sagte er derart verachtend nichts, wie das eigentlich ausschließlich die, keiner weiß, warum – und wir werden es auch nie erfahren –, ewig beleidigten Väter können.)

Auf diesem Gebiet gab es nur einen Schönheitsfehler, freilich, einen dunklen, muttermalgroßen, warzenartigen mit Haaren: ein Jahr Dragon-Ball-Begeisterung. (Estis Vater sagte Boy, denn wenn überhaupt, hat nur das einen Sinn, Dragon Boy. Das denke ich auch.) Esti richtete sein Leben nach diesen japanischen Zeichentrickfilmen aus, er sah jede Folge, nahm sie auch auf Video auf und schaute sie sich zu den unvermutetsten Zeiten (früh, vor der Schule, während des Mittagessens am Sonntag, zur Liveübertragung eines Fußballspiels) voller Eifer wieder an. Estis Vater hatte das Gefühl, als wäre er umzingelt, als wäre er von wachsendem Idiotismus umgeben, im Fernsehen wurde nur noch diese Albernheit ausgestrahlt, zumal Esti die Figuren des Films nachzeichnete, ansehnlich, aber unterwürfig, so dass ihn quasi überall ein Dragon Boy anspringen konnte, in der Küche von der Serviette, im Badezimmer vom Toilettenpapier (kann man denn in diesem Haus nicht einmal mehr in Ruhe sch…?!) und einmal (dreimal! dreimal!) ein mit Lippenstift geschmierter vom Spiegel, und obwohl er schön und vorschriftsmäßig sich selbst misstraute, ihm auch die Selbstironie nicht fernlag und es nicht im Geringsten sein Ziel war, recht zu haben, wenn er nicht recht hatte, bemächtigte sich seiner in diesem Fall die triviale Überzeugung, dass er, da gab es nichts zu beschönigen, recht hatte. Mehr als recht. Er. Manchmal stand er gedankenverloren vor dem Fernseher, sah mit halbem Auge, dass natürlich Dragon Boy lief, betrachtete den nicht ansprechbaren Esti, der wie verhext auf den Bildschirm starrte, und fühlte im Herzen den kalten Hochmut derjenigen, die im Besitz der Wahrheit sind. Der Gegenstand seiner Enttäuschung war natürlich auch er selbst, was seine Gereiztheit gegenüber dem Sohn nur noch steigerte. Zu jener Zeit mied er seinen Sohn, bemühte sich, ihm nicht über den Weg zu laufen. Er sah keinerlei Chance, Esti aus den Fängen von Dragon Boy zu befreien. Aus dessen tödlicher Umarmung. Und Esti schien langsam die vergrößerten Züge der Trickfilmfigur anzunehmen. Nein, das ist doch übertrieben. Obendrein nahm Esti in seinem verwirrten, benommenen Zustand die Serie sogar mehrmals auf eine ängstlich gehütete Videokassette, eine archivierte Erinnerung!, seines Vaters auf, zum Beispiel, was das erwähnte unangenehme Wahrheitsbesitz-Gefühl nur noch verstärkte. Ich habe recht, brummte sein Vater und lief wie ein verschämter Backfisch in den Garten. Und dann hatte der Alptraum von einem Augenblick auf den anderen ein Ende, Esti stieß wie aus dem Wasser an die Oberfläche, schaute sich lachend, prustend um und erinnerte sich an nichts. Nun, eigentlich gab es auch nichts.

Während also Esti gar nicht einfiel, auch nur *irgendjemandem* könnte die Kaufsumme, die Zahl einfallen, zählte Estis Vater oder überschlug doch zumindest quasi unwillkürlich (!), wie viele Arbeitsstunden die Zahl ungefähr ausmachte; nicht im mindesten wollte er dies Esti unter die Nase reiben, eher begann er ähnlich dem von ihm so gern erwähnten Pawlow'schen Hund aus Reflex die große Zahl durch den oberflächlich geschätzten Stundenlohn zu teilen. Der Hund, wie er dividiert, multipliziert … Über das Ergebnis dieser Mathesis ließ er Esti gegenüber zwar nie ein Wort fallen, doch er hätte es für nicht völlig verfehlt gehalten, wenn dieses ansehnliche und in seiner Sachlichkeit, er würde sagen, eher langweilige als belanglose Auftauchen der Arbeitstage, der Arbeitszeit (Esti) die Einrichtung der Welt hätte zeigen können, dass, wie es die bärtigen Schulmeister ausdrücken, nichts umsonst ist, alles seinen Preis hat; er würde eher sagen, dass dies Esti an eine wichtige Lehre der Bibel erinnern könnte, daran, dass wir aus dem Paradies vertrieben sind, kurz, der Schweiß unseres Angesichts!, dass unser Leben vom Schweiße unseres Angesichts erfüllt ist, die Welt von dieser salzigen, bitteren Ausdünstung erfüllt ist, sein Sohn weiß das nicht, weil weder er noch dessen Mutter es ihn gelehrt haben, Esti will es auch gar nicht wirklich lernen, wahrscheinlich denkt er, dass es gar nicht stimmt, nicht notwendig so ist, das sieht er in Estis unendlichem (ins Unendliche sich verlierendem) Blick, auf der heiteren Stirn, daran, wie Esti wirbelnd rennt, er sieht es an den auffliegenden Händen, den springenden Gedanken, er sieht diesen Ehrgeiz, den er auch sehr respektiert, wann soll man alles wollen, wenn nicht, solange man dieses Alles (das sogar noch endlicher als endlich ist) noch nicht kennt, nichtsdestotrotz würde er seinen Sohn gern warnen, sei vorsichtig, mein Kleiner, er würde ihm nicht die Flügel stutzen wollen, er wäre in der Tat der Letzte, der hier Flügel stutzt, obwohl, wenn schon Flügel, dann vergessen wir nicht Ikaros' wehmütige Luftsegelei.

Oft murmelte Estis Vater so vor sich hin, doch selten zog er daraus Konsequenzen, selten folgten den Worten Taten, gewiss wurde er dieser typisch väterlichen Gedankengänge immer wieder müde, auch der Aufgaben wurde er müde, der Vaterschaft, der väterlichen Kleinarbeit, und er mochte die Momente, wenn er neben Esti herumstand und das Gefühl hatte, er stünde neben sich selbst. Dann war er der beste Vater.

Als Esti mit dem neuen Fahrrad eintraf, konnte man nicht feststellen, woher das plötzliche Licht stammte, wodurch es verursacht wurde, durch Esti oder das Fahrrad. Sie standen im Licht, Esti, die Eltern, der Garten. Scherzhaft könnte ich sagen, fast hätte Estis Vater diese Ergriffenheit der Gefühle abgebremst, doch nur Esti bremste, vor ihnen, mit einem bis zur Überheblichkeit bravourösen Schlenker. Nun mal sachte, was wird mit den Reifen, hätte Estis Vater wohl gebrummt, doch als Esti bremste, sich durch die schnelle Bewegung schief versteifend wie bei Special Effect oder einer Bildstörung, da entstand jenes Licht.

Die kurzen, grünen Farbeinkerbungen auf dem ansonsten silbernen Fahrrad zitterten, als hätte sie ein echter Maler – chinesischer?, japanischer? – hingehaucht, so grazil und kunstvoll wirkten sie, alle drei brachten kein Wort heraus, sahen einander an in diesem silbernen Funkeln, das inzwischen weiß und milchig geworden war, kein Nebel, denn es war scharfer Glanz und dumpfe Trübheit in einem – es wäre das Geringste zu sagen: Alle freuten sich: Sie hatten etwas ersonnen, und das hatte sich verwirklicht, und wenn sie der Stille glauben konnten (die unter ihnen tobte), dann hatte sich sogar mehr verwirklicht, als sie ersonnen hatten. Estis Vater rührte sich zuerst, er legte seine Hand auf den Lenker, fuhr über die Lampe wie über einen Schädel. Na so was, ein akzeptables Stück, sagte er, seine ungewollt parodistische Art übertreibend, und fügte auf derselben Schiene fortfahrend hinzu: Was für vier Pferde! Das ist meines Erinnerns ein Mikszáth-Satz, Estis Vater spürte in sich die schlichte Erhabenheit des Westerns. Esti hob das Vorderrad an, als hätte er von dem Western-Feeling gewusst, das Stahlross – das ist es!, Stahlross – bäumte sich auf, in dem Moment verschmolz sein Reiter mit ihm, Esti schien in eine andere Welt hinüberzutreten, er drehte sich (sie beide) auf dem Hinterrad zur Straße hin, wartete und sprengte mit einem »Ich komme dann!«-Jauchzer in die Unendlichkeit der kurzen Nebenstraße.

Estis Vaters dachte selbst noch auf dem Totenbett daran, an diese Unendlichkeit. Was ihn übrigens überraschte. Fügen wir aber um der Wahrheit willen hinzu, dass er nicht nur daran dachte, er dachte an vieles, das heißt, vergeblich hatte er seine Beziehung *zu diesem Ganzen* geregelt, der Tod schmuggelte seine siegreichen Truppen gleichsam durch die Hintertür herein. Egal. Er betrachtete diese grinsende, stürmische (Nebenstraßen-)Unendlichkeit als Glanzpunkt seiner Vaterschaft. Mit dem Glanzpunkt war nahezu unmittelbar der Tiefpunkt verbunden, mit dem Fahrrad die Fahrradgeschichte.

Wenn der Pedell Kovács hieß – der versoffene Kovács –, dann sagte der junge Mann oder reife Junge zu dem vor der Schule mit seinem Fahrrad angebenden Kornél Esti: Du, meinst du, der Kokó ist zu Hause? Wenn Czigler, dann Cigi. Esti zuckte die Schultern, versunken hielt er mit dem Fahrrad das Gleichgewicht, fuhr ein Stück vorwärts, Zentimeter, das nahm seine ganze Konzentration in Anspruch. Betrüger haben instinktiv ein gutes Gefühl für Psychologie, sie sind wahre Seelentaucher; als hätten sie das gelernt. Kokós Kumpan, so sprach Esti später über ihn. Wie schön sein neues Bike sei, sagte der Kerl. Esti stieg von der Maschine, sie spazierten zurück zum Kindergarten. Vielleicht trugen auch die Kinder zur Verringerung der Vorsicht bei, ihr argloses Getrippel und Gezwitscher. Schwer zu sagen, wie Vertrauen geboren wird. Zum Beispiel das gestreifte Trikot des Jungen, Esti hatte ein Trikot noch nie mit solcher Aufmerksamkeit, ja, mit solchem erregten Respekt betrachtet. Manchmal lugte der Bauch des Jungen hervor. Doch das mit der Geburt des Vertrauens ist ungenau gewesen, es war umgekehrt, zu der Zeit vertraute Esti allem, dem Gras, den Bäumen, den Felsen – salopp gesagt: sogar seinem Vater.

Ob er *ausnahmsweise* eine Runde drehen könnte. Esti stutzte und schämte sich auch sofort. Der Junge sprach schnell weiter, er verstehe das, verstehe das total, man gibt einem Fremden nicht gern seine nagelneuen Sachen, und ob Esti sich aus zwei Bewegungen, nicht aus drei, aus zwei total drehen könnte. Wie total. Na, einmal rum. Nein. Dann zeige er es ihm gern. Esti hielt den Lenker des Fahrrads in der Mitte, als ob dieser der Nacken von jemandem wäre. Und noch ein »als ob«: Während er lief, kippte er das Fahrrad so zärtlich zu dem anderen hin, als ob sie sich schon sehr lange kennen würden. Dieser Schuft, gemeine Dieb setzte sich vorsichtig, mit Respekt auf die Maschine, toll, sagte er, zunächst hole ich Schwung, so, und er holte Schwung, fuhr mit voller Geschwindigkeit zur Hauptstraße, bremste plötzlich, riss einmal am Lenker, als wären es Zügel, und drehte sich tatsächlich um hundertachtzig Grad, schön langsam trottete er zu dem Besitzer zurück. Er hätte ja schon beim ersten Mal wegfahren können, sagte Esti später, warum hat er es nicht getan? Wozu brauchte er noch mehr Vertrauen? Noch einmal, in Ordnung? Nein, schrie Esti leise. Der Junge beschleunigte erneut, nun aber – das war die Überraschung! – bremste er nicht, sondern bog mit zischender Geschwindigkeit auf den Boulevard hinaus, Esti lief ihm zunächst verunsichert hinterher, dann immer schneller, keuchend, nein, nein, wiederholte er, und wie er zur Ecke kam, verschwand das Fahrrad gerade am Ende der Straße. Gab es auch hier eine Unendlichkeit? Mit verdutztem Staunen sah er, wie sein Fahrrad für immer verschwand.

Eine höherentwickelte Variante dieses Staunens, dieses, sozusagen, dummen Gesichtsausdrucks haute kurze Zeit später Estis Vater um.

Zuerst gingen sie zur Schule zurück, der Kovács schnarchte unbrauchbar in der Küche der Dienstwohnung auf den Tisch gesunken, Kokó zuckte die Schultern, er kenne niemanden, ohne Hoffnung fuhren sie mit dem Auto in der Gegend herum, beide schwiegen, Esti tiefer, sein Vater hatte das Gefühl, dass er tat, was er tun musste, und bemühte sich, nicht an die zum Fenster hinausgeworfenen fünfzigtausend zu denken. Ein wenig rührte ihn seine neue Aktivität, dementsprechend – ein wenig – vergaß er auch Esti. Sie gingen sogar zur Polizei, nicht weil er (sie) sich etwas davon erhoffte (erhofften), sondern weil das so seine Ordnung hat, einen Diebstahl zeigen wir bei den Hütern der Ordnung an, wir setzen sie davon in Kenntnis, dass die ihnen anvertraute Ordnung verletzt worden ist. Jetzt zeige ich zum ersten Mal in meinem Leben jemanden an, und stolz sah er den apathisch nickenden Esti an. Wie sich herausstellte, war auch, jemanden anzuzeigen, nicht einfach. Auch das hatte seine Ordnung. Der junge Polizist prüfte streng und gutmütig den ersten Versuch. So muss der »Nyugat«-Redakteur Osvát ein Manuskript begutachtet haben.

So geht das nicht, Doktor. Estis Vater hatte ausnahmsweise mit Doktor unterschrieben, wahrscheinlich glaubte er wirklich den Unsinn, dass die *Behörde* dann mit *größerer Anstrengung* ermitteln würde. Bitte zuallererst oben in Druckbuchstaben hinschreiben: ANZEIGE, um es sofort einordnen zu können, so gehört sich das – ich sage es, die reinste »Nyugat«-Linie! –, und bitte nur Fakten schreiben, es spielt keine Rolle, was Sie oder Ihr Sohn dabei gedacht haben, was für ein Schock das war und so weiter. Was im Herzen ist, mein Herr, sagte der junge Mann höflich, ist kein polizeilicher Posten. Für Traurigkeit ist die Polizei nicht zuständig. Kornél Esti merkte sich diese beiden Sätze.

Es überraschte jeden aufrichtig, die Polizei, den Täter, Estis Familie, als drei Jahre später der Täter, die Nadel im Heuhaufen, ausfindig gemacht wurde. Er war Mitglied einer Drogenbande, der Verkauf der geklauten Dinge bildete die materielle Basis. Die Polizei, ein Ermittler!, rief an, ob Esti vor Gericht aussagen würde, es sei keine Pflicht, aber es wäre gut. Oje, schrie Estis Mutter, die beim Wort Drogen auf der Stelle immer in Panik verfiel, nein! Ja, sagte Esti. Sein Vater begleitete ihn. Das Warten im Gericht war wie im Krankenhaus. Oder beim Rat (Gemeindeverwaltung). Esti bemühte sich vergeblich, auf den ersten Blick Zeugen und Beschuldigte, Schuldige und Unschuldige voneinander zu unterscheiden.

Die Fragen des Richters bei der Verhandlung hämmerten monoton. Als Esti an die Reihe kam, lebte der Richter etwas auf, als wolle er Esti schützen, ganz ruhig, mein Junge, erzähle, was passiert ist. Der etwa zwanzigjährige, dünne, sympathische junge Mann, begann Esti, als würde er irgendwo ablesen. Warum sagst du sympathisch? Dieses Gefühl hatte ich. Aber er hat dein Fahrrad gestohlen. Esti antwortete nach kurzer Pause: Ich weiß, dass das Gericht für Gefühle nicht zuständig ist. Der Richter wurde der Sache überdrüssig, fahren wir fort, erkennst du im Saal den Täter? Den sympathischen Täter? Der in der ersten Reihe saß, um seine Hände Handschellen. Weder Esti noch sein Vater hatten schon einmal *live* Handschellen gesehen. Sie hatten etwas von einem Haushaltsgerät, so ein älteres Ding, ein Apparat, von dem man nicht weiß, wozu er gut ist, den aber keiner wegzuwerfen wagt. Eigentlich hätten sie verrostet sein müssen. Estis Blick wanderte diszipliniert von den hinteren Reihen nach vorn, als er den zu Erkennenden erblickte, heiterte sich sein Gesicht auf, er zeigte auf ihn, erkannte ihn, ich erkenne ihn, sagte er. Der Verbrecher hob leicht die Schultern, beinahe so, als würde er um Entschuldigung bitten, oder er deutete eher nur an, 'tschuldigung, so sieht es aus, ich habe es versucht, es hat nicht geklappt. Esti nickte, sein flüchtiges Lächeln unterstrich seinen Ernst. Sein Vater, der nicht unter den Zuhörern saß, sondern neben der Tür hinter einer der Säulen stand, sah überrascht die Einsamkeit und den Stolz in der Geste des Diebes, und dasselbe sah er auch an seinem Jungen. Er hatte das Gefühl, ausgeschlossen zu sein, endgültig.

Nachdem das Fahrrad seinem Blick entschwunden war, war Esti nach Hause gelaufen, sein auf das ungeduldige Klingeln ungeduldig vor ihm aufgetauchter Vater hatte sofort gesehen, dass es etwas Schlimmes gab. Keuchend berichtete Esti, was geschehen war, fast genauso wie Jahre später bei Gericht. Nicht das Fahrrad schmerzte, das sah sein Vater, sondern dass so etwas hatte geschehen können. Etwas, von dem er nicht glaubte, dass es geschehen könnte. Er sah Estis Gesicht den Schrecken darüber an, dass hier dann alles geschehen könne. Und da saß in Estis blau düsteren Augen schon, was nichts mehr je wieder ganz aus ihnen vertreiben würde, jenseits von Enttäuschung, Staunen und Schrecken, die graue und universale Gleichgültigkeit.

Zweites Kapitel

in welchem Das vollkommene Leben des Kornél Esti oder Pierre Menard, der Autor des ungarischen Don Quijote

»Und dann vergehen dreißig Jahre.«
(László Darvasi: *Das vollkommene Leben des Fernando Asahar*)

Ich las Csaba Csudays packende philologische Überlegungen zur Geschichte des ungarischen »Don Quijote«, die eher als ruhige philologische Erörterung denn als aktualisierende Betriebsamkeit bezeichnet werden können – höchstens insofern sie anlässlich des Jubiläums etwas im Hinblick auf die ungarische Textwirklichkeit des Romans bewegen.

Ich las sie mit Freude und Begeisterung oder, besser gesagt, um die Absichtslosigkeit zu verdeutlichen, sie erfüllten mich mit Freude und Begeisterung, ich blickte aus dem Fenster, und wie auf den Wink eines schlechten und vor allem geschmacklosen Regisseurs kam die Märzsonne heraus, diese selbst in ihrer Zartheit spektakuläre, eine starke Lichtflut durchströmte also die äußere Welt. (Die Märzsonne ist sanft, zart und zärtlich, liebkosend wie ein Kätzchen, vorteilhafter ist allein das wohl gepflaumet junge Gänslein – das heißt, was das Arschwischen angeht, wie wir das von dem darin versierten Rabelais wissen.)

Das Interesse der Studie richtet sich in erster Linie darauf, »welcher Gesundheit sich« der Roman »erfreut«, den wir ungarisch lesen, und wie sich der gültige ungarische »Standard«-Text zum originalen spanischen und zum originalen ungarischen *Quijote* verhält.

Es wäre logisch gewesen, doch nicht das Thema des Textes brachte mir meinen großen Freund, Pierre Menard, ins Gedächtnis, sondern die Freude und Begeisterung, die mich angesichts der philologischen

Detailarbeit erfasste. Pierre Menards eigentlicher Name war Kornél Esti (und Kornél Estis Pierre Menard); so wie ich wegen meiner langen Künstlernase meistens Naso, manchmal Publius Ovidius genannt wurde. Siehe auch Mihály Dés: »XY, autor del *Quijote*«, Lateral, no. 62, Februar 2000, Barcelona. Durch die Freude kam mir mein Freund in den Sinn, genauer, durch die Freude zunächst jene alte Freude (seinerzeit hatten wir an der Universität gemeinsam ein Seminar besucht, ein ausgestiegener Priester hielt es über die sogenannten Kleinen Propheten des Alten Testaments, über Jona, Micha, Nahum, Habakuk usw., mit offenem Mund, berauscht hatten wir zugehört, wie man wochenlang über einen Satz reden konnte) und auf diese Weise er, Pierre. Der alte Pierre. Und daher das alte Ich. Dieses »alt« ist mir nur so herausgerutscht, in Wahrheit denke ich nicht, dass ich mich verändert habe. Meine Gelenke, meine Augen, der Gichtverdacht und die Bindehautentzündungs-Gewissheit, meine Leber, die Farbe meiner Haut, meine Bewegungen, all das ja, aber nicht ich. Sicher, jetzt müsste ich auf die Frage eingehen, was dieses Ich (*Ich*, »Ich«) eigentlich ist, was die Persönlichkeit ist, ob es eine Seele gibt und ob sie unsterblich ist, was ich vielleicht aus Gründen des guten Geschmacks dennoch nicht tun sollte. Und natürlich denke ich über das Ich nach, ich über mich, als Baron Münchhausen ziehen wir uns an unserem eigenen Schopf heraus.

Das Möbiusband der Moderne.

Ich lasse dieses Who's who, ich erzähle die Geschichte, als könnte man Geschichten erzählen. Doch ist nicht auch das die Lehre Pierres, das Unmögliche als Unmögliches so möglich wie möglich zur Kenntnis zu nehmen? Spornt uns nicht sein Geist an, »die *Odyssee* so zu lesen, als wäre sie nach der *Aeneis* gedichtet worden, und das Buch *Le jardin du Centaure* von Madame Henri Bacheliers so, als sei es von Madame Henri Bacheliers«?

Ich glaube, die Richtung meiner Absicht ist klar. Ist es nicht der realistischste Realismus, nicht die wirklichste Wirklichkeit, die geschehenen Geschichten als »wichtige, erhabene, genaue, liebliche und gut erfundene Geschichten« zu erzählen?

Zurückhaltend formuliert, bedeutete es etwas anderes, zu Beginn des zwanzigsten Jahrhunderts in Nîmes und im Budapest der siebziger Jahre Pierre Menard zu sein. Meiner fest zu nennenden Gewohnheit zufolge denke ich dabei weniger an die abweichenden Welten, Gesellschaftsformen, vulgo nicht an die Diktatur, ich denke vielmehr an die Sprache oder, weniger als das: an die sprachliche Umgebung.

Die Vergleiche, die zwischen Cervantes' und Menards *Don Quijote* gezogen werden können, sind nahezu unverändert auf das Verhältnis zwischen Borges und meinem Menard übertragbar. Es ist eine Offenbarung, hält man den Namen Pierre Menard neben den Namen Pierre Menard. Was in Nîmes, verfasst von dem »Laienverstand«, nichts weiter als ein rhetorisches Lob auf die Geschichte ist, ist im bewusstlosen oder eher ohnmächtigen Budapest der zweiten Hälfte des zwanzigsten Jahrhunderts ein überwältigender Gedanke. Hier, in einem Meer von Kovács, Szabós, János und Ferenc (und Kornél Estis! :-)), definiert der Name Pierre Menard die Geschichte mitnichten als eine Erforschung der Wirklichkeit, sondern als deren Ursprung. Die historische Wahrheit ist für ihn nicht das Geschehene; sie ist unser Urteil über das Geschehene.

Das Überwältigende daran ist gerade, dass es so sehr auf der Hand liegt. Es entspricht der Zeit und widerspricht ihr zugleich. Die persönliche Verantwortung ist unvermeidlich: diese Auffassung kann genauso den völligen Kompromiss, Selbstbetrug und das Sichabfinden bedeuten wie die frechste, beinahe anmaßende Ignorierung der erstickenden Niedertracht, die man in jeder Sekunde des Tages würgend zur Kenntnis nehmen muss.

Ich lernte Pierre Menard an der Universität kennen, auf dem Gang im ersten Stock des Gebäudes der Naturwissenschaftlichen Fakultät der Eötvös-Loránd-Universität am Museumsring, vor mehr als dreißig Jahren. (In Romanen kommt so etwas vor, die eine Figur sieht der anderen in die Augen, in den See der tief glänzenden, blauen Augen, und der Narrator, dieser Unseligste der Romane, sagt, dann vergingen dreißig Jahre. Früher verging in den Romanen die Zeit von selbst, man konnte darauf vertrauen, dass der Vater älter war als der Sohn, und musste nicht überrascht sein, dass in diesem Fall der Sohn jünger war als sein Vater, auch wenn das allein keinen Frieden brachte; jetzt hingegen braucht es für das Vergehen auch einen Satz, der Satz lässt die Zeit vergehen, wenn er nicht wäre, nähmen wir das Vergehen nicht nur nicht wahr, wir würden es auch nicht glauben, wenn sich das Vergehen (der Zeit, nicht des Satzes) doch irgendwie herausstellen sollte. Die zeitlose ewige Gegenwart – höchstens das ist unsere Chance. Darüber schreibt Cervantes im neunten Kapitel des ersten Teils, wobei er das seiner Zeit geläufige Spanisch unbefangen schreibt: »... *die Wahrheit, deren Mutter die Geschichte ist, die Nebenbuhlerin der Zeit, das Archiv aller Taten, Zeugin des Verflossenen, Beispiel und Rat des Gegenwärtigen, Warnerin der Zukunft.*«)

Ich habe die obige Klammer nicht zufällig geöffnet (und geschlossen). Als ich Menard – damals – in der Tiefe des Gangs erblickte und das Licht wie auf Heiligenbildern schräg durchs Fenster hereinfiel, musste ich auf der Stelle an Don Quijote denken; nicht dass Menard so eine hagere, gotische Figur gewesen wäre, die wir gewöhnlich betrachten, als wäre sie eine Illustration aus *jenem* großen, spanischen Buch. Menard war raffinierter zusammengesetzt, er erinnerte gleichzeitig an den Herrn und an den Knecht. Doch die Natur war auch nicht dem berühmtem Vorhaben Daudets gefolgt, das wir außerordentlich interessant, wenn auch widersprüchlich und oberflächlich in der Ausführung nennen müssen, in einer *einzigen* Figur, nämlich Tartarin, den Einfallsreichen Hidalgo und seinen Schildknappen zu verschmelzen.

Grob gesagt mutete Menard von außen an wie Sancho und im Ganzen wie der Hidalgo. Nicht klein und gedrungen (wie das an sich (!) auch Sancho Panza nicht ist), doch alles an ihm war rundlich, also Körper. Don Quijote hat gar keinen Körper oder nur als Merkzeichen, als Merkzeichen des Geistes für sich selbst; der Körper als sein eigenes Fehlen. Der Körper, der Körper des Hidalgo ist nur dazu da, damit jemand stolz auf seinem stolzen Ross sitzen kann, damit er den mit kleinen Eisenstangen verstärkten mehr als perfekten Helm und Harnisch irgendwo hintun kann, damit es eine Hand gibt, die unser tapferes Schwert sausen lassen kann. Der Don-Quijote'sche Körper ist zwar dem Geist untergeordnet, ist aber nicht dessen Gefängnis, er zieht diesen nicht runter, ist nicht schmutzig, sondern ein Werkzeug. Er ist nahezu durchscheinend, gasförmig. Wir wären gewiss überrascht, blutete er. Dieser Körper ist leicht, knochig, trocken.

Sancho ist schwer. Schwer, fleischig, nass. Er drückt die Schönheit des Schweren aus. Ich behaupte nicht, dass der Hidalgo kein Realist ist, es stimmt nicht, dass er in einer anderen Welt lebt, oh, in einer poetischen, wie es heißt, nein. Doch Sancho Panzas Realismus ist ein anderer. Der Hidalgo redet über die Schönheit der Welt, die wir nicht sehen, die wir vergessen, zwar nicht über eine geheime Welt, doch über eine, die gerade dieser Don-Quijote'sche Blick entdeckt, dieser wahnsinnige, verliebte, Einzelnen zufolge mystische Blick. Sancho hingegen zeigt die Schönheit der sichtbaren Welt, der vor unserer Nase, die immer schon da war, es brauchte nur einen Sancho Panza, um sie auch wahrzunehmen. (Vergessen wir nicht, Sancho hat nur neben Don Quijote einen *Sinn.*)

Alles an Menard war rundlich, nur seine Hände nicht. Diese flogen mit solcher Schwerelosigkeit auf und deuteten die Ordnung, Form, das Luftholen seiner Gedanken oder, besser, seiner Sätze genau an, als hätte El Greco persönlich sie gemalt. Als wären seine Hände die von Beckett oder János Pilinszky gewesen. Doch seine Gotizität (sei dies das vereinfachende Synonym für Donquijotismus) zeigte sich, verkörperte sich pars pro toto nicht in ihnen, sie waren eher als eine Art Scherz zu verstehen, als der launische Humor der Natur.

Ich möchte mich nicht in die Analyse der wundervollen und erhebenden Beziehung zwischen Menard und dem *Quijote* einmischen, sie ist eine allzu bekannte und allzu unbekannte Tatsache der Weltliteratur (Ruhe H e r r Goethe in Frieden!); seinerzeit wusste ich von ihr noch nichts, ich traf zufällig ins Schwarze, dass aber Menard damals auf dem Gang der kleinen, hauptsächlich (ausschließlich!) aus Mädchen bestehenden Gesellschaft, die ihn staunend umgab, gerade aus seinem entstehenden Werk (dem *Don Quijote*) zitierte, diese Koinzidenz geht erneut auf das Konto des Humors der Natur oder Schöpfung, und da läge es offenbar auf der Hand, über die Art dieses Humors eine verdrießliche Bemerkung zu machen.

Weder, sagte Menard mit dem Kreis von Mädchen (plus ich!, ich!) kokettierend, Eigennutz noch Furcht, weder Hass noch Liebe dürfte ihn vom Wege der Wahrheit verleiten, *deren Mutter die Geschichte ist, die Nebenbuhlerin der Zeit, das Archiv aller Taten, Zeugin des Verflossenen, Beispiel und Rat des Gegenwärtigen, Warnerin der Zukunft.*

Indem ich die winzigen (doch was ist in der Literatur gewaltig, wenn nicht das Winzige?) Unterschiede zwischen dem Cervantes-Zitat einige Seiten zuvor und den Menard-Sätzen hier bemerke, welche Verschiedenheiten sich aus den Übersetzungen des Cervantes- und des Borges-Textes, aus deren Unvereinbarkeit ergeben und welche im Falle einer eventuellen spanischen (oder auch deutschen – Anm. d. Ü.) Übersetzung, im Falle einer guten spanischen Übersetzung natürlicherweise und doch wie von Zauberhand verschwinden würden (keinen *Sinn* hätten!), indem ich also all das bemerke, könnte ich auf Csudays ausgezeichnete Studie zurückkommen – ob, sagen wir, die von Francisco Rico besorgte »kritische, aber für das breite Publikum gedachte« *Quijote*-Ausgabe aus dem Jahr 1998 zu Erkenntnissen gelangt sei, die eine Neubearbeitung, gar Neuübersetzung des »als Standard« angesehenen ungarischen Textes rechtfertigten –, aber ich komme nicht darauf zurück, das wäre übrigens so, als oszillierte ich zwischen den zwei Bänden des *Quijote* als Geist der Erzählung, natürlich en miniature!, lieber fahre ich mit der Geschichte der Freundschaft fort.

Diese Erzählsucht ist nicht der verschämte Beweis dafür, dass ich von der Intertextualität genug hätte – was für ein Unsinn, die beiden gegeneinander auszuspielen! Ich kann sagen, mich hat die Intertextualität nie sonderlich interessiert, weil das keine Frage des Interesses ist, Bücher sind immer unter Büchern, und wenn irgendein Buch weit vorausläuft und demnach einsamer ist als sonst üblich, wie das beim *Quijote* der Fall ist, dann erzeugt es von sich aus Intertextualität. Es gibt keine postmoderne Schlange, die sich »besser« in den eigenen Schwanz beißen würde als der *Quijote*.

Ich habe mich vorhin ungenau ausgedrückt: Ich habe Menard auf jenem strapazierten Gang der Universität nicht kennengelernt, ich habe ihn mir nur ordentlich angesehen. Mich faszinierte seine komplizierte Donquijoteskerie. Noch in seiner Einfalt war er der Feinsinn schlechthin. Dieser Feinsinn hätte eigentlich eine Freundschaft mit mir nicht gestattet. Dann aber doch. In unserer Freundschaft gab es eine Zeit, in der mein Staunen darüber stärker war als die unbestreitbare Liebe, die ich vom ersten Augenblick an für ihn empfand.

Er studierte Mathematik und Kunstgeschichte, und natürlich Portugiesisch, um portugiesisch zu sprechen, in der Sprache der Blumen. Woraufhin ich als, so glaubte ich, zärtliche Geste, in Wahrheit aber als plumpe Beleidigung Spanisch wählte. Ich hatte eine spanische Periode. Allabendlich nahm ich von Selbstvorwürfen geplagt die spanischen unregelmäßigen Verben durch, dann zog ich mich aus.

Wir begegneten uns bei dem Seminar über die Kleinen Propheten; Menard, weil er für Philologie schwärmte, ich aber hatte den Anmeldebogen zufällig falsch angekreuzt. Doch es war auch egal, ich erwartete nichts Konkretes von der Universität, wollte mich nicht festlegen, meine Sache war die Welt, die Menschheit. Ich wollte meine Zeit nicht mit Sätzen verbringen, sondern mit dem Universum. Mit dem ich unzufrieden war, an dessen Schicksal jedoch, so hatte ich das Gefühl, sich bald etwas ändern würde – unausgesprochen, aber offensichtlich deshalb, weil sich mit meiner Ankunft eine neue Situation ergeben hatte. Kurzum, ich war jung. Die Weisheit des Dichters trifft es gut: Im Angesicht des andern baden, das ist Freundschaft.

Die Diktatur (und das ist noch der glücklichere Fall) verdoppelt das Leben. Ich besaß eins, in dem ich ein zwanzigjähriger junger Mann mit großen Hoffnungen sein konnte, der gerade die Welt entdeckt, der »die Geheimnisse des Seins erforscht«, der im Angesicht seines Freundes badet und der sich durch all das stark und quasi ständig benommen fühlen kann. Ich wartete, dass das Leben kam, wartete, dass dieses faszinierende Etwas begann, und dann begann es auch, ohne dass der Beginn zu markieren gewesen wäre, es war kein Tor zu sehen, durch das hindurch man hätte treten müssen oder können. Doch passierte mir nicht, was so vielen passiert, dass man auf den Beginn von etwas wartet, in dem man schon längst drin ist. Oder umgekehrt wie bei Kafka: ewig vor dem ausschließlich für uns bestimmten geschlossenen Tor zu warten, »vor dem Gesetz«.

Das verdanke ich Pierre Menard, meinem Freund. Auf der Stelle dachte ich an ihn, als wäre er mein Freund, obwohl ich ihn kaum kannte. An dieser Konstellation konnten auch die Jahre, die vergingen, nichts ändern. Ihm habe ich es zu verdanken, dass ich mich selbst liebgewann, die Welt liebgewann. An etwas Kleineres als die Welt konnte ich nicht denken. All das war Menard beziehungsweise der *Don Quijote*. Sein *Don Quijote*.

Dabei hatte Menard eine Eigenschaft, die wie eine Wand zwischen ihm und seiner Donquijoteskerie stand. Diese Wand ist der größte Irrtum des Feinsinns, die Pingeligkeit. Von Fall zu Fall ist es schwer, das auseinanderzuhalten, und es ist auch nicht so, als wäre diese die Kehr- oder Schattenseite von jenem. Ich würde es noch nicht einmal Schwäche nennen. Selbst die Pingeligkeit kann man mögen (ich meine, die des anderen), den Aristokratismus, Mut zum Widerstand, die Wertezentriertheit, die Opportunismus nicht duldet.

Menard war, wie der ungarische Intellektuellenslang es ausdrückt, nicht einmal die Scheiße Scheiße genug. Ich erinnere mich an seinen verächtlichen Blick, wenn ich unüberlegt etwas zu loben wagte. Oder als ich mich nicht geneigt zeigte, den einbändigen Horatius, nein, Plato, was weiß ich, gegen den vollständigeren dreibändigen einzutauschen. Oder wegen zwei neuer Novellen den Borges-Band. Jetzt erst sehe ich, dass das keine guten Beispiele sind, es sind gerade Beweise seines Feinsinns, ich hingegen habe mich im Netz meiner einstigen, feinen (!) Kränkungen verheddert.

Auch seine Meinung über den *Don Quijote* nahm ich als Beweis der Pingeligkeit. Der *Don Quijote* ist – so Menard – vor allem ein reizendes Buch gewesen; jetzt ist er die Gelegenheit für einen patriotischen Toast, grammatikalische Überheblichkeit, ordinäre Luxusausgaben.

Und das Lob? – fragte ich siegestrunken; ich sah im Lob keine Korruption, sondern, metaphorisch gesagt, einen Gottesbeweis.

Das Lob ist: Unverständnis, und vielleicht von der schlimmsten Sorte – antwortete er kalt und sah mich peinlich lange an.

Ich habe vom Doppelleben, von der Doppelgeschichte gesprochen. Denn all das, der »Kennenlernabend« unserer Jugend, spielte sich unter dem Firmament der Diktatur ab, »die Angst saß mit ihrem ungeheuren Arsch mitten in der Stadt«, Zitat Ende. Wenn ich ehrlich sein wollte – was keine natürliche Absicht des Menschen ist –, dann existiert in der Diktatur ausschließlich eine Geschichte, die der Diktatur. Und die ist, logisch, nicht erzählbar. Deshalb herrscht in der Diktatur eine so große Stille. Allein der verkommene Wind heult kalt. (Das ist ein schöner Gedanke!) In der Diktatur gibt es nur die Diktatur. Nichts, ausschließlich die Diktatur. Doch was ist mit uns, mit dem, den wir im Spiegel sehen können, was soll man mit diesem zweideutigen Nichts anfangen? In unserem Kampf gegen das Nichts (es war eher schlechtes Ringen als Heldentum egal welcher Art) konnten wir auf niemanden zählen, nur auf uns selbst. Auch aufeinander kaum. Wir wollten im Wahnsinn der Diktatur unsere Normalität herstellen und gleichzeitig die zerstörerische, alltägliche, dumpfe Normalität der Diktatur angreifen. Das waren die zwei Seiten desselben Mangels. (Selbstverständlich konnte man nicht normal normal bleiben, denn man musste sich ständig die Frage stellen, was ein normaler Mensch in einem normalen Land jetzt täte – und das ist selbst dann nicht normal, wenn wir *dann* taten, was als normal bezeichnet werden konnte; das Normale ist gerade dann normal, wenn man nicht darüber nachdenken muss.)

Alle hatten wir unser Steckenpferd.

Der eine gab sich dem Studium der Natur der Liebe hin, und die langjährige Forschung war gezwungen festzustellen, dass die Diktatur auch die Liebe frisst (wie die Motte, nicht wie der Tiger), dass die Liebe in der Diktatur nicht möglich ist, sie existiert nicht, nicht einmal die Liebe, auch wenn wir glauben, sie existiert immer oder ist zumindest immer möglich. Aber nein. Dieser Freund von uns fand das Nichts, sein eigenes Nichts. So verbrachte er seine Zeit.

Ein anderer von uns, ein Mathematiker, begann sich zu verkleiden.

Farben zu tragen. Denn in der Diktatur existieren auch keine Farben, alles ist grau, selbst die rote Fahne der Arbeiterbewegung. Diese Diktatur, unsere (»unsere«), war ab den siebziger Jahren schon weich wie Scheiße, am liebsten machte sie nichts, ihre Drohung lag in ihrem Nichtstun. Eine muskulöse, »ordentliche« Diktatur hätte den jungen Mann sofort eingesperrt, der auf dem Weg ins Mathematische Institut in seinen engen, ziegelroten Jeans, seinem kanariengelben Mohairpullover mit V-Ausschnitt, die Hände in den Taschen und vor sich hin pfeifend den Moskau-Platz überquerte. Oder in einem giftgrünen Seidenhemd. Einem lila Poloshirt. Einer rotholzfarbenen Leinenhose. Einer hellblauen (wie die Augen Franco Neros) Weste, mit gepunkteten Socken. Die Diktatur hätte rational gehandelt, und es ist zu befürchten, dass die in sich zusammengesunkenen, müden Fahrgäste in der U-Bahn es mit einem leichten, ächzenden Seufzen (Aufatmen) quittiert hätten, dass dieser beunruhigende Kanarienvogel aus ihren Reihen verschwand. Ungarn lebte nach 1956 durch und durch in der Niederlage. Das heißt in der Einsamkeit. Die Einsamkeit aber ist die Brutstätte des Verrats.

Ich sah in der Arbeit den Fluchtweg. Flucht ist kein gutes Wort, es ist zu weinerlich und romantisch. Außerdem war es nicht möglich zu fliehen. Wir wollten auf jeden Fall leben und nicht nur überleben, wollten Wege finden und nicht nur Auswege. Wir stellten uns vor, wir wären Don Quijote, denn der Wahnsinn schien die einzige normale Möglichkeit. Wie Unamuno sagt: Unser Geist erfüllte sich mit den allerschönsten närrischen Vorstellungen, und wir glaubten, dass das Wahrheit sei, was doch nur Schönheit war. Im Nachhinein scheint es, wir hatten eher *Don Quijote light*, die Musicalversion vor Augen.

Menard war die große Ausnahme. Er fand, dass alles hinfällig ist – eine philosophische Lehre ist zunächst eine wahrscheinliche Beschreibung des Universums; die Jahre vergehen, da ist sie nur noch ein Kapitel, wenn nicht ein Paragraph oder ein Name der Geschichte der Philosophie –, in der Literatur macht sich diese Hinfälligkeit noch deutlicher bemerkbar. Das bezog er auch auf den *Quijote*, was wir uns nicht trauten. An diesen nihilistischen Feststellungen war nichts Neues (wie jeden Nihilismus nahmen wir ihn widerstreitend und jubelnd auf); einzigartig war jedoch der Entschluss, den Pierre aus ihnen ableitete. Er beschloss, der Vergeblichkeit, die aller Bemühungen des Menschen harrt, zuvorzukommen. Und an diesem Punkt gelang es Menard, zu vereinigen, was die Diktatur entzweit hatte, das heißt, er berücksichtigte sowohl die Diktatur als auch, gebrauchen wir dieses große Wort, das Sein. Historie und Ontologie usw. Das heißt, er verwirklichte die echte Don-Quijote'sche Haltung, reagierte zugleich auf das Alles und das Nichts.

Er legte Hand an ein äußerst kompliziertes und von vornherein aussichtsloses Unternehmen. Er wandte seine Skrupel und durchwachten Nächte daran, in einer fremden Sprache ein schon vorhandenes Buch zu wiederholen. Er erging sich in einer Vielzahl von Entwürfen, er korrigierte hartnäckig und zerriss Tausende handgeschriebener Seiten. – Ich erinnere mich noch an seine karierten Hefte, seine schwarzen Tilgungen, seine besonderen typographischen Zeichen und seine Insektenschrift. Gegen Abend verließ er gern das Haus und ging in der Umgebung von Budapest spazieren, vor allem auf dem Csillaghegy; gewöhnlich trug er ein Heft bei sich und entfachte ein lustiges Feuerchen.

Er ließ nicht zu, dass sie von jemandem durchgesehen wurden, und trug Sorge, dass sie ihn nicht überlebten. Umsonst habe ich versucht, sie zu rekonstruieren.

Oder war jenes Feuerchen doch nicht so lustig? Es mag zwar sein, dass die Verrücktheit der einzige Weg ist, bei gesundem Verstand zu bleiben, doch der Verrückte ist einsam. Es gibt keinen Don Quijote, der nicht mutterseelenallein bliebe. Das ist der Preis für die Freiheit.

Während Menard den *Don Quijote* tatsächlich schrieb / nicht schrieb, mit beispiellosem Eifer, geistig entflammt, auf dem höchstmöglichen fachlichen Niveau, diesem quasi sein Leben opfernd – was war da von außen zu sehen? Ohnmacht, eine Art Dürre, schöpferische Ödnis, dass er nicht jene kunstgeschichtlichen Bücher schrieb, wie er hochmütig sagte, und das stimmte, Lücken schließende Fachbücher, die sein Talent und auch er selbstsicher versprachen. Der wachsende Mangel, der Abstand zwischen Erwartung und Leistung, wurde immer schmerzlicher.

Ich, wie es heißt, stürzte mich ins Leben, das für mich identisch war mit der Arbeit. Über die ich mit Menard selten sprach, und ich musste zwar nicht denken, dass er sie geringschätzte, im Gegenteil, doch irgendwie erfuhr ich immer durch ihn, was *anderen* daran missfiel. Menards veröffentlichte sog. Vorstudien lösten ein reges Interesse aus, bestätigten das Talent ihres Autors, weckten Erwartungen – danach nichts. Dem Nichts, dem Nichtstun, der Lähmung, dem Verstummen, der Ohnmacht (die tausend Gründe haben kann) verlieh die Diktatur immer eine gewisse heroische, zweideutige Aura, die erreichte Leistung überzog sie mit dem klebrigen Schleim der wahnwitzigen Anklage, kollaboriert zu haben. (Dieser klebrige Schleim, auch das ist ein schöner Gedanke!)

Wir entfernten uns voneinander. Ich bemerkte, sah nicht mehr, dass er mit seinem riesigen unsichtbaren Unternehmen und seinem sichtbaren Scheitern, mit seiner wie Faulheit anmutenden Faulheit und seinem wie nichts anmutenden gigantischen Fleiß quasi das Unaustricksbare austrickste und so zum Hüter der Freiheit wurde.

Der Rahmen seines Lebens schien stabil, wenn nicht gar ruhig; er lebte das gehetzte Leben des Durchschnittsintellektuellen, auf drei halben Stellen neben seinem ständigen Arbeitsplatz schrieb er Gutachten für einen Verlag, beriet Versicherungsmathematiker und rannte mit seiner aufgeblähten Aktentasche in schlecht beleuchtete, ungelüftete Volkshochschulsäle, wo er über den Zusammenhang von Tafelbildmalerei, Performance und Gödel-Theorem kulturpolitisch pikant zu nennende Vorlesungen hielt.

Und dann ließ er sich auf einmal scheiden. Heiratete seine Assistentin, ein junges, zielstrebiges Mädchen. Sie bekamen Zwillinge. Doch nach kurzer Zeit ließ er sich erneut scheiden, heiratete nun vielleicht die Assistentin seiner Assistentin, die bereits, zufällig, ebenfalls Zwillinge hatte, kurzum, er war etwa dreimal verheiratet, junge Frauen, undurchschaubare Kinderbeziehungen, die Wohnung immer bei der vorherigen Frau, die *feine* Bibliothek (lauter dreibändige Platons) – nun, mal kam sie mit, mal nicht.

All das weiß ich nur noch aus zweiter Hand, ich ließ ihn allein (er mich auch). Er blieb sich stets treu, weil er Don Quijote treu blieb. Menard verstand sich selbst, dieser durch und durch geistige Mensch entdeckte in sich den Körper, Sancho Panza, und darin wieder Don Quijote.

Inzwischen sind dreißig Jahre vergangen, die Diktatur ist zusammengebrochen, wir sind alt geworden; wenn wir nicht aufpassen, treten wir auf ein frisches Enkelkind. Ein ums andere Mal feiern wir die immer runderen Geburtstage unserer Freunde und Freundinnen.

Nun ist meine Frau an der Reihe. So wie man in älteren Filmen sehen kann, dass aus einer riesigen Geburtstagstorte eine leicht bekleidete Tänzerin heraustritt, sind nun die Chippendales in Mode gekommen, um die Striptease-Tänzer ist ein ganzer Industriezweig entstanden, Internet, Agentur und was nicht noch alles. Meine Frau haben ihre Schwägerinnen damit überrascht. Möchtest du, dass er sehr jung ist? *Allzu* jung nicht, hörte ich die Stimme meiner Frau. Die nicht mehr jungen intellektuellen Frauen haben ein Lachen, ein ordinäres Gemisch aus Kränkung, Spott, Verkrampftheit, Schamlosigkeit und Macht, das ich nicht gern höre. Meine Frau bereitete einen großen Topf Fruchtbowle zu, ihre Spezialität, eine ungarisierte Variante der Sangría, ein osteuropäischer Mutant – ein schnelles, heimtückisches Getränk. Die Frauen wurden warm, kicherten laut.

Du wirst heute hier nicht gebraucht, hieß es, das ist nicht der Nachmittag der ironischen Fußnoten. Nach kurzer Verunsicherung war ich dennoch nicht tödlich beleidigt; ich musste das Haus nicht verlassen, in dem mir zugewiesenen inneren Zimmer platzierte ich mich so, dass ich etwas von dem *Gaudi* sah. Dieses Wort gebrauchten die Frauen, das wird ein Gaudi.

Die Ankunft des Künstlers begleiteten Applaus und Geschrei. Wie beim Fußball: Vorwärts, Ungarn! Gebt alles! Sie kamen zu zweit, der andere musste der Assistent sein oder eher der Chef, er hatte das Tonband mit, wichtigtuerisch suchte er die Steckdose. Ich las und spähte. Der Tänzer trug einen togaartigen weißen Schleier, beziehungsweise spielte er mit ihm, tanzte gleichsam mit ihm, flirtete, bedeckte und enthüllte sich, sozusagen wie üblich. Kurzgeschnittenes, zitronengelbes Haar, wie das der rumänischen Fußballspieler, eine schwarze Samtmaske mit silbernem Rand, um das Rätsel zu vergrößern. Doch ich erkannte ihn sofort. Sein Körper war nicht alt, aber auch nicht mehr muskulös, athletisch; er schien ausgesprochen beleibt, diese Beleibtheit wurde von der Zeit überdeckt (mehr als von der Maske).

Mit seinem Tanz umschmeichelte er die Frauen, ließ den Schleier und die Hüften schweben. Er war nicht schlecht. Meine Schwägerinnen kreischten. Ach ja, meine Frau auch. Besonders als Pierre Menard (jetzt wieder Kornél Esti?) den Schleier fallen ließ und in einem Tanga dastand, seine Lenden in Kopfhöhe der Frauen, die alle auf meine Frau blickten, Pierre näherte sich ihr, drehte die Jubilarin gleichsam aus dem »Publikum« heraus, ein Nicken, ein Gleiten, und schon ist nur noch der wackelnde Hintern des nackten Mannes zu sehen, er steht zwischen der Jubilarin und uns.

Die Nummer war zu Ende. Ich rührte mich nicht, weinte, hastig und leise wie immer. Es war, als hätte ich Don Quijote persönlich gesehen. Ich sah in Pierre, was ich zum ersten Mal auf dem Gang der Universität gesehen hatte: die Freiheit. Nicht seine, eher meine. Dass ich sie habe. Ja, Pierre Menard setzte unerschütterlich, kompromisslos seine hoffnungslose, ernste und lächerliche Arbeit: sein Leben fort. Ich muss mir Pierre Menard als einen glücklichen Menschen vorstellen.

Meiner Frau missfiel, dass der Mann, der andere, noch vor ihnen seinen Partner bezahlt hatte, dass er das Geld in dessen Hand gezählt hatte und beide dabei gelacht hatten. Dass dies, diese Privatszene, sie nichts mehr angegangen sei. Und ob ich nicht etwas fragen wolle. Nein. Denn sie habe gesehen oder glaube zumindest gesehen zu haben, dass ich geguckt hätte. Ja. Dass ihr Gesicht, ihr Mund schließlich zehn Zentimeter von den Lenden des Tänzers entfernt gewesen sei, als der seinen Tanga ausgezogen und sich umgedreht habe. Ja. Und dass zehn Zentimeter schließlich zehn Zentimeter seien. Ja. Und dass ich mich nicht im mindesten aufzuregen brauchte, weil er eingepackt war. Wie eingepackt? Na, wie in einer Socke, irgendwie so, aber das hätte man von hinten nicht sehen können.

Ich zuckte die Schultern. Wenn ich will, das ist jetzt, zucke ich jetzt die Schultern, Csuday analysiert gerade den ersten Satz des *Quijote* beziehungsweise vergleicht ihn mit den Varianten von Vilmos Győry, Béla Szász und János Benyhe. Zu Recht merkt er an, dass die Übersetzung des ersten Satzes, *En un lugar de la Mancha, de cuyo nombre no quiero acordarme* und so weiter (der vielleicht bekannteste Satz des Werkes, den schon die spanischen Schulkinder auswendig herbeten; Menards Anfangssatz, *En un lugar de la Mancha* etc., kennt kein Schwein, nun ja, das Gefüge der Kultur verändert sich), dass also die Übersetzung dieses Satzes besondere Aufmerksamkeit verlange. Umso bedauerlicher sei, dass die ungarische Version nicht nur an einer Stelle hinkt. Rico mache in einer Fußnote darauf aufmerksam, dass das Wort *lugar* in der allerersten »Situierung« des Werkes und des Helden, in der am Satzanfang stehenden Charakterisierung im siebzehnten Jahrhundert eigentlich im Sinne von »Ortschaft« gebräuchlich war (im heutigen Spanisch bedeutet *lugar* eher Ort, Aufenthaltsort). Der Autor bezeichne, im Gegensatz zu allen drei ungarischen Textvarianten, die Ortschaft nicht als »Dorf« (*aldea*), obwohl er es tun könnte und später auch oft tut.

Auch bei dem Gebrauch von *quiero* (ich will) in dem Nebensatz *de cuyo nombre no quiero acordarme* sei der Fall ähnlich gelagert. Laut Rico sei es auch im Sinne von *no voy, no llego a acordarme ahora* verwendet worden, was nicht das willentliche Verdrängen von etwas, das absichtliche Vergessen ausdrückt, sondern die Vergesslichkeit des Sprechers. Das *no quiero acordarme* sei demnach nicht mit »an dessen Namen ich mich nicht erinnern will« zu übersetzen, sondern eher so: »dessen Name mir jetzt nicht einfällt, nicht einfallen will, ich gerade nicht im Kopf habe«.

Ja.

Drittes Kapitel

in welchem Das Abenteuer des Kornél Esti mit der deutschen Sprache

Kornél Esti wusste, wann er gealtert war. Wann er alt geworden war. Gestern, Dienstagmorgen, viertel zehn. Freilich, was heißt alt. Alt ist, so Esti, wenn man über sich sagt, man sei alt. Esti umgab sich mit Wörtern, er war sogar der Meinung, die Welt bestehe aus Wörtern. Nun, dazu hätte ich doch einiges zu sagen. Zum Beispiel, gerade im Zusammenhang mit dem Alter, der Tod. Der Tod ist nicht einfach ein Wort. Bitte ausprobieren. Oder das, was auf dem Klo stinkt. Egal, lassen wir das, mag sein, ich habe da etwas falsch verstanden.

Dieser Dienstag benahm sich, keiner weiß, warum, wie ein Sonntag, ein Sonntag alten Schlags, gemütlich, ruhig, langsam, müßig, Esti lag herum und las; überraschend Novellen von Graham Green, dabei mochte er Greens Zynismus nicht, doch wenn er beim Lesen an die Stelle kam, an der ihm das einfiel, fiel es auch der Novelle ein, was sich so als Stärke erwies, als Stärke der Novelle.

Er konnte gut im Liegen lesen, manchmal flach auf dem Rücken, die Hände, in ihnen das Buch, zum Himmel gestreckt, freilich, dazwischen noch die Zimmerdecke, gern jedoch las er seitlich auf den Ellbogen gestützt, abwechselnd auf den linken oder rechten (ausgenommen die zwei Jahre, als ihm irgendeine Beule am linken Ellbogen gewachsen war, irgend so ein Gelenkding, Esti hatte es oft betastet, weil die Substanz so seltsam war, weder Muskel noch Fleisch noch Fett, so ein Dingsbums – man konnte sich darauf abstützen, da es nicht weh tat, aber nach etwa zehn Minuten spürte er von einem Augenblick auf den anderen eine heiße Taubheit und aus seinem Ellbogen wich die Kraft, dieser stürzte regelrecht ein, so dass Esti nicht selten mit dem Gesicht quasi in sein Buch fiel), und wenn auch nicht zu schlafen, so pflegte er doch auch auf dem Bauch zu lesen. Dann stellte er sich vor, er sei eine Frau, warum, das bleibt ein Rätsel.

Noch vor viertel zehn wechselte er die Position. Wüsste ich alles, dann wüsste ich, dass von rechts nach links. Und da, auch für ihn unerwartet, entfuhr ihm ein gewaltiges, dennoch leises Ächzen, das nah am Wimmern und nicht weit entfernt vom Seufzen war. Wie Blei, so schwer fühlte er sich. Und ein Schmerz ohne konkreten Schmerz überkam ihn. Der Schmerz, das Wort überflutete ihn. Als sei er aufgedunsen. Als sei er mit seinem eigenen verdorbenen Fleisch vollgestopft. Er legte sich zum Ausruhen auf den Bauch; sein Kopf bohrte sich ins Kissen wie in Schlamm. Als wäre sein Haltbarkeitsdatum abgelaufen. Da wurde es halb zehn.

Alt. Bin ich. Sagte er laut, ein Teil des Ächzens. Die Luft entwich ihm pfeifend wie einer gut synchronisierten alten Frau. Und prompt dachte er auch: Von nun an möchte ich ausschließlich kleine böse Novellen schreiben. Dieser Gedanke erfüllte ihn mit einem wohligen Gefühl. Er sprang auf, erschrocken bemerkte er, wie jugendlich, ging in sein Zimmer, zu seinem Schreibtisch (aus dem abstrakten und sinnlichen Raum des Bettes in den abstrakten und sinnlichen Raum des Tisches) und schlug sein Ideen-Heft auf. Ideen für Novellen, mit Grün; mit Rot gestrichen, wenn er sie geschrieben, mit Schwarz, wenn er sie verpfuscht hatte. Oder er vergaß, was er eigentlich wollte. Zuletzt hatte er mit Schwarz gestrichen: »vorsichtige Annäherung, fehlende Entscheidung, Flecke, Trüffelarten, Grappasorten, ein deutsches Wort: *möge*, das Ich spricht in der dritten Person von sich, siehe Jandl!, anschwellende, tiefpurpurne Blütenblätter«. Was mag das sein? Völlige Finsternis, obwohl er Schwarz nicht deshalb verwendete.

Meine Begegnung mit der deutschen Sprache, dieser grüne Titel war die letzte Eintragung. Und mit Bleistift, sichtlich überstürzt festgehalten, Notizen: 1. O n k e l, O n k e l, b i t t e U h r. Mein lieber Neffe. Wenn du in zwei Wochen, in denen du mit deiner Tante auf dem, ich gebe zu, aus finno-ugrischer Sicht mühevollen Weg der Aneignung der deutschen Sprache voranschreitest, in wenigstens zehn, seien sie auch noch so kurz, zehn deutschen Sätzen begründen kannst, warum du sie brauchst, bekommst du sie. W a s ? Nicht w a s, niemals w a s, sondern w i e b i t t e. (Lanco war, wurde der Name der Uhr.) 2. S c h w e i ß, nicht B l u t. 3. L a c h t w i e e i n H o l z h u n d, das verstand keiner. Ich wiederum verstand nicht, was da nicht zu verstehen war. 4. Das lila Haar der Deutschlehrerin. 5. R ü b e n z u z l e r. R ü a m z u z l a. 6. W e n n d i e S o l d a t e n d u r c h d i e S t a d t m a r s c h i e r e n etc. Und am Ende irgendwie so: d r ü b e r e, d r u n t e r e, a b e r a u c h j u h e (?). 7. Die gotischen Buchstaben! Und: Es lebe das s c h a r f e ß ! 8. P o l t e r ! P o l t e r ! (Blättern in einem F i x u n d F o x i -Heft Anfang der sechziger Jahre, die strenge Wiener Tante fragt argwöhnisch, was ich mache, das heißt, womit ich meine Zeit *fülle*, ich lerne Deutsch. Recht so, sagt sie und blickt in das Heft, auf der Doppelseite ein einziges Wort, auf dem einen Bild rollen Steine und daneben steht, vermutlich das Geräusch des Steinschlags nachahmend: P o l t e r ! P o l t e r ! Ich verstehe, sagt die Prinzessin kühl und verlässt das Zimmer. Plötzlich verstehe ich, wie Revolutionen entstehen.) 9. »Und die Deutschen haben auf alles Nutella geschmiert! Die reinste H i t l e r j u g e n d !« – »Nicht die Deutschen, die Österreicher.« – »Egal.« – »Nicht egal.« 10. In Polen konnte er entweder Deutsch oder Russisch sprechen. Das eine ist schlimmer als das andere. Versuch in demonstrativ verstümmeltem Deutsch. Jetzt ist es freilich bequem, Ungar zu sein, was?! 11. Wes die Sprache, des die Macht. »Warum hast du ungarisch mit ihnen gesprochen?« – »Sie haben mir lange deutsche Sätze gesagt. Und ich habe ihnen lange ungarische Sätze gesagt.« – »Aber so habt ihr einander nicht verstanden.« – »Nein.«

Esti sprach außer ungarisch am liebsten portugiesisch, »in der Sprache der Blumen«, aber Deutsch verwendete er am meisten. Durch das Deutsche kam er mit dem nichtungarischen Teil der Welt in Kontakt, mit dem Rest, und dafür war er der deutschen Sprache dankbar. Es blieb zwischen ihnen eine gewisse Spannung, Fremdheit – doch Beziehungen sind nun einmal so. Nichtsdestotrotz dachte Esti manchmal hochmütig: Und wie ich Deutsch könnte, wenn ich Deutsch könnte.

Sein Nichtkönnen ruhte auf zwei starken, stattlichen Säulen. Der Mangel an Stilgefühl war das eine oder, wie Esti es gern formulierte: Er kennt, weiß, fühlt den Platz der Sätze nicht, wo denn nun ein Satz ist, einer seiner Sätze zwischen Grimmelshausen und Handke. Auf Ungarisch weiß er das, da weiß er fast nichts anderes. Sein Verhältnis zu den deutschen Wörtern ist zu praktisch, es ist darin keine Leidenschaft, kein Saft. Bei einem deutschen Wort vermag er nicht in Tränen auszubrechen, nicht zu erröten, sie demütigen ihn nicht, er kann nicht nach ihnen ringen. Die deutschen Wörter widersetzen sich ihm nicht: Sie erfüllen ihren Zweck, wenn sie ihren Zweck erfüllen. Er wählt den Zweck so, dass sie ihn erfüllen.

Das andere (Unangenehmere, weil er dessen Grenzen nicht spürt, und zwar gerade infolge des Problems selbst): das unterschiedliche Verhältnis der deutschen und der ungarischen Wörter zu den Begriffen, zur Begrifflichkeit. Die unterschiedliche Rolle von Abstraktem und Konkretem. Er kann schwer ermessen (begreifen), was letztlich *mit Händen zu greifen* daraus folgt, dass das Ungarische keine philosophische Sprache hat. Es fehlen nicht nur Wörter, Fachbegriffe, vielmehr fehlt die in der Sprache verrichtete Arbeit. Folglich entstehen andere Bewegungen, Reflexe. Auch andere Möglichkeiten. Überhaupt lässt die Tatsache, dass die Verwendung der ungarischen Sprache (oder die Schriftlichkeit) relativ neu ist, sagen wir, verglichen mit dem Französischen, Englischen, Deutschen, einen größeren Spielraum (macht man zwischen Spiel und Arbeit jetzt mal keinen Unterschied), die nicht starken Regeln, Wortstellung und Satzbau und Verbalzeiten können freier über Bord geworfen werden. Die ungarische Ordnung erhält eine persönliche Färbung. Das ist freilich ein Widerspruch. Das Deutsche würde an so einem Widerspruch leiden, das Ungarische planscht darin (und bemerkt es nicht einmal, was freilich nicht zu seinem Vorteil gereicht).

Kleine böse Novelle. Das Deutsche würde hier gewiss unverzüglich die philosophische Dimension des Bösen erwägen. Das Böse, das Schlechte – prompt sind wir bei der Schöpfung, das heißt, ob Adams Apfel wurmstichig ist; auf Deutsch ist sofort von den Letzten Dingen die Rede, alles wird sofort groß und bedeutend. Oder klein, denn auch die Beschreibung des konkreten Apfels ist sofort zur Hand. Und der Unterschied zwischen den beiden Äpfeln ist klar. Das heißt, es herrscht Ordnung. Das Deutsche liebt die Ordnung, die Unter- und Überordnung. Es mag die Mäßigung. Zittert vor seiner eigenen Maßlosigkeit. Auf Ungarisch gibt es kein Maß, so dass die Ungarn auch gar nicht ihre entsetzliche Maßlosigkeit erkennen. Für sie ist Maßlosigkeit großartig, herausragend, ein Zeichen von Talent. Die selbstquälerischste diesbezügliche Kritik wäre, sagen wir, »barocke Opulenz«.

Wie denke ich eigentlich darüber?, dachte Esti und strich über seine Notizen. Er mochte es, Papier zu streicheln. »Ich habe – allein – gegen das sechste Gebot gesündigt.« Oder auch nur zu berühren. Mit ihm in Kontakt zu kommen. Obwohl es für einen Beobachter eher so ausgesehen hätte, als segnete er die Blätter; schwarze Messe.

Kurzum, aufgrund der vergehenden Zeit scheint in den Schriften unvermeidlich ein Quäntchen Beleidigtsein zu stecken, gar nicht in ihnen, vielmehr hinter ihnen, ein ungewolltes Herumjammern (Larmoyantheit), und das werde von der Bosheit verdeckt. Eine kleine Bosheit, das ist wichtig. Also nicht blutrünstige Brutalitäten, nicht dass Konjunktive zu Schwertern geschmiedet würden oder, noch besser, zu Hämmern, und er würde so lange auf den Schädel seiner Mutter einschlagen, auf den Schädel seiner geliebten Mutter, auf die Stirn, das Kleinhirn und, nur sehr schwer die ideale Oberfläche findend, die Schläfen, bis ... nun, wir wissen, wie diese Hämmereien ausgehen, nein, das wäre ihm zu viel, fremd, in der jetzt entdeckten Vergänglichkeit der Zeit liegt weder so viel Aggressivität noch so viel Beleidigung. Es wäre sogar übertrieben, seine in gesegneten Umständen befindliche Frau mit einem Goethe-Zitat die Treppe hinunterzustoßen. Als Eisenstein-Paraphrase, nicht wahr. Warum übrigens wäre seine Frau in diesem Alter schwanger? Aber gerade darum geht es doch, verdammt nochmal!

Er denkt lieber daran, wie er jemandem still ein Bein stellt. Dem er danach vielleicht sogar aufhilft. Vorausgesetzt, der Betreffende stürzt sich nicht unglücklich zu Tode. Denn die kleine Bosheit birgt (verbirgt) immer auch die große, das macht ihren Reiz aus. Oder in der Straßenbahn mit seinem Stock der Jugend auf die Beine schlagen, die Waden, wenn sie keinen Sitzplatz anbieten oder die consecutio temporum inkonsequent verwenden.

Esti kreiste wie ein Raubvogel (oder wenn nicht Vogel, sondern zum Beispiel Tiger, Hyänenhund, dann könnte er fliegen) über seinen Erinnerungen.

Kornél Estis Erinnerungen: In der zweiten Hälfte der fünfziger Jahre galten meine Schwester und ich aus Sicht der deutschen Sprache als Neuland. Unsere Eltern versuchten zwar manchmal, wenn sie sich an ihre eigene Kindheit erinnerten, in der sie wie selbstverständlich mehrere Sprachen auf einmal gesprochen hatten, mit uns deutsch zu reden und so zu tun, als könnten sie nicht Ungarisch, doch wir wussten, dass sie es konnten. Unseren daraus sprießenden Argwohn übertrugen wir dann auf die deutsche Sprache. Die deutsche Sprache, stellten wir fest, ist von Haus aus hinterhältig. Unaufrichtigkeit und Hintergedanken und verschleierte Absicht. Gegen die man sich wehren muss.

Ein Ungar spricht Ungarisch, schleuderten wir unseren Eltern die Kurutzenweisheit ins Gesicht. Du bist so viele Menschen wert, wie du Sprachen sprichst, antworteten sie erschrocken.

Wir stellten uns die deutsche Sprache als Dieb auf Zehenspitzen vor oder als heimtückische Krankheit, die selbst unsere arme Mutter und auch unseren armen Vater infiziert hatte. Doch etwas an dem Ganzen war rätselhaft, unbegreiflich: Warum nur wollen unsere Eltern uns dieses Übel aufzwingen? Dieses Gemeine. Oder hatten wir etwas missverstanden? Schließlich führte uns die Unsicherheit dazu, dass wir uns nicht mit ganzer Kraft gegen das Deutsche wehrten, wir nahmen uns nur vor ihm in Acht; wir gaben unserem Misstrauen Ausdruck. (Für das höchst seltsame Verhalten der deutschen Sprache fanden wir später, während der Sommerurlaube in Österreich, als wir ihr auch leibhaftig begegneten, zahlreiche eindeutige Beweise. Ich befürchte, wir dachten, die deutsche Sprache sei eine ungarische Sprache, in der die ungarischen Wörter deutsch sind. Einer meiner ersten Vorschläge in diesem Sinne war die Abschaffung von der-die-das, die dem echten Ungarn ungerechtfertigt viel Leid bereiten, durch die Verkleinerungsform. Als ich erfuhr, jedes Substantiv mit der Endung -chen ist das, freute ich mich, als hätte ich das Perpetuum mobile erfunden. Im Grunde war etwas in der Art geschehen. Ich erinnere mich, wie mein Vater lachend nickte, als gratuliere er mir zu meiner das Leben der Menschheit in neue Bahnen lenkenden Entdeckung und lache mich gleichzeitig wegen dieser Albernheit aus. Soll ich jetzt sagen, dass die deutsche Sprache sich wie mein Vater erwies: als undurchschaubar?)

Aus all diesen Gründen wollten unsere Eltern dem Sprachstudium einen angemesseneren Rahmen geben, sie entzogen unsere Einführung in dieses zwielichtige und verdächtige Dickicht der familiären Oberhoheit und vertrauten sie einem Sprachlehrer an. In dieser Zeit waren die deutschen Sprachlehrer deutsche Sprachlehrerinnen, gemeinhin – letzten Endes – aus Österreich, mehrheitlich Baroninnen, deren Männer in schöner Zahl Horthy-Offiziere gewesen waren und in einem fort wegen der verrohenden Weltlage lamentierten, womit teils die Kommunisten gemeint waren, teils die Proletisierung der Arten, eine Krawatte zu binden. Beziehungsweise, und da wurde es heikel, die »halsstarrig konsequente« Trägheit der Schüler, ihre schamlose Schläfrigkeit.

Unsere erste hieß Tante Nelli (im Laufe der Zeit verspeisten wir dann noch weitere Tanten). Für die erste Stunde machten wir uns zurecht, als gingen wir zu Besuch, dabei kam sie zu uns (frei Haus). Wir mussten uns umziehen und unsere Mutter kochte Kaffee. Es herrschte Aufregung. Tante Nellis Ausmaße übertrafen alle Vorstellungen, als hätte nicht der Herr, sondern Rubens sie geschaffen. Unser großer weißer Komondor bellte sie heftig an. Sie kreischte fröhlich wie in einem Film.

Oh, dieser Hund wünscht mich doch nicht etwa zu verspeisen?

Er hat schon gefressen, knurrte mein Vater grob, beinahe selbst wie ein Hund, aber Tante Nelli war so gerührt, in der Person meines Vaters sozusagen ihrer früheren, schmerzlich verlorenen Welt zu begegnen (sie irrte sich), dass sie glücklich über alles kicherte. Finster führte mein Vater sie ins Haus.

Die Erwachsenen hatten einen schlechten Einfluss aufeinander, als gebrauchten sie Sätze aus dem obigen Film, selbst mein Vater, obwohl er zwischen zwei Höflichkeits- oder Konversationsfloskeln steif schwieg. Von Zeit zu Zeit wandte sich unser Gast uns zu und stellte uns affektierte Fragen, jedoch nicht in der entsprechenden Sprache, so dass wir hartnäckig schwiegen. Unsere Mutter sprach das an.

Aber das ist nicht Ungarisch, erwiderten wir.

Deshalb könnte man trotzdem etwas antworten, antwortete unsere Mutter nicht sonderlich überzeugt.

Wenn wir es könnten, bräuchten wir keinen Deutschlehrer. Und meine Schwester fügte noch unverschämter hinzu: nespa?!

Oh, wie geistreich!, kreischte Tante Nelli erneut und streckte ihre Hand nach meinem Gesicht aus, doch ich riss den Kopf zurück.

Als unsere Eltern uns allein ließen, wurde Tante Nelli, als fiele eine Maske ab, normal, ernst, zielstrebig, wirklich. Freundlich und streng. Nichtsdestotrotz war es seltsam, jemanden, einen Erwachsenen, zu sehen, dessen einziges Ziel es war, uns die deutsche Sprache einzutrichtern. Als interessierte sie auf der Welt nichts anderes, als gäbe es sonst nichts Interessantes auf der Welt. Deshalb konnten wir sie schließlich nie ganz ernst nehmen.

Und da geschah etwas, das *mein Bild* von der deutschen Sprache grundlegend bestimmen sollte. Tante Nelli hatte sich vorbereitet, sie brachte Hefte, spezielle mit einem breiten Rand, Bleistifte, weiche, 2B, die leicht zu radieren waren, und Radierer, die mit dem Elefanten. Sowohl in der Stunde als auch die Hausaufgaben mussten wir mit Bleistift schreiben, und wenn wir einen Fehler gemacht hatten, mussten wir ihn wegradieren (am Anfang zeigte uns Tante Nelli, wie; sie radierte uns vor), damit, so sagte sie, in der Welt kein Fehler bleibt.

Warum, ist die Welt etwa sonst fehlerfrei?, fragte ich keck.

Oh, wie geistreich, sagte Tante Nelli erneut, nun jedoch leise, gleichsam streng, ja, traurig. Sie nahm das Sofa für zwei Personen fast in der ganzen Breite ein. Wir hielten sie für alt, sie war um die fünfundvierzig. Wenn sie saß, drückte das Gewicht ihres Bauches ihre Schenkel auseinander. Der Bauch schien ein extra Körperteil, gewissermaßen ein eigenes Lebewesen. Ich ließ den Radierer fallen und kroch ihm unter den Tisch hinterher, und da unten begegnete ich ihren beiden Schenkeln. Oder, besser, dem von den Schenkeln gebildeten Tunnel. Doch ich sah nur die Unterhose. Eine große, aber dermaßen große Unterhose, wie man sie sich nicht vorstellen konnte. Wie ein riesiges weißes Segel (aus der Nähe). Eine Zeltbahn. Tante Nelli unterrichtete nach Vajda/Fürst: *Für Anfänger*. Von oben hörte ich: Der Vater arbeitet. Ich starrte auf das überwältigende Weiß. Die Mutter kocht. Die verschneiten Hochebenen müssen so aussehen. Was ich sah, war gigantisch, rein und geheimnisvoll. Das Kind spielt. Immer mehr war ich überzeugt, dort unten, wo der Bauch beginnt, die deutsche Sprache selbst zu sehen, ja, so ist also die deutsche Sprache, gigantisch, rein und geheimnisvoll. Der Sohn lernt. Mit rotem Gesicht kam ich aus der unteren Welt wieder hoch. Tante Nelli sagte gerade freundlich: Die Großmutter reinigt das Fenster.

Da beschloss ich … was eigentlich? Ich fasste in Sachen Erlernen der deutschen Sprache irgendeinen kindlich ernsten und erwachsen nicht befolgten Entschluss. Von da an versuchte ich den Radierer so oft wie möglich fallen zu lassen. Als ich einmal schon zum zigsten Mal auf allen vieren unter dem Tisch herumtappte, berührte Tante Nelli mit ihrer riesigen Schaufelhand federleicht meinen Kopf.

Lass den Radiergummi unten. Such nur, such schön ruhig. Und wenn du ihn gefunden hast, such weiter.

Weiter, es wurde für Esti das schönste deutsche Wort. Nicht böse genug, Esti überflog die Geschichte. Aber immerhin wahr, und er zuckte die Schultern. Er blickte auf seine Uhr, es war wieder halb zehn. Das wäre gut als Schluss, nur habe ich einen Satz ausgelassen. Esti: Mein Vater war Prüfer in der Dolmetscherausbildung, an jenem

Tag hatte er gleich drei Prüflinge, alle hatten sie ein »sehr gut« bekommen. Denn die Vorgabe lautete, niemanden durchfallen zu lassen. Er erzählte es, als er nach Hause kam. Und da erhielt ich in Bezug auf meine Deutschkenntnisse von ihm das größte Lob. Das größte Lob meines Lebens. Er sah mich ernst an. Die waren sogar noch schlechter als du.

Viertes Kapitel

in welchem Kornél Esti und das Fragment

Kornél Esti, dieser aus Worten gewobene Mann, war während des Webens wild und einsam, kinderlos und voltairianisch. Er mochte seine Attribute. Dann jedoch (bei der Heimkehr aus Portugal, wo), irgendwie – aus Unachtsamkeit oder infolge einer kapriziösen Entscheidung oder erkältet? –, fand er sich auf einmal inmitten einer großen, glücklichen Familie wieder. Er wohnte nicht länger in einem dunklen Loch oder einer engen Mansarde, sondern in einem Vorstadthaus mit Garten, seine Einsamkeit, an der er so lange sentimental festgehalten hatte, liquidierten vier prächtige Kinder und eine in jeder Beziehung, sowohl hinsichtlich ihres Inneren als auch ihres Äußeren, erstklassige Frau.

Er mochte auch seine neuen Attribute. So ist das Leben, dachte er sich, beziehungsweise dachte er nichts, so ist das Leben.

Es ging wieder auf Weihnachten zu, der einzige Tag des Jahres, an dem Esti seine einstigen, vergessenen Attribute in den Sinn kamen. Früher hatte Esti an diesem Tag fortwährend irgendwelche Skandale angezettelt.

Zum Beispiel riss er beim Spazieren unvermittelt ein Küchenmesser aus der Innentasche seines Jacketts und begann es zur Verblüffung der Passanten am Randstein zu wetzen. Oder er wandte sich sehr höflich an einen armen Blinden, er möge ihm doch das Staubkorn entfernen, das ihm eben ins Auge geflogen sei. Dem halbseitig gelähmten Sohn der Nachbarn schenkte er regelmäßig einen Ball, Turnschuhe, Schlittschuhe. Studentenstreiche, die allmählich seltener geworden waren.

Seine Kinder lagen ihm schon seit unvordenklichen Zeiten in den Ohren, die Familie solle doch einen Hund kaufen. Denn der Hund ist der treueste Freund des Menschen. Und so weiter. Er wollte nicht. Er wollte weder einen treuen Freund noch »und so weiter«, er hatte beides. Er hatte schon einmal den Fehler begangen, die Bande vor die Wahl zu stellen, er oder der Hund. Die Entscheidung war ihnen sichtlich schwergefallen, die umflorten Blicke zeigten, dass sie sich über das Ausmaß des Verlusts im Klaren waren, während sie, ohne nachzudenken und zu zögern, ihr dramatisches Votum für den Hund abgaben.

Für einen kleinen schwarzen Puli. Der sich tatsächlich wie ein wahrer, treuer Freund verhalten hatte, bis er gestohlen wurde. (In Wahrheit wurde er erschlagen, aber das wäre für Weihnachten zu viel an Schrecken. Ich scheine absichtlich das Unglück zu suchen. Doch er wurde tatsächlich erschlagen, wir fanden ihn auf dem damals noch leeren Nachbargrundstück, er lag in dem dunstigen kalten Morgen, als ruhte er sich nur aus, Blut sickerte ihm aus den Ohren. Wir wissen bis heute nicht, wer ihn erschlagen hat, hoffentlich ein Fremder.) Seitdem war die Hundefrage an der Tagesordnung. Obwohl Esti sich nicht erweichen ließ, nicht in Versuchung kam, während es ihm nicht schwerfiel anzuerkennen, dass der Puli in zwei Wochen mehr Glück ins Haus gebracht hatte als er je davor oder danach. Nun, das ist natürlich schwer zu messen.

Ich habe vier oder fünf Kinder, ich brauche keinen Hund, sagte er und blickte die vier oder fünf der Reihe nach kalt an. Eines, die jüngere Tochter, blickte ebenso kalt zurück.

Wir haben aber keine Kinder. Esti zuckte die Schultern. Wenn du keine Kinder hättest, würdest du dann einen Hund kaufen?, fragte seine Tochter noch immer streng. Esti lachte auf, als hörte er in Gesellschaft einen mittelmäßigen Witz.

Sei nicht klüger, als du bist … Mag sein, ich würde einen kaufen, bloß für wen … – Das Mädchen dachte nach, dann nickte es.

Du hast recht, das ist keine Lösung.

Was ist keine Lösung? Dass du deine Geschwister abschlachtest? Und natürlich auch dich selbst?

Ja, das.

In der Tat, das ist keine Lösung. Und es steht auch nicht ganz im Einklang mit dem ursprünglichen Gedanken der Weihnacht.

Das Mädchen zuckte mit einer von seinem Vater erlernten Geste die Schultern und kam ein paar Tage später an, sie hätte die Lösung, sie kaufe der Familie einen Hund. Esti nickte abwesend, ja, er verstehe, was sein Kind sage, sein eigen Blut, sein eigen Dingsbums, doch, um es erwachsen auszudrücken, das Fräulein habe offensichtlich nicht genug Geld dafür.

Auf Raten wird es gehen, das Mädchen errötete und, wie die Schriftsteller zu schreiben pflegen, seine Augen hatten einen besonderen Glanz.

Der Glanz der Weihnacht ist immer weniger besonders, eine gut eingespielte Geschenkefabrik, die von Kerzen-, Tannen- und Fischduft umweht wird. Kornél Esti spielte seine Weihnachtsrolle gut, er freute sich und schenkte Freude und dachte nicht mehr an die alten Streiche, die auserkoren gewesen wären, das wahre Gesicht der Liebe zu verschleiern. Schwamm drüber. Ein wenig schneller atmete er vielleicht auch jetzt noch, wenn er in der Zeitung las, der politische Feind verkünde die »Botschaft des Satans«, dem jedoch dürfe man nicht mit Hass, sondern müsse ihm womit?, ja, ganz richtig, mit der »Kraft der Liebe« begegnen und oder denn nur »die Vergebung durchbricht die Kruste der Herzen«. Aber sicher doch, Esti senkte den Kopf, in solchen Momenten war er nahe dran, einfach zu fluchen, worin sich seiner Mutter Sprache so erfinderisch wähnt; welche Erfindung damit aktiv zum unentbehrlichen Gleichgewicht der Welt beizutragen vermag. Doch all das nur nebenbei, es war, als würde er sich erinnern, als würde er aus alten Zeiten mit den Zähnen knirschen.

Als es an die Bescherung ging, drängte sich das Mädchen feierlich nach vorn und überreichte eine kleine bunte Schachtel. Die Eltern wickelten in gespielter Verlegenheit das Seidenpapier ab.

Wohl ein Hut?, so die Mutter.

Oder eine bessere Zigarre?, so der Vater.

Der Hund, so die Tochter.

So einen kleinen Hund gibt es gar nicht.

Es wurde still, nur das Papier raschelte. Die Mutter hob den Deckel ab, kreischte und fiel in Ohnmacht. Kornél Esti beugte sich hinab und nahm das Geschenk aus der Schachtel. Es war tatsächlich ein Hund, ein Teilhund, ein Hundeteil, ein Fragment: eine Hundepfote. Eine abgeschnittene Hundepfote. Wäre es ein Spinnenbein gewesen, hätte es sich noch bewegt. Allgemeine Panik brach aus. Esti sah seine Tochter verblüfft an, dann legte er ihr langsam die Hand auf den Kopf und streichelte sie zärtlich. Leise sagte er in den zu Tode erschrockenen Abend:

Wauu, wauuu.

Das höre ich seitdem jedes Weihnachten, Estis stilles, heiliges Winseln, das nach oben schwebt, hin zum Firmament, stille Nacht, heilige Nacht, in den Himmel, wo der Herrgott thront, der Herrgott, den es Esti zufolge eigentlich gar nicht gibt, obgleich er anerkennt, da er es mit eigenen Augen sieht, dass er thront, auch sein Winseln schwebt deshalb da, da hinauf, hinauf …

Fünftes Kapitel

in welchem Der erste Mord des Kornél Esti

Damals war Kornél Esti gerade ein Hund. Darüber würde ich jetzt nicht allzu viel grübeln, denn schauen wir uns einfach den Satz an, was ein Hund ist, das wissen wir mehr oder weniger, beziehungsweise wir wissen es nicht, doch wir haben eine Vorstellung, vier Beine, Fell (im vorliegenden Fall natürliches, ungetrimmtes Nackenfell), Klang (wau! wau!), fertig; und auf das andere, das Subjekt, Esti einzugehen, lohnt sich nicht, weil es platterdings als möglich vorausgesetzt ist, als Maske, Leere, irgendetwas, Jedermann, auch wenn vielleicht wenige von uns gedacht hätten, dass es vier Beine hat.

Man mag es (wer »man« ist, darauf gehe ich ebenfalls nicht ein, weil ich dann auch darauf eingehen müsste, hier und jetzt, wer ich bin, konkret, wie viel Beine ich habe – Kuhhessigkeit in höchstem Grade unerwünscht! –, doch existierte diese Frage, das heißt, wäre sie sinnvoll zu stellen, gäbe es auf sie per definitionem keine Antwort, und gäbe es diese doch, dann gäbe es nicht nur keine Frage, sondern auch keinen Kornél Esti), man mag es, es wird gemocht, wenn ich Wittgenstein zitiere, in solchen Momenten hat man das Gefühl, mich zu durchschauen, je nach Typ (usw!, doch politisieren wir nicht) wird mir das zugutegehalten oder vorgeworfen, und so beruhigt man sich, mampft ein bisschen Dolce, im vorliegenden Fall russische Cremetorte, macht vielleicht auch noch ein Nickerchen (je nach Arbeitsplatz, Bergleute zum Beispiel können sich das nicht erlauben, nicht einmal auf Nachtschicht), darum zitiere ich jetzt Wittgenstein: »Die für uns wichtigsten Aspekte der Dinge sind durch ihre Einfachheit und Alltäglichkeit verborgen. (Man kann es nicht bemerken, – weil man es immer vor Augen hat.)« Darum werfe ich die Einfachheit und Alltäglichkeit über Bord, darum. Daraus, dass Esti mir oder irgendjemandem als Hund erscheint, folgt nicht, dass Esti tatsächlich einer ist. Die Frage ist lediglich, was für einen Sinn es hätte, das in Zweifel zu ziehen.

Da wir heutzutage in dem Irrglauben leben, der Sinn des Lebens wäre Glück (das wir nicht oder kaum von der guten Laune zu unterscheiden vermögen), stellt sich zu Recht die Frage, ob Kornél Esti glücklich war. Das könnte ich nur mit Mühe beantworten. Aus Reflex würde ich verneinen. Ich zumindest wäre nicht gern an seiner Stelle. Estis Geschichte beginnt in der Mitte des neunzehnten Jahrhunderts, Lord Tweedmouth schafft mit seiner aufopferungsvollen Zuchttätigkeit ein Lebenswerk, den Golden Retriever. 1865 (zwei Jahre vor unserem Ausgleich!) legt er sich einen gelben Retriever zu, der aus einem schwarzen Wavy-coated Retriever-Wurf stammt, um ihn 1868 (ein Jahr nach unserem Ausgleich!) mit einem leberfarbenen Tweed Water Spaniel zu kreuzen. Im Erstlingswurf werden vier Welpen geboren, diese bilden die Grundlage für die Entstehung Kornél Estis. Ich breche hier ab, es ist klar, wie und worauf das hinausläuft, höchstens noch so viel, dass Esti, seiner Rasse gemäß, außerordentlich sanft zufasste, sogar Eier war er fähig zu apportieren, und dieses weiche Maul, darüber könnte ich wirklich viel erzählen, so erregend war das …

Esti erfüllte die meisten Hundegemeinplätze. Wenn er dich ansah, konnte man nichts anderes denken, als dass er jenen traurigen Hundeblick hatte. Darin steckte auch etwas Theatralik, er blickte wie ein schlechter Schauspieler, der die treuen Hundeaugen mimt. Kornél, hör sofort damit auf, sei so gut – doch er tat, als verstünde er nicht, was man von ihm wollte. Esti war symmetrisch, lebhaft, kraftvoll, hatte eine ausgeglichene Bewegung, war gehorsam, intelligent, freundlich, liebenswürdig und zutraulich, zu Hause wurde er dennoch nicht wirklich geliebt, das heißt, vor allem der Herr des Hauses mochte ihn nicht. Es war noch weniger als Antipathie, eher war es Gleichgültigkeit, die er mit großer Mühe verteidigte; Estis einschmeichelndes Wesen, seine fast schon kitschige Gefallsucht erleichterten die Situation des Hausherrn nicht, manchmal kam er beinahe in Versuchung, H e r r u n d H u n d zu spielen, Estis wohlgeformten, breiten, aber nicht groben, gut auf dem Hals sitzenden Schädel zu streicheln, den Ansatz des mittelgroßen, etwa in Höhe der Augen angesetzten Behangs zu kraulen, mit nicht wenig Selbstmitleid »schon gut, mein Alter, schon gut« zu sagen, in Estis vermuteter Einsamkeit die eigene zu sehen und sie gleichzeitig zu teilen ... Dann irgendwie doch nicht. Wenn aber Esti etwas falsch machte, sagen wir, von plötzlicher Vegetarierleidenschaft gepackt die Tomatenstöcke ausbuddelte, dann bedeutete die fehlende Liebe, dass nichts die ungeduldige Gereiztheit zügelte. Wie öde so eine leidenschaftslose Beziehung doch ist, dachte Esti in seinen dunkleren Stunden – so würde ich mit Worten jene Stellung übersetzen, die Rute (ohne Biegung am Rutenendc!), Ohren, Augen zuweilen zeigten; wenngleich Esti oft das Gefühl hatte, die Wörter nicht ganz zu verstehen, nur zur Hälfte oder, aus dem Weg, falsche Bescheidenheit!, zu drei Vierteln, vier Fünfteln, fünf Sechsteln, doch könnte ich selbstbewusst bis wohin auch immer fortfahren, jedes Mal bliebe ein kleiner Rest, ein schmaler Ring im Definitionsbereich des Wortes, ein kleiner Unterschied zwischen dem Ganzen und dem Besitzbaren; mir scheint, es gibt so einen Aufschnitt, oder war es Schinken?, mit Fettring. Nun, das ist jetzt kein kraftvoller Vergleich geworden.

Ganz zu schweigen davon, dass Esti nie Aufschnitt, Schinken, immer nur das langweilige Hundefutter bekam, jeden Abend zur gleichen Zeit. Dem Herrn des Hauses war selbst das zu viel, er lancierte die Reste, den einzigen Grund und Zweck eines Hundes sah er in der Vernichtung dieser sogenannten Reste, in der Restevertilgung, seiner Ansicht nach war auch die Beseitigung *leicht* verdorbener Reste primär Hundeaufgabe, ich ziehe es also zurück, Esti hatte schon an den Enden vertrocknet sich aufrollenden Aufschnitt, schleimige, fleckige Lyoner, die in den Tiefen des Kühlschranks vergessen worden war, oder ins Blaue spielenden, aufgeweichten Rollschinken bekommen. Der Herr des Hauses vermochte seinen Prinzipien offiziell keine Geltung zu verschaffen, er konnte lediglich knurren (als wäre er selber ein Hund!!!, könnte ich scherzhaft sagen), gut, dass Seine Majestät nicht noch extra Kalbsschnitzel bekommt!, so dass er gezwungen war, all das heimlich in Estis Futter zu schmuggeln oder es ihm extra zu geben, als wäre es eine besondere Delikatesse. War es auch, eine Delikatesse,

Esti leckte dankbar die dazugehörige Hand. Der Herr des Hauses schüttelte sich angewidert. Wenn er mich mögen würde, wäre auch das nicht so, dachte Esti und leckte die Hand noch einmal.

Nun, mag sein, ich wäre an Kornél Estis Stelle nicht glücklich, mag sein, auch er ist es nicht – nichtsdestotrotz ist er auch nicht unzufrieden, seine Gefühle wurden zwar nicht durchweg erwidert (das heißt, sie wurden überhaupt nicht erwidert), doch jene gewisse disziplinierte Aufmerksamkeit bedeutete dennoch Sicherheit. Und es gab den großen Garten, in dem Esti manchmal, scheinbar ohne Grund, losstürmte, so schnell, harmonisch (seine Gliedmaßen waren, gleich aus welchem Winkel betrachtet, nie ein- oder ausgedreht, kamen einander nicht in die Quere), mit solcher Kraft, dass es selbst dem Herrn des Hauses stille Anerkennung abnötigte. Oder, besser, Staunen. Er staunte über Gottes Geschöpf, also seinen Bruder, wie dieser seinem Schöpfer zu danken schien. Oder wie sollte man dieses Schwelgen anders interpretieren?

Nun könnte die Geschichte so langsam beginnen. Doch zunächst muss ich (neben dem erwähnten Glücksartigen) noch über zwei, sagen wir, Eckpfeiler in Estis Leben oder Existenz sprechen: über Gott und die Katze, mit anderen Worten über die Angst und den Hass.

Esti hatte ständig Angst vor dem Herrn; wenn es donnerte oder blitzte oder donnerte und blitzte, begann er, seine Winzigkeit spürend, zu zittern; bei Vollmond heulte er, ich würde es nicht glauben, hätte ich es nicht gesehen, klagend, ja, klagend den Himmel an und erfüllte damit den läppischsten Allgemeinplatz. Der Herr des Hauses war entweder religiös unmusikalisch oder bemerkte hier aus anderen Gründen die metaphysischen Dimensionen nicht, er sah nur, dass Kornél Esti ein Schisser war; wenn du ein Gotteserlebnis hast, freu dich, verdammt, hüpfe, jauchze, dass du es hast, nicht in Panik gegen die Tür springen und vor allem nicht gegen die Scheibe der Terrassentür, weil sie kaputtgehen wird, verdammt, Kornél, und die Versicherung wird nicht zahlen, Kornél, und was wird dann. Du weißt nicht einmal, was Geld ist, dämlicher Hund. Sag nicht »Kreditkarte«, ich verpasse dir einen Fußtritt. Angsthase. Esti war nicht in dem Zustand, das Gesagte und das Nichtgesagte abzuwägen, er zitterte am ganzen Leib und beobachtete mit ganzer Konzentration den sich öffnenden Türspalt, um in die Wohnung stürmen zu können. Mensch drinnen, Hund draußen, der Herr des Hauses hielt an dem als konservativ oder zumindest formal zu bezeichnenden Weltbild fest, Esti begehrte auch gar nicht dagegen auf, empfand es nicht als unwürdig, das Zimmer interessierte ihn ansonsten nicht, und auch die Kälte ertrug er besser, als die im Haus anzutreffenden unterschiedlich alten Frauen dachten, während sie, hysterisch flehend, drohend bemüht waren, das Drinnenwohnen als natürlich hinzustellen. Schließlich hatten die Schöpfer des Golden Retriever einen Hund gewollt, der das geschossene Wild aufstöbert und dem Jäger zuträgt, einen Jagdhund also. Sicher, das ist lange her, seitdem ist schon viel verdünntes Blut die Abstammungslinie hinabgeflossen. Estis Jagdkünste lagen tief in der persönlichen und gemeinsamen Vergangenheit begraben, und da bin ich noch höflich.

Estis Angst nahm so spektakuläre Formen an – mit dem den ganzen Körper schüttelnden Zittern im Zentrum –, dass dies selbst den Herrn des Hauses rührte, ihm Mitleid abrang, ihn störte nicht einmal, dass aus dem Maul des schlotternden Esti der Speichel nur so floss, Zitterspeichel, man musste ihn hinterher vom Parkett aufwischen. Die metaphysische Erklärung hinkt vielleicht trotzdem, denn Esti erschrak auch schon bei Feuerwerk, die Tiefpunkte des Jahres waren Silvester und der zwanzigste August, in diesem Satz eher das Fest des Brotes und der Verfassung als das unseres Königs Stephan des Heiligen. Ach was, Feuerwerk! Wenn der Satansbraten der Nachbarn – ihr Enkel?, aber greifen wir nicht vor –, trotz zahlloser Ermahnungen!, regelmäßig und ohne jeden ersichtlichen, das heißt berechenbaren Grund mit Knallern spielte, floh Kornél Esti schon unter den Flügel. *Flucht des Kornél Esti*, zu Recht kann ich davon ausgehen, dass mehr dahintersteckte als diese kleinliche, tierische Angst. Es ist natürlich nicht ausgeschlossen, dass der Gott des einundzwanzigsten Jahrhunderts im Vergleich zu, sagen wir, dem des Alten Testaments etwas geschrumpft und das ahnungsvolle und wilde, das Firmament erleuchtende Zickzack der Blitze auch metaphorisch vom gelangweilten

Geböllere eines Bengels abgelöst worden ist. Esti konnte den Unterschied mit Hilfe seiner Phantasie ergänzen. Wenn für ihn dieser Unterschied überhaupt existierte. In Estis Erlesenheit, denn diese Erlesenheit steht außer Frage, lag eine Einfachheit, ein vornehm derber Sinn für das Praktische; wie bei guten Fußballspielern. Mit vier Beinen kann man natürlich nicht oder nur ungeschickt Fußball spielen, wir können noch so folgerichtig denken, vier sei mehr als zwei.

Für den Katzenhass-Pfeiler hole ich weiter aus. Von Kornél Esti nähme ich zu Recht an, dass er die Freiheit, die Ungebundenheit schlechthin verkörpert. Andererseits ist da die allseits bekannte Parabel vom Hunde- und Wolfleben. Und tatsächlich, Kornéls Verhältnis zum Zaun, zum Gartenzaun konnte man nicht dramatisch nennen. Im Zaun sah er nicht die Einschränkung seiner Freiheit, ich weiß gar nicht, was er in Wahrheit, dort, drinnen, über ihn dachte. Obwohl. Obwohl Esti bei Geräuscheinwirkung (siehe da, hier herunter haben wir die Metaphysik geschraubt), wenn niemand im Haus war, er also vergebens immer wieder und immer verrückter gegen die Tür sprang, gegen die Scheibe aus Glas, kein Herz weit und breit, das sich erweichen ließ – obwohl er dann oft ausbüxte; ein Zaun kann niemals so perfekt gemacht sein, dass ein Kornél Esti kein Schlupfloch fände. Er kann sich durch unvorstellbar enge Spalten hindurchquetschen. Die Nachricht vom Verlust ließ, auch für mich überraschend, den Herrn des Hauses kalt. Bai, Pussikät, bai, lieber Kornél, es war schön, es war gut, das war's. Ich könnte geneigt sein, diese Blasiertheit für Bosheit oder Grausamkeit oder, quasi umgekehrt, für eine Manier zu halten, doch nein: Es war bloße Gleichgültigkeit. Und wenn er gefunden wurde, und bisher war er immer gefunden worden (Esti kam aufgrund seines geselligen Wesens mit jedem ins Gespräch, und ohnehin war die Telefonnummer in sein Halsband eingraviert), riefen wohlwollende Menschen an, und der Herr des Hauses log gleichmütig, wie dankbar er für die Hilfsbereitschaft sei. Ein schlechter Hund, er geht nicht. Dann flüsterte er ihm ungewollt vertraulich ins Ohr: Wähle nur ruhig die Freiheit, lieber Kornél. Esti hüpfte vor Freude.

Das offene Tor an sich führte Esti nicht in Versuchung, woraus wiederum hervorging, dass er im Zaun nicht unbedingt einen freiheitseinschränkenden Faktor sah. Ich nehme an, er dachte auch gar nicht über so etwas nach; heutzutage ist das nicht üblich. In der Diktatur kommt ein böses Ungeheuer mit borstigen Pranken und stiehlt uns die Freiheit. Eine klare, gut überschaubare Situation, die Freiheit ist dahin, man kann versuchen, sie zurückzuerlangen, vorwärts, Jungs, vorwärts Kurutzen!, oder man kann, wenn das auf keinen Fall möglich ist, weil es auf keinen Fall möglich ist oder wir in unserer notwendigen, vielleicht angeborenen Mutlosigkeit, im ungünstigeren Fall Schisserfeigheit, urteilen, dass es auf keinen Fall möglich ist, dann, sagen wir, ihr Andenken bewahren oder an die nächste Generation weitergeben und so weiter. In der Diktatur ist die Situation der Freiheit also sicher, ihr Prestige wächst stetig, durch ihr Fehlen ist stetig mehr von unserem Elend erklärbar, das ganz persönliche und auch das ganz universale, sie ist wie ein Bissen Brot, man muss nur aufpassen, dass uns die schmutzig süße Flut des Selbstmitleids nicht hinwegspült. (Doch, sie spült uns hinweg, hier spült sie uns hinweg.) Im üblich zu nennenden europäischen Alltag halten wir die Freiheit für selbstverständlich, wir sehnen uns nicht nach ihr und halten keine Lobreden auf sie, wir kümmern uns nicht um sie, wie wir uns auch nicht ums Luftholen kümmern, besonders nicht in einem Haus mit Garten. Die Freiheit ist heute in Europa, dort im Garten, vor dem sich öffnenden Tor, doch nicht einmal vor dem sich schließenden, kein Thema. Vom uralten Kampf zwischen Freiheit und Sicherheit beschäftigt uns derzeit Letztere. So wie Kornél Esti das neureiche Krachen der Böller oder allgemein die himmlische Elektrizität mit Angst erfüllten, so erfüllt uns … was eigentlich?, nun, die Welt mit Angst, dass wir uns überhaupt nicht auskennen, als Fremde umherirren und die Erhabenheit der aufgeklärten Rationalität, die stark zerschlissene, verblichene Erhabenheit vergebens ist, wir leben im Dschungel, und dort ist ein gewisses vorsichtiges Vorgehen ratsam. Ist man aber frei, ist man nicht vorsichtig. Wurde man aber erschreckt, ist man dumm, wenn man es nicht ist.

Esti erfüllte die Rolle eines zuverlässigen Haushüters nicht im Geringsten vorschriftsmäßig (wie wir sahen, hatte er ein genetisches

Alibi), jeden, ob glücklich oder unglücklich, empfing er mit überbordender Freude, nicht bloß höflich, sondern mit einer Freude, die der Person zu gelten schien, so dass der Ankömmling nicht nur jenen Dschungel vergaß, sondern annehmen musste, er sei Tarzan (!). Ja, Kornél Esti wedelte glücklich mit dem Schwanz. (Das sind einfache Dinge.) Üblicherweise bellte er nur den Postboten an, einen netten jungen Mann, der Estis Getobe erschrocken erstarrt betrachtete, und scheinbar gelang es Esti sogar, den jungen Mann glauben zu machen, er sei schuld. Lange freilich konnte das Tor nicht offen bleiben (auch Esti vermochte allem zu widerstehen, nur der Versuchung nicht), doch konnte man zum Beispiel in Ruhe mit dem Auto raus- und reinfahren, währenddessen huschte er nicht hinaus. Es sei denn.

Es sei denn, und hier folgt der versprochene Eckpfeiler, es wurde, nun, ich würde schätzen, rund hundert Meter, aber siebzig sicher, innerhalb dieses Radius eine Katze, felis catus, platziert (vom Schicksal, vom Schöpfer oder, sei es diesmal der Geier, weiß der Geier, von wem), dann stürzte sich Esti wie aus der Pistole geschossen, jetzt kamen die vier Beine gewiss wie gerufen, »in nämliche Richtung«. Seine Beschleunigung war hervorragend, wie die des Trabant in der Trabant-Gebrauchsanweisung, eine angemessene und gut koordinierte Schrittlänge aufweisend. (Gleich aus welchem Winkel betrachtet, sind die Gliedmaßen nie ausgedreht oder kommen einander in die Quere, ah, das hatten wir schon. Mit der Erhöhung der Geschwindigkeit verschieben sich die Beine hin zur Mitte der Schwerlinie. Es ist ratsam, Kornél an der lockeren Leine zu präsentieren, damit die natürliche Bewegung erkennbar wird.) Ich meine, weder sah noch hörte noch roch er die Katze, er spürte sie. Selbst dann, wenn sie weit weg unter einem parkenden Auto lag; er gewahrte sie.

An das, was auf so ein Gewahren folgte, denke ich lieber nicht, wenngleich es durchaus zur Vertiefung des gängigen Esti-Bildes beitragen kann; Esti rüttelte und schüttelte mit wilden Seitwärtsbewegungen die am Nacken (ich muss auf das schöne, doch an dieser Stelle zu beschauliche Schlafittchen verzichten) gepackte Katze, die Bewegung könnten wir sogar als spielerisch bezeichnen, wäre nicht die

Schnauze unseres Helden blutig nass ... Obgleich dies jeder im Haus verurteilte, ohne Wenn und Aber, kein heimlicher Stolz die Situation verkomplizierte (»diesem nichtsnutzigen Vieh haben wir es aber gezeigt«), fielen die Reaktionen dennoch unverhältnismäßig milde aus, schlafittchenhaft, auf die Brutalität der Natur ist die Sprache nicht vorbereitet, böser Hund, das darf man nicht, wiederholte man mit müder Pießie, nur der Herr des Hauses schwieg und musterte mit überraschtem Interesse Esti, wie der gemächlich, zufrieden und sehr ruhig, als wäre nichts geschehen, zurückspazierte. Ei, ei, lieber Kornél, was nur steckt in dir ...

Es war ein funkelnder Herbst, die Sonne schien schon schräger, die Schatten zeichneten sich schärfer ab, die Wärme war wie ein unerwartetes und nicht verdientes Geschenk, Kornél Esti konnte in jeder Minute wissen, dass der Sommer vorbei war, und konnte in jeder Minute spüren, dass das Wetter *schön* war, er wälzte sich blinzelnd unter dem Apfelbaum, Daseinsfreude, Daseinsfreude ohne Worte, welcher Apfelbaum jedes zweite Jahr eine verblüffend reiche Ernte brachte, so auch jetzt, als schließe er sich Estis Daseinsfreude an; Esti pflegte zum Apfel eine mehrfunktionale Beziehung, zunächst spielte er mit ihm, im Grunde genommen wie mit einem Ball, er biss sanft auf ihm wie auf einem Lebewesen herum, rollte ihn mit der Nase im Gras vor sich her, versetzte ihm, wenn er liegen blieb, mit den Vorderpfoten einen leichten Stoß (sofort zeigte sich der Vorteil der Äpfel gegenüber den Igeln), Kornél Esti erwies sich als leichtfüßig wie sein Ruf, und er spielte, bis er schließlich alles samt Griebs verschlang, und dieses Verschlingen war ebenfalls Esti.

Da klingelte es, was Esti nicht überraschte, im Liegen, vergraben im Apfel hatte er das Auto bereits gesehen, wie es vor dem Gartentor hielt, er rührte sich nicht. Er träumte gerade von einem anderen Leben, unterdessen schnappte er immer wieder in die Luft nach einer Fliege, zumeist erwischte er sie, er war schwach in Bio, wusste nicht, dass Fliegen schwach sind wie die Fliegen, so auch sterben – Fliege und Apfel!, gastronomisch ein schwer vertretbarer Standpunkt! –, nicht dass er mit seinem jetzigen Leben unzufrieden gewesen wäre, er liebte alle Einzelheiten dieses Lebens, die Fliege, den Apfel, das Jagen, die Katze, die Menschen um ihn herum, den Herrn des Hauses betrachtete er als seinen Herrn, der für die Verstehbarkeit der Welt garantierte, die leichte Distanziertheit nahm er zur Kenntnis, und letztlich pfiff er auf sie, wenn ich ihn liebe, dann ist Liebe, ungefähr so fasste er seinen (ontologischen) Optimismus zusammen; das andere Leben war Wort für Wort so wie dieses, und dennoch war es ein anderes, deshalb konnte man von ihm träumen. In Estis Leben gab es also Ordnung, und er dachte nie auch nur daran, dass das etwas mit Langeweile zu tun haben könnte. *Kornél Esti hat sich in seinem Leben nie gelangweilt.* Gut, dass dieser Satz da steht, von emblematischer Schönheit, doch er ist nicht ganz richtig. Esti konnte gerade stundenlang, bunt, einfühlsam, jetzt dem vor ihm wippenden Grashalm, die Schönheit der Langeweile schildern, ebenso deren Notwendigkeit, dass er zum Beispiel gelernt hatte, sich zu langweilen, im Laufe der Jahre ein ausgesprochen freundschaftliches Verhältnis zur Langeweile entwickelt hatte, zu seiner eigenen Langeweile und zur Langeweile an sich, sie gehörte schon zu ihm wie die Beine oder das Lächeln oder das Weinen.

Was, du weinst, Kornéllein?, fragte der Grashalm mit einkeimblättrigem Staunen.

Und ob!, kläffte Kornél vergnügt.

Und du hast keine Angst vor der Langeweile?

Oh nein.

Sprich weiter.

Oh nein, im Gegenteil, ich hätte Angst, wären da nicht diese weiten, schwarz leeren Räume in mir.

Aber ist das nicht wie die wüste Wüste, die öde Ödnis, als wenn dich Staub bedeckt, deinen ganzen Körper, deine Augen, dein Haar, deine Ohrmuscheln, und auch innen, Staub an deinem Gaumen klebt, deiner Zunge, deinen Mandeln, deinem Rachen, deiner Lunge, sich der tonnenschwere Staub auf deine Lunge legt, so dass du immer weniger Luft kriegst, du das Gefühl hast, zu ersticken, doch nicht einmal das dir Angst macht, weil alles von Staub erfüllt ist?

Nein, ich stimme nicht in allem der Menschheit zu, und Kornél lachte wieder laut auf, heiser, derb, wie über einen schweinischen Witz. Das Einzige, was uns in unserem Elend tröstet, ist die Zerstreuung, und dabei ist sie die Spitze unseres Elends; denn sie ist es, die uns grundsätzlich hindert, über uns selbst nachzudenken, die uns unmerklich verkommen lässt. Sonst würden wir uns langweilen, und diese Langeweile würde uns antreiben, ein besseres Mittel zu suchen, um sie zu überwinden. Die Zerstreuungen aber vergnügen uns und geleiten uns unmerklich bis zum Tode. Da die Menschen unfähig waren, Tod, Elend, Unwissenheit zu überwinden, sind sie, um glücklich zu sein, übereingekommen, nicht daran zu denken. Ich, Kornél Esti, will an alles denken, deshalb musste ich einen Pakt mit der Langeweile schließen.

Der Grashalm bewegte sich, Esti nieste heftig. Wie ein Mensch!, tönte es vom Tor herüber, Niesen ist vielleicht unser menschlichster Laut. Der Herr des Hauses führte die Gäste, ein junges Paar und ein Kind, das gerade erst laufen lernte, polternd ins Haus. Ich bemerke bloß so nebenbei, dass wir die ganze Zeit auf diesen Knirps gewartet haben. Auf der Stelle ließ Esti den Einkeimblättrigen fahren, sprang auf, als hätte er eine negative Katze erblickt, das heißt etwas, was er unwiderstehlich zu lieben wünschte. Zu lieben, zu umarmen; in solchen Momenten bedauerte er – wenn er ehrlich gegen sich selbst ist, muss er das sagen –, nicht umarmen zu können. Dabei übte er es. Er streckte sich am Stamm des Apfelbaumes hinauf und versuchte ihn mit seinen Vorderläufen, seinen, wie die Fachliteratur es ausdrückt, welche Ironie!, runden Katzenpfoten zu umarmen. Doch immer fiel er, buchstäblich, auf die Schnauze. Zwar blieben seine Krallen, quasi wie geplant, in der Rinde hängen, dieser Etappensieg aber ließ bereits die Niederlage vorausahnen, wenn Esti sich anstelle des Baumes ein noch lebendigeres Lebewesen vorstellte. Dann verliebe er sich eben in den Apfelbaum, nicht wahr. Monamur. Meine Liebe, der Apfelbaum, Kornél Esti kostete den Sachverhalt, doch die Trauben waren sauer. Er hätte gern etwas Behaarteres als den Apfelbaum geliebt. Etwas Weicheres. Langsam rutschten seine Pfoten den Stamm hinunter, dann auf einmal bum!, mit der Nase gegen den Baumstamm. So ließ er es schließlich bleiben, bringen wir doch die Kraft (und vor allem Lust!) auf, die eigenen Schranken zu erkennen. Etwas anderes als meine Schranken sehe ich auch gar nicht, kläffte Esti fröhlich. Ich bin am ehesten durch meine Schranken definierbar. Nun, damit bin ich absolut einverstanden.

Der kleine Junge interessierte sich, sobald er Esti gesehen hatte, für nichts anderes mehr. Begeistert kam er auf ihn zu. Er bewegte sich, als wäre er betrunken, leicht betrunken, doch schon ein wenig torkelnd, als wäre der Boden unter seinen Füßen nicht sicher. Seine Beine waren nicht sicher, er lernte gerade die Einrichtung des Gehens kennen; wie immer bewunderte Esti dieses zweibeinige Bravourstück. Wie von einem Magneten angezogen, taumelte das Kind, alle anderen nicht beachtend, auf sein Ziel zu. Hu hu, lallte es mit unerwartet tiefer Stimme, und Estis Herz schlug heftiger. Er hatte das Gefühl, es gäbe nur sie beide im Universum, nun, ungefähr dieses Gefühl hatte er, wobei Esti meiner Ansicht nach dazu neigt, unter Universum den eigenen Garten zu verstehen, was deshalb … keine Ahnung, eigentlich ist es in Ordnung, alles ist alles, sei es auch noch so klein. Das kleine Alles ist sozusagen haargenau so groß wie das große Alles. (Man könnte das Haar noch weiter spalten, doch auf die Haarspalterei habe ich bereits zu Anfang verzichtet, wozu im Haus des Gehenkten vom Strick, nicht wahr.)

Da hörte Kornél Esti einen Satz, von dem er gedacht hatte, er würde ihn nie hören. Oder, besser: Er hatte nicht gedacht, dass er ihn je hören würde. Der Herr des Hauses ließ sich vernehmen, der bis dahin das seltsame Duett von Esti und Kind mit verdutzter Aufmerksamkeit verfolgt hatte. Esti hörte: Boldizsár, sieh mal, dein Großvater, damit tätschelte er Esti jovial – nun, die Schulter, aber wie heißt das da bloß?, Widerrist?, nein, das wäre weiter unten, irgendwo seitlich über dem Schulterblatt, scheint mir. Aber was ist dann der Bug? Das ist vielleicht eher die Brust. Wäre es ein Rind, wäre da die Lende. Das Roastbeef. Das Ende des Kamms, der Beginn des Rückens beim Schwein. Der Boldizsár genannte kleine Junge namens Boldizsár umarmte, quasi obige Worte erfüllend, Estis Nacken. Hu hu. Esti leckte den Jungen ab.

Pfui, rief die junge Mama.

Nix pfui, lachte der Herr des Hauses laut und selbstzufrieden. Sehen Sie, meine Liebe, Ihr kleiner Sohn hat seinen wahren Großvater erkannt. Pass auf, mein Sohn. – Auch Esti spitzte die Ohren. – Das ist also dein Großvater. Nicht ich, er. Dummer Hund, nicht springen. Also. Davon hast du zwei, im Gegensatz zu deinem Vater, hier, und deiner Mutter, küss die Hand, gnädige Frau, hier, davon hast du jeweils nur einen oder eine, dein anderer Großvater ist weniger behaart und hat zwei Beine, so kannst du sie leicht unterscheiden. – Der Herr des Hauses hatte plötzlich genug von sich. – Lassen wir vielleicht Großvater und Enkel allein, macht euch schön miteinander bekannt – er drehte sich auf dem Absatz um, und als wäre er wütend, wüsste aber nicht, auf wen, eilte er mit schnellen Schritten, Sohn und Schwiegertochter vor sich herschiebend, ins Haus zurück.

Sie blieben allein, Esti stand mit seinem Enkel blinzelnd im Sonnenlicht. Ein Hund ist wie die Ungarn, nicht stark im begrifflichen Denken. Vielleicht deshalb, vielleicht als Folge der persönlichen Verunsicherung murmelte es in Esti wie in magischer Beschwörung: Großvater, Opa, Opi. Sie gingen zurück hinter den Steingarten, zum Apfelbaum. Fassen wir das also in einen Satz, er rieb seine (vorzugsweise schwarze!) Nase am Bein des kleinen Jungen. Der Opa ging mit seinem Enkel zurück hinter den Steingarten, zum Apfelbaum. Der Opa zeigt seinem Enkel den Garten. Alles. Den Zoologischen Garten, darin die Giraffe und die Hundertfüßer, das Donauufer, darauf die zum Kieselhüpfen geeigneten Kiesel, den Gellértberg, darauf die Bank – sie ist noch da –, wo ihm zum ersten Mal eine Frau auf dem Schoß gesessen hat, die Sternwarte, darin die Venus, das ist übertrieben, den Hauptstädtischen Großzirkus, darin alles, den See im Stadtwäldchen, darin den im See sich spiegelnden Großvater mit seinem Enkel. Vielleicht gar nicht den See, sondern die See? Da rast der See und will seine Oper haben. Er zeigt ihm also auch die Sprachspiele und Zitate. Opa zeigen Enkel Welt ganz.

Esti blieb stehen, drehte die Ohren nach vorn, er hatte einen Mucks in der Ecke des Gartens vernommen. Boldizsárs weiches kleines Händchen lag noch immer auf dem Nacken seines Großvaters. Esti gefiel das, nur mit dem Wort konnte er sich nicht anfreunden, Opa, wiederholte er ungläubig, Opa. Irgendwie mochte er dieses Wort nicht, doch mit der Sprache kann man nun einmal keinen Streit vom Zaun brechen, wenn es Opa heißt, dann heißt es Opa. Nur was hat gerade er mit diesem Wort, Opa, gemein? Esti war damals acht, das multiplizierte er, wie ein Jack-London-Held, mit sieben, erhielt, was er erhielt, doch war er jetzt auch nicht klüger als vorher. Er fühlte sich nicht jung, doch auch nicht alt, er hatte kein Gefühl für das Alter. Doch selbst wenn er es gehabt hätte, so ein kokettes Selbstmitleid, nach dem Motto, früher war es so und so, und auch sein Fell war ihm nicht ausgefallen, auch jetzt fiel es ihm nicht aus, es fiel ihm nicht ständig aus, manchmal fiel ihm ein bisschen aus, doch das ist noch kein Ausfallen als solches, war das Ganze, selbst wenn man die Gelenke hinzunahm, noch kein Großvater. Das ist, und Esti leckte seinem Enkel die Hand, als mündete man notwendig, unabwendbar in die Großvaterschaft. Du kannst machen, was du willst, du mündest. Das will er nicht oder kann er nicht wollen.

Andererseits ist hier dieser ... nun, den er leckt. Ein Schleck Mensch. Es müsste andersrum sein, er nieste und jagte in die Ecke des Gartens davon. Nichts. Egal, so ein Hund ist das Leben; es besteht aus: hinrennen, zurückrennen, nichts, dann in der Herbstsonne stehen, und alles. In der Mittagsglut. Hündchen, Hündchen, eine Frau blieb auf der anderen Seite des Zaunes stehen und kramte in ihrer Einkaufstüte, die Erfahrung sagte Esti, nach Salzgebäck. Bei Salzgebäck kam Esti meistens Salzgebäck in den Sinn, jetzt jedoch sein Enkel: Dieser kleine Boldizsár ist ein Falstaff-Typ, er verschlingt, grapscht, beißt, zerrt, isst, rülpst, greift, schmiert, besudelt sich, ein Falstaff von achtzig Zentimetern, wie er die Welt in Besitz zu nehmen beginnt. Das ist mein Enkel, an dem ich meine Freude habe. Hündchen, nicht da, die Frau zuckte die Schultern. D e i n e M u t t e r ist ein Hündchen, murmelte Esti und wedelte fröhlich mit dem Schwanz. Esti trabte zu seinem Enkel zurück. Hier bin ich, strahle. Boldizsár hatte ein Messer am Fuß des Apfelbaums gefunden, damit spielte er; er lachte herzlich,

ich könnte es auch Gelächter nennen, und als er sah, dass Esti sich darüber freute, hörte er sofort auf zu lachen und begann das Lachen zu spielen, ahmte sein eigenes Lachen nach.

Er torkelte süß, als wäre er an Deck eines Schiffs, das sich im starken Wellengang bald zur einen, bald zur anderen Seite neigt, er wankte nach rechts, dann nach links, währenddessen quietschte er genüsslich und fuchtelte mit dem Messer herum. Ein kleiner Falstaff. Esti hegte keinen Argwohn, Großväter sind gutgläubig. Auf jeden Fall großzügig, sie können sich das erlauben, dafür scheinen sie ein bisschen neben ihrem Leben zu stehen. Esti ließ sich von Boldizsárs gespieltem Lachen täuschen (»es gab Bedarf«), sein glückliches Schwanzwedeln galt bereits ihm, nicht dem Salzgebäck.

Da kippte gewissermaßen das Deck des Vergleichs und Boldizsár lief, als wäre er auf einen Abhang geraten, taumelnd, immer schneller und wie in einem griechischen Drama auf seinen Großvater zu, rammte ihm mit voller Kraft das Messer ins Herz. Kornél Esti fiel auf der Stelle tot um. Ich hoffe, vom Stich ins Herz kann man tot umfallen; hier ist es so und fertig. Notwendig ist auch, dass das Messer leicht, weich, wie das Tortenmesser in die Torte, nur nicht so süß, in den Körper dringt, in den Opa, so dass der Enkel es nicht einmal bemerkt, keinen Argwohn hegt (auch er also nicht!), er umarmte seinen Großvater, den Schutz, der diesen unerwarteten und ungewollten, schlimmen Lauf aufgehalten hatte, hu hu, flüsterte er Esti zu, doch Esti konnte es schon nicht mehr hören. Der Körper stand noch einen Augenblick, als wäre die Zeit (für eine Sekunde!) aus der Welt herausgefallen (wie das Haar!), das junge Paar sah dies aus dem Fenster, die Idylle, wie der Junge in dem hell leuchtenden Garten Esti fest umarmte. Als sie sich wieder abwandten, der Herr des Hauses kündigte noch immer leicht gekränkt an, meine Herrschaften, es ist serviert, fiel Esti wie ein altes gesprengtes Fabrikgebäude in sich zusammen und begrub Boldizsár unter sich. Der, folgerichtig, lange im Fell nach Luft rang, Arme, Beine zappelten, dann zappelten sie nicht mehr. Hu hu.

Nun, das ist übertrieben. Das kann ich nicht wollen. Doch jetzt ist es zu spät, jetzt weiß man schon, ist schon durchgesickert, was geschieht, wenn ich den Augenblick anhalte, auf dem Messer blitzt friedlich die goldene Sonne, gute Laune und Erwartung im Garten, Opa freut sich über das neue Wesen und diese Freude nennt er Großvaterschaft, das neue Wesen freut sich über die ganze Welt, beginnt die große Entdeckungstour, die sein Leben ist. Wunderbare Sehnsüchte im Garten. Drinnen im Zimmer – nun, auch da alles okay. Der Semmelknödel ist etwas zu groß geraten, also bin ich guter Dinge, dass auch ich etwas abbekomme. Manchmal vergessen sie die gerösteten Zwiebeln, das wäre nicht gut. Ich liebe die Erhabenheit der menschlichen Leiden.

Sechstes Kapitel

in welchem Das ungeheure Geheimnis des Kornél Esti*

Zsófi erzählt:
In der Nacht wollte mich ein Drache auffressen. Da begann ich zu laufen, schnell wie ein Hase, worauf sich auch der Drache in einen Hasen verwandelte. Als er mich einholte, haben wir einander sehr gefallen, und er hat mich geheiratet, und seitdem leben wir glücklich, wir zwei Hasen.

Verstehst du? In Wirklichkeit sind da nicht zwei Hasen, sondern der eine bin ich, und der andere ist der Drache. Und weißt du, das ist sicher nur ein Märchen. In Wahrheit hat mich das Vieh gleich aufgefressen.

Im Allgemeinen, und das wäre noch keinerlei Geheimnis, habe ich es gern, wenn von A.s Redaktion E. Cs. mich inkommodiert, denn von A.s Redaktion pflegt mich immer einer zu inkommodieren (gemeinhin E. Cs.). Diese Rolle hat nun Kollegin G. N. übernommen, und ich schwöre (bei Gott?), auch das habe ich gern. Sobald sie mich sieht, selten, leuchten ihre Augen wie die einer Tigerin, und das ist gut. Über das Geheimnis als solches will sie etwas aus mir herauskriegen oder, was soll ich drum herumreden, herausprügeln für das Themenheft. Zugunsten des Themenhefts. Red schon, Hergott nochmal, red oder du wirst es noch bereuen, dass dich deine Mutter auf die Welt gewerft hat. Oder eher gejungt? Und überhaupt, nicht eher geworfen, starkes Verb?

Neuerdings träume ich von G. N., so verwirrend, dass ich es am liebsten sogar vor mir selbst verleugne, ganz zu schweigen von meiner Familie, ich denke da weniger an meine Geschwister, vielmehr an mei-

* wundersame, glänzende, drahthaarige, phantastische, wurmstichige, kontinuierliche, ewige, abgedroschene, einmalige

ne Frau, in diesem Zusammenhang die Mutter meiner Kinder, und die Kinder selbst. Nun, sie sind schon keine Kinder mehr, aber ich nenne sie aus Gewohnheit so, ich habe mich daran gewöhnt, dass ich Vater bin, ihr Vater, und ich bezeichne sie so, seit ich sie bezeichne, und so denke ich auch an sie, Kinder. Nicht Aufrichtigkeit trieb mich, ich schilderte ihnen meine peinlichen, neuen Erlebnisse ausschließlich deshalb – wie einst in der Spinnstube oder beim Maisrebeln sammelte ich sie um mich, und sie versammelten sich auch andächtig; dabei fällt mir ein:

Diese meine Sprösslinge sind ohne Maisrebeln aufgewachsen, die vier Mädchen und der eine Junge mussten kein einziges Mal rebeln, doch nicht einmal der Gedanke des Rebelns oder Gerebeltseins hat sie in Versuchung geführt; das alles würde ich, ich gebe zu, unüberlegt, dem Verlustregister der Aufklärung zuschlagen –, nun, ich berichtete ihnen, zwischen Scham und Aufschneiderei schwankend, deshalb davon, weil ich vermeiden wollte, dass dieser eher unschuldige und unbeholfene als gewaltige oder gefährliche Traum (und nicht Träumerei!, obwohl, nicht wahr, den Vogel an seinen Federn, den Menschen an seinem Unbewussten) zu einem Geheimnis wird.

Die Kinder hörten anfangs mit der notwendig zu nennenden Unvoreingenommenheit zu, sie kennen G. N. nicht und meinen mich zu kennen. Meine Frau kennt sie, und ich behaupte, sie hat eine gute Meinung von ihr, positiv … Sie hat vielleicht höchstens jene Begebenheit neulich seltsam gefunden, als bei dem (meinem) Zusammentreffen mit G. im großen, hastigen Hallo (ich freute mich halt!) G.s lange Künstlerfingernägel meine lange Künstlernase verletzt haben; es ist weniger als eine Wunde und in gewissem Sinne gerade deshalb mehr, eine unangenehme Epidermisverletzung, selbst die Luft brennt, meine Frau cremt die Wunde täglich ein oder, wie sie sagt, crämt sie ein, damit beginnt, sagen wir, unser Tag (gern, mit Freude sage ich auch nach fünfunddreißig Jahren: unser Tag, obwohl ich nur mit Mühe genauer angeben könnte, was daran gemeinsam wäre, abgesehen von allem), wir verwenden eine Art Alsol-Salbe, obwohl wir nicht überzeugt sind, das Ideale gefunden zu haben; vielleicht ist das so, als verwendeten wir gegen Schwitzen Vaseline; ich weiß jetzt nicht, warum mir die einfällt.*

Gemeinsamer Tag hin oder her, diese allmorgendliche Beschäftigung, ja, Schererei geht meiner Gattin gegen den Strich. Wenn auch sanft, so doch ohne Pause rügt sie deshalb parallel zur Alsol die davon unabhängig talentierte Schriftstellerin. Ich habe das Gefühl, sie verteilte lieber mit der Frau des Reichsverwesers Suppe an die Obdachlosen, als jeden Morgen diese Crämerei zu veranstalten. Hier wäre auch eine andere Wortstellung vorstellbar. Nur zu, meine Söhne, flüstert die Frau des Reichsverwesers, während sie die Kelle in den Kessel taucht, nur zu, Rumpf-Ungarn ist kein Reich, Groß-Ungarn ist das Himmelreich, woraufhin, auf das Himmelreich, meine Frau sich nach vorn beugt, das Himmelreich zu demonstrieren, damit sich die Konturen ihres Busens den einsamen Ungarn unzweideutig in die Hirnlappen einbrennen; in der Eiseskälte ist so ein Busenbeugen keine kleine Leistung.

Warum habe ich nicht davon geträumt? Wennschon. Ich stünde in der Schlange, blubbernd knurrte mein Magen, dadurch und nur dadurch wüsste ich, dass ich lebe, ich hasste die Welt, inklusive Ungarn, das heißt die Führer meines Landes, diesen Arsch von Reichsverweser und sein Schwanzlutscherflittchen, das hier zufrieden in dieser Pampe panscht, neben ihr diese Fotze mit dem hübschen Arsch, Gräfin oder Hofdame oder was zum Teufel, vor Kälte zitterten meine Rippen derart, dass ich fast auseinanderfalle, ich müsste mich selbst umarmen, damit mir nicht die Rippen herausfallen, ich weiß nicht, was ich bin und was das Zittern ist, der Blechteller in meinen Händen zittert, aus den grünen Baumwollhandschuhen gucken meine Finger, die schwarz umrandeten gelben Fingernägel; während ich mich dem Kessel nähere, sauge ich den feuchten Bohnendampf ein, und da sagt meine Frau,

* Hat dir G. N. tatsächlich die Nase aufgekratzt? Ach was, nur das Übliche: Literatur! Nun, freilich, das Übliche. Aber warum geht die Vaseline zur Neige?! Der Vaselinevorrat der Familie schwindet unheilvoll dahin, und mich interessiert G. N. nicht sonderlich, doch frage ich dich, Herzchen, warum?! Warum geht sie zur Neige?!

ihre weiche Stimme streichelt mich, ich weiß, guter Mann, was dir durch den Kopf geht, doch ich missbillige das, ich verstehe den Zorn der Aussichtslosigkeit, doch nicht die Geschmacklosigkeit, das ist zu viel, das ist unangemessen, warum muss man die Frau des Reichsverwesers beleidigen?, warum gerade sie und warum Schwanzlutscherin?, nur nebenbei, sie ist nicht im Geringsten eine Schwanzlutscherin, weder im wörtlichen noch im übertragenen Sinn, wenn Sie verstehen, guter Mann, was ich meine, obwohl ich keine Insiderinformationen durchsickern lassen möchte, sag, was ist das für ein rasender Hass in dir?, ich bitte dich, hasse nicht so rasend dein Vaterland, denn dann bist du keinen Deut besser, du bist wie … wie die anderen, nimm also deinen Topf, du armer Kerl, und geh in Frieden, der, siehe da, dich wärmen wird, und hier beugt sich meine Gattin langsam vor, just for me, in ihrer Bewegung liegt keinerlei Arroganz oder falsches Mitleid, die Kontur ihres Busens brennt sich mir in die Hirnlappen ein (ich bin neugierig, aber jetzt real, welche Gehirnhälfte sich die Busenkontur tatsächlich einprägt) wie das klarste Geschenk, der Grund ist klar und das Ziel ist klar, das Subjekt ist klar und das Objekt ist klar; als ich beiseitetrete, zucken wachsame Gendarmenfedern, meine linke Hand streift den eleganten Ärmelaufschlag aus Pelz am schweren Wintermantel, Wärme durchflutet mich, Dankbarkeit und Ruhe und Scham.

In den wiederkehrenden Träumen sehe ich G. N. in abgeschmacktester Dominaausrüstung, schwarze Lederklamotten, Nieten, Peitsche und Grätsche, plötzlich weiß aufblitzende, nackte Haut. Sie steht über mir wie ein Triumphbogen, ein auf meiner Niederlage errichteter Triumphbogen, und mit den langen Künstlerfingernägeln trommelt sie ungeduldig auf ihren Schenkeln, die etwa so groß sind wie der Eiffelturm, eiffelturmgroß, das heißt von da unten, von wo aus ich sie sehe, sehen darf.

Ich konnte nicht fortfahren, es wäre mir auch schwergefallen, jetzt hätte ich detaillieren müssen, ins Detail gehen müssen, von dem Raum-Teil zwischen den beiden Eiffeltürmen (ach, wie schön Sie das sagen!) berichten müssen, über den auch der große Gustave nur unzuverlässige Informationen hatte,* wenn wir dem *Petit Larousse* Glauben schenken dürfen; die fünf Kinder sprangen plötzlich wie das Hazy Osterwald Sextett auf und hießen mich einander ins Wort fallend schweigen, sie seien nicht neugierig auf meine schmutzige kleine Phantasie und wunderten sich sehr, dass ich mir offensichtlich nicht im Klaren darüber sei, was zu den Möglichkeiten und Pflichten, Verpflichtungen! eines Vaters, eines Papas gehört, und sie mochten nicht einmal daran denken, dass ich mir über so etwas den Kopf *zerbreche*.

Ich versuchte immer wieder, sie zu unterbrechen (womit ich meine Situation ausschließlich verschlimmert hätte), doch sofort schnitten sie mir das Wort ab, nein, es sei besser, wenn ich bloß schweige, ja, am liebsten würden sie sagen, ich solle den Mund halten, die Klappe, sei endlich still, klingelte Klein Zsófis Stimme, die die schönste Stimme auf der Welt hat, so schön, dass ich rot werde, und die Weihnachten ein Wörterbuch der Redewendungen bekommen hat, seitdem sagt sie, angenommen, nicht sie oder, noch besser, ihr Vater (dieser Vater, von dem, nicht wahr, gerade die Rede ist) sei, zumindest habe sie heute dieses Gefühl, schwach und zerbrechlich, vielmehr sagt sie, er sei schwach wie Schluppen, und wenn wir dann gucken wie die Kuh vorm neuen Tor, dann fügt sie beflissen hinzu, Schluppen sei ein anderer Name für Frühlingszwiebel. Frielingszwiebel, aus irgendeinem Grund sagt sie Frielingszwiebel.

Meine Kinder waren nicht nur empört, das alles widerte sie auch an. Ich bemerkte mit dem idiotischen Stolz eines Vaters, dass sie ihren Ekel gut erzogen zu verbergen suchten. Nichtsdestotrotz sah man, was sie zu verbergen suchten. Mir tat das nicht gut; während ich das Gefühl hatte, dass ich nichts anderes tun könne, als was ich tat, dass ich redete, weil Schweigen Verschweigen gewesen wäre, fasste ich ihre Aufregung als Undankbarkeit auf. Und von meiner Seite als Fehler, dass ich meine Kinder schon wieder wie normale Menschen behandelt

* Das ist missverständlich, ich dachte an Eiffel, nicht an Flaubert. Selbstverständlich sind auch die Informationen des Letzteren unzuverlässig, doch sie haben die Menschheit auf deren geheimnisvollem Weg vorangebracht.

hatte, anstatt sie, nicht wahr, gleichmütig dem väterlichen Verantwortungsgefühl und der väterlichen Unaufmerksamkeit zum Fraß vorzuwerfen. Beide gehen zusammen, wie Jagdhunde, der eine ist gut im Wald, der andere in der Flur; oder, noch besser, wie Aasgeier: Sie kreisen über den armen Kindern, unten bewegt sich eine Maus, und schon, wie der Stein, sausen sie hinab: unberechenbar, unabwendbar. Auch die Unaufmerksamkeit ist derart aktiv und wild. (Ich erinnere mich, wie mir Klein Zsófi, als sie meinen fragenden und dumpfen Blick sieht, hilfsbereit, quasi außerhalb des Textes oder der Szene zuflüstert, ich bin Zsófi, 16 Jahre, zwei be, deine Tochter ...) Eigentlich gibt es drei Aasgeier, auch den dritten hätte ich auf sie hetzen können, das Gekränktsein, den kosmischen väterlichen Trotz.

Früher berief ich mich gern und leichten Herzens, als hätte ich ein Siegerblatt, auf Thomas Mann und sagte, mit mir hätten sie es noch gut getroffen, wo gäbe es bei uns einen solchen Drill wie anderswo, bei uns, bei mir müsse keines der Kinder vor Aufregung und Ekel Brechreiz kriegen, wenn ich beim Mittagessen verkündete, ich würde am Abend eines von ihnen (Michael) wegen eines Musikproblems konsultieren. Aber vielleicht ist das doch komplizierter. Der Drill bedeutet auch Ordnung, harte zwar, zuweilen ungerechte, aber klare Regeln, eine durchschaubare Regelung. Vielleicht ist es doch besser, mit leichten Bauchschmerzen drüber hinweg zu sein, egal worüber, aber drüber hinweg; bei mir hingegen gibt es kein jenseits von hier, sondern dieses sanfte, von mir als sanft bezeichnete Durcheinander, aufgrund dessen diese, die Meinen, siehe da, doch gegen die Wand rennen. Obgleich ich den üblichen Trugschluss vermeide und nicht ihr Freund sein möchte, mit dieser Kriecherei habe ich uns bisher verschont: Diszipliniert halte ich die von unseren Rollen vorgeschriebenen Nähe- und Distanzrituale ein.

Und nun pfiff ich, von den sogenannten G.-N.-Träumen zwar nicht entflammt, noch nicht einmal aufgewühlt, aber irgendwie erfüllt, auf die obligate und durchaus angebrachte Vorsicht und sprach zu ihnen wie zu jedem anderen auch. Wie zu jedem anderen, den ich liebe.

Meine Aktion, die ausschließlich vom guten Willen geleitet war, scheiterte: Vergeblich offenbarte ich etwas, gerade weil ich befürchtete, es könnte ein Geheimnis werden, meine Kinder rümpften die Nase und zischten im Wesentlichen, dass sie auf meine Geheimnisse nicht neugierig seien. Sie mahnten mich zur Zurückhaltung. (Zum Glück war ich am Fuß der Eiffeltürme steckengeblieben, wenn auch in Froschperspektive; schlag mich, du Göttin, schlag mich etc.) Ich erinnere mich, welch große Empörung es einmal ausgelöst hatte, als ich offensichtlich nicht ganz frei von ödipaler Überlegenheit, aber in der Absicht (äußerst) nett zu meinem Sohn gesagt hatte: Frucht meiner Lenden, du! Sie hatten mich angeschaut, als wäre ich ein Tier. Sie hatten lediglich so viel Mitleid, dass es für sie selbst reichte: als wären sie die Erwachsenen, allesamt meine Eltern, und bemerkten nun betrübt, dass sie meine Erziehung kardinal (?) verpfuscht haben. Und in der Tat, ich begann mich zu benehmen wie ein nicht zu bremsender Halbstarker, ein Bengel, indem ich jauchzte: Wärest du doch auf den Knien deines Vaters dahingeflossen!, und in meiner großen Vergnügtheit schlug ich mir vielleicht auch auf diese Knie. Dann verwies ich schnell, bevor sie ohnmächtig jammernd dahinsinken oder mich hart bestrafen konnten, auf die Textwurzeln, Rabelais-Zitat, meine Kleinen, ihr könnt also beruhigt sein, und marschierte aus der Szene wie die Operettenprimadonna Hanna Honthy, eine Hanna Honthy jedoch, die nicht bemerkt, dass infolge eines fatalen Schneidermalheurs ihr nackter Arsch zu sehen ist (die beiden weißen Monde ihres nackten Arsches). Ich denke, die unangenehme Stille, die das bei meinen Kindern auslöste, entsprang dem Duo aus nackter Verblüffung und Lächerlichkeit, sie wussten nicht, sollten sie mich erschrocken anbrüllen oder peinlich berührt über mich lachen, und diese Ratlosigkeit mündete in jene Stille, die dann als Zeichen des nötigen Respekts gewertet werden konnte.

Meine Frau hat schon Pferde vor der Apotheke kotzen sehen,* deshalb wertete sie nicht, doch meine Kinder es offensichtlich so, dass ich mit dieser Geschmacklosigkeit, dieser doppelten Geschmacklosigkeit,

* freundliche mündliche Mitteilung von Klein Zsófi

geschmacklos von der Geschmacklosigkeit – wie viel empfindlicher Feinsinn doch in diesen Küken steckt, dachte ich verächtlich (und in diesem Gedanken und Gefühl, jetzt, wenn ich es niederschreibe, erkannte ich den Feinsinn meines Vaters), woher nur, woher?! –, dass ich damit etwas zu verbergen wünschte. Mit der Schenkelpoesie, der billigen, abgedroschenen, aber dennoch dichterischen Primitivität der Eiffeltürme würde ich versuchen, einen Schleier zu ziehen … Logisch, worüber. Das ist immer und überall das Gleiche, egal ob jemand frivol (Madame Bovary) oder rein und unschuldig (Effi Briest) ist; sie kommen mir in den Sinn, weil beide Romane zeigen, und das wäre die Quelle der Tragödie beziehungsweise manchmal der Tragikomödie, dass das Leben ein *Flussbett* hat (dem man nur folgen kann). Gäbe es eine französisch-ungarische Sprache (oder ungarisch-französische – und wären wohl beide dieselbe?), hörte ich hier auch *merde*, die Scheitze (in Heinz Schwartzingers Übersetzung). Die neue Sprache würde die Interpretation nicht kurzschließen – das Leben ist Scheiße –, Hand in Hand mit dem Flussbett ginge nicht die Scheiße, vielmehr die Flussbettlosigkeit, das ist es, was wir erfahren, dass unser Leben kein Flussbett hat. Wir fließen nicht, wir strömen nicht, wir rinnen. An die Stelle der Tragödie tritt die Tragödienlosigkeit – als Tragödie. Wie es gewöhnlich heißt.

Meine Kinder vermuteten also, ich verberge eine *liaison*, sie vermuteten, quasi similia similibus, ich hätte, im Stil von G. N.s Roman gesprochen, eine Romanze mit G. N., sie wäre dies Mädchen mit schwarzäugigem Blicke in weißer Hütte, »vielfarbiges Regenbogenlicht von meinem Kummer und Glücke«. Sie hassten G. N., und zum ersten Mal in ihrem Leben wünschten sie in mein Leben einzugreifen. Sie verteidigten weniger ihre Mutter, eher den guten Geschmack. Sie schmiedeten Pläne, Intrigen, und dem Schmieden folgten Taten, ungeheuerliche. Von diesen möchte ich hier nicht berichten, sie gehören nicht direkt hierher – ich könnte natürlich anmerken, ein schwacher, doch auf der Hand liegender Witz, sie sollen mein Geheimnis bleiben, und schon könnte ich erzählen, was durchaus hierher gehört. Doch das würde zu weit führen, das, wie dieser unschuldige Traum das Leben meiner Kinder erbarmungslos verändert hat, warum das eine ins Gefängnis gekommen und das andere lesbisch geworden ist. (Um dennoch nicht in Rätseln zu sprechen, nur so viel, dass das eine G.N. ermordete, die Details ließe ich nur ungern wieder aufleben, obgleich man heute in einer sog. Novelle zwar sterben kann, jemanden ermorden aber äußerst umständlich ist, man lang die Handlung schildern muss, so lang wie, sagen wir, den Verlauf eines langsamen ungarischen Mittagessens, damit die Glaubwürdigkeit überhaupt eine Chance hat, und das andere ihr Geliebter wurde, und sie so, wenn sie mich und G. auch nicht *wirklich* auseinanderbrachten, doch Fremdheit, Distanz zwischen uns träufelten, und das tut den Liaisons, seien sie auch noch so fiktiv, Ausgeburten des Unschuld vorschützenden bösen kindlichen Verstandes, nicht gut, außer wir planen sie auf Lebenszeit, was allerdings nicht üblich ist.)

Das Bisherige war lediglich als kurzer Prolog gedacht, doch es ist eine Idee länger, »buckliger« geraten als geplant. Jene gewisse redaktionelle Inkommodität war überhaupt erst möglich, weil ich mich nicht eindeutig verhielt, weil mich das Geheimnis als Thema zutiefst etwas anging, und das war mir anzusehen. Mir ging nämlich ein Satz im Kopf herum, auch andere Sätze gingen da herum, dieser jedoch kehrte wie ein Traum (lassen wir endlich die Träume!) immer wieder. Oder ging gar nicht fort. *Kornél Esti hatte ein Geheimnis*, das war der Satz. Während ich also, wenn ich mich auch nicht zierte, so doch Widerwillen ausstrahlte, keine direkte Antwort gab, der Entscheidung mit einem Scherz auswich – währenddessen musste ich mich fast zurückhalten, der Redaktion nicht gleichsam jauchzend in den nietenbeschlagenen Lederklamottenschoß zu springen.

Esti hatte also ein Geheimnis. Ein großes Geheimnis. Beziehungsweise stellen wir hier die berechtigte Frage, wie groß dieses Geheimnis in Wahrheit tatsächlich war. Wie groß ist im Allgemeinen ein Geheimnis. Wie ein Bündel, würde ich auf Anhieb antworten. Mag sein, dass es heutzutage in einem mittelmäßig entwickelten, mittelmäßig industrialisierten Land gar keine Bündel mehr gibt, ja, die Jugend vielleicht nicht einmal das Wort mehr kennt. Und wenn sie hört, jeder habe sein Bündel zu tragen, denkt sie nichts,* weil eben niemand mehr ein Bündel trägt. Sei es also rucksackgroß, jedoch nicht dieser designte Firlefanz von heute, sondern der zum Wandern; ein ordentlicher. Oder um einen branchennäheren Gegenstand zu nennen: eine größere, das heißt vollgestopfte Aktentasche. (Einmal hatte ich übrigens ein Geheimnis, das trug ich in einer Aktentasche. Wenn ich mich in der Vorortbahn hinsetzte, presste ich sie, die Arme um sie gelegt, an mich wie einen Säugling, schlaf, Kindlein, schlaf, meine Kleine, nur ruhig ... Ich hatte nicht das Gefühl, das Geheimnis sei schwer, doch wenn ich, sagen wir, bei der Margaretenbrücke, das heißt noch unter der Erde, wo das Fenster wie ein Spiegel funktioniert, zur Seite blickte und diesen gebeugten Mann sah, wie er sich erschrocken an der Tasche festhielt, dann wusste ich einfach nicht, um wen es sich handelte. Ich wusste nicht, wer ich bin, lediglich die Vorortbahn fuhr mit mir dahin.)

Die Größe hängt natürlich davon ab, woran wir sie messen. Denn im Vergleich zu einer Glasperle ist jede Aktentasche gewaltig, doch schon am Gasthaus »Zum weißen Elefanten« gemessen eine Bagatelle. Kurzum, je nachdem, was der Maßstab ist.

Der Maßstab ist das Werk, schmetterte Kornél.

Und er begann das Geheimnis am Werk zu messen. Jahr auf Jahr, Buch auf Buch wuchs das Werk, schrumpfte das Geheimnis. Alter, das klingt so unangenehm, so peinlich symbolisch. Als wären Werk und Geheimnis wie kommunizierende Röhren verbunden, man müsste sich, damit die Metapher funktioniert, nur noch ausdenken, was die Flüssigkeit sein soll. Oder, besser, es wären dann Werk und Leben verbunden und das Geheimnis flösse von hier nach da. Auf jeden Fall ist das Produkt der Maßzahlen von Werk und Geheimnis konstant. Jeder Schriftsteller, gar jede Literatur hätte so eine Konstante. Das ist doch nichts als Blödsinn. Ist es nicht so, dass ein Werk umso geheimnisvoller ist, je größer es ist?

Esti grinste nur. Das war vor zehn Jahren, oder neun, egal. Oder fünfundsiebzig. Am liebsten erzählte ich nicht weiter. Mich interes-

* ausgenommen Klein Zsófi

sierte Estis Geheimnis nicht, und er sprach immer mehr darüber. Oder nicht mehr, aber oft. Er berichtete kontinuierlich über die sich ausformende Größe des Geheimnisses. Denn sie formte sich aus. Weil er, Esti, immer mehr lebte, und so das Geheimnis wuchs. Plötzlich war es so groß wie er selbst. Doch wie soll ich mir das vorstellen, nicht bloß so holterdiepolter ... Holterdiepolter? Ja, holterdiepolter, nicht holterdiepolter, sondern genau, dass es genau so eine Form hatte wie er. Hals, Nase, Ohren, zum Sprechen. Und so, so voller Fragen, Nordkap, Fremde wie es sein muss ...

Doch dann wurde es noch größer. Zunächst wie ein Indischer Elefant, anschließend wie ein Afrikanischer Elefant. Und danach wie eine Pappel. Das Parlament. Der Gellértberg, die Berge des Bakony, die Tatra, der Himalaja. Der Atlantische Ozean. Ach, davor noch der Wal.

Ich wusste, worauf dieses Spiel hinauslief. Genau an dem Tag, als mein Sohn verhaftet wurde (man fand den rostroten Schal!), verkündete Esti, die ganze Welt sei ein Geheimnis. Die ganze Welt ist ein Geheimnis. Nun, lieber Kornél, das ist in dieser Form ziemlich banal. Ich weinte, hastig und leise.

Siebentes Kapitel

in welchem Alles Kunst

Als Kornél Esti eines Morgens aus unruhigen Träumen erwachte, fand er sich in seinem Bett zu einem Gemälde verwandelt.

Kruzitürken, murmelte er archaisch vor sich hin, denn das schien im ersten Augenblick sogar ihm zu viel, übertrieben, obwohl er sich seit seiner Kindheit nach einem abenteuerlichen Leben gesehnt hatte (siehe »Die Abenteuer des Kornél Esti«, nomen est omen!), er stand in der Kindheit vor seinem Vater und teilte ihm eigensinnig mit: Mein Vater! Ich möchte ein abenteuerliches Leben leben! – Wenn ich mich richtig erinnere, verstand er darunter in erster Linie, dass er nicht mit Messer und Gabel essen muss. Lebe es, sein Vater zuckte die Schultern.

Er lag auf seinem panzerartig harten Rücken. Aufgespannt, das war seine erste Entdeckung, Esti umgab ein Rahmen. Das überraschte ihn nicht, er wusste, er war endlich, genauer gesagt, ihm waren Schranken gesetzt, das hatte ihm noch nie die Laune verdorben, das schloss nichts aus oder, wie die Köchin der nahen Kantine gern sagte: Deshalb können Sie noch lange die Gipfel der Unendlichkeit stürmen, lieber Kornél. (Attila József sagt, die Inspiration ist: begrenzte Unendlichkeit. Das war auch Esti, absolut. Total.) Die Bettdecke war halb von ihm (Esti) gerutscht.

Was ist mit mir geschehen?, dachte er. Es war kein Traum. Sein Zimmer, ein richtiges, nur etwas zu kleines Menschen(!)zimmer, lag ruhig zwischen den vier wohlbekannten Wänden. Heftige Bewegungen, große Athletik wird es hier nicht geben, Esti schaute an sich herab, und das Schauen als solches – es war nicht einfach, so zu schauen, die Nackenmuskeln arbeiteten schon von vornherein schwerfälliger, sie waren eingerostet, und wenn er den Kopf senkte, faltete sich unter dem Kinn das Doppelkinn, hoppla!, Esti besann sich, er hatte ja jetzt gar keinen Kopf, nicht wahr, was wäre dann das Doppelkinn und was das Sichfalten und so weiter –, das Schauen ließ ihn wissen, er war ein zeitgenössisches Bild, ein zeitgenössisches Gemälde, ich sage nicht, modern, denn das wäre, als sagte ich, nicht postmodern; fürs Erste ist klar, nach Cézanne (vor ihm haben die Bilder nicht geschaut, man hat Bilder geschaut, und da endete die Sache; das hat sich geändert). Er sah, es stellte nicht eine Dame dar, die, mit einem Pelzhut und einer Pelzboa versehen, aufrecht dasaß und einen schweren Pelzmuff, in dem ihr ganzer Unterarm verschwunden war, dem Beschauer entgegenhob.

Wie wäre es, wenn ich noch ein wenig weiterschliefe und alle Narrheiten vergäße?, dachte er, aber das war gänzlich undurchführbar, denn er war gewöhnt, auf der rechten Seite zu schlafen, konnte sich aber in seinem gegenwärtigen Zustand nicht in diese Lage bringen. Nicht nur, dass er keine Beine hatte, doch da war nicht einmal das sei es auch noch so klägliche Flimmern seiner Beine vor den Augen! Hol's der Geier, dachte Esti statt Scheiße, daraus wird schon wieder kein Heller (keine Quäntchen) Handlung. Dabei, liest er, ist die Handlung zurückgekehrt. Vergeblich haben sich die Kommunisten und ihre Steigbügelhalter bemüht. Na, dann komm, Geier, komm, Esti winkte ab – sozusagen; das »sozusagen« lasse ich im Folgenden. Dabei ist, spann Esti seine Gedanken weiter, das »sozusagen« ein allzu gängiges Wort; ach was, Wort! Phänomen! Jedes Wort wird so in Anführungsstriche gesetzt, sozusagen. Aber darauf können wir jetzt wirklich pfeifen, er streckte sich zufrieden aus wie ein gesättigtes Hortkind. Obgleich es auch da etwas Ähnliches gibt, geben muss, bei den Malern. Er ist mit einem Künstlerehepaar befreundet. Was für ein Wort, Künstlerehepaar. Es klingt wie aus dem Mund des alten Tamás Major, ja, vielmehr aus dem des heldenhaft komödiantischen Bogusławski, aus Spirós Stück *Der Hochstapler* – mit herunterhängender Unterlippe, mit seinem ganzen Wesen, oh, nicht dem Wort, der Souffleuse zugewandt, Küüünstlerehepaaar, hört man das geflüsterte Gebrüll in Richtung der greisen Schauspielerohren, und eigentlich kommt jetzt die herunterhängende Unterlippe, als würde einer seine letzten Worte hinhauchen, jedes Wort des reifen Majors schien das letzte, und immer wieder glaubten wir, weil er es glaubte, dass es tatsächlich das ist. Bei Glenn Gould erklingt das Grauen dieses Letzten mit jedem Tastenanschlag; nie mehr wird ein Klavier erklingen: So tönt es, immer wieder nie. Stellen wir uns also dieses von der Kunstphilosophie beschwerte majorsche Herunterhängen vor, seine Lippen bewegen sich, zum Auftakt, stumm, er murmelt, ein Steinalter, das spielt er, das ist, wenn man alt ist, offensichtlich schwerer, dann wie ein schmerzhaftes Ächzen irgendwie so: Kööönstler, Keuchen, Pause, mit dem Ehepaar fängt er schon nichts mehr an, im Wesentlichen, Paaar, er atmet die Luft aus – richtig, zum letzten Mal.

Ein Künstlerehepaar setzt sich, wenn sie Maler sind, gemeinhin aus einer Malerin und einem Maler zusammen. Einmal hat Esti – gerade an den majorschen Ton denkend – den Maler gefragt, ob wohl auch sie wohl immer wohl das letzte Bild malen. (Die Malerin wagte er das nicht zu fragen. Auf das Warum hätte er nur schwer eine Antwort. Sie würde eher die Malerin, nicht so sehr Esti charakterisieren.) Der Maler mag es (und/denn er vermag) zu ripostieren, überhaupt »geistreich egal worüber zu reden«, zu konversieren, als gäbe es noch den Salon, den Salon als solchen. Die Malerei ist verschwunden, kicherte der Maler finster, im zwanzigsten Jahrhundert ist die Malerei, bekanntlich, verschwunden. Das zeigt sich, sieht man an der heutigen Malerei. Und es führt nicht zur Absurdität der unmöglichen Möglichkeit, zur Ergriffenheit des Kampfes gegen das Nichts, vielmehr zu einer Art Frieden.

Hm, dachte Esti dort im Bett darüber nach, doch fand er in sich (an sich) keinerlei Frieden. Natürlich, der Frieden ist nicht identisch mit der Ruhe. Er entdeckte an sich ein Van-Dyck-Braun. (Y, nicht i.)

Treten wir, meine Leser, auf den Flügeln der Vorstellungskraft in ein Konkretes ein und schauen wir uns ein wenig um. Das Konkrete ist deshalb gut (heilsam), weil es konkret ist, so kann man es sich vorstellen, was das Lesen erleichtert, während nichts der Vorstellungskraft Grenzen setzt, am wenigsten das Konkrete. Deshalb ist es schwierig, in das Konkrete einzutreten. Einzutreten, das heißt es zu erschaffen. Zu erschaffen, das heißt, ihm nicht verhaftet zu sein.

Der Maler konnte am Morgen (aus unruhigen Träumen – doch lassen wir das jetzt) hochschreckend nicht weiterschlafen – vermutlich infolge des am vorhergehenden Abend zwar maßvoll, doch in großen Mengen konsumierten Grappa –, er schlich also auf Zehenspitzen aus dem Haus, der casa (das Konkrete nahm toskanische Konturen an), und machte, als wäre es ein Geheimnis, als begehe er ein Verbrechen, Fotos von der gerade dort, gerade an jenem Tag sich erstreckenden hügeligen Landschaft. Nebelmäntel schienen die Morgendämmerung geheimnisvoll zu machen, feine Schleier, und hinter ihnen als elegantes Bühnenbild die fernen Berge, mit ungarischen Augen wild und nicht zu zügeln; irgendwie blaugrau – oje, bloß nichts mit Farben anfangen! –, doch man spürt an der Farbe, dass der Philosoph recht hat: Die Chancen für unsere Annahme, dass die Sonne auch heute aufgehen wird, stehen gut. »A schwarz E weiß I rot U grün O blau – vokale Einst werd ich euren dunklen ursprung offenbaren«.

Währenddessen schlief die Malerin.

Der Maler ist unruhig, die Malerin ruhig. Natürlich dient die Unruhe der Ruhe, die Ruhe der Unruhe zur Tarnung. (Wäre es doch kein Künstlerehepaar, dann gäbe es nicht diese hin und her gezerrten, symmetrierenden Sätze.)

Danach – nach dem üppigen Frühstück, all die viele nomen nescio Wurst und Salami, wer weiß denn, was alles in so einer toskanischen Kleinstadt vorkommt!, und alle haben einen Namen!, ein seriöser Mensch kennt diese auch! – lud der Maler die Bilder auf seinen Laptop, dann stellte er seinen Laptop auf einen beachtlichen (unförmigen!) Tisch und begann mit den Vorbereitungen für das Malen. Der Maler hatte – zu der Zeit – die Wasserfarben für sich entdeckt. Er war von Aquarellen ganz hin und weg. Er stürzte sich auf sie wie … lassen wir diesmal die Geier, wie der Bettler auf den roten Heller. Der blutrünstige Bär auf die satte Mücke. Nun ja, so ist das, wenn jemand eine Periode hat. Wie gut, dachte Esti, auch dies, dass die Maler Perioden haben, blaue Periode und so. Schriftsteller periodisieren seltener auf diese Weise oder nur insgeheim, sie sagen es nicht – schade.

Die Arbeitspläne zur Aquarellmalerei-Vorbereitung führen wir hier nicht detailliert aus, beide Seiten aber müssen nass sein (damit es nicht von hinten trocknet). Das Papier ist geschöpft – wer ist denn der Schöpfer? –, auf jeden Fall reißt es nicht entlang der Fasern, das wird später noch von Bedeutung sein.

Wie Christus auf dem Mantegna-Bild, so konnte auch Esti an sich herabsehen, er sah auch keine konkreten Formen, höchstens Formen von Formen; jedoch entdeckte er an sich nach dem Van-Dyck-Braun etwas Pariser Blau. Das Pariser Blau ist süß und tief und dramatisch, sagt (sagte) der Maler. Das Pariser Blau? Vielleicht grüner; schwärzer, sagt (sagte) die Malerin. Ultramarinblau ist das beste Grau. Kobaltblau hat keinerlei Kraft.

Kornél Esti sah aus einem schummrigen Winkel dem Maler bewundernd zu. (Hat es je einen Winkel gegeben, der nicht schummrig war, und wenn er es nicht war, dann nicht allein deshalb nicht, um nicht gerade nicht schummrig zu sein? Ausnahmsweise aber dröséle ich die Beziehung von Sprache und Wirklichkeit jetzt nicht auseinander – es kommt sowieso noch ein Ultramarinblau drauf.) Gar nicht bewundernd, eher neidisch, frohlockend neidisch – nun, das ist schon fast Bewunderung, es braucht dazu bloß ein mit einem Tropfen Ocker wild gemachtes Indischgelb –, und er jauchzte, sozusagen, wie üblich: Auch das! Auch das ist besser! Alles ist besser! Glückspilze! Die Malerei ist besser, das Saxophon ist besser, alles ist besser als das Schreiben, es ist besser, zu malen, als zu schreiben, besser, Saxophon zu spielen, als zu schreiben.

Was soll das heißen, besser?, hätte die Malerin gelassen gefragt, wenn sie zu fragen gepflegt hätte. Sie hätte, und darauf ist auch zu antworten.

Nun, in diesem »Alles ist besser« lag doch etwas Kokettes! Schon. Doch wie tief und ernst und radikal ist dieses Kokette, Karpatenbecken-kokett, Donau und Olt sind ein Kokettes (denn damals war das Kokette noch kokett), dann das Pilis-Kokette und meinetwegen das der Berge von Alberdwosch, und das von Beckett und von Camus – doch still, mein Herz, sei still! (Es wird still.)

Esti starrte voller Sehnsucht auf die farbfleckigen Hände des Malers. Das ist es, an den Händen sieht man den Charakter, das Gesicht der Arbeit, die Materialität; deshalb liebte er offensichtlich auch seine Tintenfinger, denn zuweilen waren seine Finger tintebeschmiert, K ö n i g s b l a u, Royal-Blue, Bleu-Royal, Azul-Real. Er traute sich näher ran. Den Maler überkam die Schamlosigkeit des Schaffens, er sah und hörte nichts. Und er spielte für Esti sogar ein wenig.

Der Maler spielte gern. Seine Bilder nicht. Was für ein starker Reflex, die Beziehung zwischen Schöpfer und Werk zu definieren, zu zeigen, sich darüber zu freuen … das vergegenständlichte Ich, dachte Esti. Kann es sein, dass die Bilder des Malers gerade darüber friedlich melancholieren? Die der Malerin sicher nicht, die sind (schon) weiter. Nicht dass es einen Weg gäbe – das »schon« könnte das suggerieren, irrtümlich. Musik: das übliche Janis-Joplin-Gelächter vom Ende von *Mercedes Benz*: Anhand der Bilder könntest du nicht sagen, welches der Mann ist, welches die Frau. Böse gesagt: wenn, dann eher umgekehrt. Verständnisvoll: in der Frau den Mann, im Mann die Frau; was nochmal haben wir verstanden?

Bevor er noch auf das entstehende Bild hätte blicken können, wurde sein Blick buchstäblich von dem Foto gefesselt, jenem Morgen. Du, mein alter Freund, ließ sich Esti vernehmen, als wäre er in einem Ottlik-Text (mein guter alter Freund, liebster Bébé), die hauchfeine Sfumato-Fraktur – na, na! – kann das Gemälde sowieso nicht wiedergeben. Blödsinn, der Maler nickte prompt. Wer sagt denn, dass man irgendetwas wiedergeben muss? Esti, bemerkte Esti, präsentierte sich tatsächlich, du weißt schon, dämlicher, als er eigentlich war. Das Foto kann die Zeit nicht so behandeln wie das Gemälde oder, noch einfacher: Auf dem Foto existiert keine Zeit, beziehungsweise sie existiert, doch sie ist erstarrt, auf dem Gemälde hingegen existiert sie, und wie einen fetten Brocken vor der Nase entlang zog der Maler den Pinsel über das Papier.

Inzwischen war die Malerin, begleitet von Streif- und Gegenlicht, aus dem Garten hereingekommen.

Sie verändert sich, wenn sie in die Nähe eines Bildes kommt, sie leuchtet und ein schwerer, starker Ernst befällt sie, sie beginnt ihren Bildern zu ähneln (nichtsdestotrotz ist das nicht, ist auch das nicht die Rekonstruktion des »cartesianischen Egos«), sie besah sich die auf die Erde gelegten Stücke, die bereits fertigen Morgenbilder des Malers; Estis Blick stürzte sich wie der Geier (bleiben wir beim täglich Brot: Milan, Steinadler und, neuerdings: röchelnder Turul) auf das Gesicht der Frau. Das Gesicht schloss alles aus, als wäre ausschließlich das Bild zu sehen, das sie mit großer Aufmerksamkeit betrachtete. Dann ging sie ohne ein Wort, eine Regung, ein Zucken des Gesichts hinaus. Das ist nicht leicht: hereinkommen, dann hinausgehen. Doch was ist schon einfach, hier braucht es nicht einmal ein Fragezeichen. Sie ging hinaus in den Garten. Ob auch der Garten schon toskanisch ist? Oder beginnt das erst unter den Gärten? *Ist der Garten der Bakony, wenn er nicht Paris ist?* Ständig dieses Was-ist-was, dieses Wie-könnte-ich-dich-nennen ... Schließlich ist es eine eindeutigere Sache, ohne ein Wort hereinzukommen, dann ohne ein Wort hinauszugehen, sie kommt aus dem Garten herein, sie geht in den Garten hinaus ... der aber zieht und zieht seinen Marderhaarpinsel, panscht im schmutzigen Wasser, wischt, malt neu hin, es ist, wie es ist.

Wie bin ich grundiert? Wie ist die Farbe auf mich aufgetragen?, Esti träumte im Bett vor sich hin. Er sah zur Weckuhr hinüber, die auf dem Kasten tickte. Himmlischer Vater!, dachte er. Obwohl er neuerdings gerne wiederholt, wie sehr er nicht auf seine Beine angewiesen ist, hält er die jetzige Situation, dass sie einfach so nicht da sind, für übertrieben. Andererseits, dass er so auf den Rahmen gespannt ist, tut seinem vom vielen Sitzen geplagten Rücken, Kreuz offensichtlich gut. Der

Maler erzählte – als Beispiel dafür, dass auch der Zufall gestaltet, auch der Zufall arbeitet und man mit ihm arbeiten muss –, dass auf einmal, vielleicht noch unter den Kommunisten, die Gesso genannte Grundiermasse verschwunden war, seine Lieblingsgrundierung, er machte nicht lange Sperenzien, von da an musste er die Farben – selbstverständlich – anders auftragen, das anfangs falsche Auftragen jedoch ergab allerlei neue interessante und wichtige Farb- und Formverhältnisse, mit einem Wort, man kann alles wissen, nur das Wesentliche nicht.

Esti hatte eine lange Zeit, um ungestört zu überlegen, wie er sein Leben jetzt neu ordnen sollte. Zuerst müsste er sich vielleicht abschreiben, immerhin, wovon die Rede ist. Doch Bilder lassen sich nicht abschreiben. Was sich abschreiben lässt, ist kein Bild.

Jedes einzelne Mitglied des Künstlerehepaars arbeitete nach dem Foto, nicht nach der Natur (kleiner Klappstuhl, Ameisen), nicht nach dem Modell, doch auch nicht – nuhunmeher – abstrakt (abstrahierend, gegenstandslos). Manchmal sehen sie etwas und sagen, das ist es!, und fotografieren es, danach betrachten sie nur noch das Foto, bis sie sehen, wozu sie gesagt haben, das ist es, nun bereits ohne Ausrufezeichen, und mit dem Malen beginnen! Esti beschäftigte diese Fotosache. Vom Bild ein Bild machen. Der Maler, dem er die Frage stellte, weil er sich mit dem Maler gern über sogenannte fachliche Probleme austauschte, mit Malern, Musikern geht das besser, schüttelte unzufrieden den Kopf. Seinen großen Kopf. In jedem Fall mache ich vom Bild ein Bild, der Anblick an sich existiert nicht, den muss man machen, muss ich dir das erklären?

Es war, als fiele man über Esti her. Als könne er dafür, dass die mystische Wahrnehmung der Welt steckenblieb. Dass die Vereinigung steckenblieb. Skizze, sagte die Malerin, das Foto ist wie die Skizze, du siehst etwas, zeichnest es, fotografierst es, egal, nur ist das Foto besser, ein Gedächtnisverstärker, mehr ist es nicht. Die Malerin ist immer besonnen. Besonnen und leidenschaftlich. Wäre sie ein Vulkan usw. Sie ist es nicht, doch immer sticht sie ein bisschen heraus.

Dieser toskanische Vormittag, dachte Esti im brutalen Ticken der Weckuhr, verhält sich wie das Foto zum Bild. Das Bild bin ich.

Esti rief dem Malerehepaar von der Casa, dem sicher geglaubten (aber nein!, krebsroten) Schatten aus zu, ob sie nicht daran gedacht hätten, gewiss hätten das schon viele gefragt, weil es auf der Hand liegt, weil der Zeitgeist es suggeriert, der erstarkende Aspekt der Konsumierbarkeit, für mein Geld will ich es verstehen!, also das langsame Einsickern des Erfolgs in das ästhetische Urteil und so weiter, ob sie nicht daran gedacht hätten, wie interessant oder, wenn man so will, witzig es wäre oder wie gut es vielleicht funktionierte, hängten sie neben das Bild das Foto, so ist es gewesen, so ist es geworden, nicht dass er dies empfehlen oder den erwähnten Gesichtspunkten folgen oder sie auch nur im Entferntesten billigen würde, er frage bloß, ob es ihnen nicht in den Sinn gekommen sei.

Das ist kein Volkshochschulkurs.

Der Maler hatte prompt geantwortet (schnell, wie der Mensch in den Himmel kommt), ohne nachzudenken beziehungsweise als hätte er schon darüber nachgedacht. Esti lachte auf, er hatte das Gefühl, die optimale Antwort auf seine Frage bekommen zu haben; er freute sich darüber. Auch die Malerin war prompt, sie sagte prompt nichts, murmelnd zuckte sie die Schultern, nein, ich denke nicht, es ist nicht nötig, es führt nur zu Missverständnissen, es ist egal, es ändert eh nichts an dem Bild, es hat keinen Sinn, möglicherweise. Offenbar erwog sie ausschließlich vom Bild ausgehend die Frage, der sie auf diese Weise keine Bedeutung zumessen konnte, weil es gar nicht möglich war. Es war eine noch optimalere Antwort (weil sie die Frage gar nicht verstanden hatte), und Esti lachte nicht.

Willst du nicht malen? Willst du nicht etwas malen?, fragte der Maler plötzlich Esti, der erschrocken zu stammeln anfing und den Kopf schüttelte, nein, nein. Vor ihm geschah Folgendes: Der Maler kam in Schwung, malte ein Bild nach dem anderen. Esti freute sich, als würde ihm etwas Gutes widerfahren. Das Schaffen als solches – aus diesem Anblick zog er schon wieder heitere Weltschlussfolgerungen. Er könnte doch nun endlich den Kinderschuhen entwachsen sein! (Ad notam: Mein großer Fehler ist, dass ich zu gut bin.) Er saß in der Ecke, im Winkel, und sahe, dass es gut war. (Ich mache nur Witze. Übrigens hat das, dieses »sahe«, einmal eine Frau namens Magdi zu mir gesagt. Sie rauchte Pfeife und hatte ein so süßes Lächeln, dass im Garten die Rosen aufblühten, denn es gab da einen Garten und eine Rosenlaube. Sie hat auch noch anderes gesagt.) Von Zeit zu Zeit kam die Malerin herein. Esti begriff plötzlich: Das heißt Künstlerehepaar, dass sie von Zeit zu Zeit hereinkommt (und hinausgeht, logischerweise). Sie kam herein, zeigte verschlossen andächtig auf eines der auf dem Ziegelfußboden liegenden, trocknenden Bilder, dieses, doch sie sagte nicht, dieses.

Die Bilder der Malerin erheben nicht den Anspruch auf Worte, die des Malers ja.

Das Malerehepaar beugte sich über die Bilder, murmelte, mal schüttelte es den Kopf, man hätte schon in die Mehrzahl wechseln müssen, zum Teufel mit der formalen Übereinstimmung, jetzt ist es schon egal, dann wieder schnalzte es mit der Zunge, Esti, der sich unterdessen auf Zehenspitzen zwischen sie gestellt hatte, konnte dem nicht folgen. Ihm gefiel jedes Bild, nicht gleichermaßen, aber jedes. Ist es nicht so, mein alter Freund, dass das eine Serie und die Voraussetzung für das bessere Bild das vorhergehende, das weniger bessere ist und jedes Bild jeweils auf den Schultern des anderen steht? Nein, sagte der Maler leidenschaftslos. Sie standen nur noch zu zweit dort. Da geschah etwas Entsetzliches, für Esti kaum Begreifbares, weil er den dahin führenden Weg nicht gesehen hatte: Der Maler beugte sich mit der Leidenschaftslosigkeit der Antwort hinab, nahm das eine Bild, an ihm hatte er am meisten gearbeitet, und zerriss es.

Ist Entsetzen Handlung?

Gregor Samsa geriet nicht in eine Identitätskrise, er kletterte zwar mehr an der Decke herum als davor, doch er verfügte auch über mehr Beine, besser Beinchen, als davor, von den Saugnäpfen ganz zu schweigen. Auch Esti kreiste nicht verloren um sein eigenes erschüttertes Zentrum, doch er musste, vielleicht gerade weil er Samsas Geschichte kannte, andere Fragen stellen, über andere Antworten schweigen (und umgekehrt). Wenn etwas hinter uns liegt, können wir nicht so tun, als wären wir mittendrin, ja, davor! – das ist Lüge!, das ist der wahre Verrat der Intellektuellen!, Esti brauste auf. Hatte der Maler oder die Malerin ihn gemalt? Mutatis mutandis: War er ein Reiterstandbild? (Handbewegung.) Die Wege ins Nichts oder die Treppen im Etwas? Der Maler arbeitet aus dem – woraus sonst – Mangel, dieser Mangel ist die ausgeprägteste Figur des Bildes; der Maler wird auch ständig gefragt, warum es auf seinen Bildern keine Menschen gebe, worauf er indigniert antwortet. Auch auf den Bildern der Malerin gibt es keine, aber da fragen wir nicht; interessant. Die Bilder des Malers bewegen sich (erzählen), die Bilder der Malerin sind unbeweglich (monumental, Monumente ihrer selbst). Esti konnte sich nicht für eine an Selbsterkenntnis reiche Landschaft (hier: Landschaftsgemälde) halten, in jedem Fall hätte er ein bisschen Monumentalität bitter nötig gehabt. Monumentalität plus Schubert'sches Dunkel, nicht Helle. Doch vergebens spürte Esti jetzt in sich – mit ein wenig Hilfe – Vermeers Stille, Sisleys reine konzentrierte Metaphysik beziehungsweise die dumpfe Lebendigkeit, den selbstsicheren Reichtum von Lorenzettis Farben, er konnte nur an das Geräusch des zerreißenden Papiers denken.

Nein, rief Esti, zerreiß es nicht. Der Maler führte ungerührt fort, was er begonnen hatte. Esti stellte überrascht fest, dass er so, wie er malte, auch zerriss, aus derselben Überlegung. Damit hatte er nicht gerechnet. Doch der Maler hatte vielleicht nicht mit der Natur des geschöpften Papiers gerechnet. Den aus zerkleinerten Lumpen, Zellstoff bestehenden Brei, der getrocknet zu Papier wird, schöpft man mit einem Seidensieb aus einem Bottich und lässt das Wasser abtropfen. Das Wasserzeichen wird eingebracht, indem man es sorgfältig (!) in die Siebseide stickt. Der Rand von geschöpftem Papier ist deshalb ausgefranst, weil dieses sich so auf dem Sieb ablagert. Das Wichtigste ist, dass gutes Papier holzfrei ist!

Gutes Papier lässt sich schwer zerreißen. Und der Maler konnte noch so ruhig sein, dies konnte noch so sehr ein natürlicher Teil des

Malprozesses sein, das »schwer« zeichnete sich auf seinem Gesicht ab. Das ist doch etwas anderes, als einen Satz zu streichen. Esti bat um die Papierstücke, mit der geheimen Absicht, sie dann zu Hause zusammenzukleben. Doch er war dazu nicht in der Lage. Auch die Teile sind schön. Als er die Möglichkeit zu malen feige abgelehnt hatte – wirklich!, was für ein überwältigend schöner Gegenstand war dieses postkartengroße Papier mit dem ausgefransten Rand! –, hatte er daran nicht gedacht. Ihm fiel ein, wie natürlich die Farben und Formen ineinandergeflossen – nun, weil der Maler sie so fließen ließ! – und Farbe und Form geworden waren, all das schien so selbstverständlich, notwendig, mithin einfach – vor diesem Einfachen erschrak Esti.

»Man muss nicht ständig malen, doch immer Maler sein.« Für das Wort Künstlerehepaar erschienen (Esti) bei Google 2850 ungarische Treffer in 0,29 Sekunden.

Esti lag im Bett. Hier gibt es keine Bedienerin, die lächelnd in der Tür stünde, als habe sie der Familie ein großes Glück zu melden, würde dies aber nur dann tun, wenn sie gründlich ausgefragt würde. Die fast aufrechte kleine Straußenfeder auf ihrem Hut, über die sich Estis Vater (den es nicht gibt) schon während ihrer ganzen Dienstzeit ärgern würde, schwankte leicht nach allen Richtungen. Hätte Esti eine Mutter (hat er nicht), vor welcher die Bedienerin noch am meisten Respekt hätte, so fragte sie, also was wollen Sie eigentlich. Also, würde in diesem Fall die Bedienerin antworten und könnte vor freundlichem Lachen nicht gleich weiterreden, also darüber, wie das Zeug nebenan weggeschafft werden soll, müssen Sie sich keine Sorgen machen. Es ist schon in Ordnung.

Und so gibt es auch keine Schwester, die am Ende des Textes wie eine Bestätigung ihrer neuen Träume und guten Absichten sich erhöbe und ihren jungen Körper dehnte.

Nichts davon gibt es. Es gibt das Liegen auf dem Bett. Warten auf die riesige Hand, die in Stücke reißen wird. Das gibt es auf Esti, auf dem Bild, dieses Warten, das ist zum Foto noch hinzugekommen.

Achtes Kapitel

in welchem Kein bisschen Mátyás (1)

Eines Tages, eines schönen Tages – er hatte in Wein gebadet, sich mit Wurst getrocknet –, eines Budapester Tages voller Blumen und würzigem Duft – das ist kein Witz, besonders nicht aus fremden Landen eingeschleppte Ironie, lediglich fauler Realismus; obgleich ich nicht à la Péter Apor murren möchte, früher, ja, früher!, als der hungrige Wanderer noch mit Weyn, Huhn und Kuchen bewirtet wurde, früher, das waren noch Jahreszeyten, harte Winter, vielversprechende Frühlinge, wilde Sommer und schwermütige Herbste, damit wir auch etwas lernen, könnte ich die Attribute permutieren, schwermütige Winter, harte Frühlinge, vielversprechende Sommer und wilde Herbste, aber dies mit dem Anspruch auf Vollständigkeit eyn andermal, das heyßt, der Winter war kalt, der Sommer warm, die armen Schneeglöckchen jedoch mit ihren »jungfräulichen Köpfchen« durchbrechen, als wären sie beschwipst, schon im Januar den »Panzer des vermodernden Laubes« (Ausdrücke meynes Vaters aus *meynem* eynstigen Gymnasialaufsatz) –, nun, dieses »nun« ist das Mindeste, um den Satz fortsetzen zu können, eynes schönen Tages, als sich in den Gärten, an den Waldrändern die Schneeglöckchen rührten, entdeckte Kornél Esti beym Aufwachen (natürlich: Am Tag zuvor war er aus Portugal zurückgekommen, wo er portugiesisch, in der Sprache der Blumen, gesprochen hatte, daher die Schneeglöckchen weyter oben), beym Blick in den morgendlichen Spiegel plötzlich, schlagartig, erneut seine Ähnlichkeyt mit König Mátyás. Aufs Haar der Corvinus! Es fiel ihm wie Schuppen von den Augen, so geht das.

Esti stand vor dem Spiegel (ich muss gar nicht sagen, nach dem Aufwachen), zum eynen seyne Nase, stellte er fest, zum anderen seyn

Haar. Eine gerechte Nase, und er versuchte seynen Kopf zur Seyte drehend die Größe abzuschätzen, die Dimensionen, das Ausmaß des Übels. Doch das heftige und erschrockene Interesse diesbezüglich war in ihm schon erloschen (wird mich je eyne so, samt Nase, lieben?, oder wenigstens begehren?, oder duldet sie es nur), alte Zeyten, als (es noch Jahreszeyten gab und) er mit Hilfe eynes Rasierspiegels mit sogenanntem Scherengelenkarm täglich eyn genaues Bild von der Situation seynes Profils bekommen konnte. Er hatte sich mit seyner Nase mühsam angefreundet, doch dann hatte er sich auf der Stelle mit ihr angefreundet.

Und dann kam die Renaissance, sogar Geld ließ man mit seynem Konterfey prägen.

Und noch eynmal »früher«: Früher, als ihm der Spottname König Mátyás zuteylgeworden war, hatte das in erster Linie Trostcharakter, als nähme alleyn die Vornehmheyt der historischen Wiederholung des Zinken (Riechkolbens) dem Spott den Wind aus den Segeln. Auf Schritt und Tritt (alle naselang!) stolperte man über seyne Nase. (Eyne Frau flüsterte mir – mit eynem Mal – ins Ohr. Süßer. Auf jeden Fall müssen Krethi und Plethi hinein. Sie hatte eynen heyßen Atem.) Krethi und Plethi stolperten darüber. Lämmer, Kälber blökten, als sie eynst Kopf über Hals gegen den um Kanizsa lagernden Turken zogen, die Kriegsleute standen im Kreys auf dem Schlachtfeld, unsere, ihre, und jauchzten, du kriegst eyns auf deyne fette Nase!, für eynen Fünfer lüde ich nicht mit Eys voll, denn damals war Eys noch billig, eyns fuffzig das Brot.

Auch im Gymnasium war er Naso genannt worden, teyls nach Publius Ovidius, teyls nach deutsch d i e N a s e, das heyßt, schon damals hatte man den schlummernden Dichter in ihm erkannt. Dabey war er damals, nicht wahr, noch verkleydet unterwegs. Auch dieses Inkognitoprojekt verband ihn und Janko Hunyadis weltbeherrschenden Sohn. Der Unterschied war lediglich, dass er, Esti, zwar wusste, dass die anderen nicht wussten, auch nicht wissen konnten, wer sich unter der Verkleydung verbarg, doch, im Gegensatz zu dem König, auch er dieses Nichtwissen teylte: Auch er wusste es nicht. Was unter anderem zur Folge hatte, dass er auszog, sich unters Volk, unter seyn Volk zu mischen, es war eynmal irgendwo, ich weyß nicht, wo, und du weyßt nicht, wo, nun, es reycht zu wissen, dass es nichts gab, wohin er hätte zurückkehren können, vulgo nix Palast, nix Thron und das ganze vergoldete Zubehör, nix; und so ist es schwer, der Held von Anekdoten zu seyn, denn die gehen gemeynhin so aus, dass der betreffende Begünstigte in der Position eynes Bauern eynen Scheffel (Kober?) Kremnitzer Gold, Kremnitzer Goldfüchse erhält, und dies ist die Quelle des Humors. Dieser hatte Glück, jene zogen den Kürzeren.

Seyne Geschwister hatten ihm eynfach einen Nasenstüber verpasst, mir nix, dir nix verpassten sie ihm eynen Nasenstüber und lachten dann. Das Ganze hatte etwas von eynem Volksmärchen, nur das Lachen war von heute, das heyßt derb, oberflächlich, gnadenlos (Estis Worte), schon egal, seyne Geschwister hatten das als Quelle des Humors angesehen.

Betrachtet man die Erzählebenen, Esti, ich, Mátyás, ist es eyn bisschen viel des Guten, was wir an Reflexionsreychtum gewinnen, zerrinnt bey der Übersichtlichkeyt (zufällig eyne Art Wortspiel, aber nicht beweysbar). Auf alle Fälle ist es schon genug der Liebesmüh, eyn Metzgersgang, auch die Handlung kommt nicht voran, ich sah also im morgendlichen Spiegel, dass ich eyn schön gewachsener Mann bin, weder zu kleyn noch zu groß. Meyne Geschwister sind alle größer, und an eynem Punkt ihrer Ontogenese war es ihnen wichtig zu betonen, dass ich der Kleynste sey, umsonst kletterte ich die zunehmend morsche Leyter der Jahre hinauf, wie eyn Hund, wenn er sitzt, so groß, diesen Ausdruck gebrauchten sie ununterbrochen. Daher das Sprichwort: In Buda war nur eynmal Hundemarkt! Meyn Gesicht schmücken schön meyne breyten Augenbrauen und meyne schnellen, ins Schwarze spielenden Augen und meyne allemal gebührliche Nase.

Das ist nicht das Werk, das ist die Abschweyfung: Bey der gebührlichen Nase fällt mir eyn – ungarischer Gedanke von heute –, ob es zu Mátyás' Zeyten wohl Antisemitismus gegeben hat. Bedarf gab es, hauptsächlich in den Königlichen Freystädten, wo die Juden eine ernstzunehmende wirtschaftliche Konkurrenz bedeuteten, deshalb verfolgte man sie immer wieder bey sich bietender Gelegenheyt, was man, zwey Fliegen mit eyner Klappe, mit ihrer Ausplünderung und zuweylen, wenn die Situation, das Wetter, die Politik, die pure Laune oder der Zufall es mit sich brachten, auch mit ihrer Abschlachtung verband. Doch Matyi ist nicht Matyi, dass wir unsere Geschichte derart düster erzählen.

Zunächst eynmal bezeychnet der heutige wissenschaftliche Gebrauch des Begriffs den modernen Hass auf die Juden als Antisemitismus, die klassische Anfeyndung ist der Antijudaismus, dessen treybende Kraft ist noch nicht die Rassentheorie, er ist in erster Linie eyn religiöses Problem; diese Unterscheydung ist deshalb von Bedeutung – Mátyás war eyn großer König, Gerechtigkeyt kochte in seyner Küche –, weyl vor dem Auftreten des Menschenrechtsgedankens rassistische usw. Momente nicht auf dieselbe Weyse beurteylt werden können wie später, denn damals, nicht wahr, kam man noch nicht auf die Idee – es *konnte* keynen Bedarf geben! (Witz, wenn auch nur halb!) –, dass wir eynst eynen Europäer nennen würden, der so etwas nicht tut, nicht denkt (wie Kossuth sagt: Als Mensch des neunzehnten Jahrhunderts schäme ich mich für die antisemitische Agitation, als Ungar ist sie mir peynlich und als Patriot verdamme ich sie).

Es hat etwas Gutes und Löbliches, Billiges und Heylsames, wenn man in der Zeyt lebt, in der man lebt – nun, das ist nur eyn flüchtiger Gedanke.

Nun aber endlich. Die Juden lebten seyt dem Privilegienbrief Bélas IV. in sogenannter Kammerknechtschaft, das heyßt, sie waren Eygentum des Königs. Na, hoppla! Wenn der König sie also schützte, dann schützte er eynfach bloß seynen Besitz. Ich bemerke, das ist das Todsichere, nicht die Pießie, das pure Eygeninteresse. Und natürlich trifft das auch umgekehrt zu, wenn er aus irgendeyner Überlegung heraus zuließ, dass man die Juden piesackte, so war das nicht Judenfeyndlichkeyt, er machte hinsichtlich seynes Besitzes eyn Zugeständnis, und fertig. Natürlich kam es vor – dann und wann, gleychwohl wir erwähnen sollten, dass für den, der gerade bis zum Hals im »dann und wann« steckt, dieses das »immer« ist; oder wie meyne Brüder sagen, es ist überhaupt nicht egal, auf welcher Seyte des Schwanzes du stehst –, dass ihr Judentum das Problem war, Ludwig I. zum Beyspiel ließ sie verfolgen (manche sind der Ansicht, nur partiell und vorübergehend!), weyl und ausschließlich weyl sie mit halsstarriger Konsequenz (Zitat aus eynem Tadel aus der Gymnasialzeyt: Ihr Sohn stört mit halsstarriger Konsequenz den Unterricht, Unterschrift: Schwarz, doch dieser ist, glaube ich – meyn Gott, ich *weyß* es nicht –, nicht *so eyn* Schwarz) nicht geneygt waren, sich zum rechten Glauben (kleyne Hilfe: zum christlichen) bekehren zu lassen, wie es in János Kükülleis Chronik heyßt.

Der gute Mátyás, Jankós guter Sohn, war in dieser Hinsicht eyne schlichte Seele: Er mochte seyn Eygentum nicht aufs Spiel setzen. Also schuf er die jüdische Präfektur mit Jákob Mendel an der Spitze, um für alle Fälle genaue Informationen über das Steuerpotential der Juden zu haben. Für ihre Geneygtheyt sorgte er mit harter Hand, denn er war hart wie Industriediamant, wir erinnern uns nur nicht gern daran, lieber strapazieren wir den Mythos – im Geyste der für Tradition gehaltenen Tradition. Wenn zum Beyspiel die Schuldner dieses Mendel nicht zahlten – so viele schöne Ungarn, mit Schnauzbart, stolzgeschwellter Hahnenbrust, neyn, gewiss nicht kränklich katzbuckelnd, mit gekrümmten raffgierigen Fingern popelig Geld zählend (bajuwarische Popel?, lassen wir das, eine unübersetzbare politische Anspielung, es ist einfach nur unangenehm; so aber verhält es sich nun mal mit den Wörtern, jemand rülpst eyns hin und schon kann man nicht mehr guten Gewissens eynen Schnupfen kriegen, von eynem gesunden turanischen Rotzen ganz zu schweygen; so wird von Zeyt zu Zeyt, doch nur für eyne Zeyt, auch die Sprache provinziell) –, sandte Mátyás wiederholt quasi landesweyte Steckbriefe (!!!) aus, damit die Schuldner sich nicht aus dem Staub machen konnten. Bey Beatrix' Eynzug in Buda schritt eyne zweyhundertköpfige jüdische Gesandtschaft im Festzug – der gute König würde es kaum erlaubt haben, flössen in der Brust unablässig Groll und Hass.

Eynmal holte Mátyás Rex eynen übergetretenen Juden aus dem Finster des bischöflichen Kerkers von Győr mit der Flut von Argumenten, warum das Alte auf dem Neuen lasten sollte, auf diesem neuen Menschen seyn alter Fehltritt, da doch das Machen der Schulden anno als Jude geschehen sey, er dagegen durch das Taufwasser mit Christi Hilfe eyn neuer Mensch ward, weshalb er keyne Schulden habe, weyl er keyne haben könne, er also nicht im Schuldturme festzuhalten sey. Oh, der spielerische König! János Ernuszt, so hieß der glückliche Jude, er stieg dann sehr hoch auf, ward Schatzkämmerer, Kammergraf und Ban von Slawonien. Ganz so, als gäbe es gar eynen klitzekleynen Funken Wahrheyt in der Mátyás-Anekdotenwelt! Zur gleychen Zeyt erließ er den Bürgern von Tyrnau die Zinsen der »Judenschulden« (schönes Wort) beziehungsweyse verbot in Pressburg, dass die Juden auf Grundstücke Darlehn gaben.

Wo nur haben wir wie einen herrenlosen Säugling – heftig, herrenloser Säugling, das ist heftig – die Handlung verlassen? Ach ja, noch immer stand Mátyás dort vor dem Spiegel, der guten Ungarn guter König – jetzt also doch Mátyás, nicht ich!?, Herrgott nochmal, ich kann das nicht entscheyden, die Sprache wackelt, also wackelt das Land (oh, das Land, flüsterte jene heyße Stimme, *Teurer, das ist nur eyn Land …*) –, er sah, dass er eynen schönen gebührlichen Kopf hatte und allemal eynen schönen Körper, von rosig weyßer Farbe wie es über Alexander den Großen heyßt.

Daran wird er heute noch denken.

Seyt seyner Kindheyt ist er sehr behände und hat eyne starke Brust, eyn großes und mutiges Herz, fürtreffentlich in Tugenten und nach Ruhm und Ehr begirig.

Mag ja seyn, dass er höchst schnell gewesen ist, jetzt aber ist er derart verspätet – scher sich doch endlich diese elende Eyerei zum Teufel, scher sie sich von der leserfreundlichen Landstraße der Vereinfachung, ganz zu schweigen davon, dass mir die Arany-Zeile nicht aus dem Kopf geht: Lange vereynt uns eyn bräutliches »Du« –, dass es Mátyás im Kopf brummte, im Hintern zwickte! Wie geschwind sollen wir jetzt reiten, wie der Wind oder wie der Gedanke? Schließlich war die Straßenbahnlinie 1 die vernünftige und clevere Lösung, denn mit der 2 war es zwar kürzer, doch wegen des U-Bahn-Baus hätte man da um- und vielleicht sogar in den Bus steigen müssen, und dazu hatte er, entgegen der über ihn kursierenden, vom Plebs inspirierten Legenden, keine Lust. Er musste die Vorortbahn nach Csepel erreichen, zum ersten Mal in seinem Leben; er wollte in ein Studio, und das Studio, in dem die Aufnahmen stattfanden (unter Leitung des hervorragenden – Epitheton ornans – György Magos), war in Csepel, auf dem Gelände der ehemaligen Csepel-Werke.

Mit der Szentendrer Vorortbahn zur Árpádbrücke, das galt noch nicht als echtes Inkognito-unters-Volk-Mischen – oje, jammerte der Truchsess erschrocken, und man schickte nach Hilfe bei den Heilkräutern und Feldschern, oje, der König hat die Volkskrankheit, er krümmt sich, hat Schweißausbrüche, die Stirn ist voller böser, bleicher Flecken, er stöhnt und leidet, bis Rom stirbt er uns usw., man könnte das ordentlich ausarbeiten –, er fuhr regelmäßig auf dieser Strecke, statt im Umhang im Sakko usw., doch den ganzen Weg auf dem Hungariaring schaute er sich um wie ein Tourist; bis zum Volksstadion kannte er die Gegend noch (Fradi-Spiele, Vatererlebnis), so dass die Veränderungen danach noch deutlicher waren.

Später Nachmittag, Rentnerzeit, wenige waren unterwegs, er konnte in den Linien der Verkehrsbetriebe ruhig sitzen, seine ergatterten Sitzpositionen bedrohte zunehmend seltener Gefahr; seinen nicht maßgeblichen Berechnungen zufolge stand er in Ungarn (spezifisch) immer noch am häufigsten auf. Er betrachtete den Boulevard, die neuen, unbekannten Glasgebäude, postmodern, und unmittelbar daneben eine heruntergekommene Art Lager und ein chinesisches Restaurant; ich muss wohl kaum sagen, dass er unterdessen über Volk und Nation nachdachte. Er hatte diesen Subjekt-Objekt-Kram schon satt, der andauernd bösartig falsch ausgelegt wurde, den man missverstehen wollte und deshalb auch missverstand – warum muss man mit Absicht dumm sein?, egal –, noch dazu stellte man es so hin, als wäre er die Devise einer ganzen so und so, doch eher so, ihr versteht!, gearteten

Richtung, dabei propagierte das kein Mensch, sagte es meiner Meinung nach auch nicht, außer ihm und Márai. Wie komme ich nur darauf, dachte er und grüßte einen übelgesichtigen alten Mann zurück, der ihn trotz des Sakkos – oh, Mátyás' Sakkotrotz – erkannt haben musste, da er ihm freundlich zunickte.

Er umrundete die halbe Stadt, aber er fuhr ruhig und stetig, er hätte auch lesen können, doch er glotzte nur neugierig – König Mátyás war ein großer Neugieriger, jetzt freilich käme ein »eyn« gut! –, beim Palast der Künste kreuzte er die Vorortbahn. Gerade zwischen zwei Regenschirmverlusten traf ihn der Sprühregen, Glück muss man haben. Hier sahen die Wagen ein wenig anders aus als bei der »heimischen« Vorortbahn, doch da er es versäumte, Notizen zu machen – ah, Euer Gnaden machen Notizen!, sagt Beatrix mit ihrem neapolitanischen Akzent, und ich dachte, dass wir jetzt, und sie drückte sich mit einem direkten volkssprachlichen, eine Corvina nicht tolerierenden Ausdruck aus; bei Móricz steht in ähnlicher Lebenslage in etwa Folgendes: Vögele ruhig, mein gnädiger Herr, vögele meine gnädige Frau –, erinnert er sich nicht an die Vorortbahnkonkreta.

Sogar zweimal wurde sein Fahrschein kontrolliert, gerissen schlichen sie sich von beiden Seiten an, ließen ihm keine Chance, er freute sich darüber, manchmal empfand er die Wichtigtuerei um Fahrscheine und Fahrscheinlöcher als eine überflüssige Anstrengung. Und geradezu empörend fand er – er würde auch mit dem Kämmerer oder dem Hofnarren darüber sprechen – die würdelose Pingeligkeit um die Übertragbarkeit der Sammelfahrscheine. Ihm gegenüber saß gerade eine Mutter mit ihrem Kind, das etwa fünfjährige Kind (auch das habe ich vergessen!, wie alt ein Kind ist, wenn es so groß ist, schon egal) hatte die blassen, feinen Züge seiner Mutter; man sah ihm an, was daraufhin geschah. Das Folgende geschah: Mami, zwei Fragen. Ja, mein Kleines. Eins, es streckte den Daumen aus, wann steigen wir aus? An der Endstation, mein Kleines. Der kleine Junge nickte, sein Zeigefinger sprang wie eine Feder nach vorn, was ist das, die Null? Die Mutter streichelte dem Jungen erschrocken den Kopf. Der nickte erneut, ich verstehe, sagte er kaum hörbar.

Er hält sich nicht für steif, einen steifen Menschen, trotzdem hatte er zuvor mit ängstlicher Genauigkeit auf dem Stadtplan studiert, wohin er musste. Und doch, als er aus der Vorortbahn stieg, sich kurz orientierte, da ist Norden usw., loslief, war seine Verkleidung umsonst nahezu vollkommen, sein Gang im Besitz des dank Plan erlangten Wissens selbstbewusst, irgendwie musste er schief gehen (oder er benutzte ein ausländisches Parfüm), denn innerhalb von fünfzig Metern boten ihm sogar zwei ihre Hilfe an, sie schossen mit einem »Wohin wollen Sie, kann ich Ihnen helfen, Herr Künstler?« beziehungsweise einem »Haben Sie sich verlaufen?« auf ihn zu. Er wimmelte sie höflich lächelnd ab, auch seine Höflichkeit war verdächtig. Schon in der Vorortbahn war er das Gefühl nicht losgeworden, dass er beim Aussteigen niemanden vorlassen müsse, solle der Stärkere gewinnen. Während er ging, blickte er in ein spiegelndes Schaufenster, tatsächlich stach er leicht heraus, er sah die König-Mátyás-Silhouette, sein weißes Haar, er hatte nicht gewusst, dass es derart weiß war, der bei seinen Schritten wippende Überzieher, die obligate Aktentasche, ein anarchistischer Beamter, etwas in der Art.

Er ging durch das Triumphtor der Csepel-Werke. Eine eigene Welt, er betrachtete sie mit offenem Mund. Ausgestorben und lebendig, Vergangenheit und Gegenwart, alles auf einmal. Sozialistische Kulissen, die da sind und auch nicht da sind. Er überquerte verwaiste Eisenbahnschienen, am Stoppschild würde er links abbiegen müssen. Zwei Frauenzimmer kamen ihm entgegen, von weitem sah man, dass alles an ihnen schrill war, ihr Gang, ihre Kleidung, ihre Sprache, und auch, dass daran überhaupt nichts auszusetzen war. Sie waren sehr stark geschminkt. Nichts ist so schön, dass es nicht doch einen Haken hätte: Nun, auch diese schienen verrufene Huren zu sein. Zumindest tippte er darauf, Kollegen, sagte er verständnisvoll zu sich (ihm sein Herz). Dennoch vereint uns kein bräutliches »Du«. Dieses Gefühl hatte er.

Es war Vormittag, die Frauen waren also nicht auf der Jagd, ihre Arbeitszeit hatte noch nicht begonnen, also gingen sie irgendwohin. Vielleicht ins Tesco. Da aber blieben sie stehen, im Blick der Größeren, der Schöneren veränderte sich etwas, sie nahm doch den Mann wahr, umsonst war er verkleidet, der von den Herrschaften ausrangierte Boss-Mantel erinnerte an den königlichen Umhang, und seine Erscheinung war, wenn auch nicht königlich oder überwältigend, das heißt keine Erscheinung, auf dem Gelände der ehemaligen Csepel-Werke, so plötzlich, doch etwas. Einen Versuch war es wert. Und da sagte das süße Flittchen:

Alter, wie wär's mit einem Fick?!

Auf Stehenbleiben war Stehenbleiben die Antwort, die Frage überraschte ihn, jetzt gerade hatte er von nirgendwo her eine Frage erwartet, weder von sich noch von seinem Volk noch von seinem Gott. Aber die Frage war gestellt worden und er war es gewohnt, die Sätze ernst zu nehmen. Er sah die Tussis an. Eine hedonistische Überlegung wäre eigentlich kein Stilbruch. Plötzlich blickte er auf seine Uhr, und ihm fiel sogleich ein, dass es doch *erst* Vormittag war, so als könne man am Vormittag …, als könne man nicht konstruktiv auf diese Frage antworten, jedenfalls hatte er versprochen, um zwölf im Studio zu sein. Eigentlich hatte er noch gar nicht *ernst* über die Frage nachgedacht, als er sich zu seiner größten Überraschung sagen hörte:

Geht nicht, der Gyuri Magos wartet.

Also: Alter, wie wär's mit einem Fick?! Blick auf die Uhr, geht nicht, der Gyuri Magos wartet. Die Frauen sahen einander an, zuckten kühl die Schultern, ließen ohne ein Wort den gerechten Schwachkopf aller Ungarn stehen und plapperten weiter, als wäre nichts geschehen.

Am Stoppschild bog er links ab. Er überblickte sein Reich. Dieses ganze visionsartige Fabrikgelände war wie das Emblem der Gegenwart, das Sich-nicht-von-der-Vergangenheit-befreien-Können und die Unerkennbarkeit der Gegenwart, das rostige Chaos, das die furchtbare Zukunft projiziert; als bewegten wir uns in den Kulissen von *Blade Runner* (die ungeschnittene Version). Der sozialistische Gigabetrieb als Gespenst, Stadt in der Stadt, ein eigener Wasserturm, ein rathausgroßes Parteihaus. Heruntergekommen alles, doch dazwischen sieht man auch, dass hier große Geldsummen bewegt werden. In der Gespensterstadt wird sogar irgendwer reich. Und entsteht sogar dies und das, gut funktionierende kleine Betriebe, Areal-Teile erheben sich aus allgemeinem Verfall und Ödnis. Auch das Studio ist von der Art, in dem ehemaligen Parteihaus mietet man eine Etage.

Mein Herr und Gebieter, Gyuri Magos öffnete lachend die Tür und verbeugte sich.

Dann ist es doch richtig gewesen, dachte er, er hat tatsächlich gewartet. Er hörte sein Schnaufen, mehr als Stöhnen, weniger als Schluchzen.

Wer jedoch nicht glaubt, dass es so geschehen ist, der fresse einen Besen und fahre raus nach Csepel, sag ich's richtig?

Neuntes Kapitel

in welchem Pécser Ernst

»Wir schweigen wie das Grab.«
Wilhelm von Oranien

Zwei Tote lagen schwarz im Januar Brasiliens, schon lange wollte ich einen Text so beginnen, und das ist ohne Zweifel ein knallenderer Auftakt, als dass ein Kornél Esti im Pécser Juli auf dem Bordstein saß. Wenn jedoch Letzteres kein »Beginn« wäre, Esti vielmehr nur da im Schatten säße, sozusagen vor dem Text, doch auf jeden Fall vor dem formbewussten Hotel, der Name ist unwichtig, Főnix, aus dem er gerade zu dieser noch nicht ganz morgendlichen Stunde nach Luft ringend geflüchtet ist, weil er das berühmte mediterrane Klima nicht mehr ertragen hatte, das in dem fürchterlichen Gebäude hing, festsaß, weder raus noch rein, eine erstickende, feuchte, dumpfe Wärme; offenbar ist es nicht einfach, ein Gebäude so zu entwerfen, dass jeder Winkel unter dem Dach ist, das heißt eng, unbelüftet, eine Teillösung, jedes Detail verströmt diese Raumlosigkeit, auch das Erdgeschoss ist unter dem Dach, auch das Mezzanin, selbst das Dachgeschoss ist unter dem Dach, und überall diese unerträgliche Hitze – in diesem Fall bestünde die Möglichkeit des folgenden, zugespitzteren Beginns:

Es geht mir auf den Sack, nein, Kornél Esti würde niemals, aber wirklich niemals einen Text so beginnen, selbst dann nicht, wenn ihn gerade dieser Satz aus dem morgendlichen Trottoir-Gesitze risse, erschrocken folgte er dem Gespräch der beiden Frauen, die jüngere hörte nur zu, nickte, die dicke andere verspritzte die Worte in sanftem Tonfall, beinahe gelangweilt, seit drei Tagen schiebt er seinen Arsch nicht her, er tut mir doch keinen Gefallen, das ist sein Arbeitsplatz, Scheiße, ich bin doch nicht von den Maltesern, es geht mir auf den Sack.

Esti wagte nicht, sich zu rühren, um seinen kurzen Bleistift und das zweifach (oder vierfach?, wie viele Fächer hat so ein Blatt?, auf alle Fälle auf ein Viertel) gefaltete Blatt Papier hervorzuholen, er versuchte sich die Sätze zu merken. Ernste Sätze. D. hatte etwas von Goethes Ernst erwähnt. Dass der spielend jeden schlägt. Es geht mir auf den Sack, das ist ernst, vor allem von einer Frau, aber Goethe ist ernster, das stimmt. Ernst Goethe. Der Ernst ist so selten wie ein weißer Rabe. D. hat recht, wenn er sagt, was man nicht offen auszusprechen wagt oder vermag, wird verwitzt, und so erhält es seine Gestalt. Kompliziert.

Vergeblich stützen die Fakten diesen möglichen Beginn, Esti kam nicht in Versuchung; die Wirklichkeit genügt als Argument niemals. Das weiß die an den Zitzen Wittgensteins trainierte Bestie wohl (wir trainieren nicht an Zitzen, sagte später kalt der Chefredakteur, auf den wir gleich kommen), dass es nicht für alles Worte gibt, es gibt nur das, wofür es Worte gibt, und doch gibt es manchmal Worte und dennoch nichts.

Die leise Stimme der ungeschlachten Frau machte sie noch gewöhnlicher, ordinärer. Esti lief es heiß und kalt den Rücken hinunter, so sehr ekelte er sich. Alles an der Frau verstärkte diesen Ekel, besonders die bis unter die großen, euterartigen Brüste gezogene Trainingshose, die beim Schoß, das magische Dreieck markierend, »einschnitt«; der völlige Mangel an Erotik, dachte Esti, das ist das Abstoßende. Schlampenkürbisgemüse, schien er jetzt gehört zu haben. Nicht zu fassen. In seiner Tasche wühlte nach dem Bleistift seine Hand. Selbst den zweifelhaften Satzbau schob Esti auf die grauenvolle Frau.

Pack zusammen und verschwinde aus meinem Leben, hatte noch im vergangenen Jahrhundert eine Frau zu Kornél Esti hier zu Pécs gesagt. (Zu Pécs, ist dieses »zu« richtig?, denn für Klausenburg ist es angeblich nicht richtig, da tragen wir nur etwas Farbe auf, zu Klausenburg, damit es ein wenig Patina bekommt, von Siebenbürgen brauchen wir ausschließlich die Patina, aber Patina gibt es keine, nur schweigen wir darüber, über diese Dinge, getrieben von der Feigheit und unbezwingbaren Sehnsucht nach Lüge; das wahre Siebenbürgen interessiert kaum einen, die Siebenbürger inbegriffen; wir jagen unseren Träumen hinterher, die mal bunt und breitwandig, mal leer, mal stumm sind, doch selbst in letzterem Fall sind sie ungarisch synchronisiert.) Auf das Verschwinde-aus-meinem-Leben zuckte Esti empfindlich zusammen, wie gut wäre jetzt ein bisschen plus quam perfectum tempus!, war Esti zusammengezuckt, was für ein entsetzlicher Satz!, und schnitt eine Grimasse.

Und schneide keine Grimassen, ich scheiß auf deine Sätze! – Esti grinste, als wäre von den Sätzen der Frau die Rede, egal. Stilanalyse ist das Ende der Liebe, so fasste er die dürren Erfahrungen seines jungen Lebens weise zusammen. Die Frau las in seinen Gedanken.

Fick deine Sätze!, kreischte sie und bewarf Esti mit dem, was sie in die Finger kriegte: ein *Neues Transdanubisches Journal.* Das *Neue Transdanubische Journal* ist als Wutausbruchsableiter nicht geeignet, zumindest nicht so: Sanft sank es vor Esti nieder. Schwebte. Die Hand des jungen Mannes in der Tasche bewegte sich.

Rühr dich nicht! Versuch nicht, es aufzuschreiben! – Die Frau brach in Tränen aus. Esti fühlte kein Mitleid.

Der Chefredakteur hatte ihn gebeten, auf irgendeine Weise das Wort *pécs* im Text unterzubringen. (Nun, das ist hiermit geschehen, Esti blickte auf den Satz zurück.) Mir persönlich würde es viel bedeuten, hatte er gesagt und wieder in seinem neuerdings sprießenden, exorbitanten Bart gewühlt. Hat er ihn sprießen lassen, um darin wühlen zu können?, Esti schüttelte den Kopf, während der Redakteur zweimal wiederholte: Mein lieber Freund, mein lieber Freund. Esti mochte diesen jetzt am ehesten an Theodor Herzl erinnernden Mann. Theodor, nur ruhiger, oder Táncsics. Noch ruhiger. Bin Laden. Ein chassidischer Bäcker, ein orthodoxer Priester. Ihn packte eine unwiderstehliche Sehnsucht, den Bart anzufassen. Also fasste er ihn an. Wie Draht. Wie Rosshaar in der Matratze. In der Matratzengruft. (Das lese ich immer als Zengruft.) Irgendwie fürchtete er wegen dieses Barts um den Chefredakteur. Der Bart schien etwas zu verbergen. Was konnte mit diesem Menschen geschehen sein, Esti wiegte den Kopf wie einer, der sich mit den Geheimnissen der Seele beschäftigt.

Kornél Esti musste der letzte Mann in Ungarn sein, der Männer noch siezte. (Zu Kolozsvár weiß man noch gut – zu ihrzen.) Nach der Lesung gingen einige in ein Gasthaus, oben, über der Stadt. Unten wie lauter Glühwürmchen die Lichter der Stadt. Esti sang leicht das Lob Pécs', sofort kam ihm Pécs über die Lippen, wenn er nach der schönsten ungarischen Stadt gefragt wurde. Welche ist die schönste ungarische Stadt? Pécs. Auch wenn, nicht wahr, Schönheit relativ ist. Und man muss mit ihr auch etwas anfangen. Selbstbewusste, für ihre Stadt verantwortliche Bürger plus intelligente Stadtväter. Schneide keine Grimassen. Schön ist, was mit Interesse gefällt. Pécs ist auf irgendeine Weise sehr weit von Budapest entfernt, unwegsame Pfade führen hierher, Esti pflegte daher mit dem Flugzeug zu kommen. Selbst die Zeitverschiebung störte ihn nicht.

Unter normalen Umständen hätte Esti dieses Glühwürmchen-Unten nicht gesehen, er war für so etwas blind, er hätte die Frau am Tisch gesehen, aus Anstand auch die Männer und das Hirschgulasch. Statt mit Kroketten mit Nockerln. Doch dieser getrost pervers zu nennende Pécswunsch des Chefredakteurs störte ihn. Obwohl Chefredakteure größtenteils so sind, ihr Leben vergeht thematisch von Monat zu Monat – wenn es sich um eine Zeitschrift handelt.

Ich behaupte frank und frei, jauchzte Esti plötzlich und zeigte auf die Stadt, auf diese erstarrte Schönheit, dass der lüsterne Genuss des Panoramas Vergessen und Irrtum ist! Er schaute wild in die höfliche, stille Runde. Dann griff er in jenen Bart, sagen Sie, verehrter Herr, sagen Sie endlich, zu welchem Ende?!, zu welchem Ende wächst letztendlich dieser Bart hier im Schatten des Tettyebergs?!

Der Chefredakteur lächelte leicht verlegen.

Nein, rief Esti und legte dem Chefredakteur den Zeigefinger auf die heißen Lippen. Wie es mich durchpulst, der Gedanke durchfuhr Estis Finger. Doch er ließ sich nicht ablenken. Kommen Sie mir nicht damit, er sei einfach so gewachsen, Sie seien darauf gekommen, wie bequem es ist, sich nicht zu rasieren ... Ach was ... So ein und ein so großer Bart ist nicht einfach so. Geben Sie zu, dass Sie Ihr Leben ändern wollen ... Beichten Sie nur, wenn da eine neue Geliebte ist oder Sie jemanden umgebracht haben!

Esti keuchte.

Stimmt etwas nicht?, fragte ihn die gertenschlanke Redakteurin.

Ich hoffe es, Esti legte den Kopf auf ihre Schulter und versuchte die Gertenschlanke in eine Reimsituation zu bringen.

Der Abend kam nicht vom Fleck, auch Esti war eher müde als betrunken, eher langweilig als skandalös.

Also lässt sich ein jeder so langweilig wie möglich zu seiner Herberge fahren, sagte er nickend. Keiner antwortete.

Als sie das Hotel erreichten, sagte Esti plötzlich zu dem Chefredakteur, diesmal griff er nicht in den Bart, er hielt sich daran fest.

Schlafen Sie mit mir, mein Herr, ich bitte Sie. Ich bitte Sie.

Die Stadt, die Mauern verströmten Wärme, das Wetter war hier anders als auf dem Berg. Das Gesicht des Chefredakteurs, was davon übrig war, überflutete Mädchenröte. Wie schön, dachte Esti, wenn ein erwachsener Mann zu erröten vermag. Er errötete nahezu bei diesem Gedanken. Doch er herrschte den Pécser umgehend an.

Sind Sie verrückt geworden? Wo denken Sie hin?! Sie nehmen hier ein Zimmer und schlafen mit mir in einem Haus. Unter einem Dach. Sie wollen nicht, dass ich Sie anflehe. – Der Chefredakteur blickte verstohlen, wie sonst?, auf seine Uhr und hakte sich seufzend bei Esti unter. Er brauchte den Artikel wirklich.

Die Hitze übertraf alle Vorstellungen. Esti hatte das Gefühl, in der Wärme arbeite eine auf seine Person bezogene Gehässigkeit. Heimtücke. Ein großer Ventilator rührte die abgestandene Luft; wozu. Von den designten Fensterteilen ließen sich circa 28 Prozent öffnen. Ein Attentat! Es gibt Besseres, als alle halbe Stunde klitschnass hochzuschrecken, stellte er weise fest. Nun, das schildere ich nicht weiter, es war entsetzlich.

Morgens um sechs betrachtete er die Nacht endgültig als beendet. Doch der Tag hatte noch nicht begonnen. Er duschte erneut. Schaltete den Fernseher ein, dann aus. Langsam verging die Zeit. Er klopfte an die Zimmertür des Chefredakteurs. Die Tür öffnete sich von selbst wie in einem Krimi. Sie baumelte wie eine Stalltür. Das Zimmer leer, als wäre es ausgeraubt worden. Offenbar frühstückte er bereits.

Frühstückt? Der Herr Chefredakteur frühstückt nicht, antwortete der Mann an der Rezeption irritiert. Er sah Esti nicht in die Augen. Der Herr Chefredakteur frühstückt keineswegs, der Herr Chefredakteur hat früh um vier das Hotel gewechselt. – Er hat Hotel und Wäsche gewechselt. Esti schnalzte anerkennend. Uns unserer Hysterie hingeben, das setzt eine gewisse Freiheit voraus. – Zur besagten Zeit hat er mich angewiesen, ein neues Hotel zu suchen, ihm auf der Stelle ein *Berg*hotel zu suchen, wo es nicht diesen niederträchtigen, pseudomediterranen, heißen Wahnsinn gibt, wo die Luft entsprechend dem europäischen Standard in der Nacht abkühlt oder, wenn sie nicht abkühlt, man die Fenster *anständig* öffnen kann oder, wenn man sie nicht öffnen kann, es eine Klimaanlage gibt. So viel könne man vielleicht von einem *ungarischen* Hotel erwarten. Mit diesen Worten hat er sich in das von mir gerufene Taxi geworfen und ist davongebraust. Der Mann an der Rezeption sprach mit eingeschüchterter Gekränktheit. Letztlich, dachte Esti scheinheilig, hat ja nicht er die Hitze gemacht. Und auch nicht das Hotel.

Als ihn beim Frühstück der Chefredakteur anrief, er komme gleich, sagte Esti, statt zu grüßen: Ich bitte Sie nur um eins, lügen Sie, seien Sie so gut, Sie hätten nachts um vier bei mir angeklopft, doch hätte ich in süßen Träumen nicht einmal gezuckt, weshalb Sie gezwungen waren, allein zu gehen. So ist es gewesen, oder nicht? Denn sonst hätten wir es mit dem schnödesten Verrat zu tun, nicht wahr?! Der Chefredakteur erklärte mit unerwarteter Entschiedenheit, mit einer Entschiedenheit an der Grenze zur Schlagfertigkeit, ein Gentleman klopfe früh um vier nicht an der Tür eines anderen Gentleman, außer dieser wäre eine Frau, aber dann wäre ihr Name Dame.

Selten war ihm ein Frühstück so gut bekommen, er bestellte Rühreier mit Speck (der große Vorteil von Provinzhotels, da gibt es so etwas noch), das Lieblingsessen seiner Kindheit. Er hatte es immer mit seinem Vater gegessen. Nur bei seinem Vater ringelte sich der Speck so schön zu einer Krone. Jetzt genoss er, das Brot ins Fett zu tunken. Auch das Tunken wird aussterben. Angeblich gibt es sogar schon eine Fettdiät. Obst, Milchprodukte sind verboten, auf geht's, Wollschwein.

Als er beim letzten Bissen (Eiweiß mit glänzenden Fettpfützen, Brot, Speck) erneut schweißgebadet war – er griff sich in den Nacken und sein Haar war wie bei kleinen Kindern klitschnass –, flüchtete er hysterisch aus dem, lassen wir das Attribut, Gebäude. Er setzte sich etwas entfernt vom Eingang auf den Bordstein, in den Schatten, und kramte etwas zu lesen hervor. Er wartete auf den Chefredakteur. Er beruhigte sich, atmete langsamer, er hatte nicht mehr das Gefühl, um sein Leben zu kämpfen. Kam das vom Schatten oder vom Manuskript? Eher von diesem seltsamen, unerwarteten, freien Sitzen. Als würde er arbeiten und dadurch langsam wieder zur Besinnung kommen. Und die Stadt schien sich zeigen zu wollen, aufzustehen (quasi), um an Kornél Esti vorüberzuziehen. Zuweilen grüßten ihn die Menschen, er zurück. Oder sie lächelten ihn schweigend an. Die Menschen sind zumeist Frauen, stellte er fest.

Irreal langsam zog eine riesige Frau vorbei, sie trug einen Hut und einen weißen, langen Leinenrock mit einem Schlitz bis zur Schenkelmitte – als wären sie in einem Fellini-Film. Er sah sich auch, wie er aufsprang (sein Körper verdoppelte sich, das geht im Film leicht, und Seelen, wie viele »e«, hatte er eh zehntausend), seine Schritte denen der Frau anpasste und mit ihr verschwand. Ein neues Leben begann. Doch nicht das »neu« ist wichtig, nur das »Leben«. Er hätte ein Pécser Leben. Eines hatte er schon. Als er zusammen mit seinen Sätzen rausgeworfen worden war. Wo nochmal? Palatinstadt oder wo. Fick deine Sätze, nicht schlecht. Da ist sogar etwas dran. Ich würde sie gar nicht mehr erkennen. Dabei, murmelte Esti, ist es angebracht, jeden, Frau, Satz, Mann, Ziege, was gibt es noch?, womit man gefickt hat, unabhängig von der Beleuchtung, sofort zu erkennen. Denn es steht geschrieben: Er erkannte sein Weib.

Diese große, die mit dem Hut, ist bestimmt Illyrerin. Hier zu Pécs gibt es noch Illyrerinnen. Natürlich gibt es auch Illyrer. Sie sind vielleicht sogar noch älter als die Kelten. Auch der Chefredakteur könnte ein Illyrer sein. Und was für einer. Ich denke, die Illyrer, vor allem die Männer, trugen Bart. Sicher, was heißt das, Mann?

Was heißt das, Kornél Esti, fragte Kornél Esti, dann verwarf er die Frage.

Eine ältere Dame skizzierte zuvorkommend, in vorgekauten Sätzen, die Geschichte Pécs'. Das interessiert Sie sicher. Esti nickte. Und dann gründet Bischof György Klimó eine Druckerei, flötete die Frau sanft, als wäre dies, die Gründung, auf rätselhafte Weise Estis Verdienst. Esti senkte bescheiden den Kopf. Und in Eisenau eröffnet die erste Steinkohlemine des Mecsekgebirges. Esti hob bescheiden den Kopf. Man läutet zur Frühmesse, der Pfarrer wartet, sagte die Frau und flog davon. Als flöge alles und nur er säße. 1780 wird die Stadt in den Rang einer Königlichen Freistadt erhoben. Gott sei Dank, seufzte er. Neben den Illyrern muss ich auch noch die angesiedelten Deutschen erwähnen, ebenso die Serben. Ein junger, muskulöser Mann, auf der Schulter eine gewaltige (oder ist auch die exorbitant?) Hacke; es ist nicht wahrscheinlich, dass er zur Messe geht. Nicht dass man mit einer Hacke nicht zur Messe gehen könnte. So sind wir auch weiterhin gezwungen, das geahnte Wesen der Stadt in Metaphern zu denken, nach Art des Universums, in dem die Stadt ihre repräsentative Welt hat, ihre auf Täuschungen basierende Halbwelt und furchterregende Unterwelt; als lebendigen Körper, dessen Wach- und Schlafzustände, Anatomie, Funktionen wir kennen, während wir mit Grauen an die unberechenbaren, von Schreckensnachrichten und Legenden umgebenen dunklen Tiefen ihrer Eingeweide denken; oder wir versuchen sie zu lesen wie einen uns überlieferten Text, der irgendeine Bedeutung hat, in dem nur Bruchstücke in unserer Sprache geschrieben sind und alles andere übersetzt werden muss, in fremden Sprachen, wenn nicht gar unverständlichem Kauderwelsch verschlüsselt ist. Wir können es natürlich mit individuellen Lesarten probieren, doch die trunkenen Wege des Flaneurs, die »Sprechakte« des Spaziergängers, die Rhetorik der Schritte weben einen Text, den er selbst nicht lesen kann.

Er hat ihn doch nicht etwa vergessen und ist direkt in die Redaktion gegangen?! *Schluss mit Ledersesseln und Gackeiern!* Ein Filmschnitt wie bei Mándy, und Esti stand in der Wohnung des Chefredakteurs. An seinem Hintern spürte er noch die Kühle des Gehwegbetons. Der Chefredakteur lag auf dem Diwan, in Sakko, Krawatte und bluttriefend. Sonst nichts, nackt. Doch noch weniger als nichts, neben ihm eine Frau, Esti hatte von gestern Abend eine undeutliche Erinnerung an sie, seine Frau?, in der einen Hand ein blutiges Messer, in der anderen Hand die Mannheit des Chefredakteurs. Wie in einem japanischen Film. Und dann die ziselierten, metaphysischen Gärten! Wie viel Wildheit, Erhabenheit und Feinheit auf einmal. Sicher, vielleicht überall. Sagen wir, ein Kurtág-Akkord versus das Massaker auf dem Kossuthplatz 56. Esti blickte bestürzt auf den fürchterlich verstümmelten lieben Menschen. Der Frau schenkte er keinerlei Aufmerksamkeit.

Was fangen Sie nun an, meine Engel?, fragte er seidig. Ich wusste es, ich wusste es. Etwas musste passieren. Aber warum haben Sie ihm denn nicht den Bart abgeschnitten, er wandte sich doch an die Frau. Die zuckte die Schultern.

Ich koche einen Kaffee, sagte sie und trocknete beim Hinausgehen das Messer an ihrem Jeansrock. Ganz schön groß das Messer, Donnerlittchen!

Und was machen Sie mit dem …?, rief Esti ihr hinterher; er wollte das Wort Schwanz nicht aussprechen, schließlich waren das hier pannonische Hänge.

Das überlassen Sie ruhig mir.

Wenigstens schwingt sie den nicht mehr … Das ist kein Spielzeug.

Der Chefredakteur stöhnte blubbernd.

Entschuldigung, ich habe Sie ganz vergessen … Ich weiß auch gar nicht, was ich sagen soll. Worte sind so seltsam, wenn Blut fließt.

Höchstens, dass ich wärmstens – der Chefredakteur wurde erneut rot –, entschuldigen Sie, das ist wirklich übertrieben, dass das Gehirn so auf etwas fixiert ist, uninteressant, ich also wärmstens diese Kulturhauptstadtbewerbung unterstütze. Ist das in Ordnung? Tut es weh? Ihre Lenden sehen aus wie ein Baggersee voller Blut. Nur die Brille verdirbt das Bild. Oder sind Sie erleichtert? Nun, Sie sind doch nicht von Ihrem Schwanz gesteuert worden. Oder doch? Sollte ich Sie falsch eingeschätzt haben? Wie das Blut klebt … Vielleicht müsste ich mich praktischer verhalten. Sie liegen nicht im Sterben, aber gut geht es Ihnen auch nicht. Wollen Sie verbluten? Jetzt, vor Redaktionsschluss? Das zeugte nicht von großem Charakter. Ich kann mir natürlich vorstellen, was Sie in diesem Moment von klassischen, traditionellen Werten halten. Wie Mut, Selbstaufopferung, Anstand, Treue, Vaterland. Obwohl das Blut zum Vaterland passt. Doch über ein, zwei Dinge müssen auch Sie jetzt nachdenken, nicht wahr? Kann es sein, dass ich zu viel rede? Er hat so gut angefangen, wissen Sie, mein Tag. Früh vor dem Hotel, auf dem Bürgersteig. Sie haben mir so schön gefehlt. Als wären wir Freunde. Auch Sie sind keine dreißig mehr … Ein leichter Morgen, so ein impressionistisches Schweben, um vollends heiße Luft zu reden, dieses würzige, erregende Mediterrane. Man müsste den Gebrauch der Worte »mediterran« und »pannonisch« in Texten über Pécs verbieten. Die Kulturabteilung der Stadtverwaltung. Oder Sie persönlich. Schmuckstück im Mecsekgebirge.

Um den Mund des Chefredakteurs blutiger Schaum.

Es ist schlimm, ich sehe. Dann kommen die Phantomschmerzen. Obwohl … auch das Huhn läuft noch ohne Kopf im Hof herum. Vielleicht scharrt es gar. Wie der große Philosoph sagt, auch wenn morgen die Welt untergeht, heute pflanze ich noch den Walnussbaum. Sicher, das hilft Ihnen jetzt vielleicht nicht direkt.

Früher war der Mittelpunkt von Kornél Estis Denken *letztlich* die Literatur gewesen. Was sie ist und wie wichtig sie ist. Wie wichtig sie in ihrer Unwichtigkeit ist. Und das Verhältnis zur Wirklichkeit. Gesicht und Maske. Meine Fiktion am Joliot-Curie-Platz mit Blick auf die Donau tauschte ich gegen die Fiktion am Királyhágóplatz mit Blick auf die Donau. Neuerdings sann er eher über das Verhältnis von Ernst und Unernst nach. Er hätte ungern auf einen von beiden verzichtet. Auf die Grandiosität der Bagatellen. Möse vom Mecsek, das müsste noch in den Text, im Ernst.

Da fiel ihm irgendwie seine Mutter ein. Was für eine grantige Megäre sie auf ihre alten Tage geworden war. Eine Marketenderin. Wie sie seinen Vater ununterbrochen quälte. Sie redete und redete, sie wusste, wann es zu viel war, und so weit ging sie auch. Wie eine Maschine. Megärenmaschine, die auch noch leidet.

Komm nur her, mein Kleiner. – Esti liebte es, wenn sie ihn so ansprach, je größer er wurde, je gekrümmter seine Mutter, desto mehr. Wie ein Riese, so schaute er auf seine Mutter hinab. – Komm her. Hier ist dein Vater. Na also. Dann frage ihn jetzt, mein Kleiner, ob er mich liebt. So direkt, ob er mich noch liebt.

Aber Mama …

Frage ihn wortwörtlich. Und sie begann, an Estis Hemdsärmel zu zerren. Sein Vater senkte den Kopf.

Aber Mama.

Nichts Abermama. – Da senkte auch Esti den Kopf. – Typisch, Vater und Sohn, Estis Mutter schnappte verächtlich nach Luft.

Was für eine Schamlosigkeit, ich frage nichts, sollen sie mich doch mit ihrem Gefühlsleben in Ruhe lassen. Am Ende kommen Sie mir noch mit Sex! Fünf Jahre habe ich kein Wort mit meinem Vater gewechselt, seit einem Monat sprechen wir wieder miteinander, und dann gleich das?! Fünf Jahre, das ist eine lange Zeit! Esti richtete sich stolz auf. Seine Mutter da unten erschien ihm noch kleiner.

Zerren Sie nicht an mir, Mama, ich bitte Sie.

In Ordnung, mein Kleiner. Ich zerre nicht an dir. Du hast recht. Ich zerre nicht an dir. Nur frag schön deinen Vater, ob er mich liebt.

Natürlich liebt er Sie.

Du sollst nicht helfen. Frag ihn!

Ich frage ihn nicht.

Sein Vater hauchte vor sich hin, frag mich.

Esti wusste, dass sie ihn bloß benutzten, doch ihn interessierte die Szene mehr als sein Stolz. Vater. – Sein Vater regte sich langsam, mit großer Bühnenroutine. Ein eleganter ungarischer Herr aus dem zwanzigsten Jahrhundert, verschlissen, fleckig. Sein Blick wie der von Mari Jászai und als würde er sagen, stich mir den meuchlerischen Dolch ruhig ins Herz, was führt diese Frau gegen mich im Schilde. – Vater, liebst du Mama?

Der Vater sah den Sohn lange an, als sähe er ihn jetzt zum ersten oder letzten Mal. Sie benutzen mich, dachte Esti, und deshalb hassen sie mich nachher. Als daraufhin sein Vater tonlos, als wäre es vollkommen unwichtig oder eher vollkommen selbstverständlich, sagte, nein, schossen die Arme seiner Mutter gen Himmel, als hätte Fradi ein Tor geschossen.

Siehst du!, jauchzte sie. Ich habe es ja gesagt. Jetzt siehst du es auch. Er liebt mich nicht. Du bist mein Zeuge, dass er mich nicht liebt. Dreiundsiebzig Jahre und liebt mich nicht! Bitte schön, dreiundsiebzig!

Esti lachte, hastig und leise.

Er soll noch einmal sagen, ob er mich liebt.

Ich liebe sie nicht. Ich habe es bereits gesagt. Noch einmal sage ich es nicht.

Zehntes Kapitel

in welchem Der Schoß der Natur

Er verabscheute ihn, Kornél Esti verabscheute auf einmal einen Menschen, plötzlich verabscheute er ihn aus ganzem Herzen, ich veraaabscheue ihn, ich glaube, Milán Füst hat das Wort mit langem »a« verwendet, ich veraaabscheue Sie dermaaaßen. Obwohl, aus ganzem Herzen ist nicht das richtige Wort, denn es war gerade kein Gefühl, eher eine Mischung aus Verachtung und Geringschätzung, Hass fand er diesmal keinen in sich, freilich, er hatte noch nie jemanden gehasst, er hielt das nicht für eine Tugend, eher für eine Art Defekt, als wäre er nicht konsequent genug, als kritzele er herum, anstatt die morschen Schranken des Menschseins offen auf sich zu nehmen.

Der Mann, der Verabscheute, hieß Paulo Tomago, und mit ihm begann er auch dessen Frau, Carmen, zu verabscheuen, er verabscheute im Doppelpack, nimm zwei, zahl eins. Esti schwamm quasi in diesem neuen, nennen wir es dennoch Gefühl, Gefühl; er schwamm darin wie der Knurrhahn im Tejo.

Der Knurrhahn steht hier aus lauter Schönheit, der Tejo aber gerät hierher, weil er unter Estis Garten plätscherte. Er plätscherte gar nicht, dafür war dieser Fluss zu groß, zu bedeutend, er strömte weich unter den Gärten dahin. Oder er wälzte sich zwischen »dahin« und »plätschern« zum Meer und verband Esti mit dem Unendlichen.

Damals hatte der Tejo bereits leichtes Spiel mit Esti.

Ich möchte zum Augenblick des Abscheus kommen, der mit Estis Garten in Verbindung gebracht werden kann, der wiederum mit der Beziehung Estis zur Natur, mit der Entstehung dieser Beziehung (in Verbindung gebracht werden kann). Ursprünglich hatte Esti keinerlei Beziehung zur Natur, wie er gern mit der leidigen Unschuld derjenigen, die sich gern selbst wiederholen, und ein bisschen Selbstgefälligkeit wiederholte, als wäre er blind und als wäre Blindheit eine Tugend, auf jeden Fall eine Fähigkeit gegenüber den lahmen Sehenden. Ihm war die Natur egal, da kann sie gipfeln, wie sie will, ihm war sie schnuppe. Was bist du mir, über allem Tiefland ist Ruh' und so weiter. Ich würde es nicht Widerstand nennen, eher Passivität. Um nicht zu sagen, Impotenz. Meiner steht nicht auf die Karpaten, kicherte Kornél Esti. So etwas sagt ein erfahrener Mann nicht.

Spielte ich auf der Frivole, würde ich sagen, dass sich das Stehen verändert hat. Als Esti zum ersten Mal längere Zeit in Portugal war, eine Weibergeschichte, wohnte er in einem dicken Feldsteinturm aus dem sechzehnten Jahrhundert, in dem angeblich auch Cervantes sich aufgehalten hatte, freilich ging über jedes alt aussehende Gebäude dieses Gerücht, wie in der Gegend von Florenz in jedem Gebäude Dante gewohnt hat, und wer könnte im Winkel von Kiskunfélegyháza und Kecskemét auch nur einen Schuppen zeigen, der nicht bis zum heutigen Tage die patriotische Wärme des kümmerlichen Leibs unseres Petőfis bewahren würde.

Nicht wegen der Aussicht, des Lichts wegen, ja, zwecks Lichts schob (zerrte und zog) er den Schreibtisch vor das Fenster, wodurch er den ganzen Tag am Fenster saß, sehen konnte, was Cervantes (und Dante und Petőfi) sehen konnten, diese außergewöhnlich sehenswerte oder, mit Estis damaligem argwöhnischem Gleichmut gesagt, diese trivial sehenswerte Mannigfaltigkeit des Tejotals, dieses verdächtig harmonische Wogen der Hügel und Täler; ob er wollte oder nicht, sein Blick fiel ständig auf diese Streber-Schönheit, diese Postkarte.

Am ersten Tag saß er, wie er sie zu Papier brachte, unwirsch über die Wörter gebeugt. Vergeblich versank er in seiner Arbeit, umwarb, streichelte, tätschelte die Wörter, kitzelte sie wie gewohnt, er sah sie auch dann, diese auf verwirrende Weise für überflüssig gehaltene Schönheit. Erst anderntags folgte er der Versuchung und nahm schmollend zur Kenntnis, dass er zuweilen aus dem Fenster sehen musste.

Seine ersten Entdeckungen machte er bei den »Krausewolken« – – – vorn die Bühne im Schatten, dahinter Sonnenlicht, das seine Besonderheit ausschließlich dem Schatten hier verdankt – – – dem Mangel an Sonnenlicht – – – wie viel Spiel auf einmal!, was für ein Flimmern! – – – der Himmel das billigste Azurblau – – – wie Paul Newmans Iris – – – und dann dort ein protzig dreidimensionales Gekräusel! – – – Watte! – – – Bis jetzt sind die Wolken, wenn er sie überhaupt gesehen hat, viel eher hat er sie höchstens vorausgesetzt, am Himmel oder im Himmel geschwommen – – – diese hier aber hängt herab. Wenn sie sich ausstreckte –

Ständig passiert da draußen etwas. Wenn ich es sehe, ist es, Esti nickte, als nähme er gerade an einem Crashkurs in Philosophiegeschichte teil. Eben noch hatte er scharf den Hügel gegenüber – – – dort drüben – – – gesehen – – – weit und breit kein Bauernweib aus dem Petőfi-Gedicht, doch es hätte hier auch keinen Platz, obwohl wir unsere Welt vielleicht gerade umgekehrt aufbauen müssten: zuerst das Bauernweib und dann den Raum zusammenbasteln, Berg, Tal, Stadt, Land, Fluss – – – oben auf dem Hügel ebenfalls ein Turm – – – Cervantes hatte dort einmal eine unruhige Nacht verbracht – – – im grellen Licht hätte Esti ihm noch mitteilen können – – – per Flaggensignal – – – dass am Oberlauf des Tejo kein Feind in Sicht sei – – – bis eben hatte das gedauert – – – nun aber – – – innerhalb eines Augenblicks – – – zog der schnelle Sturm einen dichten Regenvorhang vor Estis Fenster – – – vor seine Nase – – – völlig überraschend, denn bisher war nur in großer Ferne ein Flecken Dunkelheit am unteren Rand des Himmels zu sehen gewesen – – – eine kleine leichte bedrohliche Dunkelheit – – – und nun beugte sich gleichsam der Sturm ins Zimmer.

Alles ist, nickte Esti erneut, wie in den Naturbeschreibungen der großen alten Romane –

Von Zeit zu Zeit, sofern es die Landschaft erlaubt, denke ich an Sie und Ihr frisches Knoblauchbrot, notierte er finster, um danach – – –

Was er sieht, ist zugleich weit und vertraut – – – in der Tat gibt es Vordergrund und Hintergrund – – – das gilt es auch für den Roman zu bedenken – – – vorn die bekannte Bestechung, das harmonische Pulsieren der Hügel, Täler – – – Unmengen von Grün und Schatten – – – die scharfe Kontur der Pinien – – – und da drauf, quasi im Nacken, *sofort* – – – die fernen Berge, wo es andere Farben, Farbbeziehungen gibt, andere Schatten- und Lichtverhältnisse – – – Womöglich erzeugen die stumpfen Farben der fernen Berge das weite Raumgefühl? Kleine Hügel, kleine Täler, dennoch Großzügigkeit. Als wäre ein Schleier vor die hohen Berge gezogen – – – überhaupt: Da draußen schien jemand – – – zu hantieren – – – unermüdlich tätig zu sein –

Und dann die großen Irrtümer! Er wacht im strahlendsten Sonnenschein auf – – – auch der Morgen ist groß – – – gelb flutet das träge Gold herein – – – Esti streckt sich – – – knackend – – – und ruhig, ruhig! – – – als er Verdacht schöpft – – – eine schwere Undurchschaubarkeit – – – Schleier wäre das bessere Wort, aber das hatten wir zuvor – – – eben – – – schon – – – ein schwerer Schleier und leichte Feuchtigkeit in der Luft – – – eine brütende Schwerfälligkeit – – – er eilt aus dem Zimmer über den Gang auf die andere Seite des Turms, tritt hinaus auf den erkerartigen Treppenabsatz: und wie eine zürnende Bestie: Behemoth, ein dunkles, schweres, zum Angriff bereites Wolkenungetüm –

Nachts das Flimmern der Glühwürmchen wie ein geheimer Morsecode –

Dies ist das Herz Portugals, auf halber Strecke zwischen Santa Felice und dem von anderen so sehr aus-, be- und abgenutzten Clara Porto, dort, wo der Tejo in einer schwungvollen Schlinge aus den Hügeln hervorstürzt, die an die Toskana und Zala erinnern – – – dasselbe sanfte Gefälle und derselbe Reichtum, nur vielleicht die Farbe der Luft ist anders, melancholischer – – – oder lilaner – – – dramatischer. Ich riskiere es, tragischer –

Für das Himmelsblau möchte man --- schon die ganze Zeit --- in einem fort Vergleiche anführen. Wie die Augen eines italienischen Mittelfeldspielers –

Die Darstellung der sich entwickelnden neuen Beziehung zur Natur hat bis hierhin gedauert, vielleicht ein wenig übergeschwätzig, aber ich konnte mich nicht von den Details lösen, und dabei habe ich noch nicht einmal von den verschiedenen Nebeln gesprochen. Meine Augen sind gesättigt, stellte der neue Esti fest, was bedeutete --- bedeuten musste --- dass er nun begriff, was er sah --- was er jenseits des Fensters sah --- den Reichtum. Er war davon erfüllt, durchdrungen, seine Blasiertheit, das Schulterzucken waren verschwunden, er genoss die neue Situation --- er ertappte sich, dass er sie genoss --- im Wesentlichen, mit einer neuen Schönheit angebändelt zu haben.

Kornél Esti ist schon immer ein Schönheitenjäger gewesen.

Danach hatte er flugs einen Garten, mit wildem Gestrüpp, lauter armen ungarischen Bäumen, einem kleinen Hain, Wiesen, vielleicht auch einem Steingarten, und er schlenderte hier gern umher, man lernte sich sozusagen kennen, während, nicht wahr, unten der Tejo dahineilte. Es blieb ein Anflug prinzipiellen Zauderns, Esti sann bei seinen Spaziergängen immer wieder darüber nach, mal systematisch, mal sprunghaft, kam jedoch zu keinem befriedigenden Ergebnis: ob der Garten Natur ist. Oder wie er in seinem Tagebuch mit lila Tinte festhielt: Ist der Garten der Bakony, wenn er nicht Paris ist? Oder übersetzt in die Alltagssprache (Scherz!), ist er, Esti, im Schoß der Natur, wenn er in seinem Garten herumhantiert, gar umherstreift, ist er dann dort zu finden, im Schoß? Er fragt sich auch (eher eine Fangfrage als ein Ausweg), was man denn in dem Schoß oder in so einem Schoß machen (herumhantieren, umherstreifen) kann?

Was, was … Demnach mache ich hier nicht zufällig mit der Formulierung herum.

Mit dem Garten ging der Nachbar einher --- die Nachbarschaft --- das Nachbarsein --- die Tomagos, Paulo und Carmen. Ein ansehnliches Paar, rank und schlank wie die Schweden, dabei waren sie Portugiesen, doch das spielt für unsere Geschichte (meine Geschichte!, meine, meine, meine Geschichte) keine Rolle, im Gegensatz zu Estis ungarischer Herkunft (das habe ich bisher nicht erwähnt, weil ich es für selbstverständlich halte, denn welcher Ungar ist nicht Ungar, und Esti war Ungar vom Scheitel bis zur Sohle, unter »Ungar« verstand er *ein bisschen* mehr, als es in seiner Heimat zu der Zeit üblich war, er pflegte ein freundlicheres, kosmischeres und irdischeres Ungarnbild, beziehungsweise »pflegte« er nicht, er pfiff gut gelaunt auf das Ganze, betrachtete diesen Ungarnkram nicht als Schranke, höchstens in dem Maße, in dem das Sein eine Schranke ist, doch unter uns gesagt, Esti war im Seinsdenken zart besaitet wie Frühlingszwiebeln oder Märzjungfern, er dachte höchstens über das Leben nach, auch da eher über Detailfragen, über Turnschuhe, Rheuma, eine schnaufende Frau (Vorsicht!, keine schnarchende, nicht dass er Einwände irgendwelcher Art gegen Schnarchende, unter anderem schnarchende Frauen und Mädchen hätte), die Engel beziehungsweise jetzt auch den Bogen der Tejoschlinge inklusive der kleinen Túr), wo nur haben wir den Satz verloren, ja, richtig, dass Esti hier als Ungar noch eine Rolle spielen wird, doch das wird keinen überraschen, das Ungartum ist wie ein unterirdischer Fluss oder Maulwurf, es kann jederzeit auftauchen.

Dann ist die Freude groß. Oder das Gejammer. Oder wir gucken wie die Kuh, wenn's donnert. Eine abenteuerliche Sache.

Es ergab sich, dass man sich eine Weile gar nicht traf, als wären die Nachbarn verreist, doch Esti interessierte der Garten, nicht der Nachbar. Übrigens überraschte ihn das; er war schon daran gewöhnt, dass er von den Wörtern schwer zu den Menschen gelangte, aber dass sich nun auch die Natur wie die Wörter verhalten und sich zwischen ihn und die Menschen schieben würde --- diese Schwerfälligkeit äquilibrierte er mit einer bis dahin eiskalten Freundlichkeit.

Doch noch bevor diese verantwortungslose Freundlichkeit in Gang kommen konnte – – – Raum gewinnen konnte – – – sich ins Zeug legen konnte, geschah das Unheil. Ich übertreibe, Unheil ist, wenn ich mir das Bein breche und keinen Turnschuh anziehen kann, so dass der betreffende große Zeh Rheuma kriegt und die liebe schnaufende Frau schlechte Laune, die Engel sind von vornherein schrecklich, der kleinen Túr aber fällt es nicht im Traum ein, zum Tejo zu drängen – – – besser Unannehmlichkeit – – – schlechte Nachbarschaft ist ein Türkenfluch, das ist das Leitmotiv.

Das erste Mal sprach Paulo Tomago Esti an, als würden sie sich schon seit je kennen – – – als wären sie als Nachbarn geboren worden. Das gefiel Esti, obwohl er bemerkte, dass sie sich auf diese Weise weder begrüßten noch einander vorstellten. Herr Nachbar, grölte Tomago über den Zaun, was ist denn das für eine Unordnung?! Esti vermutete am ehesten einen Scherz hinter dem für ihn unverständlichen Satz, nicht bloß freundlich, gut gelaunt fragte er zurück, was der Herr Nachbar meine. Er spürte, das Wort Nachbar war wie ein Bruder. Den Rasen, Herr Nachbar, um nur ein Beispiel zu nennen, den Rasen!

Kornél Esti ließ seinen Blick über den Garten schweifen – – – seinen Garten – – – es ging ihm damit wie dem Herrn *am Anfang*: Er sah, dass es klasse war. Ich muss gestehen, und meine Meinung quadriert (ein Wort Miklós Mészölys) mit der von Esti, das ausgesprochen ruhig, freundlich scheinende, schön geschnittene Gesicht des Herrn Nachbarn fiel nicht aus dem Rahmen der oben angedeuteten Harmonie der Welt, und seine ruhigen, wenn auch in Bezug auf ihr Objekt dennoch langsam beunruhigenden Worte ragten ebenfalls nicht heraus. Dabei erwähne er noch nicht einmal, hagelte es wieder von der anderen Seite des Zaunes, dass die Sträucher entlang dem Zaun, die Zweige herüberragen – – – herüberbaumeln – – – in den Luftraum seines – – – er betone das trotz allen Respekts vor dem Zusammenleben, seines Gartens – – – in seinen Luftraum seien diese bedrohlichen fremden Gegenstände eingedrungen – – – die wie Aasgeier bedrohlich kreisten –

Geier?, flüsterte Kornél Esti in den frühen portugiesischen Abend, staunend wie ein Kind, das gerade die Welt entdeckt, Bartgeier?, Aasgeier?, Mönchsgeier?, Kondor?, der in den Anden lebende, schwarzweiß gefiederte Riese?

– – – diese ließ er natürlich abschneiden und schickte sie, um es so auszudrücken, an den Absender zurück, wie der Herr Nachbar die Güte habe zu sehen. Vor Estis Augen – – – oder, besser, hinter – – – die Geier kreisten – – – eine Geierhorde – – – jetzt erst bemerkte er unten am Zaun die Zweige.

Sie haben die abgeschnittenen Zweige zu mir rübergekotzt?, staunte Esti. Besonders das *rüber* klang auf Portugiesisch zauberhaft. Rüber!, rüber!, begeisterte sich Paulo Tomago, auch ein Liebhaber der portugiesischen Sprache. Doch er habe das nur nebenbei erwähnt, die Hauptsache sei das Gras. Was ist damit. Es wächst kreuz und quer. Was? Das Gras. Kreuz und quer was? Wächst. Wieso kreuz und quer? Krumm, Señor Esti, krumm, er habe viel darüber nachgedacht, aber dieses Wort treffe es auf den Punkt, die verflixten Grashalme wachsen krumm, er erkläre das gleich, der Herr Nachbar solle ja keine Fragen stellen, sonst begreife er es noch als Beleidigung, krumm, das heißt, der eine Grashalm hängt nach da, der andere fällt nach da, mal stehen sie senkrecht zum Tejo, dann wieder sind sie parallel, oh, das ginge noch, doch es gibt sicher auch vollkommen schiefe, natürlich habe er nicht ihre Neigungswinkel gemessen, er respektiere die Integrität des Eigentums, aber er wäre nicht überrascht, wenn so ein Winkel nicht einmal durch fünf teilbar wäre – – – dann wieder verknäult sich alles, wogegen andere Stellen fast kahl sind, man könnte sich die Beine brechen, so ein Chaos ist das.

Da hätte Esti den Nachbarn dahin schicken müssen, wo der Pfeffer wächst, also irgendwohin nach Südportugal, doch – – – alles war so friedlich und freundlich – – – selbst in den Augen der Geier kampierte eine männliche Einsamkeit. Sie kampierte. Er ließ seinen Blick über den Rasen schweifen und sagte zur Entschuldigung, gar nicht so kreuz und quer. Esti betrat die Welt des Nachbarn, begriff deren Lächerlichkeit, vor allem aber Aussichtslosigkeit und Ausgeliefertheit sofort, und da!

Die Novelle ist ein episches Genre, dessen Struktur aus einer Wendung des Schicksals resultiert, etwas passiert, und das verändert wie ein Blitz endgültig das Leben des Helden.

Der Abscheu entsteht nicht im Herzen, nicht in der Seele, nicht im Gehirn, vielmehr im Bauch, im Magen: Esti blickte in das freundliche Gesicht von Paulo Tomago, und Brechreiz würgte, Abscheu überflutete ihn, rann samt Speichel das Kinn hinunter, auf sein Hemd, vor sich auf den Boden, vielleicht sogar auf die abgeschnittenen, zurückgekotzten Zweige. Die Welt durch die Brille des Abscheus zu sehen war neu für Esti. Langsam kam er darauf, dass es Abscheu war, der sich seiner bemächtigte. Ein wenig erschrak er vor der neuen Situation, zu Anfang bemühte er sich, nicht an seine Nachbarn zu denken.

Carmen hatte einen winzigen Hund, einen chinesischen Pekinesen. Esti ertappte sich dabei, dass er lächelnde Pläne von vergiftetem Speck schmiedete, doch die Pläne schienen zu viele und komplizierte Vorbereitungen zu erfordern, und er erschrak – – – ihm schauderte – – – vor der Möglichkeit, dass Gift an seinen Händen kleben und vielleicht in ihn einsickern könnte, quasi ein Eigentor. Der Pekinese hieß Ludwig, angeblich nach Wittgenstein, denn Carmen beschäftigte sich an der Lissaboner Universität mit mathematischer Logik – – – kaum zu glauben, mit so einer Stupsnase und so einem abgehauenen Kinn sollte man froh sein, wenn man sich bis zum Abitur durchwurstelt.

Er vermochte nicht mehr, auch nur irgendetwas Gutes über die Nachbarn zu denken, selbst jene schöne schwedische Statur verwandelte sich in die Form spindeldürrer Bohnenstangen. Als wäre sie eine nichtsnutzige Katze – – – komm, Mieze, komm – – – rief er die Bestie in der Hoffnung, den verhunzten kleinen Köter damit in eine Identitätskrise zu stürzen, der wütend, tatsächlich fast miauend zurückkläffte. Esti jedoch hatte ihn nicht zum Selbstzweck geködert, vielmehr hatte er Ludwig damit zum Zaun gelockt, um anschließend kräftig in den Zaun zu treten – – – eine fachmännisch verfeinerte Bewegung, sie muss kräftig, schwungvoll, furchteinflößend sein, darf aber nicht weh tun – – – damit sich der Hund jaulend, winselnd trollte.

Esti nahm zufrieden den makellosen Rasenteppich in Augenschein, er hatte mit dem Schnüffeln Ludwigs im Hintergrund, das sich anhörte wie Schluchzen, das Gefühl, die Welt zu verstehen.

Die Zufriedenheit, auf die leicht der Schatten der Oberflächlichkeit, Selbstliebe, Selbstherrlichkeit fallen kann, können wir angemessen nennen – – – dieser neue Affekt erklärte gut die Welt – – – freilich, dem war vorausgegangen, dass er begonnen hatte, die Welt anders zu sehen – – – siehe rank und schlank versus spindeldürr – – – Wenn aber auch nicht wichtiger als die Welterklärung, so erwies es sich doch als ein enorm angenehmer Prozess, dass er dadurch endlich nicht mehr aus dem Rahmen fiel.

Man hat mich akzeptiert, still senkte Esti den Kopf, als würde es sein Herz erheben, in die Höhe heben. Sein Vaterland verabscheute damals kreuz und quer – – – einander? – – – sich selbst – – – indem es diese auch in der Formulierung merkliche Unsicherheit dadurch löste, dass es die Verabscheuten nicht als Teil des Vaterlandes betrachtete – – – und Esti wollte nicht – – – war auch nicht – – – auch nur einen Deut besser – – – mit patriotischer Ehre nahm er immer wieder Anlauf – – – doch entweder kam er nur bis zur Geringschätzung – – – im besten Fall bis zur Verachtung – – – in seinen besseren Augenblicken bis zum Ekel, der schon beachtenswert an Abscheu grenzte – – – oder er vergaß, auch wenn er endlich zu dem gewünschten Nationalabscheuminimum gekommen war, immer wieder dieses gesamtgesellschaftliche Spiel, was ihn ein wenig fremd machte, er wurde blasser und schweigsam und auch sein Gang veränderte sich.

Nun endlich konnte er im Gefühl der Seinigen schwimmen – – – und es gibt keinen Liberalindividualisten – – – Egolöbling – – – der die beruhigende Großartigkeit dessen nicht begreifen würde. Wir, sprach

Kornél Esti endlich verschämt das große ungarische Wort aus und spie glücklich Gift und Galle.

Wie zwei Eigelb in einem Ei passierte noch etwas --- obwohl das laut Novellendefinition nicht mehr nötig wäre. Eines Abends trat Carmen, die von Zeit zu Zeit ihrem Namen alle Ehre machend im Haus wie ein Orkan auf und ab rannte, auf den vor der Treppe schlummernden, von der ständigen Angst schon geschwächten Ludwig wie auf ein Stück Lumpen --- beharrtes Stück Lumpen --- rutschte aus, stürzte nach hinten, schlug sich den Kopf, Schädelbasisbruch, starb. Nicht sofort, sondern --- kurze Zeit später --- nach zwei Wochen, unter unmenschlichen Qualen. Sie brüllte, so großer Schmerz plagte sie, ihr seufzerartiges Schreien tönte vom Nachbarn herüber, ihr stampfendes Stöhnen drang durch alles hindurch, durch Wand, Ziegel --- Feldstein --- Bettdecke, als läge Esti neben Carmen, als wäre er deshalb schuld an ihren Qualen. Paulo hingegen lag bis zum Ende neben ihr, war bis zum letzten Augenblick bei ihr, pflegte sie, wachte am Krankenbett.

Als sie sich danach trafen, sah Esti einen Fremden wieder, er war weicher geworden, kleiner, dicker, grau, unter seinen Augen, als hätte er sich geschminkt --- oder als wäre er verprügelt worden --- hätte man ihm eine reingehauen --- der Tod hatte ihm eine reingehauen --- graue Ringe --- sein Blick trübe, die Kraft hatte ihn verlassen. Sie ist gestorben, sagte er anstelle eines Grußes. Armer Mann, dachte Esti, beim Anblick der Tränen in den Augen des anderen. Mein Beileid, und er trat einen Schritt vor. Paulo begriff es als Ermunterung, er umarmte Esti kräftig. Der ihn auch umarmte. Während sie einander in den Armen lagen, standen sie lange im Gartentor. Wer weiß, ob da die Zeit verging.

Von da an nahm Esti den Mann in seine Obhut --- wand sich aus der Umarmung und nahm ihn in seine Obhut --- überhäufte ihn mit lauter rührenden Zeichen der menschlichen Hilfsbereitschaft --- manchmal kaufte er für ihn ein --- lud ihn zum Abendessen ein, nach welchem sie spielerische Blindverkostungen unbekannter, doch zu großen Hoffnungen Anlass gebender portugiesischer Rotweine veranstalteten, inmitten fürchterlichen Gestanks lösten sie zusammen sogar das unlösbar scheinende Problem des verstopften gemeinsamen Abwasserkanals, überdies tauschten sie Rezepte – – – ein Kabeljaurezept – – – alles veränderte sich, selbst mit Ludwig gingen sie spazieren – – – hinunter ans Ufer des Tejo, hinauf zur Nördlichen Eisenbahnbrücke, Ludwig kläffte erfüllt von einem Glück, das Wittgenstein nicht einmal hatte postulieren können, Esti dachte nicht an seinen Rasen, weder pro noch kontra, alles veränderte sich, auch der Tejo schien sich anders zu schlängeln – – – unten – – – nur sein tiefer, an Brechreiz grenzender Abscheu ließ kein bisschen nach.

Elftes Kapitel

in welchem Auf dieser Welt

Wenn ich umgebracht worden wäre, wenn jener Junge mich umgebracht hätte, und ja, er hätte mich bestimmt erschossen, aus der Nähe, ohne zu zielen, dort, am Rand der Straße nach Brindisi hätte gar nichts anderes geschehen können, auch wenn man jemanden auf viele Arten töten kann, doch mich zu Tode zu treten, hätte er keine Zeit gehabt, und er sah auch nicht danach aus, wiewohl unendliche Verbitterung aus jemandem einen ganz neuen Menschen machen kann, doch er musste nun mal flüchten, zumindest sich aus dem Staub machen, deshalb kam auch Aufhängen nicht in Betracht, obwohl der Straßenrand, die Bäume diese Methode quasi anbieten, eine Tradition heraufbeschwören, das Kreuzigen, und damit wären wir auch schon tief in lateinischer Zeit, entlang der Via Appia ließ Crassus Spartakus und dessen Leute kreuzigen, das könnte noch so einen romantischen Touch, ästhetisches Gewicht haben, könnte noch so sehr auf der Hand liegen, wenn keine Zeit ist, ist keine Zeit … das Messer, was bin ich doch für ein Rindvieh!, das Abstechen, das liegt noch viel eher auf der Hand als das Erschießen, woher auch sollte er eine Pistole haben?, sicher von seinem Onkel, er hätte sie von seinem Onkel zur Firmung bekommen, und wenn er keinen Onkel hat?, hier hat jeder einen Onkel, egal, selbst dann ist das Messer billiger, und ein Messer hat tatsächlich jeder, eher ein Messer als einen Onkel, er hätte mich nett umarmt, als liebten wir uns, und hätte mir die Klinge weich und geschickt zwischen die Rippen gerammt, ich hätte mit einem Schrei aufgestöhnt, wie es nur in höchster Befriedigung möglich ist, dann hätte er mich behutsam, nahezu andächtig, als würde er mich begraben, mir die letzte Ehre erweisen, am Rand des Straßengrabens hingelegt, sanft – kurzum, wenn er mich umgebracht hätte, dachte Kornél Esti, dann könnte man daraus, dann wäre daraus ein, ein was auch immer zu schreiben!

Oder, wie es zu Beginn der siebziger Jahre hieß, eine handfeste Novelle. Junger Mann – er war damals wohl etwas älter als der Junge mit oder ohne Messer –, wir brauchen eine handfeste Novelle, nicht diese Wortfummelei, hatten sie streng und irgendwie beleidigt zu Esti gesagt. Und was ist mit einer handfesten Wortfummelei?, Esti hatte gegrinst. Doch das war eine Falle, in die die Redakteure nicht gingen, da sie nicht bemerkten, dass es eine Falle war. Das Übliche: Sie sprachen eine andere Sprache, beziehungsweise arbeitete Esti gerade daran, begann damit, eine neue Sprache zu schaffen, das heißt seine: das Übliche.

Doch schon beim Erzählen des Geschehenen wäre es Esti gelegen gekommen, wenn er umgebracht worden wäre – toter Autor guter Autor –, man hätte aufmerksamer zugehört, mit Interesse, vielleicht hätte man sogar Erschütterung gezeigt; sie wäre zwar nur gespielt gewesen, dennoch schenkte man dem Tod, auch wenn man ihn nicht ernst nahm, weil man nichts mehr ernst nahm, eine andere Aufmerksamkeit, man log, in der Angst, dass man vor ihm Angst habe, es war dies nicht mehr als Höflichkeit, auf jeden Fall hätte Esti mit zwei Kugeln im Magen oder eher Bauch – der Bauchschuss ist am schlimmsten, so habe ich gelesen, ein langsamer, kalter Tod – nicht das achtlose, gelangweilte Nicken ertragen müssen, ja, ja, so etwas passiert, wenn man nicht aufpasst. Es ist, als könnten einem nur Histörchen widerfahren und keine Geschichte. Auch das Geschichtchen ist eine Geschichte, das Histörchen ist nichts. Nicht einmal die zwei Kugeln würden im Zuhörer Respekt wecken, außer wir betrachten den Ekel vor dem halb getrockneten Blut als solchen, jedenfalls könnte der Erzähler so ein wenig Zeit gewinnen, die Flucht nach vorn antreten.

Nach hinten, Esti flüchtete für gewöhnlich eher nach hinten, er blieb seinen Gewohnheiten treu. Wenn es natürlich in Bari einen Vulkan gäbe, einen freien Vulkan, der zum Ausbruch gewillt ist – was für Mozzarellas er in Bari gegessen hatte!, ganz neue, unbekannte Substanzen! –, dann könnte er Richtung Brindisi flüchten, aber es gibt keinen. Bari und der Vulkan: wie Feuer und Wasser. Andererseits kann man von Bari einen Abstecher nach Brindisi machen – wenn der Reisende den unten zu schildernden Abzweig nicht verpasst.

Das Reisen und Esti, es ähnelte der Beziehung zwischen Bari und Vulkan. Esti reiste viel, doch er reiste überhaupt nicht gern, es war sozusagen schade drum, er reiste, sah jedoch nichts, fast nichts. Denn auch seine Augen sahen mit Worten, er sah etwas, wenn er es benennen konnte. Und Worte kommen nicht von selbst, entweder Worte oder Reisen. Auch das hatte er satt, diese Wortabhängigkeit. Dass ein Wort und eine Scheibe Brot dasselbe waren. Wenn man nicht sehr hungrig ist, würde ich hinzufügen. Esti war durch und durch Europäer, er sah über sein Europäertum nicht hinaus.

Seine verwirrende Beziehung zu den Wörtern hatte sich 1967 enthüllt. In jenem Sommer geschahen drei Dinge. Er schrieb seine erste Novelle, doch nicht der Text ist erwähnenswert, vielmehr die Köchin. In dem Text, nennen wir es eher Geschreibsel, kam eine Köchin vor. – Esti würde nie den Rausch vergessen, mit dem er diese Frau formte, modellierte (!). Wenn ich schreibe, dick, dann ist sie dick. Ich schreibe, verschwitzt, und sie schwitzt. Hintern, Brust, und sie hat Hintern, Brust. Ich setzte Wörter hintereinander, sie wird schön und hässlich, sie kriegt einen Busen, einen schönen Busen oder ein Brett. Ich schreibe ein Wort nieder und die Welt verändert sich! So jauchzte der junge Mann von damals.

Ich sage, was dieses rauschhafte Gute war, das er damals zum ersten Mal erlebte: nun, vielleicht das Nichtssagendste: die Freude am Schaffen. Und dass Schaffen Schöpfen ist. Leichte, göttliche Gefühle in der Hühnerbrust eines Jugendlichen. Doch nicht dieser feine Hochmut war das Bleibende, sondern dass all das durch Worte geschehen war. Dass es sich scheinbar nicht lohnt, zwischen Phantasie und Wirklichkeit einen Unterschied zu machen, dass zwischen der durch Worte geschöpften Wirklichkeit und dem von Gott Geschöpften kein Statusunterschied besteht. No comment, würde ich kommentieren.

Jener Sommer verstärkte diese Erfahrung, die zum Schluchzen oder doch zumindest zum Schniefen reizende, herzergreifende Einheit von Dichtung und Wahrheit. Es war die Zeit der wilden, auch hier würde ich das Wort Rausch verwenden, berauschenden Dostojewski-Lektüren, bis zum Morgen brannte das Licht, er konnte nicht aufhören und auch nicht weiterlesen, er schlief mit dem Buch ein, wusste schließlich nicht, wo er war, in welchem Raum, in welcher Zeit, auf jeden Fall hätte er sich nicht im mindesten gewundert, wäre ihm anderntags vor der Schule Fürst Myschkin begegnet, grüß dich, Fürst, und der Fürst hätte schmerzlich lächelnd genickt. Dieses andauernde halbe Lächeln wäre dann eher störend als im Roman drin gewesen, doch sonst war alles in Ordnung. Es hätte sogar sein können, dass er Fahrrad fuhr.

Esti maß diesen Erlebnissen keine große Bedeutung bei, eine Köchin aus dem Nichts, Myschkin vor der Schule, Wörter wie Dinge – er weiß, sieht lediglich Dinge und andere nicht (als wäre er ein Schnellrechner oder farbenblind), und so sieht er gewissermaßen die Welt anders, das ist alles.

Nicht alles. Eines Nachmittags, als er vom Training (Fußball) nach Hause kam, schickte ihn seine Mutter ins Geschäft; mit dem kleinen Weidenkorb kam er sich vor wie Rotkäppchen aus *Rotkäppchen und der Wolf*, obwohl er lieber der Wolf gewesen wäre. Doch das störte ihn nicht sonderlich, dieses Sehnsuchtsdefizit, mit der guten Laune und Kraft der schweren Müdigkeit nach dem Training spazierte er pfeifend unter den Platanen entlang, studierte den Zettel seiner Mutter, die Mutter schrieb ihnen immer auf, was zu tun war, sie glaubte nicht, dass sie es sich merken konnten, sie konnten es sich tatsächlich nicht merken, nur fast, immer fehlte etwas, war etwas zu viel, in Esti wirbelten die Zettel, oder vielleicht war der Weg zum Geschäft zu weit, ein Vierpfundbrot, zwei Liter Milch, ein Bund Suppengrün (aber nur, wenn es schön aussieht!).

Wann sieht Suppengrün schön aus, murmelte er vor sich hin, als er den kleinen Laden betrat. Große Stille empfing ihn, ohrenbetäubende, naturwidrige Stille, keiner rührte sich, als wäre die Zeit stehengeblieben, Trick in einem Sci-Fi-Film ... Doch nein, echte Kunden blickten starr zur Kasse, vor der Kassiererin stand ein Junge in Estis Alter, in der Hand ein Messer, Esti schlug dem Jungen, ohne zu überlegen, als wäre er noch beim Training, wie ein Cantona das Messer aus der Hand, jeder sah das wirbelnde Funkeln in der Luft, nur sie beide nicht, der Junge blickte Esti gereizt und ein bisschen so, als wäre er enttäuscht, an, *ich bring dich noch um, du*, damit sprang der über den Ladentisch, und bevor sie zu sich kamen, war er verschwunden.

Suppengrün, sagte Esti, aber nur, wenn es schön aussieht, der Kaufstellenleiter klopfte ihm auf die Schulter; Esti, der Held, zwischen den sommerlichen, leicht grünlichen sozialistischen Lyonerenden. Er verabschiedete sich von der Kassiererin, nur so weiter, mein Junge, sagte sie unaufmerksam, sie musste die angestaute Schlange abarbeiten. Sogar ein Protokoll wurde aufgenommen, Gymnasiast E. hat mit einem athletischen Schlag auf die das Messer haltende Hand gehauen usw. Er stand mit der welken Petersilie vor dem Laden, und da auf einmal packte ihn die Angst, jetzt fiel ihm auf, dass er gehandelt hatte, als wäre er in einem Film und nicht in seinem eigenen Leben, als wäre er in einem Roman, als wäre er ein Romanheld. Das ist ein Fehler, stellte er fest, und dann wurde dieser Fehler zu seinem Leben, er wurde sein Leben. Sein Leben, die Niederschrift seines Lebens, sein phantasiertes Leben und dessen Niederschrift – und die naheliegende Verwickelung von alldem ist sein Leben.

Als er die erste Platane erreichte, umarmte er schluchzend ihren Stamm, Entschuldigung, sagte er immer wieder, Entschuldigung, Entschuldigung.

Schicksalsfrage, das Wort flog von den extravagant geschminkten Lippen der Professorin auf, als klar war, dass sie die Straße nach Brindisi verfehlt hatten. Schicksalsfrage, puff, und schon ist das Unglück da. Nicht ganz, sie wussten lediglich nicht, ob sie sich verfahren hatten, eine gewisse Ungewissheit trat ein, ausgeschildert war Modugno (jetzt habe ich es mir auf der Karte angesehen: Sie hatten sich verfahren, sie kampierten da schon im Zustand der Verirrten), Modugno, sie kicherten und stimmten Tschau-tschau-bambina an. Wir könnten auch Richtung Pavone fahren, sagte einer von ihnen. Und da begingen sie die tragische Verfehlung, sie blieben mit dem Auto am Straßenrand stehen, breiteten die Karte aus, um ihren Platz in der Welt zu bestimmen.

Claudia Cserkaszegi hatte Esti angeboten, auf seiner italienischen Reise für ihn zu sorgen, und Esti hatte das mit Freuden angenommen, die Professorin galt nicht allein mit ihrer italienischen Bewandertheit, ihrem allgemeinen Sinn fürs Praktische, sondern auch mit ihren verblüffend reichen historischen, literaturhistorischen Kenntnissen als ideale Reisebegleitung, mit der Esti nicht zum ersten Mal unterwegs war, und die Professorin nahm – wieder folgt ein »nicht nur – sondern auch« – nicht nur alle organisatorischen Dinge von den schwachen Schultern Estis, der dieses kindliche Ausgeliefertsein mochte, gehen, wohin einem gesagt wird, diese Basilika, jene Ruine, diese Stracciatella di bufala, jener Provolone, sondern währenddessen führten sie auch eine Konversation auf hohem Niveau (laut einer anderen Übersetzung: auf höherer Stufe), zumeist von einem Konkretum des neunzehnten Jahrhunderts ausgehend, um schließlich immer, ob's Regen regnet oder Schnee schneit, bei Lajos Kossuths Genius zu landen. Das Thema der Professorin war diesmal der Briefwechsel zwischen Kossuth und Flaubert, darauf war ihre Aufmerksamkeit gerichtet. Hatte es sich zugespitzt. Cher Gustave, nicht einmal mein chronisches Kopfreißen hindert mich daran, dieser vollsten Äußerung des französischen Genius das vollste Bouquet meiner Anerkennung zukommen zu lassen.

Claudia Cserkaszegi war die Tochter des großen Professors Cserkaszegi und schon in Italien geboren. Cserkaszegi hatte zusammen mit Márai das Land verlassen, aus Feigheit, wie er immer betonte, er redete schnarrend und wie irr, bitte schön, ich hatte Angst um mich aufgchund dech Fehlbachkeit des Menschen, Mensch natüchlich, natuchgemäß gchoß geschchieben, denn dech Mensch ist fehlbach, dech Mensch ist schwach, die Geschichte ist stachk, dech Mensch ist schwach, zechbchechlich, mein Fcheund, zechbchechlich, und wenn ech zechbchechlich ist, dann, bitte schön, kann ech auch zechbchechen, und wenn ech zechbchicht, dann ist ech zechbchochen, bitte schön. Der Professor beschäftigte sich mit dem Fragment als Gattung, also als Ganzem, der Henkel des griechischen Weinkrugs als Weltganzes, so irgendwie, ich zumindest habe so viel davon (scherzhaft gesagt: von dem Ganzen) verstanden.

Der schönste Schmuck einer süditalienischen Frau ist ihr Schnurrbärtchen, heißt es in Mailand. Dottoressa Cserkaszegi war eine schöne Frau mit einigen Besonderheiten (Merkwürdigkeiten, Eigenheiten). Nun, gleich ihre Größe, sie hatte eine Größe, nicht nur die 190 Zentimeter, sondern sie war ein Koloss. An diese Kolossalität konnte man sich nicht gewöhnen, zumindest Esti konnte es nicht, immer wieder überraschte ihn dieses Große, das zwar normal schien, doch er musste immer wieder an die Norm denken. Esti sah die Professorin an und musste prompt über die ganze Welt nachdenken. Während er ausschließlich den göttlichen Hintern der Dame sah. Eher aus Pflicht, so analysierte Esti, aus Respekt gegenüber der Schöpfung: Nicht ständig auf dieses Hinterteil blicken wollen käme quasi einem Schlag in Gottes Gesicht gleich, das schien selbst einer agnostischen Seele unbestritten, für die Kornél Esti sich hielt. Nun ... ich weiß auch nicht.

Über die vollen Formen hinaus – denn wer einmal volle Form ist, der ist immer volle Form, im Raum, nicht in der Zeit, denn das gibt es, dass jemand welkt wie das Suppengrün, abflacht, umgekehrt ist es schwieriger, aufzuflachen, denn aus Geflachtem werden durch Zunehmen keine vollen Formen, die vollen Formen sind nicht Fettheit, und vorausgesetzt, das ist Estis Steckenpferd, Makó ist so weit von Jerusalem entfernt wie Makó von Jerusalem, nun, dann sind die vollen Formen, wenn sie auch nicht Dünnheit sind, so weit entfernt von der Fettheit wie Makó von Jerusalem – glitzerte bei entsprechendem Streiflicht plötzlich, ich riskiere es, erschreckend ein Flaum auf dem Gesicht, ein Gesichtsflaum, der Gesichtsflaum sprang ins Auge. Und ein spezieller Fall davon ist das Schnurrbärtchen!

Esti war nicht zu bremsen, wenn sich die Lichtverhältnisse einstellten, das Bärtchenlicht – lux oritur! –, begann er zu betrachten: Er kippte den Kopf zur Seite, es war gar kein Kippen, eher ein Kontinuum, er neigte kontinuierlich den Kopf zur Seite, ohne sich allerdings im Ergebnis den Nacken auszurenken, und betrachtete nur, betrachtete begeistert diese wundervolle Spannung, die sich zwischen dem kaum sichtbaren, kaum vorhandenen Flaum und den besser als alles andere zu sehenden, überaus stark vorhandenen vollen Formen entspann. Lieber Meister, Claudia Cserkaszegi nickte dann nachsichtig, sie war es gewohnt und genoss es, dass man sie betrachtete, Esti war nur einer der glücklichen Glotzer. Er konnte alles an der Professorin leiden, den Flaum, die vollen Formen, einmal roch er sie sogar – sie hielten bei einem Autogrill, um frisch gepressten Orangensaft zu trinken, und da!, da roch er sie –, und auch das konnte er leiden, doch dieses Gemeistere nicht; warum nicht Kornél?, lieber Kornél, das hätte einen Drive.

Doch wie schon erwähnt, welchen Lauf die Dinge auch nahmen, die Härchen und Kornéls und Achselhöhlenluft-Moleküle, früher oder später, hier: früher, kam Frau Cserkaszegi auf Kossuth. Beziehungsweise auf das Vaterland. Wer von Kossuth spricht, der spricht vom Vaterland; wenn wir voraussetzen, es gibt Kossuth, dann gibt es das Vaterland, etwas, worüber man als Vaterland sprechen kann, sinnvoll sprechen kann. Und wenn Claudia Cserkaszegi von Kossuth sprach, dann sprach sie (in einem Aufwasch) auch von Flaubert, sie konnte nicht von Kossuth sprechen, ohne von Flaubert zu sprechen, von Flaubert hätte sie ohne Kossuth sprechen können, doch sie tat es nicht: Ungarn plus Flaubert, das hat wie der liebe Kornél einen Drive.

Die Professorin geriet physisch in Erregung (und da ähnelte sie meiner Mama, was mich – freilich nur unbewusst! – hindert, einen kräftigeren, sprich: besseren Ausdruck zu verwenden), wenn sie sich einem kunsthistorisch bedeutenden Etwas näherte. Auch die Reise mit Esti plante sie so, dass dieses ständige Erzittern garantiert war. Ein feuchter Schoß, murmelte Esti vor sich hin.

Kossuth, lieber Meister, überwand die ungarische Provinzialität.

Warum, Széchenyi vielleicht nicht?

So ist es, Meister, gut gebrüllt, auch er hat sie überwunden. Doch der wahre Graben verläuft auch nicht zwischen den beiden, das ist nur neoneoungarische Unbildung. Esti betrachtete den Flaum, die Professorin begann ihre Vorlesung, Italia als Audimax, Esti als kunsthistorische Rarität. Dass anno, vor neunzig, also wir, dass wir schließlich doch dachten, unsere Taten, unsere guten Taten, unsere Arbeit, all das summiert sich, und zwar summiert es sich zum Wohle des Vaterlandes, es gibt das Vaterland, es gibt das Woh…

Nur, Esti griff das Wort begeistert auf, darauf ist dieser Belag, dieser Kleister, dieser sozialistische Kleister, wie eine Membran, die zwischen uns und der Kultur steht, schmutziger Nebel, damit wir nicht von Angesicht zu Angesicht sehen, aber bald!, Vaterland in der Höhe!, bis dahin muss man arbeiten, jene baut dieses allem zum Trotz!

Das gibt es heutzutage nicht mehr, rief die Professorin durchdringend, die heutige Generation …! Esti widerstrebte derartiges Altherrengenörgele, das Ja-zu-meiner-Zeit-Gerede, obwohl mit vollen Formen vielleicht sogar das ging, die Professorin war immer besser, als sie mitunter schien. Am Stadtrand von Bari stand das natürliche und naturwidrige Verschwinden des Patriotismus als natürlicher Gesinnung auf der Tagesordnung, und zwar als Schicksalsfrage und deren zu erwartende Folgen, und wo es vierzig Grad im Schatten sind, dort sind auch die Folgen heftig.

Da.

Übermannte sie die Unsicherheit.

Der Modugno-Schlager durchflutete den Luftraum des Wagens, der Wagen war erfüllt von Tschau-tschau-bambina, Esti und seine Mitfahrer erstickten im Tschau-tschau, nein, im Gegenteil, sie genossen das Tschau-tschau, das wie eine Vivaldi-Ouvertüre ist, also das Leben, wenn auch oberflächlich, als Schauplatz heiterer Ereignisse zeigt, die Menschen darin sind zwar nicht gut, weil es diesen Begriff nicht kennt, aber in Ordnung, angenehm, der Weißwein ist immer gekühlt, die Nudeln sind nicht zu weich, und unsere alte Mutter verströmt nicht diesen unerträglich sauren Geruch, sie stinkt nicht, sagen wir es ruhig, sie ist weise, lieb und vielleicht sogar zuvorkommend reich, Tschau-tschau-bambina.

Claudia Cserkaszegi jedoch analysierte im Kielwasser des begonnenen Gesprächs bereits den Friedensvertrag Trianon, während sie die vor ihnen ausgebreitete Karte studierte. Esti und Claudia erörterten gern die sogenannten wichtigen Fragen, sie warfen Fragen auf, dann verhandelten sie diese. Später dachte Esti oft daran, ob es angemessen gewesen war, auf dem Weg nach Brindisi, auf dem hoffentlich nach Brindisi führenden Weg ungarische Schicksalsfragen zu verhandeln. Wenn Ungar, dann Schicksalsfrage, wenn Schicksalsfrage, dann Schicksalsfragenverhandlung, wenn Schicksalsfragenverhandlung, dann ...

Trianon als Exerzierplatz des nationalen Selbstmitleides, als Selbsttäuschung der individuellen Tragik unserer Geschichte, denn! Esti wurde den Gedanken nicht los, dass im Hause Cserkaszegi vielleicht doch eher Italienisch gesprochen wurde und dass die Professorin ihr ansonsten akzentfreies Ungarisch vielleicht doch eher aus dem Italienischen zurückübersetzte. Denn, Meister, spätestens mit dem jugoslawischen Krieg musste jedes aufrührerische Herz, zu dem sich auch nur eine Spur Verstand gesellte, einsehen, es hat sich erledigt, diese historische Träumerei hat sich erledigt.

Esti konzentrierte sich auf Brindisi.

Nichtsdestotrotz, Meister, hast du schon einmal daran gedacht, was du fühlen, was du denken, was du hoffen, was du tun würdest, wenn das heutige Ungarn auf sein Drittel zusammenschrumpfte? Sagen wir auf das Dreieck Vác–Fehérvár–Cegléd, und das würden wir in Zukunft Ungarn nennen. Nun, Meister? Vác, Fehérvár, Cegléd, Brindisi, das war zu viel. Das braucht Zeit, dieses neue Dreieck, das kann man nicht sofort verstehen. Dass man die Villányer Weine aus dem Ausland importieren muss. Dass wir nicht einmal die Gebirge haben, die wir bisher hatten. Dass niemand öht, ich habe Ördbören gegössen, höchstens wenn ein Verwandter aus Szöged hier geblieben ist. Eine holde entfernte Cousine. Akzeptieren oder, was im Wesentlichen dasselbe ist, ablehnen, das gerade noch, aber verstehen, das nicht. Die Diktatur aber hat die Zeit abgeschafft, hat die Amnesie eingeführt, und man hat das auch geschluckt, am ersten Mai 1957 erinnerten wir uns nicht mehr nur nicht an die Revolution, sondern nicht einmal mehr an das Wort Revolution. Cserkaszegi duzte Esti, deshalb duzte Esti auch sie, obwohl ihm das schwerfiel. Volle Formen werden gesiezt. Hast du gesagt, wir?, unsere Amnesie?, wir erinnern uns nicht? Hast du vergessen, Meister, dass ich einen Narren an Kossuth gefressen habe?

Oje, pass auf!, schrie Esti da. Bevor noch irgendetwas hätte geschehen können, war schon alles zu spät, bevor noch irgendetwas hätte geschehen können, war alles passiert. Im rechten Außenspiegel hatte er plötzlich einen Jungen gesehen, einen dunklen Jungen, dunkle Haut, schwarzes Haar, im Nachhinein würde er sagen, er sah ihn sich anschleichen, heranstehlen, auf jeden Fall packte ihn aus irgendeinem Grund sofort ein furchtbar schlechtes Gefühl, ja, Angst, ein schrecklicher Krampf im Magen. Als verschösse man einen Elfmeter, du hast den Ball getreten und weißt sofort, du hast es verbockt, noch keiner weiß es, aber du weißt es. Und vielleicht der Torwart, ihr beide, der Verlierer und der Gewinner, ihr beide wisst, dass etwas unwiderruflich da ist, in der Welt erschienen ist, du würdest sagen, Schlechtes, etwas endgültig Schlechtes, er hingegen würde sagen, Gutes, da in der Welt ist schon das Licht, die Hoffnung.

Estis nahezu unartikulierter Schrei war kaum zu verstehen, als stieße er heiser oder rülpsend, eher würgend, und auch gar nicht Worte, eher nur Luft aus, ächzend und doch schreiend. Jede böse Ahnung erwies sich als richtig. Als Esti sich umdrehte, hatte der Mann bereits die Tür aufgerissen, sich die Tasche geschnappt und die Tür zugeschlagen. Esti glaubte, buchstäblich, seinen Augen nicht, er sah, glaubte aber nicht, was er sah; prinzipiell schnell, praktisch taumelnd stieg er aus dem Auto, richtete sich auf, da sprang der Mann in das auf der anderen Straßenseite mit laufendem Motor wartende Auto, Gas!, und davon. Sie blieben dort allein, als wäre nichts geschehen.

Frau *** leistete Widerstand gegen den jungen Mann, der ihrem Handgelenk einen kräftigen Schlag versetzte, Klammer auf, auf Karate-Art, Klammer zu, um daraufhin in einem dunkelfarbenen Wagen der Marke FIAT, wahrscheinlich FIAT PANDA, eventuell FIAT UNO zu flüchten.

Esti betrachtete die tippenden Polizisten, von etwas weiter weg, die Professorin verhandelte mit ihnen. An der Wand des kleinen Zimmers im Polizeirevier hingen Johannes Paul II. und Pater Pio, als wären sie Brüder --- Klassenkameraden --- und machten zusammen die Mathehausaufgaben --- Pio ist der klügere, Johannes Paul der gründlichere --- er ist verlässlicher, wenn er etwas versteht, dann versteht er es --- Pio spürt das --- oder wie zwei Fußballer --- in der Spitze, Ronaldo und Adriano --- oder zwei Winzer, der Stolz der Region --- zwei Stolze, Cuvée --- Cuvée auf Merlot-Basis, dazu ein bisschen Oportó den Vätern zuliebe --- dieser Firlefanz ist nicht nötig, mein Sohn --- der Wein muss einfach sein, trinkbar --- der Alte weiß gar nicht, dass es Oportó nicht mehr gibt, sondern Portugieser --- EU-Vorschrift, gelobt sei sein Name im Himmel --- daneben ein Monet-Bild, das mit den Seerosen --- dann eine Karte und zwei Kalender, das hing an der Wand.

Esti explodierte fast das Hirn --- es arbeitete, er spürte, dass es arbeitete --- es beobachtet, hält fest, erinnert sich, analysiert --- doch jede Aktion war wie eine Insel für sich, fast ohne Übergang --- ein kleines Boot auf dem stürmischen Hirnmeer --- ein Seelenverkäufer. Wie er hierhergekommen war, erinnerte er sich nicht, auf einmal hatte er in dem Zimmer gestanden und wie ein Zsigmond Móricz Notizen gemacht, Johannes Paul, Pio, Claude Monet. Warum führt es immer *dazu*, wenn wir vom Vaterland reden? Ich sage, ungarisches Vaterland, und schon werden wir ausgeraubt. Das ist übertrieben.

Ein italienischer neorealistischer Film plus Mándy-Novelle --- auf einmal ist das Zimmer voller Menschen --- ein Blutegelhändler, ein Rattenjäger und ein Altarbauer --- Esti wird an die Wand gedrückt, poetisch gesagt zwischen Johannes Paul und Pater Pio --- eine Dimension geht verloren --- eine ganze italienische Familie, drei Generationen, alle reden auf einmal --- die große Tochter hat einen unglaublich kugelrunden Arsch --- ein Arsch, notiert Esti, das lohnt sich zu notieren --- Claudia Cserkaszegi trägt den Fall vor --- zwei Organe, ein junger Ermittler in Zivil, Typ Alain Delon, doch unter diesen ist Alain Delon der beste, die anderen sind nahezu ohne

Ausnahme von der Schönheit aufgeweicht, der zweite ist beleibter, in Uniform, er tippt – – – wie ein Schwarzweißkrimi aus den siebziger Jahren – – – film noir – – – Esti konnte die Augen nicht von der Pistole abwenden – – – das Tippen und die Pistole – – – eine gigantische, in Estis Augen gigantische Pistole, wie ein Maiskolben, halb in den Bauch gedrückt – – – oder der Bauch wölbt sich über die Pistole, bedeckt sie, begräbt sie unter sich – – – der Bauch als Lawine – – – nur diese warme, verschwitzte Fettlawine – – – die Hände wie Schaufeln, die dicken Wurstfinger, wie sie tippen – – – überhaupt: ein tippender Polizist als solcher: zum Schießen – – – die Kollegen, wie sie mit dem Formulieren kämpfen, denkt Esti zärtlich und hochmütig.

Die Familie ist verschwunden – – – sie war, ist nicht mehr – – – ein kichernder alter Mann lugt zur Tür herein, die Zähne fehlen, er könnte bei Fellini den Dorfdeppen oder bei Pasolini Christus spielen – – – den tückischen Diener bei Gogol – – – darf ich hereinkommen?, fragen seine Augen, Esti bedeutet ihm streng »Nein«, als wäre er hier der Chef – – – noch bevor der Alte erschrocken zurück auf den Flur verschwinden kann, erblickt er Estis unerwartetes, freundliches Grinsen, worüber er noch mehr erschrickt – – – mein vornehmer Herr, Herr General, Gnade, Gnade! Cserkaszegi scheint eine Vorlesung zu halten, in ein getrost als interessant zu bezeichnendes, vom Gegenstand her Vergangenheit, Gegenwart und Zukunft umfassendes Gespräch vertieft, konnte meine sogenannte Fahrerkonzentration nicht optimal genannt werden – – – Giuseppe, caro, schreib das noch nicht, der Klient stimmt sich erst ein, schreib: Frau Cserkaszegi – – – wenn du das schreiben kannst, denkt Esti, bist du morgen der Polizeichef der Stadt – – – Fräulein, Meister, bitte schön, jedes Mal Fräulein, pflegte Frau Cserkaszegi zu sagen, als kokette Paraphrase der Koketterie, doch sie wollte nichts von Esti – glaube ich zumindest –, und Esti schätzte das, zumindest glaube ich das. Die Professorin zeigt auf die Karte, dann in einen Kreisverkehr und zurück über die Brücke und dann hätten sie hier angehalten – – – oder besser hier – – – Esti betrachtet die Finger auf der Karte – – – er schreibt auf seinen Zettel: Karte, Finger – – – der ermittelnde Oberkommissar wirft einen Blick darauf, nickt – – – nickt verständnisvoll – – – und streichelt plötzlich, wie ein guter Vater das gute Kind, Estis Schulter.

Sie fuhren zur Umgehungsstraße Richtung Taranto, dann Richtung Modugno – – – Jetzt hast du zweimal Richtung geschrieben – – – was soll ich machen!? Richtung ist Richtung, wenn zweimal, dann halt zweimal – – – Wie süß sie doch sind, wenn sie sich um ein Wort zanken – – – der ermittelnde Beamte beugt sich zum Bildschirm – – – klassisch über den Nacken des Schreibers – – – die ewige Tippse! – – – Wieder dieser zärtliche Hochmut, diese überhebliche, kollegiale Anteilnahme – – – Der Ermittler holt tief Luft, ich diktiere, sie führte zur Baustelle eines Industriegebiets – – – es ist aber verdammt heiß, schreib das nicht – – – Auf dessen Höhe hielten sie an – – – hielten sie an oder hielten wir an? – – – Hielten wir an geht, dann setze es aber in Anführungszeichen – – – wie werden Anführungszeichen gemacht? – – – das fragst du zum tausendsten Mal, frag nicht noch einmal – – – wir hielten an, um uns auf der Karte zu orientieren, ist das richtig, Fräulein?, gut, mein Lieber, sehr gut, als hinter uns ein junger Mann auftauchte, blitzschnell die linke Hintertür unseres Wagens aufriss, Kennzeichen usw. usw., und die dunkelgraue, kleinformatige Stofftasche griff, die auf dem Rücksitz platziert war.

Da gibt es dieses Gefasel, richtiges Gefasel, Esti sei aus Portugal heimgekehrt, wo er portugiesisch, in der Sprache der Blumen, gesprochen habe; egal wie es sich damit verhält, es gibt die Baroness. Die Baroness auf dem Rücksitz, die ich ausschließlich wegen der Tasche brauche. Obwohl ... gäbe es keine Baroness, dann gehörte die Tasche der Professorin und die Folgen davon wären unabsehbar. Es war eher ein Handtäschchen denn eine Tasche, doch wie beim kleinen Schwartenmagen im Märchen passte alles hinein, die ganze Welt, die im Lichte der in Schilderung befindlichen Ereignisse unglücklich zu nennen ist.

Die Pässe, verständlich. Doch warum die Draiwing leißens der Baroness, hätte Esti fragen können, er fragte nicht, die diversen Bankkarten, verständlich, doch warum zusammen mit den dazugehörigen PINs, hätte Esti fragen können, er fragte nicht, und zudem natürlich die Telefonnummer, die wir anrufen müssen, wenn wir die Karte verloren haben, und warum das ungarische Geld und warum diese Summe (diese hohe Summe), der Türschlüssel, zusammen mit dem Zweitschlüssel, der Schrankschlüssel unseres Schwiegervaters, die Rechnung der Budapester Schnellreinigung, der Schlüssel zur Speisekammer, das Adressbuch, die goldenen Ohrringe, die Mahnung der Wasserwerke zusammen mit dem Zahlschein, die Zahnspange einer entfernten Nichte, ein halbes Kilo Schweizer Kleingeld, vielleicht Rappen – warum, hätte Esti fragen können, doch er fragte nicht, denn er war klug wie die Sonne, schlau wie die Schlange und weise wie die indianischen Häuptlinge und die Großväter, er wusste genau, dass er auf seine Frage sicher eine Antwort bekommen hätte, was nicht in seinem Interesse lag.

Der Mensch, mein Häschen, so hätte die Antwort begonnen. Dieses »mein Häschen« klingt zwar auf Portugiesisch – vermutlich – besser, doch Estis Gesicht hätte sich auf jedes »mein Häschen« zu einer schmerzlichen Grimasse verzerrt, und er wäre auf der Stelle nicht nur nach Portugal zurück geflohen, wo er, doch lassen wir das jetzt, sondern hätte sich dort dieser Baroness entledigt, davon träumte er, sie irgendwo da bei einer anmutigen Schlinge des Tejo zu verlieren, um nie mehr »mein Häschen« hören zu müssen. Dann aber flüchtet er doch nicht zurück, und falls doch, dann verliert er die Baroness nicht bei einer anmutigen Schlinge des Tejo, auch nicht anderswo; alles hat seinen Preis, und Esti ist, wenn er jetzt aufrichtig in sich geht, geneigt, diesen Preis zu zahlen, die Preise, wenn auch nicht von allem, doch die der Baroness, ohne zu überlegen, sie ist so eine süße Frau.

Der Mensch, mein Häschen, kann so nicht leben, mit dem ständigen Argwohn, dass jederzeit seine Tasche gestohlen werden könnte, auch wenn jederzeit seine Tasche gestohlen werden könnte. Wenn ich einmal gepackt habe, Hasi, dann habe ich gepackt, und wenn ich gepackt habe, dann ist hier alles, was man braucht. Aber, Darling, man braucht nicht alles, was hier ist, nicht wahr?, Esti senkte finster den Kopf. Woraufhin die ganze Baroness ein himmlisches Lächeln ergreift, doch so, dass die Landschaft um sie herum ergrünt, sofern sie nicht auch schon vorher grün war. Ich werde nicht aufzählen, mein Häschen, was alles an dir ich vergöttere, über alles liebe, angefangen bei deinen Zehennägeln bis hin zu deinen Mandeln, um nur die Dimensionen abzustecken, aber, Hasi, was mich bis zum Erzittern erregt und wofür ich dich nicht nur als Mann, sondern auch als Mensch leiden kann, ist, dass du unfähig bist, der Verführung der formalen Logik zu widerstehen. Wenn du zum Beispiel sagst, mein Häschen ... oh, wie erregend ... »angenommen, aber nicht zugegeben«, ich sage nicht einmal, mein Tiger, was sich dann in mir abspielt, und zwar, bei Gott – bei Gott auf Portugiesisch! –, nicht in meiner Seele!

Das Kennzeichen des Wagens war mit einem dunklen Stück Stoff verdeckt, in welchem Wagen die zwei Komplizen des jungen Mannes saßen. Der junge Täter – – – Nicola, immer schreiben wir »jung«, aber wenn er nun einmal jung ist, Giuseppe, was können wir da machen?, das Fräulein sagt »jung«, nicht wahr? Ja, mein Herr. Siehst du, Giuseppe, jung, schon gut, Nicola, ich habe nur das Wort gemeint, nicht den Tatbestand – – – Esti notierte auf der Stelle, das Wort, nicht der Tatbestand, ihr Postmodernesöhne, er blickte mit Anteilnahme auf die beiden Männer. Der junge Täter ist etwa zwanzig, hat kurzes Haar, dunkle Haut – – – Zigeuner, kam es Esti sofort in den ungarischen Sinn – – – Er trug ein orangefarbenes T-Shirt und schwarze, bis zum Knie reichende Hosen.

Esti hatte von alldem nichts gesehen, oder wenn er es gesehen hatte, erinnerte er sich nicht daran, er wäre ein miserabler Zeuge gewesen – – – interessant, wie das Gehirn funktioniert, was es behält, was es vergisst, was es unterdrückt – – – Er war ein paar Schritte gerannt – – – ein paar unbeholfene Schritte – – – Richtung Auto, doch das war schon losgefahren und in der Kurve verschwunden – – – Richtung Modugno?, Brindisi? – – – Die Arbeiter auf der Baustelle guckten nur, was geschah – – – Und Esti guckte zurück, sie guckten wie ein Schwein ins Uhrwerk – – – Plötzlich war Esti voller Hass, sein Mund füllte sich mit bitterem Speichel, er knirschte mit den Zähnen, fletschte sie – – – Wie töten wir jemanden? Die Menschheit, unsere Kultur, unsere Zivilisation hat sich ausgiebig damit beschäftigt, oder nicht? – – – In den Rückwärtsgang schalten, verfolgen, umstoßen – – – Der Hass wurde von Ohnmacht gespeist – – – die italienische Sonne macht keine Witze – – – Esti stand erstarrt wie eine Statue neben dem Auto – – – um das Auto herum zitterte die heiße Luft – – – alles strahlte Hitze aus, das Auto, der Asphalt – – – und die Sonne von oben – – – sein Haar heizte sich auf.

Das Öffnen der Tür, das Aufreißen der Tür war das Grauenvollste – – – wie eine Vergewaltigung – – – Rache – – – aus unbegreiflichen Gründen persönliche Rache – – – sie wollen dich, dich konkret, du bist schuld – – – Alles Mögliche fällt einem ein, Europa versus Afrika – – – Du behauptest, fragte ich Esti – – – fragte ich nicht frei von Malice – – – dir ist dort, am Rand von Bari, nachdem ihr gerade ausgeraubt worden wart, Europa eingefallen? Hattest du nichts Besseres zu tun? – – – Natürlich, Esti winkte gereizt ab, nichts ist natürlicher – – – das Chaos, das über uns hereinbricht wie ein wildes Tier – – – dass das alles, die Ordnung, das Funktionieren, einerseits nicht selbstverständlich ist, andererseits wie privilegiert es ist – – – Verwöhntsein – – – zum Dritten wie zerbrechlich, wie unterminiert.

Die den Gegenstand der Strafhandlung bildende Tasche enthielt Ausweise und Geld – – – im Wesentlichen – – – deren Aufzählung das vorliegende Protokoll enthält. Am Tatort erschien eine Polizeistreife. Claudia Cserkaszegi hatte – – – Esti glotzte die glotzenden Arbeiter an, die Diebe – – – Strauchdiebe – – – waren bereits verschwunden – – – sofort und energisch – – – vollgeformt – – – begonnen zu telefonieren, mit der Polizei, der Stadtverwaltung, den diplomatischen Organen, der Kartensperrinstitution, sie redete, erledigte, doch ihr Gesicht zeigte die Dummheit des anhaltenden Staunens, als wäre ihr der Mund offen geblieben – – – nein – – – als wären die Gesichtszüge abgescheuert worden, eine einheitliche, teigige Oberfläche.

Der Genauigkeit halber müssen wir hinzufügen, dass ein auf der Baustelle Angestellter bemerkte, die möglichen Straftäter seien unter dem wahrscheinlich im Polizeiregister schon verzeichneten Namen »Brüder Messud aus dem CEP-Bezirk« bekannt.

Einer der Angestellten – – – ein zahnloser Alter – – – plötzlich waren alle verschwunden, an ihre Arbeit zurückgekehrt – – – ein dunkles Loch und vorn hing ein Zahn herab – – – sah Esti reglos an, der selbst keine Ahnung hatte, was er wollte – – – er erzählte den Fall auf Ungarisch – – – capito?, capito?, fragte Esti immer wieder, aber nichts capito, nicht einmal annähernd capito – – – nicht annähernd etwas Capitoartiges – – – da sagte der Alte ein Wort – – – als fiele ihm der letzte Zahn aus – – – messo, hörte Esti – – – Mersault – – – ja, Camus' Mersault aus dem *Fremden*, der beim Tod seiner Mutter sagt, irgendwie kann man immer ein bisschen dafür – – – angeblich muss man für Camus Französisch lernen, niemand auf der Welt kommt bei der Übersetzung so schlecht weg wie Camus, behauptet die Professorin – – – Und Kafka? Die Bedrohung und das Entsetzen der Kafka-Satzstruktur?

Haben Sie einen Verdacht, meine Dame? Fräulein, Herr Oberkommissar, Fräulein. Claudia Cserkaszegi stand in der philosophischen Grundsatzdiskussion Belmondo contra Delon wie zu erwarten auf Belmondos Seite, nichtsdestotrotz war sie in der Lage, den bläulich flammenden Schopf des Oberkommissars zu schätzen. Ich habe keinen Verdacht, mein Lieber, überhaupt keinen. Der Oberkommissar fuhr mit seiner Arbeit fort, stattdessen errötete Giuseppe am Computer. Und haben Sie noch etwas hinzuzufügen? Die Professorin schob die Brille auf die Stirn, sie blickte den Polizeibeamten an wie einen Schüler, streng, voller Behagen. Eine Theaterszene, Theaterstille, schrieb Esti auf den Zettel. Dann noch (obwohl er später vergaß, warum): Dies ist das Land der Gegensätze: Auf jeden Abend folgt der Morgen.

Also schreibe ich, Nicola, in Ordnung?, ich habe keinen Verdacht und nichts weiter hinzuzufügen. In Ordnung, damit machte Nicola auf dem Absatz kehrt und stürmte ohne Gruß aus dem kleinen Zimmer. Giuseppe richtete ... nun, eher seinen Bauch als seine Pistole, richtete das Bauchpistolen-Ensemble. Er lächelte die Professorin entschuldigend an und artikulierte langsam und überdeutlich: Ich habe keinen Verdacht und nichts hinzuzufügen. Ich schreibe auch noch dazu, dass wir dem Anzeigeerstatter ein Exemplar des Protokolls zur Verfügung stellen. Nur zu, Giuseppe, sagte Claudia Cserkaszegi leise.

Datum, murmelte Esti.

Nachdem sie sich aus dem Polizeigebäude herausgekämpft haben werden, wird es Esti schwindelig sein, er wird taumeln, als gäbe es weder Raum noch Zeit, die Baroness aber scheint in ihr eigenes Entsetzen hineingesaugt – – – sie ziehen einen baronessförmigen Entsetzenfetzen hinter sich her. Da wird ihnen Cserkaszegis monotone Nüchternheit gelegen kommen – – – sie wird sie, einen nach dem anderen, in einen Fotofixautomaten schieben – – – Esti weiß nie, wohin er eigentlich blicken soll, er blinzelt verloren hin und her, die Zeit ist immer zu knapp, man hat sich noch nicht einmal richtig hingesetzt, schon blitzt es – – – Aus der Kabine kommend wird er überrascht feststellen, dass er auf einem der vier Bilder – – – kein Lachen, aber ein bestimmtes Lächeln – – – kein Zweifel, dass er auf dem Bild lächelt. Aber warum, wird Esti gereizt, sogar befremdet fragen, warum denn? Da wird ihn die Professorin zum ersten Mal wie einen Mann ansehen, beziehungsweise wird Esti zum ersten Mal dieses Gefühl haben. Daraufhin wird sein Gesicht dasselbe Lächeln zeigen, das auf dem Bild zu sehen ist – – – schritte die Zeit nicht »voran«, sähen wir hier auch eine logische Verbindung, egal.

Die Professorin wird sie wie die Küken ins Auto schieben – – – auf nach Brindisi!, wird sie jauchzen, als wäre nichts geschehen. Cserkaszegis allgemeine Gesprächigkeit, Kulturzentriertheit wird ihnen gelegen kommen – – – ein K u l t u r b ü r g e r, selten wie ein weißer Rabe – – – Wie der Meister zu wissen die Güte hat – – – die Wendung war lediglich höflich und nicht ironisch gemeint, ihre feine Höflichkeit bestand in ihrer Hohlheit, und Esti hatte zwar manchmal die Güte und manchmal nicht, es zu wissen, doch auf die Sache selbst reagierte er nie, er wartete, dass die Vorlesung begann – – – Kurzvortrag, Antrittsvorlesung – – – es interessierte ihn, interessierte ihn immer.

Die Straße – – – diese Straße, Meister, im Wesentlichen hat diese Straße, bitte schön, im Jahre 312 vor Christus Censor Claudius Caecus bis Capua bauen lassen – – – Woge, du Welle, walle zur Wiege – – – später wurde sie bis Beneventum verlängert, dann hinunter nach Brundisium. Als Crassus den Spartakus-Aufstand niederschlug, wurden dreitausend Sklaven entlang der Via Appia gekreuzigt. Mehr Kreuze als Maulbeerbäume! Sie beginnt an der Kirche »Quo vadis«. Laut Überlieferung begegnete hier Apostel Petrus auf der Flucht vor Neros Christenverfolgungen Jesus – – – Jesus persönlich – – – Wohin gehst du, mein Herr?, woraufhin Jesus: Nach Rom, um mich erneut kreuzigen zu lassen! – – – und daraufhin, teurer Meister, kehrte dieser Petrus um – – – Es ist gar nichts – – – letztlich – – – wird Esti da denken, wenn eine Tasche, Geld, Papiere gestohlen werden, es ist unangenehm, aber unbedeutend, wie wenn die Dusche kaputtgeht und du eine Zeitlang mehr stinkst, als du möchtest. Die Baroness wird – – – sozusagen in diesem Gestank – – – ihre Hand betrachten – – – blutunterlaufen, jetzt unterläuft sie das Blut, murmelt sie in dem Nichts, das sie ist – – – sie persönlich – – – die Professorin wiederum wird sich der 1848er Batthyány-Regierung zuwenden.

Esti wird, zur Überraschung aller, ausrufen, das aber ist schon ein echtes Drama, die Tasche wird gestohlen – – – er wird eine Pause machen, beide Frauen werden ihn mit derselben herablassenden Enttäuschung anblicken, doch er wird wie einen Trumpf hervorstoßen, die Tasche wird gestohlen, und daraufhin, hoppla, liebt mich die Baroness nicht mehr! – – – als wäre tatsächlich alles in der Tasche, auch dieser Liebes-Tinnef – – – das ist doch was, oder?!, die Kreditkarte ist nichts dagegen, aber wenn sie mich nicht mehr liebt, nicht wahr?!, das ist doch was!

Was machen Sie hier Witze, wird die Baroness flüstern – – – grau, kalt, real. Währenddessen wird statt Graf Batthyánys schwerem – – – dunklem, dramatischem, schönem – – – Kopf immer wieder der junge Dieb in Estis Phantasie auftauchen – – – auf der Leinwand seiner Phantasie – – – immer wieder wird er bei dem Jungen landen – – – auch dann an ihn denken, wenn er über etwas anderes spricht – – – er schweigt – – – und auf einmal ist er da – – – es endet damit – – – dass er dafür kann – – – ja, und der Diebstahl erscheint ihm immer weniger als Zufall, Missgeschick oder gar Drama, vielmehr als Notwendigkeit: Der Arme raubt in seiner Ohnmacht den Reichen aus – – – Ich möchte nicht reich sein! Bist du aber! Dort am Straßenrand, hinter Bari warst du das, reich, nichts anderes, nur reich!

Anderntags, wenn sie mit Mercedes und Chauffeur des Bürgermeisters von Brindisi zum Flughafen rasen werden, Cserkaszegi wird schon in der Früh allein zurück nach Rom aufgebrochen sein, mit Blaulicht – – – Unterscheidungssignal – – – wovon sie nichts wissen, sie sehen lediglich, ohne es zu verstehen, dass alle ihnen ausweichen – – – sich von der Straße verkrümeln – – – wird die Baroness, zurückkehrend aus dem Nichts – – – das sie ist – – – Esti ansehen – – – forschend – – – argwöhnisch, fangen Sie jetzt bloß nicht wieder mit den Armen und dem Ausgeliefertsein und dem europäischen Verwöhntsein an! – – – Warum denn nicht? Weil ich es nicht will, Sie Idiot! Weil es unerträglich ist! Was quengelstrabanzen Sie hier?! Anstatt mir auf der Stelle irgendeinen teuren Schmuck für den gestohlenen zu kaufen! Damit ich nicht an diese Teufelsfratze denken muss! Oder treten Sie dem Orden von Mutter Teresa bei, aber reisen Sie hier nicht voller Gewissensbisse in einem vierhundertfünfziger Merdscho herum! Oder steigen Sie hier irgendwo aus, hier gibt es an jeder Ecke einen Mönchsorden! Sollte ich aber in Ihren Augen noch einmal Tränen sehen, sollten Sie mir noch einmal mit diesem kulturellen Geflenne kommen, mit diesem humanistischen Schnupfen, steige ich aus. Im Übrigen ist *meine* Tasche gestohlen worden!

Nun aber Széchenyi mit diesem unerwarteten und etwas schmeichelhaften Vergleich – – – Mit welchem nochmal? Oh, den Meister haben andere Gedanken mit sich fortgerissen, sehr richtig, wandeln wir nur auf der Erde, der Meister aber blicke weiter, auf Größeres! Also. Die Batthyány-Regierung musste mehrmals nach Wien fahren, auch am 30. März 1848, um in der Burg mit den Erzherzögen zu verhandeln – – – Lajos und Ferenc und István, Széchenyi hält das Ereignis in seinem Tagebuch folgendermaßen fest: Es erinnerte mich an das Bild der Banditen von Terracina, wie sie einige Kamaldulenser ausrauben. Aber warum erwähne ich das? Ich erwähne es, weil der größte Ungar mit diesem Vergleich darauf hinweist, dass die berühmten Schurken so, wie sie im Sumpf, im Sumpfgebiet rauben, in Wien politische Zugeständnisse herausschinden. Denn, und hier folgt das eigentliche »weil«, dieses Terracina ist eine wunderschöne kleine Küstenstadt, dort, wo die von Rom nach Süden führende, ja, Sie ahnen es, Meister, Via Appia das Tyrrhenische Meer erreicht. Claudia Cserkaszegi wird schneller und feiner atmen, es gibt dort so ein Riesending – – – die Baroness wird aus ihrem Nickerchen aufschrecken, wie?, wie?, schon aber weiterschlummern – – – von Kirche, die Jupiter-Kirche, oben auf dem Berg über der Stadt, mit einem bunten Breitwandpanorama auf das Meer hinab, und am Fuße des Berges drückt sich die Via Appia zwischen Fels und Meer.

Esti mochte und schätzte an der Professorin – – – in erster Linie schätzte er ihre Formen, doch jetzt will ich nicht davon sprechen – – – dass sie sich jederzeit mit der Unschuld eines kleinen Mädchens begeistern konnte, dass sie an das Wissen glaubte, an die Kraft, den Nutzen des Wissens, sie glaubte an die Wissenschaft, und er mochte und schätzte an ihr ebenfalls, dass sie all das auch von ihm annahm. Claudia Cserkaszegi betrachtete sich als Europäerin, und sie repräsentierte die schönsten Traditionen dieses Europäertums, wenn auch manchmal auf parodistische Weise. Außerdem mochte und schätzte Esti an ihr, dass es für sie nichts als ihre Leidenschaften gab, Kossuth und Flaubert. Wo und wann auch immer Stille eintrat, die Esti zu vertreiben wünschte, musste er nur vor sich hin schnauben – – – Zauberwort – – – Und Kossuth? – und schon ergoss sich die heilsame Cserkaszegi-Rede. Außerordentlich – – – das wird den Meister außerordentlich interessieren, Kossuth wurde nämlich in jenem Jahr schwer magenkrank, er reiste nach Neapel, wo er erfolgreich behandelt wurde. Hier traf er quasi zufällig auf seinen großen französischen Freund, Flaubert, den er immer so genannt hat, »mein großer französischer Freund«. Auf der Rückreise ruhten sie in Rom aus und absolvierten methodisch das »mirabilia urbis«-Programm, sie liefen die Wunder der Stadt ab, so kutschierten sie natürlich auch hinaus zur Via Appia, und dort, bei ihrem

Spaziergang, überwältigte sie das heftige und unerwartete Gefühl der Freundschaft, vergessen wir nicht, das ist Flauberts letztes Jahr, und Hand in Hand wie zwei Kinder gingen und fuhren sie weiter. Sehen wir vor uns das Bild? Und taten, was in Rom zu tun allein sich lohnt, nicht wahr, um mit Ady zu sprechen: Ich sehe die Frauen von heute, neue Zeile, die vergangenen und kommenden Zeiten.

Die Professorin glaubte auch an die Tradition. Sie hatte ein Bild von dem Ganzen als lebendem Organismus. In Turin habe ich eine Notiz von Kossuth gefunden, zwei auf Französisch geschriebene Zeilen, und ich würde aus ihnen keine Schlussfolgerungen ziehen oder diese zumindest nicht verbalisieren, denn was er schreibt, ist so schön wie unwahrscheinlich. Ist der Meister nicht neugierig? Esti war immer neugierig auf die Professorin, auch diesmal wird er es sein, obwohl ihm tausend andere Sachen im Kopf herumschwirren – – – eine Sache, in tausend Verkleidungen – – – die Bauchpistole und dass er sich vielleicht von der Baroness trennen müsste; wenn die Baroness ein bisschen weniger egoistisch und ordinär wäre, er hätte es schon getan – – – oder er weiß es nicht – – – sie werden schon über die Hälfte der Strecke hinter sich haben – – – zwischen Bari und Brindisi wird er eine sehr vernichtende Meinung von sich haben – – – er wird keine Worte finden für seine Schäbigkeit.

So lautet, Meister, die erste Zeile, ich bitte Sie, sagen Sie nichts, ich weiß Bescheid: Je regarde les femmes d'aujourd'hui, die zweite Zeile: le temps passé et le temps futur. Das »fütür« werden werden sie schon gemeinsam sprechen. Das Ady-Flaubert-Kossuth-Dreieck – – – auch das ist eine Dimension – – – dieser Dieb wirkte irgendwie ernst – – – nun wird Esti auch schon denken, der Dieb habe ihm lange in die Augen geblickt, und gerade in diesem Blick erkenne er die eigene – – – was denn? – – – dass er unbedeutend ist, die eigene Bedeutungslosigkeit, Unzufriedenheit – – – er ist so lange zwischen den Wörtern umhergeirrt, dass er selbst nur noch ein Wort ist – – – das würde er gern der Baroness sagen, die daraufhin heiser auflachen würde – – – Süßer – – – auf der Stelle würde er die Süße des Lebens spüren.

Ich bin kein Risiko, aber dass sie eins auf die Rübe kriegen, ist konkret!, woher stammt das nochmal? – – – auch das hängt irgendwie mit Trianon zusammen – – – irgendwie mit den Verschwörungstheorien – – – Meister! Man kann nichts machen. Nun, es ist wirklich nicht zu widerlegen – – – weil es nicht zu beweisen ist, weil es nicht bewiesen werden muss – – – dass sich in der Nacht vom 12. August 1849 ein Marsmännchen in das Gehirn von General Görgey eingenistet hat, das ihn tags darauf bei Világos die Waffen strecken ließ – – – die Waffen der Revolution.

Anderthalb Stunden nach der Kapitulation bei Világos wird Esti an der Säule stehen, die das Ende der Via Appia markiert – – – vor ihm die Y-förmige Bucht – – – die anderen besichtigen das Vergil-Haus – – – kleine Wellen werden in Esti wogen – – – als wiederholten sich in ihm die Wellenkämme des Meeres – – – des unendlichen Meeres – – – Wie ein riesiger Luftballon – – – Dschinn – – – der runde Kopf des Jungen – – – seine Rübe – – – sie schwebt da vor ihm über dem Meer – – – immer wieder – – – der Ernst – – – der Ernst der Bewegungen – – – wie er die Tasche an sich gerissen hat – – – die Besonnenheit – – – als könne gar nichts anderes passieren – – – Schicksalhaftigkeit?

Schluchzen schüttelt ihn – – – sein Gesicht nass wie ein Sumpf – – – die Banditen von Terracina – – – das Meer, die Säule der Römer, der tote Virgil, die vollen Formen – – – die Tränen fließen sein Gesicht hinab – – – darüber lacht er ein bisschen – – – nicht Liebe und nicht Hass – – – nicht einmal Angst – – – aber ein Riss in der grauen und universalen Gleichgültigkeit – – – auf der Gleichgültigkeit – – – Dieser Junge geht mich etwas an – – – Wenn Sie noch einmal, noch ein einziges Mal an die Menschheit denken – – – an die Brüderlichkeit – – – und nicht an mich, dann lasse ich Sie hier stehen, hört er die missmutige – – – graue – – – Stimme der Baroness.

Mein Gott, wird Kornél Esti da denken, ich war auf dieser Welt – – – Merdscho, was soll das sein, Merdscho?

Zwölftes Kapitel

in welchem Kein bisschen Mátyás (2)

Eines Tages, eines schönen Tages – er hatte in Wein gebadet, sich mit Wurst getrocknet – entdeckte Kornél Esti erneut, dass er mit König Mátyás identisch war. Folglich las ich an meinem Schreibtisch die Anekdoten über König Mátyás, als sich die Tür meines Zimmers öffnete und meine Frau eintrat, nein, eher hereintaumelte, als wäre sie betrunken, doch nicht leicht schlagseitig, sondern wie eine Haubitze. Der Schmerz machte ihr Gesicht, alles an ihr fremd. Ich war nur verärgert. Vorbei war das Schöne, aber nicht der Tag.

Den Wald vor lauter Bäumen, dass man ihn nicht sieht, heißt es. Ohne Bäume aber kein Wald. Die Literatur, selbst die wildeste, hat eine zähmende Wirkung, weltzähmende Ausrichtung, zum Beispiel – vereinfacht und praktisch gesehen – den Schmerz nicht nur auszusprechen, sondern auch lesen zu können, lindert den Schmerz, oder wenn es ihn nicht lindert, so macht es ihn doch erträglicher (das heißt lindert ihn).

Es ist, als würden wir einem wild gewordenen, über seine Ufer getretenen (geschrieben las ich: gebetenen, über seine Ufer gebetenen) rasenden Fluss, der sich gerade anschickt, unser ganzes Leben – inklusive des Hauses, samt Dachziegeln, und der Ziege! – hinwegzuspülen, befehlen, hinter die dramatisch und bürokratisch mit Sandsäcken verstärkten Deiche zurückzukehren; hie und da sickert und sprudelt Wasser hervor, es ist unklar, was wird, auf jeden Fall kriegt man, wenn auch schwer, noch Luft. Mehr als Stöhnen, weniger als Schluchzen. Oder kein Fluss, sondern ein blutrünstiger Tiger, aus seinem Maul hängt ein abgerissenes Bein, überall klebt bräunliches Blut, auch die Tür zum Kinderzimmer steht offen, und die Stille ist überwältigend. Hier weiß ich jetzt nicht sofort, was der Sandsack wäre.

Was verbirgt ein Satz, wenn er gerade aufdeckt, das heißt beschreibt? Über so etwas denke ich gewöhnlich nach, denn mein Leben vergeht damit, dass ich aus allem Sätze mache – der Computer unterstreicht immer das »machen«, sucht ein passenderes Wort; aber wie viel fürchterlicher wäre es zum Beispiel zu schreiben, dass ich aus allem Sätze fabriziere, man würde die Synonym-Manie, den Reich-Formulieren-Anspruch schon von weitem riechen; interessant ist auch (für mich), dass die Maschine mehrmals anmerkt, mein jeweiliger Satz, zum Beispiel auch dieser, sei kein Satz, woraufhin ich jedes Mal, auch jetzt, akkurat, laut sage, immer dasselbe, *halt die Schnauze, was ein Satz ist, das bestimme ich!*, was zwar nicht ganz stimmt, das aber binde ich der Maschine nicht mehr auf die Nase –, aus allem mache ich Sätze, aus dem Tod meiner Mutter oder der Unmöglichkeit ihres Todes, aus einer Gewehrsalve der Polizei am Donnerstag, einer Elevation am Sonntag und der symbolisch scheinenden Baumkletterei eines kleinen Jungen, doch ich möchte hier nicht arspoetisieren, sage es nur.

Also dass der Satz verdeckt, wenn er aufdeckt. Wie das Alles wenig sein kann. Wenn aus dem Tosend-brüllend-durchbrach-er-den-Deich ein Bächlein wird, aus dem Tiger eine Zirkuszahnlosigkeit, besonders wenn ein Kätzchen (Aussprache: Kätzzzchen), dann offenbar … offenbar was? Ist der Satz überformuliert worden? Überkultiviert? Und aber wo ist die Grenze?

Es führt natürlich nirgendwohin, wenn man sich infolge dieser Gedanken für das Formulieren schämt, denn Scham macht dumm und einen Augenblick lang glaubt man, man könne auch schreiben, ohne zu formulieren. Gleichzeitig drinnen und draußen Mäuse fangen. Jungfräulich ficken. Rein kann man, aber jungfräulich nicht. Quid pro quo; wenn du sprichst, kannst du nicht auf die Erhabenheit der Stille bauen, und wenn du schweigst, kannst du nicht aus Wörtern Kathedralen errichten, auch kein Bordell, und vor allem kannst du nicht erklären, warum von derselben Sache die Rede ist, wäre.

Die natürliche Versuchung in einer solchen Situation ist die Aufrichtigkeit, doch die Aufrichtigkeit führt als Ästhetikorganisationskraft notwendig zum Schweigen, weil man dann auf alles reflektieren muss (zum Beispiel jetzt: Muss man nicht, beziehungsweise erneute Reflexion, müsste man nicht statt »reflektieren« ein anderes Wort gebrauchen, und wovon handelt dann dieser Satz in Klammern?), und die Reflexion der Reflexion der Reflexion, was nur der Anfang ist, geht mit so vielen Interferenzen einher, dass diese früher oder später einander vernichten, zumindest sind die Harmonien dahin, dahien, und wir sind in der Traufe, bei der Stille oder ihrem speziellen Fall, dem Gebrüll.

Die Anekdoten über König Mátyás bringen Ordnung in die Welt, es ist, als gäbe es ganz gewiss Gott oder doch zumindest Mátyás, den Gerechten, oder, vom anderen Ende her aufgezäumt, als wären wir gläubig.

Gläubig zu sein ist wundervoll, denn es ist eine hehre und fortune Sache, bedeutet es doch, dass wir in Gottes Hand sitzen. Wenn wir also vor uns hin starrend in einen unheimlichen schwarzen Abgrund blicken – Hagel hat die Ernte, das Leben vernichtet, den Rest haben Schergen geplündert, oder nicht Schergen, das Schwarze Heer höchstselbst, nichts ist geblieben, nichts, und die Kleinen sind mit Schwarzen Blattern geschlagen –, selbst dann wissen wir, diese tiefste aller Tiefen ist lediglich eine Furche in der großen väterlichen Hand, die uns immer und trotz allem hält, erhält in dem großen Nichts, gegen das wir wieder und wieder laut krachend stoßen.

Der Glaube ist kein protegierter Elitekindergarten, wo sogar die Erbsensuppe genießbar ist, und wenn wir in die große Gruppe kommen, dürfen wir der Tante Ica von Zeit zu Zeit in den Ausschnitt ihres weißen Kittels gucken, nichts ist garantiert, alles kann passieren, Hagel, Schwarzes Heer, Schwarze Blattern, gläubig zu sein ist eine dramatische, keine Bonvivantrolle. Der Gläubige weiß, sein himmlischer Vater passt auf ihn auf, und falls dieses Wissen verschwindet, weil dieses Wissen mitunter verschwindet, dann weiß er, er hat ein verschwundenes Wissen und ist in der Lage, es zu suchen, und er weiß (manchmal weiß er es nicht), es besteht die Möglichkeit, es zu finden. Wenn dann, in diesem Verschwinden, die Schergen kommen und alles andere, ist das hart. Die Schwierigkeit aber besteht eher darin, dass die Phasen, in denen man über das erwähnte Wissen verfügt und in denen man es verliert, nicht befriedigend voneinander zu trennen sind, deshalb ist es nicht so, dass Zeiten des Jubilierens und der Verzagtheit einander abwechseln, vielmehr ist alles auf einmal. Alles auf einmal aktuell.

Die Welt der Mátyás-Anekdoten ist also keine Welt des Glücks, sondern eine der Hoffnung. Wer aus dieser Welt stammt, glaubt statistisch erwiesen, er werde, wenn er den unglückseligen Armen an der Ecke (den, vor dem wir gewöhnlich mit gesenktem Blick unsere Schritte beschleunigen) für die Nacht aufnimmt, früher oder später zu Hofe gerufen, um seine angemessene Belohnung zu erhalten, das heißt, Matyi kann auf der sich im Nebel verlierenden fernen Kuppe der feudalen Pyramide sitzen, nein, auf der Spitze, wenn Pyramide, dann Spitze, trotzdem ist es glaubhaft, dass sein fürsorglicher Blick bis zu uns herabreicht. Es lohnt sich also, ein Rätselbuch mit Aufgaben und Knobelfragen durchzublättern, nicht dass unser Leben vom Unglück verfolgt wird, weil wir nicht wussten, wie viel die zweiunddreißig noch sind und ob »weit« noch weit ist (jetzt ja).

Auf derlei Grübeleien über die Struktur der Welt, die im Kern der bereits mehrmals eingehend behandelten »Der Mensch ist schließlich gut«-Auffassung verwandt sind, denn die Güte, Weisheit und Gerechtigkeit unseres großen Königs durchdringen, siehe da, die Welt, sogar der Türkenpascha überlegt es sich, ob er eine neuerliche intrigante List, listige Intrige einfädelt, lieber sagt er zu Mátyás, Gevatter, solange der Türke Türke bleibt und der Ungar Ungar (bleibt), wird der Türke stets in der Schuld des Ungarn sein, und die Welt erzählt sich, dass die Schuld bis auf den heutigen Tag nicht getilgt ist, es gibt jedoch niemanden, der das Geld nimmt, so dass es auf einen Wagen gepackt und ans Ende der Welt verfrachtet wird, und sogar den walachischen Woiwoden Estefán nahm Mátyás in sein Schwarzes Heer auf und der wurde einer seiner tapfersten Soldaten, und sogar die Magnaten kehrten auf den rechten Weg zurück – auf diese Grübeleien, Erwartungen,

Hoffnungen, diesen ganzen enormen Glauben und diese Zuversicht, die aus der beträchtlichen Nase des großen, schönen Königs vor uns hin tropfen, wirft es, wenn es sie auch nicht untergräbt, so doch einen Schatten, dass diese Anekdotenwelt jeder Grundlage entbehrt.

Mátyás lebt, die Gerechtigkeit ist dahin.

Mit der lückenhaften Legendenindustrie haben die italienischen Speichellecker Bonfini und Marzio begonnen, die zwar auch regionale Traditionen aufpickten – ihr Beruf! –, dem großzügigen Mäzen aber maßgeblich die Stereotype der »Principe«-Literatur der Renaissance überstülpten. Diese Geschichten mit dem weisen, geistreichen Herrscher im Mittelpunkt waren gut hundert Jahre später bis zum gemeinen Adel hinabgesickert, als die Erinnerung an die schonungslosen Steuern und den jeden unterdrückenden Tyrannen schon verblasst war und die Blütezeit von Mátyás' Herrschaft vom Elend des in drei Teile zerbrochenen Landes aus betrachtet in idyllischem Licht erstrahlte. Von da an wurde die Erinnerung an Mátyás' Zeit als Hochzeit des nationalen Königtums (Zrínyi schrieb ein ganzes Buch in diesem Geist) Teil der adligen Ideologie (das hätte ich auch schöner sagen können!).

Ich bemühe mich, mit geradem Rücken am Schreibtisch zu sitzen, scherzhaft – was für ein Scherz! – ausgedrückt, aufrecht, dazu haben die Experten geraten, so beuge ich mich beim Schreiben mal über mein Heft (um dem Satz näher zu kommen?, oder nur der Tinte?), mal sitze ich steif da wie ein hochmütiger Sonntagsfahrer in seinem Cabrio, seien wir realistisch, in seinem zum Cabrio umfunktionierten Trabant (wo ist der nur hin?! – na hier!, das heißt, er ist da und auch nicht, seine Straßenlage, seine Beschleunigung ist, egal wie, noch immer ausgezeichnet, dies jedoch sollte nicht zum Leichtsinn verführen), und mal verbinde ich beides zur größeren Wonne meiner Bandscheiben, doch egal wie, ich sehe dann nichts als mein Heft – das Viereck des Hefts als die Welten, rums!, wieder ein welthaftes Viereck! –, dennoch bemerkte ich, wie die Tür sich öffnete, woraufhin ich mich noch tiefer über mein Heft beugte, vielleicht würde das die Bewegung der Tür rückgängig machen, denn die adelige Tradition sickert, bleiben wir doch endlich beim Sickern, im achtzehnten und neunzehnten Jahrhundert (und das ist der dritte Schritt) weiter hinein in die Kreise des Volkes, als der große Tyrann schon als Unterdrücker der Feudalherren erscheint und das Volk ihm die komplette Goldmontur des »guten Königs«, der die bösen Herren zügelt, anziehen kann.

Ich murmelte vor mich hin, die komplette Goldmontur, denn gewöhnlich spreche ich die zu schreibenden Sätze laut vor mich hin, meine langsam ins Zimmer tretende oder eher selbstvergessen hereintaumelnde Frau hingegen sagte mit dem Telefon in der Hand, aber wie konnte das passieren, aber wie konnte das passieren, und blickte mich dabei an, als sagte sie zu mir, fragte mich, wie das passieren konnte.

Aber ihr Gesicht! Ich gehe zum Gedankenstrich über – – – statt Pünktchen Pünktchen Pünktchen – – – Celine, Gombrowicz – – – ich kann die drei Punkte nicht ausstehen – – – dabei ist es vielleicht dasselbe – – – Keuchen – – – ihrem Gesicht war anzusehen, dass es ein Problem gab – – – ein großes Problem – – – ein exorbitantes Problem – – – sie wurde grau, oder bleich – – – aber was konnte es am Vormittag für ein Problem geben? – – – aus irgendeinem Grund klammerte ich mich an den Vormittag – – – vielleicht war der Fernseher kaputtgegangen? – – – für immer kaputt – – – oder die Ameisen – – – meine Frau ist, auch wenn wir schon mehr als ein Vierteljahrhundert hier leben, in einem Haus mit Garten – – – ein Stadtkind geblieben – – – Kirschkerne in den Garten spucken ist verboten – – – in den Garten pinkeln ist verboten – – – ich präzisiere: Vor dem Schlafengehen in der mondbeschienenen Stille des nächtlichen Gartens mit geschlossenen Augen, dösend, träumend, ja, versunken, pinkeln: ist verboten – – – oder zieht doch zumindest Konsternation nach sich – – – mit wem lebe ich zusammen?, mit was für einem Unmenschen! – – – sei es nur ein Barbar, mit was für einem Barbaren! – – – auch der Ameisenproblemkreis löste Konsternation aus, als wäre man sofort in einem Horrorfilm – – – wie Soldaten – – – Rotarmisten – – – marschieren die Rotameisen in der Küche – – – und die geflügelten Ameisen – – – vielleicht wird aus der geflügelten die rote – – – oder umgekehrt – – – oder ist es nur Zufall, dass sie immer gleichzeitig? – – – sie haben einen Pfad, von dem weichen sie nicht ab, das ist wirklich erschreckend – – – oder zumindest aufwühlend – – – ein kleiner Gottesbeweis – – – auch meine Mutter hat sie besprüht – – – vielleicht DDT? – – – meine Mutter und das Dedete, eine Erinnerung – – – bestimmt war das nicht umweltschonend, dafür tötete es ordentlich – – – meine Mutter, die Ameisenmörderin – – – auch sie ist ein Stadtkind geblieben, obwohl sie viel auf dem Land gelebt hat, siehe die Geschichte der kommunistischen Partei – – – genug – – – weder der für immer krepierte Fernseher noch Kirschkerne noch Pinkeln noch Ameisen – – –

Meiner Stadtfrau stand ein derartiges Entsetzen ins Gesicht geschrieben – – – es war so *anders* – – – es kündete von einem großen Problem, größer als die Ameisen – – – ihr Gesicht war eingedrückt, der Blick war aus ihren Augen gewichen – – – So waren seinerzeit István Eörsis Augen – – – hinten, in der Tiefe der Löcher oder Höhlen anstelle jenes immer funkelnden, immer interessierten, auf alles sich stürzenden, spöttischen Blicks – – – spöttisch und belustigt – – – die Wahrheit selbst bis zur Unwahrheit treibend – Bis zum letzten Augenblick konnte und wollte er den Spott nicht lassen – – – und dieser funktionierte immer, nur am Ende funktionierte er nicht – – – am Ende verändern sich ... die Bewegungen – – – wie dann, wenn wir in den Strafraum gelangen – – – die Gesetze werden andere – – – gegenüber dem Tod hilft keine Ironie – – – wessen Blick schon so leer ist, wer schon so unter der Oberhoheit des Todes steht, der ist nicht in der Lage, etwas zu entgegnen – – – zu widersprechen, zurückzubellen – – – zu erwidern – – – und wenn er es tut, nun, dann ist es bedauernswert – – – bedauernswert und lächerlich – – – wenn du gerade gebrochen wirst, wenn du schon gebrochen bist, kannst du nicht grinsen – – – das legendäre Eörsi-Grinsen nach 56 im Gefängnis – – – dieses Grinsen sagte ohne Worte, du bist nicht zu brechen – – – doch im Zustand des Gebrochenseins kann man das nicht erhobenen Hauptes – – – man kann nur warten – – – abwarten.

Misi ist gestorben.

Misi ist gestorben, diesen unglaublichen Satz hatte meine Frau aus dem Hörer gehört, ich sah ihren Augen wie jenen Eörsis an: Als hätten sie etwas gesehen, was zu sehen nicht erlaubt ist. Und nun ist es schon zu spät. Aber wie konnte das passieren, wiederholte meine Frau mit aufgeschrecktem Entsetzen, ich aber murmelte gereizt, die komplette Goldmontur.

Dass man sterblich ist, vergisst man jedes Mal wieder. Wie die Zeit vergeht, macht man kleine Zugeständnisse, und so akzeptiert man am Beginn, am Beginn des Vergehens, dass Unbekannte sterben, weit weg, auf der anderen Seite der Erde, wo die Menschen eh mit dem Kopf nach unten hängen, in Sydney zum Beispiel, dann muss man sehen, dass auch in Cegléd oder Veszprém der Tod wütet, dann in Csepel und der Innenstadt, schließlich stellt sich heraus, dass diese *Sache* auch die nördlichen Teile Budapests nicht verschont, der Fleischer am Csillaghegy ist gestorben, der immer Markknochen, Lende und auch, aber nur für dich, mein Alter, Kutteln zurücklegte. Und als erwachten wir aus einem Traum, fällt uns dann ein, wie oft wir in unserer Jugend auf dem Friedhof ministriert haben, das müssen größtenteils Rómaifürdőer Tote gewesen sein. Der Blitz hat also in unserer Nähe eingeschlagen.

Blödsinn, ständig stirbt jemand, Urgroßmama (die königliche), Onkel (der geheimnisvolle), die Großväter waren irgendwie von vornherein tot. Immer ging jemand zu den ewigen Jagdgründen. Auch meine Mutter starb, sie schwand dahin, das Leben fraß sie auf, dieses wilde, rohe mitteleuropäische Leben, dann starb auch Vater, mein Vater, er starb schön, ruhig, nicht so, wie er gelebt hatte, obwohl er am Ende, so sah ich es, schön, ruhig gelebt hatte.

Doch auch wenn so viele sterben, starben und sterben werden, lange Zeit können wir nicht daran denken, dass sich das auch auf uns bezieht, wir weigern uns, daran zu denken, während wir auch nicht an das ewige Leben glauben, daran, ewig zu leben.

Es gibt (natürlich) Menschen, die alles vom Tod ausgehend sehen, auch den Tod, ganz zu schweigen vom Leben.

Nachdem meine Frau den Hörer aufgelegt hatte (das heißt, sie drückte einen Knopf), ihre Hand hing herab, als würde sie nicht zu ihr gehören, fragte ich ungeduldig, welcher Misi? Du Unseliger, schrie sie auf – – – gar nicht Schrei – – – etwas zwischen Keuchen und Brüllen – – – im Dreieck von Enttäuschung, Hoffnungslosigkeit und Verachtung – – – gut, dass ich nicht ihren Blick sah, wie er vom todesnahen Grau in das kalte Grau der Aussichtslosigkeit in Bezug auf mich wechselte – – – ich sah ihn nicht, weil sie schluchzend gegen meine Brust fiel – – – auf sie einschlug, als hätte ich einen riesigen, gewölbten, männlichen Brustkorb – – – Du Unseliger, wieso welcher Misi?! Na, der Misi! Der Misi!

Ihre Stimme sprach – schnarrte, kratzte, bebte, heulte – so, dass ich nicht beleidigt sein konnte, beziehungsweise, ich war beleidigt, mein Beleidigtsein war schneller als ich, doch ich beachtete es nicht. Sein Herz, meine Frau schluchzte und rannte in den Garten, ich weinend hinterher. Wir standen im schönen Grün, im blassen verheißungsvollen Licht – wie in einem Film waren wir kein bisschen real. Ich erwartete noch nicht einmal, dass wir aufwachten.

Fahren wir jetzt gleich zu ihnen, sagte sie plötzlich und schniefte. Zweihundert Kilometer, kam mir sofort in den Sinn, aber ich hatte keine Zeit, mich zu schämen. Die Sonne schien von weit her, als wäre es strahlender Frühling, König Mátyás aber trägt Sorge für die Gerechtigkeit. Er sitzt da oben in der Burg des guten Buda und trägt Sorge. *** Stimme war so, dass ich denke, wir müssen fahren. Ich nickte, ich verstehe, und sie solle auch fahren, aber besser allein, ich würde nur stören, sie beide werden schön zusammensitzen, ich wäre das fünfte Rad am Wagen, das wäre so, als führen wir zu Besuch.

Ich blieb regungslos dort stehen, meine Frau machte sich fertig. Ich wollte nicht nur aus dem Grund nicht fahren, den ich genannt hatte, obwohl ich tatsächlich so dachte, arrogant gesagt: In das Überlebenstraining zweier Frauen muss man nicht hineinpfuschen.

Sondern. Sondern, nun, das Übliche, seit fünfunddreißig Jahren das Übliche, seitdem sitze ich ununterbrochen an meinem Schreibtisch, ich bemühe mich, das mit immer weniger Pathos zu sagen, freilich, ich sage es immer mehr, doch ich erinnere eher nur daran, dass es so ist; freilich, es überrascht mich – ich wundere mich – immer wieder, dass mein Leben so, so geworden ist, und darin liegt, unabhängig von der Betonung, zweifellos Pathos, so, das heißt, dass mein Leben mit dieser Schreibtischlerei ziemlich gut, ziemlich vollständig, rundum beschreibbar ist – dass ich also nicht vom Tisch aufstehen wollte, ich hatte mir dieses König-Mátyás-Ding vorgenommen, Mátyás plus (minus) Kornél Esti, im Prinzip hatte ich einen fröhlichen Text geplant (ich schreibe ihn parallel zu diesem, diesen muss ich jetzt, auf der Stelle schreiben, solange er heiß ist (?!), der andere ist eine Bewerbung, das muss sein – Tod, Bewerbung, was für Zwänge sind das eigentlich?, äußere oder innere?; egal, wenn ich schreiben kann, dann innere und fertig), sogar mehr noch als fröhlich, heiter, heiter bedeutet (ganz sicher bin ich mir nicht, hoffe es aber) fröhlicher Textplan, dem zufolge die ganze Welt heiter ist; »fröhlich« ist persönlich, »heiter« ist Welterklärung (wie ich da meinen Vater namens Mátyás hineinapplizieren soll, weiß ich immer noch nicht) – – – ich habe mir schon den Tag vorgestellt, an dem es nichts sich vorzustellen gibt, er ist, beginnt so wie alle anderen, das habe ich mir vorgestellt, und dass er auch so bleibt, ich schwerfälliges Rindvieh, ich kann nicht so schnell umschalten, ein Anruf und hopp …

Komm, komm auch du mit. Ich kann nicht.

Eigenartig, erst da fiel mir ein, dass ich vor kaum einem Monat quasi genauso quasi genau hier gestanden hatte, selbst die Lichtverhältnisse, die Beleuchtung waren so gewesen – – – der erste richtige Frühlingstag – – – im Februar! – – – offenbar sind auch daran die Kommunisten schuld, selbst die Jahreszeiten haben sie zerpflückt – – – und so weiter, und da bin ich noch milde – – – Zu meinem Glück – – – wir werden gleich sehen – – – stieg das unangenehme Gefühl von damals in mir auf --- weniger als Scham, mehr als Unmut --- dieser Tag ist ein Geschenk, machen wir einen Ausflug --- nein, ich jetzt nicht, weil, nun, nein, weil nein, weil --- sie zuckten die Schultern, packten kichernd zusammen und brachen auf --- und ich starrte wie am Ende von *Casablanca* dem im Nebel verschwindenden Flugzeug hinterher, das unsere Liebe mitnimmt und mich hier zurücklässt --- soweit ich mich erinnere --- unsere Ehre und das biginning bezüglich einer bjutiful frendschip --- nun, auch hier hatte das Auto allerlei mitgenommen --- aber zurückgelassen hatte es bloß ein Häufchen Unglück (mich) --- sofort --- schnurstracks, spornstreichs, prompt --- wusste ich, es war ein Fehler --- das Auto war noch nicht auf die Hauptstraße gebogen --- meine Hand zuckte, um zu winken, doch ich winkte nicht --- auf die Hauptstraße, wie ich neuerdings schreibe, den Boulevard --- da war klar, dass mein einziges Argument, die Verteidigung der Arbeit, dass gerade das futsch war, weil --- Nun, weil ich den ganzen Tag vor Wut schäumte --- darüber, warum ich vor Wut schäume --- darüber, warum ich meine Entscheidung nicht sofort durchschaut hatte --- meinen Verrat sozusagen --- zu viel --- Verrat ist zu viel, Idiotie zu wenig --- darüber, dass ich mit meiner großen »Sensibilität« sowieso den ganzen Tag das ergründe.

Daran dachte ich --- dass ich dann nicht so tun konnte, als wäre nichts geschehen --- auch das überrascht mich gewöhnlich --- jedenfalls, und das war der wahre Grund, blieb das am Ende als Erfahrung übrig, weder so noch so war an Arbeit zu denken. Dann bin ich doch lieber ein Ehrenmann, ein Wort wie Milchmann.

Zuweilen ist es --- im Hinblick auf die Arbeit --- ausgesprochen störend, dass ich lebe --- als toter Autor könnte ich in Ruhe arbeiten --- Liebe, Freundschaften, Vaterland, Engel, Kutteln --- und ich würde meine Zeit nicht vertrödeln --- mit genau diesen Dingen.

Blödsinn --- auch wenn es stimmt.

Von meiner plötzlichen Entscheidung --- wir waren beide überrascht --- gleichsam gut gelaunt machten wir uns auf den Weg ---

als würden wir auch dieses Mal bloß einen Ausflug machen – – – einen fröhlichen spontanen Ausflug in unserem vor touristischen Schönheiten strotzenden Land – – – als wären wir, als wäre unser Leben so leicht und geschmeidig, so spielerisch vielfältig, dass wir uns ohne Grund und Ziel – – – der gutgelaunten Laune nachgebend – – – an einem gewöhnlichen Dienstag auf den Weg machten – – – Auch die Lichtverhältnisse verstärkten dieses Gefühl – – – das scharfe, kaum reale, kräftige Licht – – – und der Wind biss quasi von Zeit zu Zeit ins Auto – – – Tippfehler, aber besser als das ursprünglich gedachte »riss am Auto« – – – als würde er es fliegen lassen.

Wir machten keinen Ausflug. Der Grund unserer Bewegung war der zu dem Zeitpunkt noch beinah nur in Worten existierende, nicht begriffene Tod, das Ziel war unklar – – – die Sehnsucht und Hybris des Helfens – – – als könnte man wirklich helfen. Nun, kann man doch auch – – – irgendwie – – – trotz allem.

Plötzlich erschien auch gar nicht Misis Tod unglaublich, sondern dieses Herumgekutsche. Zwei Jahre war er jünger als ich, war er jünger gewesen. Sein Tod hatte nicht angestanden. Er war nicht krank gewesen, wir hatten mit seinem Tod nicht gerechnet, weil wir damit nicht rechnen konnten. Nur im Allgemeinen, doch wir hatten geglaubt, das zähle nicht. Er war sicher in einem besseren physischen Zustand gewesen als ich, ein muskulöser, starker Mann. Er hatte ununterbrochen gearbeitet, von früh bis spät. Er hatte immer gesagt, wortwörtlich, was ich immer sage: Anders geht es nicht. Doch alle arbeiten wir (die wir viel arbeiten) viel, deshalb muss man noch nicht *gleich* sterben. Ich wusste auch, dass ihre Familie ein großes Unglück getroffen hatte, darauf möchte ich nicht näher eingehen, jemand war gestorben, womit sie sich nicht abfinden konnten. Ihr Leben mochte schön verlaufen, sie lebten im Schmerz. Das ständige Leiden, das hatte ich ihnen, ihm angesehen.

Seine Augen hatten immer gelacht, von allem hatte er sofort die Kehrseite gesehen und das auch zur Sprache gebracht. Er war eher ironisch als humorvoll gewesen. Nichts konnte das Erkennen, Benennen der Kehrseite aufhalten, weder Taktgefühl noch Höflichkeit noch Mitleid. Seine Ironie war beißend, koste es, was es wolle. Zwischen zwei Bissen, zwei Sprüchen jedoch schwieg er tief. Auch nach der Tragödie lachten seine Augen weiterhin, sein Biss wurde, nur eine Idee, schonungsloser, doch dieses Wenige war sehr viel, und in seinen Augen saß neben dem Lachen noch etwas, Leere?, Angst?, keine Ahnung, vielleicht wurden seine Augen physischer, wässriger? Er schien auch mehr zu trinken. Oder wir tranken mehr, wenn wir zusammen waren. Mit ihm zu trinken war sehr gut, er trank schön, mit Verstand, natürlich.

Vielleicht sage ich wässrig, weil wir anfangs, nicht daran denkend, dass wir vorsichtig sein müssten, *jene Sache* leichtfertig ansprachen oder doch zumindest berührten, und dann kamen ihm sofort die Tränen, liefen über das Gesicht mit den harten Zügen. (Ich kann ihn jederzeit zum Weinen bringen, sagte ich, Idiot, zu mir.) Dann wurden wir vorsichtiger (wie die Edelhuren, pflege ich in so einer Situation zu sagen – das heißt, den Schwanz mit abstehendem kleinen Finger in die Hand nehmen). Man sah, dass dies für immer auf seinem Leben lasten würde.

Am Velencer See änderte sich plötzlich das Licht – – – die Beleuchtung – – – links, vom See her blauer Himmel und strahlender Sonnenschein – – – rechts wütende, dunkle Wolken – – – sie brauten sich zusammen – – – dunkle Wolken brauen sich immer zusammen – – – am Horizont – – – als Drohung, Prophezeiung, Ermahnung, Symbol – – – es erinnerte uns daran, warum wir eigentlich an einem gewöhnlichen Dienstagvormittag hier herumkutschten.

Wie ich gewöhnlich vergesse, ob Rhythmus mit »rh« oder »r«, aber eins von beiden ist falsch, so hatten wir vergessen, ob die Hunde beißen, und ich könnte schöngeistig sagen, dass ich nicht zu sagen vermag, was mehr weh tut, ein Rechtschreibfehler oder in den Arsch gebissen zu werden, jedenfalls warteten wir, dass auf das Klingeln jemand kam. Die designierte Schwiegertochter; wir begrüßten einander flüsternd, im Nachhinein ziemlich lächerlich – – – wozu eigentlich? – – – um niemanden zu wecken? – – – oder weil die ordentliche Begrüßung doch Ausdruck der Freude ist, und die wäre jetzt nicht angemessen?

Als wir das Zimmer betraten, geschah, woran ich unterwegs schon mehrmals gedacht hatte: Schluchzend fielen die beiden Frauen einander in die Arme, und ich stand im Weg herum und wartete, dranzukommen.

König Mátyás – – – nein, Tote ließ er gewöhnlich nicht wiederauferstehen – – – Witwentrost, das ja.

Am Sonntagabend war noch nichts zu merken – – – keinerlei Anzeichen – – – Vorzeichen – – – er spielte lange mit dem Enkelkind – – – denn er war Großvater geworden, und womit niemand gerechnet hatte – – – unerwartet, überraschend – – – hatten die zwei Menschen sich gefunden, Enkel und Großvater – – – Er spielte mit dem Kind. Das war also der Sonntagabend, eine Idylle – – – nirgends brauten sich dunkle Wolken zusammen.

Am Morgen wachte er darüber auf, dass er an den Beinen fror. Was ist los, Papa? Nichts, doch seine Frau sah, was sie noch nie gesehen hatte, das Entsetzen auf seinem Gesicht. Sie hatte dort schon viel gesehen – – – wie jede Ehefrau – – – aber Entsetzen nie. Auch ich nicht, ich kann es mir auch gar nicht vorstellen – – – Misi und das Entsetzen – – – diese Erfahrung hat kein Mensch gemacht, würde ich sagen. Vielleicht könnte König Matthias darüber etwas sagen – – – Mein Herr und Gebieter über das Land, mein Leben und Tod liegt in deiner Hand. Sie berührte seine Beine, und die waren so kalt – – – knisterten förmlich – – – dass sie die Hand zurückriss. Sie rief den Arzt, und ihr Mann protestierte nicht, lachte sie nicht aus, konterte nicht wie sonst mit zwei schnellen Wortwitzen – – – Er brauchte gar keinen Grund, es reichte die Möglichkeit – – – die Hellebarde der Ironie sauste herab, wenn sie herabsausen konnte – – – ich erörtere jetzt nicht, ob es die Hellebarde der Ironie gibt – – – Toledoklinge? – – – Bühnendolch? – – – doch auf keinen Fall Plastik?

Der noch verschlafene, aber fachkundige Arzt der Gemeinde stellte fest, in seinen Beinen gebe es keine Blutzirkulation – – – null, mein Misi, null – – – ab ins Krankenhaus von Veszprém – – – tatü, tata, Krankenwagen – – – wie spät mag es da gewesen sein?, etwa halb sechs, sechs – – – dort stellte man fest, Aortariss – – – kommt selten vor, keine Vorzeichen, keine Symptome, auf einmal reißt die Hauptschlagader – – – eine schleichende Krankheit – – – du spielst mit deinem Enkel, er ist der Löwenkönig, du bist der Löwenuntertan – – – lange erklärst du dem kleinen Menschen, was für eine verantwortungsvolle Sache die Löwenuntertanenschaft ist – – – natürlich nicht vergleichbar mit dem Königsein, nichtsdestotrotz, wenn auch er, der Enkel, einmal Löwenuntertan sein wird und nicht König wie jetzt – – – denn, mein Kleiner, das kommt vor, dass man nicht König ist – – – dass man nicht der Größte, Stärkste, Schönste ist – – – selten, aber es kommt vor – – – Und dann – – – dann nichts, kein Ratsch – – – die Hauptschlagader reißt nicht so, wie auf dem Ring die riesigen Wasserrohre aus dem neunzehnten Jahrhundert brechen – – – oder vielleicht reißt sie so – – – aber das Blut fließt nicht so – – – es fließt gar nicht, es sickert – – – wir schlafen ruhig und inzwischen sickert es – – – deshalb sind die Beine kalt, das Blut gelangt nicht hin – – – eine hinterhältige Krankheit – – – du glaubst, du bist einer der beachtlichsten Löwenuntertanen, und währenddessen bist du schon zerrissen – – – bist du beachtlich zerrissen.

Der Helikopter zeigte schon die Größe des Unglücks an, mit dem – – – mit dem Helikopter, nicht mit dem Unglück – – – er ins festgelegte Krankenhaus, nach Zalaegerszeg gebracht wurde – – – Oben fliegt Vater, unten mit dem Auto die beiden Söhne und die Ehefrau – – – zwischen den heiteren Hügeln von Zala, die an die Toskana erinnern – – – Niemanden hatten sie in den Helikopter gelassen – – – Wenn kein Platz ist, meine Dame, dann ist kein Platz – – – Gegen zehn begannen sie mit der Operation – die Chancen stehen gut, meine Dame – – – Doch die Chancen verschlechterten sich, weil in seinem Nacken noch eine Ader riss, weitere zwei Stunden – – – zwei verhängnisvolle Stunden – – – Die Zeit verging nur so – – – die Zeit raste – – – und die Familie wusste nichts – – – sie hatte keine Informationen – – – Woraufhin der jüngere Sohn, mit zunehmender Strenge und Lautstärke – – – Woraufhin der eine Assistenzarzt – – – sagen wir – – –

ungeschickt – – – mit ungeschickter Sachlichkeit – – – mit einer Genauigkeit, die als Teilnahmslosigkeit empfunden werden konnte – – – Vielleicht war er zu jung und berücksichtigte deshalb nicht – – – war nicht in der Lage zu berücksichtigen, was eigentlich der Gegenstand – – – Leben und Tod – – – der zweifelsohne ungeduldigen und Rechenschaft fordernden Fragen des Jungen – – – jungen Mannes – – – war.

Und inzwischen – – – die länger als erwartet dauernde Operation – – – die zwei Stunden! – – – Herzstillstand – – – das das ganze Leben lang arbeitende, prinzipiell heitere, letztlich aber leidgeprüfte Herz – – – Misis Herz blieb stehen, und es begann der Kampf, es wieder in Gang zu setzen – – – ungefähr um sechs begann dieser letzte, krampfhafte Kampf um sein Leben, und gegen acht sagte der vollkommen erschöpfte Arzt an der Grenze zum Schluchzen, wir haben ihn verloren.

Also in der Nacht, beim Schlafengehen noch nichts, zwanzig Stunden später: alles – – – beziehungsweise nichts – – – Ende.

Rot – – – rotfleckig – – – und nass, tränenaufgeweicht – – – die Gesichter von uns dreien – – – als wären wir Geschwister. Weder zu reden noch zu schweigen hilft, aber zu reden ist ein wenig besser. Noch ist alles zu nah – – – noch kein Tag ist vergangen – – – gestern um die Zeit – – – und so weiter. Es ist, als – – – es ist ein bisschen so, als – – – könnte man es rückgängig machen – – – Kann man nicht, und deshalb waren wir leicht wütend aufeinander – – – die anderen, der andere ist Zeuge – – – gäbe es keinen Zeugen, gäbe es vielleicht auch die Sache selbst nicht. Ist etwas passiert, Papa? Und ob etwas passiert, wenn du mich früh um vier nicht schlafen lässt. Aber deine Beine sind so kalt! Es ist Sommer, ich kühle sie absichtlich. Papa, es ist nicht Sommer! Dann nicht, aber es wird Sommer sein! Also murre nicht, schlaf, wir müssen sowieso gleich aufstehen.

Eine Weile kann man die Zeit noch hinauszögern, dann nicht mehr.

Wir tranken feierlich ein Glas Wein, seinen Wein. Tiefes Schweigen. Ich dachte blasphemisch an die Kommunion. Wir haben ihn zu uns genommen. Jetzt ist Misi wirklich gestorben, das kam mir in den Sinn. Vielleicht auch der Witwe – so hieß sie jetzt – und aus ihr brach – – – nun, sozusagen das Übliche – – – das ist eine schäbige Gemeinheit, das könne der Misi nicht mit ihr machen – – – sie sagte seinen Familiennamen, nur ich möchte ihn nicht schreiben – – – taktvoller Schriftsteller!, ich wünschte, er wäre, wo der Pfeffer wächst! – – – was soll sie denn jetzt machen?, dass er einfach so von ihr gehe, das hätte sie nicht erwartet von dem Mann, in dessen Hände sie ihr Leben gelegt habe, das Glas ist voll, noch mehr sei sie nicht gewillt zu ertragen, nein, nein, nein.

Ich fiel ihr ins Wort – – – als wollte ich meinen Freund verteidigen, der, nicht wahr, nicht aus böser Absicht gestorben war – – – nicht aus Nörgelei – – – oder Egoismus – – – da fiel mir ein, dass es gar nicht so sicher war, vielleicht war er des Schmerzes müde – – – des ständigen Schmerzes – – – doch darüber schwieg ich – – – Hier ist nicht Misi verantwortlich, mein Herz, bitte den Chef zu schelten, und ich zeigte theatralisch nach oben – – – gegen die Decke – – – bitte schön ihn fragen, wie er sich das gedacht hat – – – was da los ist – – – was er darüber denkt. Die Witwe blickte hinauf, dorthin, wohin ich gezeigt hatte – – – sie zuckte die Schultern, so gleichmütig, dass selbst der Herrgott verzweifelt gewesen wäre – – – oder seine Existenz in Zweifel gezogen hätte. Ich verstummte wie ein kleines Kind.

Forschend – – – und irgendwie überheblich – – – betrachtete – – – musterte uns – – – die Witwe. Ob wir wüssten, was für ein Tag gestern gewesen sei. Wieso was für ein Tag, sagten wir im Chor, nun – – – Stocken, wir wollten Misis Namen nicht aussprechen – – – nun, sein Todestag – – – er ist gestorben. Ich schätze es gering oder verachte es, vielleicht verachte es – – – wenn man nicht wagt zu sagen, tot, er ist gestorben – – – sondern, er ist von uns gegangen – weilt nicht mehr unter uns – – – Nein, er ist gestorben, und Würmer fressen seinen Leib – – – sein Fleisch. Ich sprach den Tod aus, doch beim Subjekt begann ich herumzueiern --- beim wer --- ich wollte nicht sagen, wer gestorben ist --- nur, dass das Sterben ist.

Meines Erachtens glaube ich nicht an die Existenz der Seele. Das hätte ich nicht von mir gedacht.

Wie einen Trumpf stieß sie hervor --- was für ein Tag --- der Geburtstag jenes Jemand! --- den ich schon erwähnt habe --- der, mit dessen Tod sie sich nicht abfinden konnten --- mit dessen Tod sich abzufinden auch nicht möglich war. Sie schaute uns an – wir waren erschrocken, starr vor Schreck --- als hätte sie einen Beweis gefunden --- man weiß nicht genau, wofür --- aber einen schwerwiegenden Beweis.

Ich erinnere mich nicht, dass es je so eine saure, beschissene Stille gegeben hätte --- dass ich an *so einer* teilgehabt hätte. Und natürlich, man weiß, was für ein Beweis --- nur meiden wir auch das wie ein fauler Hund das Wasser. Der Beweis bezog sich nicht mehr auf Misi --- dass genau dieser Tag sein Herz zerreißen ließ --- vielmehr darauf, was das Ganze soll, wenn die Dinge so laufen --- wenn sein Herz an dem Tag zerreißt, an dem --- Dann hat es keinen Sinn zu leben --- dafür wurde es als Beweis angeführt --- das befürchte ich.

Ich wollte das nicht so stehen lassen --- so auf dem Teppich lassen --- und mein ganzes mathematisches Pseudowissen aufbietend, bemühte ich mich, das Zusammenfallen als Falle der Wahrscheinlichkeitsrechnung hinzustellen, eine Art Zufall --- der Zufall ist der Gott der Dummen, hörte ich auf einmal den Satz meiner Mutter --- während die symbolische Bedeutung --- Wahrheit --- der Koinzidenz sonnenklar ist. Dessenungeachtet waren wir --- war ich --- kurz darauf bereits bei der Frage, ob es nach Ansicht der *Mädchen* --- als wäre ich ein *Junge* --- in Füred zwei Menschen mit der gleichen Anzahl Haare gäbe --- Aber es gelang mir nicht, sie dafür zu begeistern --- Nein, sagten sie auf einmal ungeheuer müde. Auch meinem Beweis schenkten sie keine Aufmerksamkeit, dass sicher doch --- Und inzwischen hatte ich ebenfalls vergessen, was zum Teufel ich eigentlich wollte --- warum es gut ist --- oder, besser, wie gut es ist --- wie tröstlich --- welche Tröstlichkeit --- bezüglich der jetzigen elenden Situation, daraus folgt, dass ich bewiesen habe, es gibt in Füred mindestens zwei Menschen mit der gleichen Anzahl Haare auf dem Kopf.

Unser neues Wissen ist sichtlich – – – nichts. Hilf, König Mátyás! Von draußen hören wir Gefummel – – – oje, meine Mutter! – – – auch sie erschwere die Sache nur, denn wenn sie sich endlich zusammengerissen habe, dann erscheine prompt sie – – – haargenau spüre sie diesen Augenblick – – – und fange wie ein Klageweib an zu jammern.

Oh weh, oh weh – – – als sie eintrat, fing sie tatsächlich sofort an zu jammern, als wäre sie auf die Bühne getreten – – – ich umarmte sie gleich – – – nicht ich verkroch mich bei ihr, sondern ich ließ sie sich bei mir verkriechen. Wir hatten uns regelmäßig beim Weinfestival getroffen, wo sie hinten, hinter dem Ausschank die legendären Schmalzbrote schmierte – – – Brote mit Zwiebeln, Schmalz und Paprika – – – es verstärkte nur ihre Mütterlichkeit – – – ich behandelte sie mütterlich – – – mit Mutterliebe – – – Was denn, Mütterchen? Hören Sie sofort mit diesem Gejammer auf – – – oh weh, oh weh, antwortete sie, oh weh, oh weh – – – Sie sind wie ein Automat, treten irgendwo ein und fangen an zu jammern – – – dabei umarmte ich sie. Mein übliches Verfahren: Ich war Sohn und Vater auf einmal – – – oder dazwischen – – – in dem gigantischen Spalt zwischen Vater und Sohn. Das Jammern war in der Tat witzig und meine Umarmung in der Tat gefühlvoll – – – als wäre es eine heitere Begegnung gewesen – – – eher meine Schuld als die von irgendjemand anderem.

Ich glaube, der Glaube ist heiter, aber Gott ist es nicht unbedingt, aus der Bibel wird das nicht ganz deutlich.

Schön ruhig – – – beruhigt – – – sah mich die Großmutter an. Auch ihr könnte ich ein guter Junge sein – dass ich nicht damit aufhören kann! – – – eine einfache Seele – – – doch ich war niemandes Sohn mehr – – – keines Lebenden – – – ich bin nur noch Vater – – – Vater sein ist weniger als Sohn sein, doch das sage ich nicht aus Bescheidenheit, nicht aus Eitelkeit, nicht aus Gier, nicht aus Gekränktheit – – – Nun stand meine Frau herum und wartete, ich überließ ihr die Großmutter --- spielte sie ihr zu (Mándy-Wort) --- bei ihr war es erlaubt zu weinen, und ich spürte an dem Körper in meinen Armen --- dass er schon sehr wollte --- weinen.

Fahren wir --- wir haben alles gesagt, alles getan, was man tun kann --- und meine Augen pochen von dem vielen Geweine, ich bin leer und erschöpft --- Wollen wir nicht noch auf die Kinder warten, die im Krankenhaus etwas erledigen, doch in einer Stunde bestimmt da sind? Nein, wir müssen gehen. Die Witwe sah mich lange an, sie sagte, wenn auch nicht sonderlich ernst, es scheint, sie werde nie um etwas bitten können, was ich erfüllen würde, doch sie wolle nicht aufdringlich sein. Mir fiel ein, wie wir aufgebrochen waren --- offensichtlich fahre ich dann, wenn ich nicht muss, und fahre nicht, wenn ich müsste --- Warten wir noch auf die Jungen, sagte ich sofort --- das ernst gemeinte »Nein« und das ernst gemeinte neue »Ja« kamen offenbar zu schnell hintereinander, doch in diesem Haus kannte man die schnellen Sätze --- obwohl wir genau darum --- auch darum --- trauerten.

Von den Jungen hörten wir die Geschichte noch einmal --- die kalten Beine, der Helikopter, die Verständnislosigkeit des Assistenzarztes, dass abends um acht --- es tat gut --- wie eine profane Zeremonie. Von jemandem zu erzählen bedeutet, wir finden uns nicht damit ab, dass er nicht da ist --- mit seinem Nichtsein --- »Erinnerung: der Feind der Vernichtung«, schreibt Balassa, Vasadi zitierend. Von Toten --- Leblosen --- kann man nicht erzählen --- Oder umgekehrt: Das Erzählen definiert den Tod neu --- das Totsein --- Das Erzählen wächst über uns hinaus --- Das Wort ist größer als das, was es bezeichnet --- genug – genug, schließlich! --- auch Wittgenstein ist tot.

So wie unsere Gesichter war auch das des älteren Sohnes tränenverschmiert, das des jüngeren aber war trocken, diszipliniert. Auf ihn muss man besser achtgeben. Über sie ist nicht nur der Tod ihres Vaters hereingebrochen, sondern auch das Leben ihres Vaters --- auf der Stelle ein Haufen praktischer Entscheidungen – über Bewerbungen,

Kredite, begonnene Investitionen – – – Seine Leiche ist doch noch nicht einmal kalt! Doch, Jungs, ist sie. Einerseits ist sie kalt, andererseits wird sie niemals auskühlen. Meine Stimme war brummig und väterlich geworden – – – ich log nicht, leugnete nichts – – – ich versuchte das sterbliche Wesen des Menschen – – – das Gewesensein – – – in natürlichem Licht erscheinen zu lassen und gaukelte auch nicht verheißungsvoll das ewige Leben vor – – – Dennoch zu zielstrebig – – – zu klug daherredend – – – Zumindest glaubte ich auf dem Gesicht des Jüngeren ein wenig Verachtung zu lesen – ihm ist jetzt alles erlaubt, dachte ich, für ihn ist es der größte Schlag – – – nein – – – er kann es vom Typ her am wenigsten kompensieren.

Draußen am Auto – – – beim Abschied – – – wurde ich wieder väterlich – – – lange – – – wollte ich sie nicht beruhigen, zum einen, weil ich es nicht kann, zum anderen sollten sie nur unruhig sein – – – es ist das Mindeste, dass wir den unerwarteten Tod unseres Vaters beunruhigend finden. Als wir dann den Berg hinunterrollten – – – hinein in den lila Sonnenuntergang – – – in das Lila mischte sich unerwartet, vielleicht vom komplizierten Widerschein des Sees, ein weiches, blasses Grün – – – ertappte ich mich auf einmal dabei, dass mein Kopf zitterte – – – mein Kopf wackelte – – – nein! nein! nein! Nur zu, sagte meine Frau kalt. Ich sah, sie dachte mehr an die Ampel, nicht an den Tod. Den Tod meines Vaters hatte ich damals sofort akzeptiert – – – begriffen, akzeptiert – – – den Tod meiner Mutter nicht – – – ich stritt, krakeelte, verbat es mir – – – ich war gekränkt – – – doch ich begriff ihn, insoweit zumindest, dass ich nicht glaubte, sie – – – oder meinen Vater – – – jederzeit auf der Straße treffen zu können – – – nein, niemals.

Jetzt wäre ich nicht überrascht. Flatterte hier auf einmal Misis weißes Haar – – – als blickte ich in den Spiegel.

Eine Woche später war die Beerdigung – – – aufgrund von Organisationskonfusion erfuhr ich es erst an dem Tag – – – ich warf mich ins Auto, ich kann mich nicht erinnern, wie ich dorthin kam – – – ich vermische die beiden Fahrten. Ich erinnere mich an die eitle Freude darüber, dass ich den Friedhof sofort fand – den richtigen Friedhof – – – und wie geschickt ich einparkte, sogar darauf achtete, *danach* in Fahrtrichtung zu stehen – – – so etwas beschäftigte mich, wie ich zwischen den vielen Menschen – – – der herausströmenden Menschenmenge – – – wenden würde, aber das hatte ich gelöst. Fein, du bist geschickt. Zerstreut – – – die Sonne schien – – – hatte ich den Regenschirm mitgenommen – – – meinen treuen Parapluie – – – als ich es bemerkte – – – bemerkt hatte – – – ärgerte ich mich – aber später!

Auch diverse Weinbruderschaften präsentierten sich – – – sie waren in ihren prunkvollen Überwürfen erschienen – – – Schönheit und Missverständnis: als wären sie Priester – – – heidnische Priester – – – auf jeden Fall Eingeweihte. Links vor mir stand die Familie, ohne sich zu rühren, wie Statuen. Dienstag nach Ostern – – – war es – – – wir schrieben Dienstag. Auch das, was für ein Tag – – – Dienstag nach Ostern!

Es wurde viel geredet, aber relativ kurz – – – wieder schoss es mir wie immer durch den Kopf: Besser die bekannte katholische Zeremonie, sie ist zwar unpersönlich – – – flutscht in der geölten Berechenbarkeit genauer Regieanweisungen – – – doch so ist die Unaufrichtigkeit weniger auffällig, als wenn sie der Persönlichkeit, dem Stil des Sprechers ausgeliefert ist – – – dem lebenden Menschen – – – diesem definitiven Risikofaktor – – – Von so viel Sentimentalität, die da aufgeschüttet wurde, drehte sich der Tote im Grab um – – – obwohl Tote vielleicht großzügiger sind – – – als ich. Eigentlich stieß auch ich mich nicht daran, dass es vor Metaphysik nur so triefte – – – meine Ohren hörten es, ich habe es mir gemerkt, das ist alles.

Misis letzter Schabernack – – – so sagten danach sogar mehrere – – – ich erinnere mich an drei, an drei voneinander unabhängige Quellen – – – auch von den Toten machen wir uns anthropomorphe Vorstellungen – – – Der von mir bereits erwähnte Sonnenschein – – – Regenschirmereignis! – – – war plötzlich verschwunden – – – und wie wir eben zum Begräbnis, so versammelten sich am Horizont dunkle Wolken. Innerhalb eines Augenblicks wurde es so dunkel wie bei der Golgatha-Szene in amerikanischen Filmen – – – halbnackte römische

Soldaten, *Jesus Christ Superstar* – – – oder das unheilschwangere Dunkel der frühen Bergman-Filme – – – ihr todesnahes melancholisches Dunkel – – – bei ihm ist die Nacktheit unter den Kleidern, dort aber – – – brennt sie heftig – – – der ins Dunkel spielende Himmel und das Meer und die unverhüllbare, brennende Nacktheit – – – Es war eine furchteinflößende Dunkelheit – – – wie aufgescheuchte Hühner drehten wir unsere Köpfe zwischen Himmel und Bahre – – – Jüngstes Gericht, Sonnenfinsternis, diese Dinge – – – und da brach der Schneesturm los – – – ein unwahrscheinlicher Schneesturm Ende März. Der Schnee fiel in großen, wattigen Flocken – – – zufrieden spannte ich meinen heute schon einmal verratenen Regenschirm über mir auf.

Als wir uns Richtung Grab in Bewegung setzten, hörte der weiße Schauer wie auf Kommando auf – – – als wären auch die Wolken nie dagewesen – – – Sonnenschein, als wäre nichts geschehen. Die auf den Mänteln sitzenden Schneeflocken tauten innerhalb eine Augenblicks zu funkelnden Wassertropfen – – – abgesehen von zwei Mänteln, die das Wasser einsogen – – – nasse Flecken bekamen. Unterdessen hatte der Zug angehalten – – – seine Spitze hatte das Ziel erreicht – – – es war ein ökumenisches Begräbnis, die Katholiken sangen, die Protestanten predigten – – – ich sah nur die Mäntel – – – wie einst in meiner Kindheit – – – und da, als wäre ich in einem König-Mátyás-Märchen – – – dessen Moral noch nicht definitly klar ist – – – offensichtlich das Übliche – – – unglaublicher Reichtum!, auf Husarenjacken und Schafspelzen – – – Überwürfen und Streitkolben – – – so viele Diamantklumpen funkelten – – – dass mir die Augen weh taten – – – Das gehörte noch zum Schabernack unseres Freundes – – – dieser plötzliche Reichtum: mitten auf unseren Rücken!

Oben die Sonne, unten der Diamant: zwei Lichter. Zwei Lichter: Das war das Begräbnis.

Auf der Autobahn bog Kornél Esti plötzlich zu einer Tankstelle ab, er hielt an, um zu weinen, aber er konnte nicht weinen. Ein tränenloses Schluchzen schüttelte ihn. Zu leicht hatte er gesagt, mein Freund – – – dass sein Freund sein Freund war – – – er war es fast – – – sie waren auf einem guten Weg – – – der Weg für die Freundschaft war entsprechend geebnet.

Nur dieses – – – dieser Diamantenkram – – – hatte ihnen dazwischengefunkt.

Zum ersten Mal in seinem Leben dachte er nicht von vorn an sein Leben – – – das und das geschah – – – das und das geschah nicht – – – sondern von hinten – – – was noch? Er fand die Frage nicht erschreckend – – – neu, aber nicht erschreckend. Er hielt noch immer das Steuer fest. Vielleicht wäre es eine objektive Schätzung – – – weder sich aufspielend noch zuvorkommend kühn – – – wenn er bei siebzig markieren würde – – – was denn? – – – dass er bis dahin – – – dass er so viele – – – die Grenze der Arbeitszeit – – – das Ende seiner Arbeitszeit, der Beginn der Arbeitszeit der Würmer. Plus/minus fünf Jahre. Dann hätte er also ein gutes Jahrzehnt. Zehn Jahre, um die Sätze zu sagen, die er bisher nicht sagen konnte – – – oder wollte – – – egal: alles! Und auch alles schreiben – – – schreiben, was schreibbar ist. Zehn Jahre ist nicht wenig, aber auch nicht viel. Aus alldem einen Arbeitsplan machen – – – lächerlich – – – vor allem, dass er es nicht lächerlich fand.

Ist die Freundschaft oder der Satz über die Freundschaft wichtiger, und gibt es zwischen beiden einen Unterschied, und wenn ja, welchen? Esti stieg aus dem Auto, er ging nicht sofort in den Shop, um zu bezahlen, sondern vertrat sich die Beine. Fern, im Tal versammelten sich schon – – – Mátyás' Truppen, das Schwarze Heer. Ihm fremde Soldaten zitterten im Westwind.

Ein ungeheurer Gestank stieg ihm in die Nase, er ging nach hinten, hinter das Gebäude – – – der Gestank führte ihn zur Leiche eines Hundes – – – ihn würgte es, dennoch rührte er sich nicht vom Fleck. Im Nacken des Hundes sah man eine tiefe dunkle Wunde – – – Biss oder Schwerthieb – – – darin leuchteten gleichsam zappelnde Würmer. Gebannt starrte er auf das weiße, eklige Gewirr.

Es war doch gut, dass er angehalten hatte, dachte er, der Tank war fast leer gewesen.

DIE ABENTEUER DES KORNÉL ESTI

Das abenteuerliche Leben des Kornél Esti

Kornél Esti lebte, dann starb er. Das ist (wurde, war, wird) Kornél Estis Leben.

In welchem er mit Hilfe von Péter-Lengyel-Texten eine Kollektion seines Lebens vorstellt und entlarvt

Das Klacks-Leben

Kornél Esti beschloss, sich umzuschreiben. Ich schreibe mich um. Und obwohl er lediglich an einen konkreten Text dachte, hörten seine Ohren, denn er hatte sogenannte allhörende Ohren, auch den übertragenen Sinn. So fiel ihm aus seiner Jugend die romantische Vorstellung ein, die zwar von seinem Leben nicht widerlegt worden war, die zu erwähnen er aber – wie ich finde, zu Recht – langsam unterließ, der zufolge er nämlich mit dem von ihm Geschriebenen identisch wäre, und wenn dem so wäre, dann wäre so ein Umschreiben in der Tat kein Kinderspiel. Oder, besser, Klacks. Kein Klacks. Als er vorsichtig auf die Texte blickte, erinnerten sie ihn an nichts. Aber warum sollten sie auch? Schreiben ist nicht Erinnern an die Welt, sondern selbst die Welt. Ich denke, auch das muss man nicht mehr forcieren.

Das Baroness-Leben

An einem lächelnden Frühlingsmorgen, einem Dienstag, stürzte sich die Baroness in ihrer Qualität als Köchin – mit Gesäßmuskeln wie ein Fußballer – plötzlich auf das Filet Wellington wie Fliegen auf Scheiße. Darüber dachte Esti dann den Rest seines Lebens nach, ob Wellington oder Scheiße, was sein Leben ist, letztendlich, eigentlich, leck mich doch am Himmel Arsch und Zwirn.

Wir sprachen über unsere Jugend. Kornél Esti sagte: Damals habe ich viel getrunken. Ich würde es nicht Saufen nennen, denn schon der erste Schluck war zu viel. Und wozu sich dann anstrengen. Sie hatte dunkles Haar, auf ihrem derben, ebenmäßigen Gesicht die Spuren von Windpocken aus der Kindheit; ihre Augen waren sanft, groß, braun, ihre Gestalt muskulös. Bei der Arbeit trug sie blaue Leinenschuhe mit hohem Schaft. Auf den Tresen gestützt wartete dort auf sie oft ein blondgelockter Mann mit breiten Schultern und groben Gesichtszügen. Selbst durch den blechartigen grünen Kunstledermantel hindurch konnte man seinen elastischen, von nicht gewöhnlicher Kraft zeugenden Körper erahnen. Ständig trug er eine dunkle Brille; in seinen Bewegungen lag etwas Unbeholfenes, und immer war er still, bescheiden und höflich. Er verbrachte Stunden über den Tresen gebeugt, zuweilen spazierte er zur Kasse hinüber, kaufte bei der dort sitzenden Frau eine Packung Zigaretten, ging zurück zu dem Platz neben der Kaffeemaschine, sie wechselten ein paar Worte; meistens jedoch schaute er nur, schaute der Frau zu, er wartete, bis sie Schluss hatte, und dann gingen sie einander untergehakt davon.

Ich schaute sowohl ihm als auch der Frau zu, ich wartete – ich wartete auf nichts, nur dass die Zeit verging. Sie verging auch. Als ich verhaftet wurde und ihn sah, wusste ich sofort, dass er der Schläger war. Doch er war es nicht. Nicht er war der Schläger, er schlug nur immer mal zu. Versetzte einen Schlag. Er nahm auch dort seine Brille nicht ab, war still, bescheiden und höflich, in seinen Bewegungen lag etwas Unbeholfenes. Dort verging damals die Zeit nicht, doch dann begann sie wieder zu vergehen. Heutzutage gibt es solche Verhaftungen nicht mehr. Und auch nicht solche Kaffeekocherinnen. Ich trinke nicht, dabei wäre es gut. Ich trinke nicht, dabei müsste ich. Ich trinke nicht, ein Fehler. Doch tränke ich, machte das auch nichts wieder gut. Dieses »nichts« ist mein Leben.

Das Einander-untergehakt-Leben

Kornél Esti klingelt spätabends bei mir. Er ist bleich, nervös. Setzt sich auf meinen Schreibtisch. Sagt: Mein Sohn hatte dunkles Haar, auf seinem derben, ebenmäßigen Gesicht die Spuren von Windpocken aus der Kindheit; seine Augen waren sanft, groß, braun, seine Gestalt muskulös. Bei der Arbeit trug er blaue Leinenschuhe mit hohem Schaft. Auf den Tresen gestützt wartete ich dort oft auf ihn. Ein blondgelockter Mann mit breiten Schultern und groben Gesichtszügen. Selbst durch den blechartigen grünen Kunstledermantel hindurch konnte man seinen elastischen, von nicht gewöhnlicher Kraft zeugenden Körper erahnen – so hätte ich mich beschrieben, wäre ich gefragt oder bedroht worden. Ständig trug ich eine dunkle Brille; in meinen Bewegungen lag etwas Unbeholfenes, und immer war ich still, was wie Bescheidenheit und Höflichkeit aussah. Ich verbrachte Stunden über den Tresen gebeugt, zuweilen spazierte ich zur Kasse hinüber, kaufte bei der dort sitzenden Frau eine Packung Zigaretten, ging zurück zu dem Platz neben der Kaffeemaschine, wir wechselten ein paar Worte; meistens jedoch schaute ich nur, schaute meinem Sohn zu, ich wartete, bis er Schluss hatte, und dann gingen wir einander untergehakt davon. Ich dachte, alles sei in Ordnung. Dieses »alles« ist mein Leben.

Das Elender-Leben

Letztens sprachen wir mit Kornél Esti darüber, was das Traurigste gewesen ist, das wir im Laufe unseres Lebens erlebt haben. Er sah mich nicht an, erzählte: Einmal, als mein Sohn in der oberen Reihe arbeitete, ließ er mir beinahe einen Holzklotz vom Fokosch auf die Hand rutschen, und ich schrie ihn an, was machst du denn, du Elender. Den Elenden interpretierte er als Krüppel. Daraufhin lebte er auch so, bis er seinem unermesslichen Leid ein Ende setzte. Bedauerlicherweise kannte ich damals noch nicht jene Eigenschaft des Menschen, alles in die eigene Sprache zu übersetzen. Dieses »noch« ist mein Leben geworden.

Das Lauf-der-Dinge-Leben

Esti: Ich trank ein bisschen, wirklich wenig, polnischen Wodka, jedoch in der Früh, noch bevor der Hahn krähte, denn in der Nachbarschaft gibt es einen Hahn. Ich fuhr mit der Straßenbahn in die Stadt. Es dämmerte bereits, es war jener Augenblick, wenn die Gegenstände sich fast zwischen Helligkeit und Dunkelheit verlieren. Ich stand in der Tür und blickte hinaus. Hinter mir, in dem halb leeren, erleuchteten Wagen, erzählte jemand mit blecherner Stimme einem anderen etwas. Draußen zeigte die große Tafel eines Freilichtkinos in der Ecke des Parks die letzten Vorstellungen an; heruntergefallene Blätter lagen auf dem Erdstreifen des Gehwegs, und dieses flüchtige Rotbraun, das Grau der Baumstämme und das Schwarz der Erde schienen später, in einem anderen Ausschnitt, dasselbe Bild zu ergeben. Es war ein reines Bild, das reine Gedanken weckte. Ich dachte an meinen Sohn, seine Erfolge, Misserfolge, sein Leben und seinen Tod, und daran, dass dieser Sommer vorbei war, nicht mehr sein würde, aber, nun, das war der Lauf der Dinge. Dieser »Lauf« ist mein Leben.

Sommer-Leben

Inzwischen war es Morgen geworden, fuhr Esti fort. Ich war damals so alt wie mein Sohn jetzt. Beziehungsweise nicht jetzt, sondern vor einiger Zeit. Ein flachsblondes Mädchen stand neben dem Schweinestall und starrte aus dem Hof voller Unkraut heraus; dann wurde es hinter das Haus gerufen und lief hinein. Eine Viertelstunde später kam mein Zug. Ich war allein in einem Wagen mit gelben Holzbänken. Einige Minuten und der Zug wurde bei Tállya langsamer. Ich blickte hinaus. Man konnte mich nicht sehen. Viki wartete mit den Verwandten zwei Wagen weiter. Als ich durch die zwei leeren Wagen hindurch zu ihnen kam, stand sie schon mit ihrer schlanken, holden Gestalt, dem verblichenen Leinenkleid, blond wie der Sommer am Fenster im Gang und beugte sich hinaus. Der Zug fuhr wieder an. Von vorn kam der Schaffner – ein dünner, fröhlicher junger Mann in schwarzer Uniform – und verlangte die Fahrkarten.

Dann gab es einen Augenblick: Im Weggehen blieb der Schaffner stehen und blickte zurück: Dieser Wagen war gepolstert. Ich lehnte mich gegen die offene Abteiltür, auf meinem Nacken spürte ich den Blick des Schaffners, und in den hintersten Schichten meines Bewusstseins ermahnte mich eine kraftlose Ermahnung: Vielleicht ist es mir nicht erlaubt, hierher rüberzukommen. Doch ich konnte dem Ganzen keine Beachtung schenken, ich betrachtete das von dem braungestreiften, verschlissenen Samtsitz eingefasste Mädchen, ohne ein Wort. Viki wusste noch nicht, dass ich da war. Wäre mein Sohn an meiner Stelle gewesen, würde er noch leben. Doch dann hätte er das Problem mit seiner Mutter wie der schuldig-unschuldige Ödipus. Mal bin ich Vater, mal Sohn, ich hätte nicht gedacht, dass das mein Leben würde.

Hübsches-Halbblut-Leben

Eines Sommerendes kam Esti aus Italien nach Hause, im Kopf die summende Melodie der Kilometer, im Herzen die Erinnerung an sonnenbeschienene Märkte, lärmende Straßenkinder, Tizians. Er erzählte: Wir flogen vielleicht seit einer halben Stunde. Die Maschine erreichte die Flughöhe von siebentausend Metern, und die hübsche Halbblut-Stewardess demonstrierte, wie man die in der Rückenlehne des Sitzes befindliche gelbe Schwimmweste anlegte. Sie kämpfte lange mit ihr, die Weste wollte nicht über ihren fülligen Oberkörper. Das Mikrofon krachte heftig, so dass vom Begleittext nur der Anfang zu verstehen war, dem zufolge das Abkommen über den internationalen Luftverkehr bei jedem Flug die Flugroute über dem Meer vorschrieb, und dass im Falle eines Absturzes … Wir werden weich fallen, ergänzte ich für mich. Die Schwimmweste mit dem komplizierten Schnürwerk musste man allem Anschein nach während des Fallens anziehen, dann aufblasen, wobei man diszipliniert zur Tür der Maschine kroch. Wie genau, verstanden wir nicht, doch ohnehin wusste niemand, ob ihm die

Schwimmweste vor ihm zustand oder die, die sich in der Rückenlehne des eigenen Sitzes befand. Ich sah den vor mir sitzenden massigen, braunen Südamerikaner und beschloss, mich nicht mit ihm um die Weste zu streiten, sollte er sie haben.

Dann, nach einer halben Stunde Flug – wir flogen vorschriftsmäßig über dem Meer –, lockerte sich am Flügel eine Platte, und schon bald gab es einen laut knallenden Schlag. Ein Herr machte die Stewardess darauf aufmerksam, doch die teilte beschwichtigend mit, alles sei in bester Ordnung. Ihr Busen ging wie ein Blasebalg auf und ab. Das nennen Sie in Ordnung? Und in der Tat, die Platte löste sich, fiel herab. Es stellte sich heraus, dass wir bezüglich der Schwimmwesten doch alles verstanden hatten. Neben uns begann ein Mann zu beten, er schwitzte und betete. Ich saß neben meinem Sohn. Ich hatte ihn auf den Platz neben mir upgegradet. Willst du mir etwas sagen, wollte ich nicht zu ihm sagen. Woran denkst du, fragte ich ihn schließlich, als wären wir ein Liebespaar. Er antwortete mir, doch nichts, was notierenswert gewesen wäre. Da ging der Flug in den freien Fall über. Wir sind im freien Fall, sagte mein Sohn. Der Sitznachbar schluchzte nur noch. Ewiges Leben, sprach ich vor mich hin. Bewahren Sie die Ruhe, sagte das hübsche Halbblut. Letztlich bewahrten wir sie, zu zweit, allein, bis zum letzten Augenblick namens allerletzter.

Verschwunden ist der Kuss, so ist das Leben. ’tschuldigung, Esti grinste, wie es seine gute Gewohnheit war, am Ende musst du auch noch erfahren, wie das Leben ist. Verzeih, das soll nicht wieder vorkommen.

Das Totengräber- oder Herbst-Leben

Mein Sohn wollte nicht mit mir sprechen. Ich bin gern mit dir zusammen, Alter, ich esse gern mit dir zu Abend, vorausgesetzt, du zahlst die Zeche, doch das sage ich nur zum Spaß, denn du zahlst immer die Zeche, du zahlst gern die Zeche, ohne dadurch davonkommen zu wollen, du weißt, durchs Zechezahlen kommt man nicht davon, obwohl ich befürchte, du bist nicht von selbst, sondern durch deine Lektüre darauf gekommen, und durch populäre Filme, reiche, rücksichtslose Eltern versus einsamer, sensibler Junge, und alle wollen nur Gutes, trotzdem münden die Dinge in eine Tragödie, genauer, die Ereignisse, die Zeche aber weht der bittere Küstenwind davon, während uns der Abspann Tränen in die Augen treibt, doch ich unterhalte mich nicht gern mit dir, weil du nicht der erhabenen Versuchung widerstehen kannst, das Gespräch, den Gang des Gesprächs auch nur einmal nicht auf mein Bestes lenken zu wollen, so dass ich, wenn wir uns unterhalten, nur auf diesen Augenblick warte, auf etwas anderes achte ich gar nicht, nur darauf, wann, wann du darauf zu sprechen kommst, wann du den Gang darauf lenkst, wann mein Bestes kommt. Armer Alter, du kannst nichts dafür, du bist Vater.

Wir sprachen nicht miteinander, doch er schrieb regelmäßig Mails, zumeist schickte er Links, mit kurzen, geistreichen Kommentaren. Das bereitete mir immer ein großes Glück. Es war mir verboten zu antworten, doch das schmerzte mich nicht, ich akzeptierte es als Spielregel. Die Spielregel ist wie das Naturgesetz, es wäre dumm, sich darüber zu beschweren, warum der Stein, den man nach oben wirft, nach unten fällt. Seine vorletzte Mail erörterte lang und breit, wie man erreichen könnte, dass in der Reihenfolge der natürlichen Zahlen nach der Zwei die Vier kommt, das sei jetzt sein größtes Problem. Er bemühe sich, in der Fachliteratur nachzusehen, obwohl er sich dem möglicherweise eher von der Physik her nähern müsste und nicht von der Mathematik, da, jetzt vereinfache er für mich das Problem, da nicht auf *jede* Zwei eine Vier folgen müsste, ihm wäre genug, wenn nach der zweiten Etage die vierte Etage käme. Vielleicht klettere er in der zweiten aus dem Fenster und wie Spiderman die Außenwand hoch, und auf diese Weise hinein in die vierte, gut möglich, dass das eine Lösung wäre.

Selbst jetzt beginnt bei diesen Sätzen mein Herz zu pochen, als wäre ich verliebt oder stünde auf einem Popkonzert zu nah an den Verstärkern.

Seine letzte Mail klang so: In der dritten wohnt ein Schauspieler, er ist im *Hamlet* der Totengräber.

Die Frau hat eine winzige, schwarze Warze im Gesicht, ihre Haut ist von hellem, zu starkem Flaum bedeckt, ihre Stimme ist heiser, interessant (oder rau?), ungewohnt, ihr Haar ist dunkel, er würde es nicht braun nennen, er würde es nicht rot nennen. Ich habe auf Sie gewartet, sagt sie. Ich setze mich. Am Nachbartisch sitzen eine Frau und ein Mann, der Mann ist mein Sohn, die Frau trägt einen mühlsteingroßen Hut, schlürft verdünnten Zitronensirup durch einen Strohhalm. Ich weiß, wer diese Frau ist, ich kenne die wollüstige Wölfin, die Frau lacht, seit sie fünfzehn ist, weiß ich von jedem ihrer Kerle und jeder ihrer Abtreibungen, und sie weiß von meinen. Sie hat meinen jüngeren Bruder flachgelegt; ihr Hauptvergnügen ist es zuzuschauen, wie sich die aufgegeilten Typen in ihren langen Unterhosen verheddern.

Mein Sohn und die Frau unterhalten sich heftig, horch mal, sage ich zu der Frau, ich beuge mich weiter vor, um besser hören zu können, die Frau missversteht es, vertraulich lachend sagt sie, abgefahrene Sachen denken sich die Tussis aus, sie haben ein rundes Loch vorne am BH, dort ziehen sie den Knopf durch, damit es so aussieht, als hätten sie unter dem Pullover nichts an. Pfui. Wenn ich einmal einen Hängebusen bekomme, ziehe ich einen anständigen BH an und fertig, sie redet laut, einige drehen sich nach ihr um. Mein Sohn scheint zu sagen, wir wissen es, auch wenn man das Gegenteil davon zum Gesetz erhoben hat. Was sagt er, frage ich flüsternd die Frau. Dass es auch zum Gesetz erhoben wird, wenn wir das Gegenteil gewusst haben. Nicht umgekehrt?, frage ich. Wie umgekehrt, verstehe ich nicht.

Die Frau hat keine Schminke im Gesicht, ihr Haar ist kurz geschnitten, ihr Nacken ist mit einem Raster aus blondem Flaum bedeckt, stark, ihr Gesicht besteht aus scharfen, spitzen Dreiecken, die Einkerbungen um ihren Mund zeigen streng nach unten, plötzlich beugt sie sich über meine Hand, küsst meine Finger, die Handwurzel, tastet mit der Zunge nach den Knochen, den Fingerzwischenräumen, Schmelze in einer Hand, gehen wir, sagt sie. Wir stehen auf, mein Sohn erkennt mich nicht, es fällt ihm nicht wie Schuppen von den Augen, wenn er überhaupt welche auf den Augen hatte, er sagt gerade zu der Trinkhalmfrau, dass er es nicht mehr in das lebendige Gewebe der Welt zurückbindet.

Winter-Leben

Die Hände des Landsers sind rot vor Kälte, was scheint so rot in der Ebene, ruft er. Er ist betrunken, mein Sohn streicht sich an. Auf der Straßenkreuzung traben Pferde, mein Sohn sieht, dass nicht ihm die Aufmerksamkeit geschenkt wird, ich will unbedingt gefallen, sage, aber warum kratzen wir am Grind der vernarbten Wunde? Mit stolzer Freude entdecke ich den dumpfen Glanz auf der gestriegelten Brust der Pferde, sie biegen in die Seitenstraße gleich neben dem Espresso ein. Gegenüber ist eine polnische Zigeunerin, sie verkauft Blumen, eine Nebendarstellerin. Am frühen Morgen fällt es schwer, Feinheiten zu unterscheiden. Die Handschuhfinger der Zigeunerin sind abgeschnitten. Mein Sohn trippelt näher heran, ich weiß, wer diese Frau ist, eine Polin, eine Nebendarstellerin! Ich kenne die wollüstige Wölfin. Halt den Mund, ich drehe mich zu meinem Sohn hin, er erschrickt, mein Vater, ich mein's doch nicht so, ich bin alt und firm, einfältig und von demütiger Zeit. Ich mache einen Schritt zurück, spüre den Geruch meines Sohnes, da hast du, ich zerre Metallgeld aus meiner Tasche hervor, sich zu bewegen ist schlimm, es fällt mir schwer, die Finger meiner Wollhandschuhe sind ölfleckig, ich weiß, dass ich nach Diesel rieche. Mein Sohn fällt kreischend über mich her, was bildet ihr euch ein, wer ihr seid, was bildet ihr euch ein, ihr Scheißkerle, Hurensohn einer Eselin!, räudiger, nichtswürdiger Saumensch, was! Ich stoße meinen Sohn von mir, den Mantel zu berühren ist ekelerregend. Bei der Blumenverkäuferin tauchen die Reiter auf. Im Wind treiben Seufzern gleiche Hurra!'s zu uns. Die Reiter fegen mit gellendem Geheul über, brausen über uns hinweg wie ein Gewitter. Der erste Reiter rammt meinem Sohn seinen Säbel in den Hals. Das Bein meines Sohnes zuckt, ein schäumendes, korallenfarbenes Bächlein entspringt seinem Hals, sein Mund ist zerrissen wie die Lefzen der Pferde. Ich kann den Blick nicht heben, ich schaue mir die Muster im Asphalt an, auf den benutzten Straßenbahnfahrkarten sind zickzackförmige Schuhabdrücke. Ich möchte Sonette schreiben, sagt Kornél Esti zum Abschluss, Sonette. Vierzehn, mein Alter, vierzehn! Diese »vierzehn« wäre unser Leben?, fragt er noch vorsichtig.

Widerstand-Leben

Kornél Esti zuckte nur leicht die Schultern, kaum, als zuckte Sándor Rózsa mit der Augenbraue.

Der Dieb des Kornél Esti

(Abenteuerfilm)

Ich raste – erzählte Kornél Esti – an einem heißen Sommertag in der elektrischen Ostbahn (vulgo: Straßenbahn Nummer zwei) heimwärts.

Der junge Mann mit der Geldbörse in der Hand war eben dabei, aus der Straßenbahn zu steigen. Er ist mir nur deshalb aufgefallen, weil er die Börse mit zwei Fingern hielt, geziert hielt er sie in Kopfhöhe, als würde er schwimmen und nicht wollen, dass sie nass wird. Neben mir sagte dann eine junge Frau leise: Ein Dieb – und sie zeigte auf den Mann. Irgendwie war das unglaubwürdig, im Verhalten des Mannes sah ich nichts Verdächtiges, auch die Börse war nicht verdächtig, sondern interessant oder höchstens eigenartig. Das heißt, dass jemand ein Dieb sein könnte und etwas wegnimmt, was nicht ihm gehört, ist nicht zu glauben. Sobald wir jemanden aus der Nähe betrachten, können wir uns nicht vorstellen, dass er ein Dieb ist. Der Dieb ist etwas Abstraktes. Das Opfer sah aus wie eine Studentin älteren Semesters, und sie trug ein Kind auf dem Rücken. Sie hatte Ähnlichkeiten mit Mari Csomós, nur war sie nicht so schön (die Mari Csomós war in ihr nicht vorhanden).

Ein Dieb, wiederholte sie. Ich hatte das Gefühl, etwas tun zu müssen, es war nicht in Ordnung, dass im Land Diebe herumliefen und ich hier einfach mit der Straßenbahn herumkutschte. Doch das muss man nicht groß übertragen verstehen, es war eine konkrete Straßenbahn, ein konkreter Dieb, ein konkretes Ich.

Wer?, rief ich, und damit versetzte ich mich in Aktion. (Wie man sieht, bestehen meine Aktionen aus Wörtern.) Die Frau schnappte nur mehr nach Luft, und mit dem Zeigefinger verfolgte sie ihre Geldbörse. Da wollte die Straßenbahntür gerade zugehen, auf diese Bewegung hin rührte ich mich, setzte meinen Fuß in die Tür, sprang hinaus, die Frau hinter mir her.

Der Mann blickte zurück; sein Gesicht war ruhig, als würde er nicht losrennen wollen. Aber er schien seinen Schritt zu beschleunigen. Dieb, rief ich da, stehenbleiben! Welch ein Wunder: der Mann blieb nicht stehen. Ich ging ihm nach, er war etwa zehn Meter von mir entfernt, ich lief nicht, ich dachte, dass man ihn nicht erschrecken sollte. Daher wiederholte ich etwas verhaltener: Dieb. Stehenbleiben.

Aber nicht nur, dass er selbst nicht stehenblieb, auch die Umherstehenden rührten sich nicht, was heißt, rührten sich nicht, keine Miene verzogen sie. Als wäre ich nicht vorhanden. Der Satz hatte mich unsichtbar gemacht. Je verhaltener ich rief, desto schneller ging ich. Und nun sagte ich:

Dieb, bleiben Sie stehen! Wahr ist, dass auch in meinem Gesicht weder Schrecken noch Entrüstung lag, nur Verwunderung, und die spiegelte sich in den mich umgebenden Gesichtern. Da beugte ein älterer Mann sich sanft zu mir hin: Guten Tag, Herr Kornél. All meine homoerotischen Reserven in Gang setzend, nickte ich zurück, nun schrie ich aber richtig los.

Bleiben Sie doch endlich stehen!

Wie in einem Western, wumm, begannen wir plötzlich zu laufen, vorne der Dieb, ich hinter ihm her, und ich brüllte. Ich glaube, da hatte ich bereits Angst. Höflich gaben die Leute den Weg frei. Wir kamen an immer neuen Zuschauern vorbei, und ich bemühte mich, sie mit Informationen und Anweisungen zu versehen, namentlich mit der Aussage, dass dort ein Dieb sei, den man fangen sollte.

Zwar kam ich ihm nicht näher, aber ich hielt mich gut. Wir rannten über eine Kreuzung hinweg, und plötzlich war da niemand mehr außer uns zweien. Er blieb stehen. Schnaufend erreichte ich ihn. Jetzt erst war klar, dass ich, der gealterte Fußballer, wirklich gealtert war; ich brachte kein Wort heraus. Auch jetzt sah er nicht wie ein Dieb aus, er war wie jemand von uns, nur kam er mit dem Laufen besser zurecht als ich. Mir hatten moralische Gründe Flügel verliehen.

Kannst die Hälfte haben, sagte er einnehmend. Nicht einmal lachen konnte ich, so beschäftigt war ich mit dem Luftholen. Mein Gott, wie martialisch musste ich wirken, dass er mich beteiligen wollte. Mein Schweigen mochte ihn in der Annahme bestärkt haben, dass es besser sei, sich nicht mit mir anzulegen. Bist durchgeknallt, mach schon, Arschloch, sagte er, hier die Hälfte, und hauen wir ab!

Ich wusste wirklich nicht, was ich jetzt tun sollte. Es gab einfach keinen Satz, den ich hätte sagen können. Höchstens: Mein Herr, Ihr seid ein Schlingel. Ich riss ihm die Börse aus der Hand und begann zu laufen, zurück, er mir nach, über die Kreuzung, und da musste ich dann hören:

Ein Dieb! Fangen Sie ihn!, das schrie mir der Dieb hinterher. Meine arme Mutter, wenn sie das noch erlebt hätte. Wieder gaben uns die Leute den Weg frei, jetzt erregten wir etwas mehr Aufmerksamkeit (plus postmodernen Terror), ich näherte mich der Frau, das Kind heulte bereits, der Dieb näherte sich mir, offensichtlich spielte er sonst Rechtsaußen, die laufen traditionell am schnellsten.

Stehenbleiben konnte ich nicht, also rannte ich an der Besitzerin vorbei, die blickte mich entsetzt an, ihre Augen weiteten sich, etwas so Unglaubliches war für sie schier nicht möglich, hinter mir lief der Dieb, und er schrie, dass man mich fangen sollte. Vor der Straßenbahn sprang ich plötzlich zur anderen Straßenseite hinüber, ein Taxi kam gerade, ich warf mich hinein, schnell, fahren Sie!, sagte ich, wie in einem Film, sogar synchronisiert. Der Taxifahrer nickte, betrachtete die Börse in meiner Hand, sagte nichts. Zwei Straßen weiter ließ ich anhalten und stieg aus.

Vorsichtig habe ich mich zur Straßenbahnhaltestelle zurückgestohlen. Keine bekannten Gesichter. In der Geldbörse keine Papiere, nur 2400 Forint. Was nun.

Was nun ist Estis Leben?

Die fallenden Schuppen

(Krimi)

Kornél Esti rief mich an, er wolle sich unbedingt mit mir treffen. Er sagte das derart einschmeichelnd und gleichzeitig streng, besser, leicht beleidigt, als nähme er von vornherein an, dass ich ihn nicht sehen wolle. Das Gegenteil war der Fall, er fehlte mir, vielleicht gerade weil ich in letzter Zeit viel an ihn gedacht hatte, ich hatte versucht, unsere gemeinsamen »Jugendabenteuer« heraufzubeschwören, die Stationen unserer Freundschaft Revue passieren zu lassen.

Wie immer, wenn wir uns an einem öffentlichen Ort trafen, kam, erstens, ich zu spät, obwohl ich, werde ich gefragt, ob ich mich gewöhnlich verspäte, ohne zu überlegen, ehrlich nein antworte, wartete, zweitens, Esti in ein Buch vergraben auf mich, dabei rauchte er, sog gierig das Gift ein, im Aschenbecher wie verreckte, gepeinigte, ja, vielleicht gefolterte Würmer die vielen Kippen, und natürlich der schwarze Kaffee, der doppelte Espresso. Immer empfing mich dieses Bild, wie eine Ikone, und immer überkam mich auf der Stelle das verantwortungslose Gefühl der Dankbarkeit: Ich habe einen Freund, und der ist hier, wartet auf mich, was kann mir passieren?!

Diesmal sah ich seinem Gesicht sofort an, dass etwas passiert war. Wie er aufblickte, lächelnd, ruhig, heiter – alles gelogen. Er wartete nicht einmal ab, dass ich mich setzte, er drückte mir ein Foto beziehungsweise die Kopie eines Fotos in die Hand und schrie mich an: Was meinst du, was das ist? Weder Lächeln noch Ruhe noch Heiterkeit, nur das Bittere der vernichteten Zigaretten stieg mir wie frisch geriebener Meerrettich in die Nase.

Darf ich mich setzen?, fragte ich lächelnd, ruhig und heiter und setzte mich. Esti sah mich so befehlend an, dass ich sofort auf das Bild blickte. Ich mag das Foto, Fotos an sich. Es stimmt zwar nicht, dass sie einen stärkeren Bezug zur Wirklichkeit hätten als Gemälde, doch scheint diese Verbindung auf jeden Fall stärker, es sieht sie auch jemand, der keinen Blick dafür hat – wie zum Beispiel ich. Ich kann mir von der Wirklichkeit nur schwer ein Bild machen, ich sehe sie an, sehe sie an und sehe sie nicht, denn sehen kann man natürlich immer nur das Bild. Deshalb bin ich dankbar, wenn jemand, zum Beispiel ein Fotograf, das für mich macht. Selbstverständlich zeigt das Bild nicht, was auf ihm drauf ist (wie auch der Roman, das Herz des Romans kalt bleibt, er eine fast beleidigte Beziehung zur eigenen Handlung pflegt), es zeigt nicht den zungeherausstreckenden Einstein, nicht das World Trade Center oder dessen Platz oder nicht trauernde Frauen in einem Zimmer, sondern – nun, das ist schwer auszudrücken, ohne dass es großspurig, wie ein Bluff oder intellektueller Schmus klingt. Denn das Bild (der Roman) zeigt immer uns, das Leben, die Existenz, die Welt, die Hoffnung oder deren Mangel (als Hoffnung), Gott (oder dessen Mangel als Hoffnung), den Himmel, die Erde: immer das Ganze. Ein Bild ist das Ganze, und vom Ganzen handelt (erzählt) es auch.

Ich betrachtete das Bild, als ginge es mich persönlich nichts an, die altbekannten Gesichter erkannte ich nicht, weder Elena Viterbos maskenhaftes Gesicht vorn noch das holde kleine Gesicht der Baroness weiter oben, an der Biegung des Ofenrohrs, denn zuerst sah ich die Komposition, die Struktur, die sehe ich immer zuerst (und das erwähne ich noch nicht einmal selbstkritisch). Ich sah die aufeinander aufbauenden Vielecke, das schwarze, einheitliche Fünfeck. Der Streifen, der an dem schwarzen Block begann und in der Ecke zu zwei Streifen auseinanderlief, war wie ein Kreuz, Hiatus, Nichts (was in Kenntnis des Bildtitels – *Mr. Gordons Begräbnis* – zumindest vielsagend ist).

Und da fiel es mir wie Schuppen von den Augen, ich sah die Baroness, wie ihr leidender Blick dem forschenden Auge der Kamera ausweicht. Doch ich konnte mich nicht mehr beherrschen, ich blickte meinen Freund, diesen gemeinen Verräter, verblüfft an. Gordon, du Mistkerl!, brüllte ich Kornél Esti ins Gesicht und ... (hier bricht das Manuskript ab).

Dieser Abbruch ist Kornél Estis Leben geworden.

Das Moskauer Fragment

(Skizze)

Eine kulinarische Skizze, das ist mein Ehrgeiz, sagte Kornél Esti bei der Rückkehr aus Moskau, das möchte ich sein. Eine wohlschmeckende Verheißung. Esti wollte alles, er schämte sich auch nicht, als alles zu kommen, nur schrieb er das »alles« nicht groß, nun, um es umständlich auszudrücken, er hatte vom »alles« fragmentarische Vorstellungen. Wir wussten, seit geraumer Zeit arbeitete er an einem delikaten Text, mit großer Anstrengung, und kam überhaupt nicht voran. Grübelte nur. Grübeln ist der Feind des Schreibens. Eingeweicht in Wacholderschnaps keimen die Geschichten. Doch woher bekam man Wacholderschnaps in Großhandelsmengen? Hektoliter. Die nationale Küche ist so etwas wie die Relativitätstheorie. Sie wirklich, gründlich zu verstehen ist quasi unmöglich, sie abzulehnen lächerlich. Meine Lieben, wir sind Materie, die Unvollkommenheit schlechthin: Vergebens lausche ich der stillen, klopfenden Musik der Speisen, nichts: Paprikahuhn, Marzipanzwerge und ein bisschen Reue. Am ehesten Paprikahuhn, dann die Marzipanzwerge und last and least diese Reue sind Estis Leben.

*

Natürlich war Kornél Esti nie in Moskau gewesen, und natürlich war das überhaupt nicht von Bedeutung, schon allein deshalb nicht, weil wir damals – Kaffeehäuser, berauschter Taumel in der Frühe auf den leeren Boulevards eines jungen und wilden Budapests, im Fellini'schen Nebel, mit langen, vor Kälte bis zum Mund hochgezogenen weißen Seidenschals, auf denen Speichelkugeln saßen wie echte Perlen –, damals der Wirklichkeit keine große Bedeutung zumaßen. Wir lebten in der glanzvollen Zukunft. Wir schätzten die Wirklichkeit nicht gering, vielmehr wollten wir ihr, dieser unseligen Idiotin, auf irgendeine Weise helfen, sie, nun, im Nachhinein kann ich es eingestehen, erschaffen, wir wollten die Wirklichkeit erschaffen und auf diese Weise erkennen. Wir waren jung, wir sehnten uns nach allem wie die drei Schwestern nach Moskau. Wir setzten die Wirklichkeit wie die Liebe zwischen das Nichts und die Phantasie. Diese Liebe war für eine kurze Zeit unser Leben, für Esti länger (wegen und um der drei Schwestern willen).

*

Vielleicht hatte Esti nie so viel erzählt wie bei seiner Rückkehr aus Moskau. Gar nicht viel, eher farbig, schwungvoll, voller Lust. Kurz, er wollte etwas nicht erzählen. Dieses »nicht« ist sein Leben, scherzhaft gesprochen. Oder dieser Scherz ist sein Leben, um dem Unernst ein Ende zu machen. Klar: Das Ende (dieses?) ist sein Leben.

*

Er stürzte ins Kaffeehaus, und schon brach es aus ihm heraus, fegte sogar die Begrüßung hinweg, mit der Esti allerdings heikel war, er siezte gern und grüßte gern, er siezte, wen er konnte, und grüßte, wen und wann er konnte. Meine Freunde, ich habe die erbärmliche und einsame Sünde der Widerspiegelung der Wirklichkeit begangen, beachtet mich nicht. Und fallt mir nicht ins Wort. Moskau ist groß. Die Russen sind tatsächlich so viele wie die Russen. Alles ist größer, dramatischer, brutaler. Ein Jaguar steht neben einem dreißig Jahre alten Lada. Was ein dreißig Jahre alter Lada bedeutet, kann man von Budapest her nicht wissen. Das ist nicht drei mal zehn, das ist eine andere Dimension. Oder dass es wirklich Kommunisten gibt, Millionen, nicht nur als Andeutung oder Parodie. Dass selbst die Großmutter ausschließlich diese Lüge gehört hat. Dass also die Erinnerung eine andere ist. Und dass ich die Augen schließe und nach einer halben Stunde wieder öffne, und das Auto noch immer auf demselben Prospekt dahinrast. In Moskau gibt es keine Straßen, nur Richtungen, höre ich. Und so weiter, das muss ich noch ausarbeiten: ein kleines russisches Kulturpanorama, bravourös, also plus Soziologie, politische Analyse und humanistisches Einfühlungsvermögen bis hin zur im Krieg geraubten ungarischen Bibliothek – ich stand nur in unseren Büchern blätternd und verfluchte lautstark den Kommunisten-Gott (den habe ich vielleicht mit kleinem »g« gesagt, ich hoffe, ihr habt das gehört, ihr atheistischen Ungeheuer), während ich voll Dankbarkeit den Bibliothekarinnen zuhörte, die wie Frauen redeten, die Bibliothekarinnen sind, das heißt, die zwar hinsichtlich ihres politischen Standpunktes (Bücher geben wir nicht zurück) zerstreut nickten, die jedoch nur interessierte, dass die Bibliothek sichtbar und zu besichtigen war, man die Bücher vor Augen hatte, und dann, so dachte ich für mich, ist es fast egal, wo die Bücher stehen. Sicher, wenn es wirklich egal wäre, dann könnten sie durchaus auch bei ihrem Besitzer stehen, zu Hause. Dieses »zu Hause« ist Estis Leben.

*

Ich glaube nicht, dass ich irgendwann einmal Wein ausgespuckt hätte, sagte ich in Moskau zur ersten, erstbesten Frau, von der ich glauben konnte, dass ihr Anton Pawlowitsch nicht fremd war (und natürlich auch nicht Rabelais, doch davon schwieg ich), das heißt, mit der es eine gemeinsame Basis gab, von der wir uns abstoßen konnten, von der aus wir sabiratj uroschai konnten, ein Trampolin, ein Schneidbrett, von dem aus wir organisch fliegen konnten wie kleingeschnittene Zwiebeln. Oder wie der Duft von was nochmal, Oregano oder was. Und Basilikum und Dost. Alle Moskauer Frauen sind großartige Köchinnen, ich würde nicht einmal sagen, dass das Kochen bei ihnen Teil des Vorspiels ist, es ist eher so, dass es das Vorspiel ist. (Habe hinsichtlich Moskaus freilich immer im Kopf, dass im Prinzip ja, aber nicht in Moskau, sondern in Sankt Petersburg, und kein Mercedes, sondern ein Fahrrad, und nicht gewonnen, sondern gestohlen.) Kinder, wo habe ich gelesen, dass eingeweicht in Wacholderschnaps die Geschichten keimen? Wir wussten es nicht, es interessierte uns auch nicht. Dieser Wacholderschnaps ist Estis Leben.

*

Esti-Sätze: Die nationale Küche ist so etwas wie die Relativitätstheorie. (Csaba Farkas Varjasi) Wir sind Materie, die Unvollkommenheit schlechthin. (Eszter Babarczy) Paprikahuhn, Marzipanzwerge und ein bisschen Reue ... (András Maros) Ich glaube nicht, dass ich irgendwann einmal Wein ausgespuckt hätte. (John Lukács) In der Bohnensuppe spiegelt sich weniger die Geldbörse als vielmehr der Charakter. (László Márton) Kevert kann man nicht versauen, Kevert ist per definitionem schlecht, selbst wenn er gut ist. (Péter Új) Ein guter Koch überstürzt nichts, antreiben aber lässt er sich schon gar nicht. (János Márkus-Barbarossa) In Wacholderschnaps eingeweicht keimen die Geschichten. (József Imre Balázs) Im Essen ist – außer seinem Duft und Aroma – die Zeit das heiligste Geschenk, die Lebenszeit, die der Koch von seiner eigenen ausschenkt. (Zsófia Balla) Kraut hat nichts Bukolisches an sich. (Gergely Péterfy) In der oberen Ecke, wo die Briefmarke wäre, strahlte das Gelbe des Spiegeleis – wie auf Kinderzeichnungen die Sonne. (Márton B. Balogh)

*

Meine Freunde, ich begann mit großen Hoffnungen, die von den marinierten Pilzen bis hin zum Stör des zweiten Frischegrades in allen Farben schillerten. Oder das Essen als solches! Wer Russen (als Russen) essen gesehen hat, der weiß etwas von menschlicher Großzügigkeit, von Fülle, der weiß, wir essen gegen den Tod an, der Tod ist das, was der Russe mit jedem Bissen weiter wegscheucht. Und wie so eine russische Gruppe einzieht (von der wir sofort glauben, es sei eine Familie, denn man sieht offensichtlich eine Hierarchie, das Oberhaupt, dann die Söhne, dann die Frauen, Schwestern, Mütter, Geliebten, untergeordnet, doch mit der großen Kraft eines kaum versteckten Matriarchats) und Platz nimmt, am Tisch, den sie dann, unabhängig von den lokalen Gepflogenheiten, mit Essen vollladen lässt, das beweist nicht nur ihre Größe und Energie, sondern irgendwie auch die der Welt. Zumindest aber die des Tischs.

Wie Russen essen, das verändert die Welt.

Ja, gut, aber was ist tatsächlich geschehen?

Tatsächlich geschahen die bereits erwähnte Frau und der Wodka. Die Frau – als solche – ist wie die Bohnensuppe: Man – als Mann – schüttet ihr sofort sein Herz aus. Die Fleischbrühe ist die Stunde der Wahrheit, doch in der Bohnensuppe spiegelt sich weniger die Geldbörse als vielmehr der Charakter.

Nun, meine Freunde, ich schüttete also mein Herz aus. Kleine ungarische Männerseele in großem russischem Frauenzuber, ich skizzierte also das Problem, das Festsitzen, die kulinarische Schrumpfung. Den Gastrobankrott. Dass ich in dieser Richtung einen Anstoß bräuchte. Wir saßen gerade am Tisch, sie konnte die Bitte nicht verdächtig finden. Sie senkte den Kopf:

Vom Essen könnte ich viel erzählen, Kornél Árpádowitsch.

Ich hatte das Gefühl, sie drückte ihren Schenkel heimlich gegen meinen, doch ich irrte mich, es war nur das Tischbein, das seine Leidenschaften nicht bezwingen konnte.

Also erzählen Sie, Natascha, bettelte ich, erzählen Sie! Doch sie wollte nicht. Nicht jetzt. Auch Sie würden sich nicht darüber freuen. (Ihre Aussprache des Jery war so wunderschön, dass es einem das Herz brach.) Ich sehe, bei der Speisekarte leuchten Ihre Augen. Das sehen Sie gut. Später, auf dem Weg nach Hause, im Flugzeug, später – denn es hatte sich herausgestellt, dass wir mit derselben Maschine flogen. Es kam in kleinen Teigtaschen versteckter Kaviar. Natascha blickte auf den Kaviar, dann zu mir, warf die Serviette aus Damast, der wie Damast aussah, zu Boden und stürzte aus dem separaten Raum des Restaurants. Ihr Blick verriet nicht, ob sie mich oder den Kaviar mehr hasste. (Kulinarisch sind beide inakzeptabel.)

Ich weiß nicht, was Estis Leben ist.

*

Die Zeit verging, aber anders (denn wir waren in Moskau). Nun also der Wodka. Schon immer hatte ich das Gefühl, dass sich hier ein Geheimnis verbirgt. Der Wodka trinkt sich anders (lässt sich anders trinken). Was ist dieses andere? Ungarn haben vom Kevert a priori synthetische *Erfahrungen*. (Mein Gott, wie gut, dass Dummheit nicht weh tut! – Autobiographische Anmerkung.) Kevert kann man nicht versauen, Kevert ist von vornherein schlecht, selbst wenn er gut ist.

Wodka auch nicht. Wodka ist von vornherein gut. Selbst wenn er schlecht ist.

Es stellte sich heraus, ich erwischte mich dabei, dass ich in Tischnähe sofort Wodka trank. Auf einmal ist da in meiner Hand ein Wodkaglas. Es wächst aus (m)ihr heraus wie eine Blume. Ich verstand nicht, was diese neue Notwendigkeit war, die mich zum Wodka trieb. Ihr wisst ja, mein Verhältnis zum Alkohol ist höchst nüchtern, nüchtern und heftig, ich trinke nicht aus Durst, nicht aus Kummer, nicht aus Rache, nicht als Ady-Paraphrase, sondern: weil es mir schmeckt. Wegen des Geschmacks. Der gute Trinker überstürzt nichts, antreiben aber lässt er sich schon gar nicht. Der Wodka hat nichts Bukolisches an sich. Meine russischen Freunde sahen diese schwächlichen sapadistischen Anstrengungen teilnahmsvoll mit an, diese verdächtigen Tempoeinheiten des Verstandes.

Die Übung jedoch brachte mich auf die Lösung: Wodka trinken wir nicht davor, nicht danach, nicht während, nicht anstatt: sondern immer. Wenn Suppe, dann dann. Wenn Torte, dann dann. Schlacht von Stalingrad oder literarischer Abend: dann. Jederzeit. Beziehungsweise, und hier liegt jene gewisse russische Zeit, sejtschaß, begraben: Wodka *muss* man trinken, damit die Zeit vergeht. Zuerst glaubte ich, man braucht ihn nur, um die Zeit zu messen, doch nein. Obwohl: Wenn man die Zeit nicht messen *kann*, vergeht sie dann? Ich befürchte, wir sind wieder bei der Relativitätstheorie. Angeblich wurde Sartre rot vor eitler Freude, als die Moskauer Parteiversammlung auf Chruschtschows Wink (ein kaum wahrnehmbares Auffliegen der Hand) aufstand und ihm applaudierte. Beifallsstürmte. Der mir das erzählt hat, stand dort neben Sartre, seitlich, auf der Tribüne, ein junger Literaturwolf.

Ich weiß nicht, was nun Estis Leben ist.

*

Es war nicht schwer zu arrangieren, dass ich im Flugzeug neben Natascha saß.

Sie hatten mir eine kulinarische Geschichte versprochen. Erschrocken sah sie mich an.

Haben Sie es denn nicht vergessen? Ich wollte, dass Sie es vergessen.

In Geschichten, Natascha, ist – außer ihrem Duft und Aroma – die Zeit das heiligste Geschenk, die Lebenszeit, die der Erzähler von seiner eigenen ausschenkt.

Hoffen Sie gar nicht erst darauf.

Ich zuckte die Schultern, ich hatte diese Plackerei satt. Ich sehnte mich nach etwas Barockem, nicht nach dieser Minimal Art. Und ich sagte das auch. In diesem Augenblick lief wie eine Orgasmenserie ein Wallen durch Nataschas Körper, von unten nach oben und von innen nach außen, und sie erbrach sich in einem Strahl. Russland ist groß. Als sie fertig war, musterte sie mich sichtlich zufrieden. Ich erwartete schon, dass sie sagte, da, nimm, verdammt, Kornél Árpádowitsch, da hast du deine Geschichte. Doch sie schwieg still, ruhig. Ich blickte an unseren Beinen herab. Wir wateten in den Einzelheiten.

Was wollen Sie? Was erhoffen Sie sich? Aus diesen Fragmenten die Welt zusammenzusetzen?!

Sie zuckte fröhlich die Schultern. Ich sah ihre Stirn an. In der oberen Ecke, wo die Briefmarke wäre, strahlte das Gelbe des Spiegeleis – wie auf Kinderzeichnungen die Sonne. Ich begann mir Sorgen zu machen wie eine Tante.

Und wie nun weiter?

Wieder zuckte sie die Schultern. Schnallen Sie sich an. Ich weiß nicht.

Im Kaffeehaus wurde es still, wir dachten an Natascha, an alle Nataschas in diesem Jammertal, an Russlands unermessliche Größe und an den Gurt, an dem wir auf ewig ungeschickt herumfingern. Es läge auf der Hand, auf meiner ungeschickten Hand, zu sagen, dieses Herumfingern sei Estis Leben. Ich weiß es nicht.

Estischmus

Der Wen-interessiert-die-Literatur-Schmus

Auf einmal trat wie eine wunderschöne Prinzessin oder ein anderer Märchenheld, ein Frosch, König Mátyás, Rumpelstilzchen, vor Esti die Frage: Wen interessiert die Literatur? Jetzt im Ernst, kein ironisches Versteckspiel. Seine Tochter stellte ihm die Frage. Einsam auf der Klippe im Wind, der die Zähne klappern lässt, das fehlende Heldentum als Heldentum, doch ein ewiger Spieler und Skandal, so sah ich Kornél Esti. Der sich jedoch – ich habe es erwähnt – in diesem Familien-Projekt verheddert hatte, verschwunden der Wind, der die Zähne klappern lässt, verschwunden die Klippe, beziehungsweise bekam alles einen anderen Anstrich. So ist das Leben, dachte Kornél Esti, beziehungsweise dachte er nichts, so ist das Leben. Das Problem mit dem Ernst ist, so grübelte Esti ernst, dass er immer schwerer vom Pseudoernst zu unterscheiden ist. Seine Tochter warf ihm ihren klugen Blick zu, Papa, jeder ist Laci Aradszky.

Ich höre dir zu, die Prinzessin, der Frosch, König Mátyás, Rumpelstilzchen umarmte Esti. Esti fing an: Er befürchte, die Frage – wen interessiert sie? – bedeutet nicht, dass wir taxativ aufzählen, wen tatsächlich, István Kovács, Frau Kovács, István Kovács' Sohn. Vielmehr wen … in Gottes Namen interessiert sie überhaupt, existiert also wenigstens ein Mensch, den sie interessiert. Den alten Kovács, offensichtlich. Zu behaupten, ihn, Esti, interessiere die Literatur, wäre übertrieben und beleidigend. Die Literatur macht viel mit ihm, und er auch mit ihr, no details, doch man interessiert sich nicht füreinander. Das wäre, als würde er sagen, er sympathisiere mit seiner Liebsten. Oder mit seiner Mama. Hurensohn, mit deiner Mutter!

Bloß Interesse wäre also viel zu wenig. Als würde er sich für sein Leben lediglich interessieren. (Es gibt übrigens diese Überlebensstrategie, doch seine ist es nicht.) Denn er, Esti, kann die Literatur und sein Leben schon nicht mehr auseinanderhalten. Zum einen, weil seine Tage faktisch so, damit vergehen, das heißt am Schreibtisch, zum anderen, weil er sein Leben als Stoff für die gerade zu machende Literatur, für seine Literatur betrachtet, was ein Gentleman zwar nicht tut, aber entweder – oder.

Ich habe von Opa geträumt, erzählte Esti letztens seine andere Tochter, nicht die Aradszky'sche, von Estis Vater, und sie zählte Stück für Stück auf, welche Kleidung er getragen hatte. – Ich dachte, du freust dich darüber. Und so, mit der Kleidung, ist es auch glaubwürdiger. – Esti freute sich über den Traum, seine Tochter sprach, als wäre sein Vater nicht tot, dabei war er tot. – Ich habe das Gefühl, auch morgen werde ich von ihm träumen, er hat mich so angesehen. Diesen Blick hatte er nie. Willst du, dass ich ihn etwas frage?

Es war (wieder) wie im Märchen, er habe drei Wünsche frei. Zuerst erschrak er darüber, über die Verantwortung, doch dann sagte er zu ihr voller Scham und schlecht gelaunt, wobei er sie nicht ansah, sie solle fragen, ob er ihn geliebt habe. Seinen Sohn. Das. Natürlich war er auf der Stelle schonungslos gerührt, er drehte sich in der Tür um, sah noch, wie seine Tochter lustlos abwinkte, und flüchtete ins Bad.

Als er in den Spiegel blickte und diesen lächerlichen Mann mit dem roten, aufgedunsenen Gesicht sah, kam ihm sogleich jene beruhigende Frivolität in den Sinn, dass er dieses Bild noch gut irgendwo verwenden könnte. Und das bedeutet nicht, dass er die ganze Zeit außen vor bleibe, nein, hier ist alles real: Sein Schmerz ist real, seine Tränen, sein Selbstmitleid, seine Lächerlichkeit, und auch dieser forschende und ziemlich kalte Blick. Was interessiert ihn, so vor dem Spiegel, sowohl außen vor als auch mittendrin, die Literatur als solche?

Er gibt zu, bisher hat er nicht viel zu der gestellten Frage gesagt, nur, dass er, Kornél Esti, Schriftsteller ist; was man durchaus auch aus anderer Quelle wissen kann. Doch er ist auch Leser, und warum interessiert ihn dann die Literatur? Wozu ist ein Stendhal gut?

Er sagt es.

Zuerst gibt er auf der Stelle zu, mit dieser unerwarteten und unbegründeten, ihm von seiner Tochter aufgezwungenen, neuen Ernsthaftigkeit, dass ihn … nun, wie müsste er das sagen, dass ihn alles interessiert, das heißt, ihn interessiert die Welt. Bitte schön: an sich. Was eigentlich die Welt ist. Oder um es mit dem weiter oben verhunzten, verteufelten Wort zu sagen – denn hier musst du leben, sterben hier –: Was in drei Teufels Namen die Welt ist. Und wie. Und er bemüht sich, diese Neugier zu befriedigen. Zum Teil sieht er sich um, zum Teil hört er sich an, was andere darüber denken. Man kann auf verschiedene Arten über dieses Dingsbums reden, sagen wir, in der Sprache der Religion, der Wissenschaft und der Kunst. Jede dieser Sprachen interessiert ihn, und die eine kann nicht durch die andere ersetzt werden. So würde er die Lage zusammenfassen. Er liest also aus demselben Grund Literatur, aus dem er betet oder den Herrn verflucht oder kuscht oder partiell ableitet. (»In Ihrer Freizeit leiten Sie also hier und da partiell ab?« – »Oh, nur metaphorisch, du Einfaltspinsel.«)

Mit alldem hat er nun also gesagt, dass die Literatur eine Erkenntnisform ist, einmalig, unvergleichlich, ewig usw.; nur damit das klar ist.

Doch vergebens wäre all das schön und wichtig, wenn man es satthat, partiell abzuleiten, dann wird man nicht partiell ableiten, es sei denn, man wird dazu gezwungen. Das heißt, Welt hin, Erkenntnis her, die Hauptsache ist der Genuss. Er, Esti, dingsbumst, liest gern. Man kann ihn also abhaken, ihn interessiert die Literatur tatsächlich. Noch jemanden, ist da noch jemand? (Abgesehen davon, dass wir nur zu gut wissen, dass da noch jemand ist.)

Er möchte nicht in Verdacht geraten, hier auch nur irgendjemanden auf listige Art und Weise zum Lesen zu überreden, obwohl das sein elementares Interesse wäre.

Und noch etwas. Über das Wissen und den Genuss hinaus, übrigens nicht unabhängig von beiden, äußert sich die Literatur, so sieht er es, auch zur Frage der persönlichen Freiheit. Das heißt, dadurch, dass ich einen Stendhal gelesen habe, werde ich irgendwann einmal eine Frau und/oder einen Mann und/oder einen Puli anders ansprechen (angesprochen haben), die dann deshalb und nur deshalb, aufgrund dieses aus Stendhal abzuleitenden Andersseins, mich mit Tränen in den Augen ansehen und sagen werden, und davon wird mein Herz erzittern: – Wauuu, Wauuuu.

Jetzt müsste man also nur noch wissen, was die Literatur ist.

Niemand war mehr da, weder Mátyás noch Rumpelstilzchen. Leb wohl, liebe Piroschka, pfiff Esti Aradszkys Schlager und dachte nicht gern daran, dass diese Piroschka sein Leben wäre.

Ob-Schmus

Ist die Frage hier die, grübelte Kornél Esti, ob die Aufforderung »du musst dein Leben ändern« ein synthetisches Urteil a priori ist, oder eher, ob dieser Satz (der, der gerade Gestalt annimmt) überhaupt einen Sinn hat, das heißt, ob er einen Bezug hat oder geradezu identisch ist mit der Problematik der Menge aller Mengen. Auf jeden Fall sollten wir nicht so tun, als verstünden wir, wovon wir reden. Oder wäre vielmehr zu bedenken, ob Wissen eine Ästhetik hat beziehungsweise ob es stimmt, dass in die Schönheit ab ovo eine Art Wissen eingebaut ist. Plötzlich wurde er ungeduldig. Passen Sie auf, ich habe für so etwas keine Zeit. Ich fasse schnell zusammen, was die Literatur ist. Sind Sie bereit? Ich diktiere.

Die Sprache der Literatur ist nicht die Sprache des Dialogs zwischen verständigen Menschen. Die Sprache der Literatur ist nicht auf Verständigung aus, ihr Ziel ist Schöpfung. Die Schöpfung ist eine dunkle, zwielichtige Angelegenheit, aus nichts etwas machen, das versteht sich nicht von selbst. Wenngleich wir darauf hoffen können, dass sie etwas zutiefst Menschliches ist. Die Sprache der Literatur will also erschaffen, entstehen lassen, sie will ein Gebäude aus Worten errichten. All ihre Aufmerksamkeit gilt dem Gebäude (der Schriftsteller übernimmt hier natürlich alles, er ist Auftraggeber, Hausherr, Architekt, doch auch Polier und Maurer, er ist sogar die etwas füllige, doch noch immer attraktive Frau des Hausherrn), sie muss auf die Proportionen des Gebäudes achten und natürlich auch auf die praktischen Dinge, dass zum Beispiel das Badezimmer nicht in der Küche ist und die Wasserleitungen den elektrischen Leitungen nicht in die Quere kommen, das heißt, sie muss Ordnung halten: Sicher, was die Ordnung ist, das bestimmt sie selbst.

Die Sprache der Literatur ist nicht auf Verständigung aus, ihr Ziel ist Erkenntnis. Verstehen Sie, was ich sage? Ich sehe es nicht so. Erkennen wir einander? Bartók, Joyce, Wittgenstein, Gödel reden über dasselbe! Der discours, wenn Sie verstehen, worauf ich anspiele ... Esti blickte in den Spiegel (im zwanzigsten Jahrhundert eine obligatorische narzisstische Übung); er winkte ab, ihm fiel eine ungarische Redewendung ein: Hier kannst du schön werden, aber nicht klug.

Dieses »klug« ist Estis Leben.

Rede-Schmus

Einmal erhielt Kornél Esti einen tierisch großen Literaturpreis. Er zog seine Mauerblümchenbescheidenheit (nur weil sie schlank macht) und die etwas unbequemen, steifen, doch eleganten Preisverleihungsschuhe an, die ihm sein Freund schon vor Jahrzehnten zu diesem Zweck geschenkt hatte, holte tief Luft und sprach: Meine sehr geehrten Damen und Herren. Jetzt holte er kurz Luft. Vor zehn Jahren hätte ich es nicht gesagt, doch jetzt sage ich: Immer seltener möchte ich wie ein öffentlich vernünftiger Mensch sprechen, mich als Intellektueller äußern. Wenn die Rede keine Ordnung hat, die Worte keine Ordnung haben, weil die Begriffe keine Ordnung haben, wenn man wie in einem leeren Raum steht, in dem nichts oder bloß zufällig etwas ist, auf das man sich beziehen kann, dann klebt auf dieser Rede unvermeidlich eine unwillkürliche egoistische Selbstherrlichkeit, ein bisschen Hochmut, doch am ehesten Wichtigtuerei. Irgendwie verschwindet das Objekt im sprechenden Subjekt. Sozusagen. Natürlich kommt es vor, dass man sprechen muss, zum Beispiel wenn etwas Schlimmes passiert und man ja und nein sagen muss, selbst dann, wenn dieser Ernst wie Pseudoernst aussieht.

Doch wenn nichts Schlimmes passiert und das Schlimme nur gelegentlich in Gestalt eines großen Literaturpreises auftaucht, dann verlasse ich mich besser auf die Romanhelden. Die Hälfte meines Lebens war schon vorbei, als mir an einem windigen Frühlingstag Kornél Esti in den Sinn kam, nein, ich korrigiere, ich Kornél Esti traf. Mein lieber Alter, teilte er mir sofort mit und kicherte, sie haben mir einen tierisch großen Literaturpreis angeboten.

Einen tierisch großen?, fragte ich argwöhnisch. Im Allgemeinen bekam ich die Preise.

Mmhh, sagte er und seine Mundwinkel zogen sich bis zu den Ohren. Fünf Millionen. Und er fügte begeistert hinzu: Brutto, mein Lieber, bruhuttoho!

Es wurde kurz still, auch wenn ich das Gefühl hatte, er wirft brutto und netto durcheinander. Keineswegs, sag mir nur, was mehr ist. Ein guter Literaturpreis ist wichtig, sinnierte ich. Deshalb ist er schwer zu stiften. Ansehen, Geld, Glück ... Er ist wichtig für den, der ihn vergibt, und wichtig für den, der ihn bekommt. Ein Preis, der Prestige hat, tut allen gut, der gesamten Literatur ... sogar dem Leser.

Und ich werde auch eine Rede halten!, er strahlte. Du lieber Gott, stellte ich fest und richtete meinen Blick zum leeren Himmel. Das kann ich mir vorstellen! Irgendein Aufrichtigkeitsanfall, was?! Schon wieder zehn Sekunden wortlose, aufrichtige Raserei, was?! (Zehn Sekunden wortlose, aufrichtige Raserei.) Und überhaupt! Einen Preis kriegen in diesem Land?! Das behauptet, in ihm gebe es Ehre, wo es doch ganz offensichtlich keine Ehre mehr gebe, besser, niemals auch nur so etwas Ähnliches wie Ehre gegeben habe. Nicht nur eine fürchterliche, furchterregende, sondern auch eine lächerliche Welt ...

Nun, dann lach doch, murmelte Esti gleichgültig.

Aber dass wir in einer nicht nur fürchterlichen, furchterregenden und lächerlichen Welt existierten, in diesem zweifellos fürchterlichen, furchterregenden und lächerlichen Land, in dem Vaterland, in dem lächerlichsten und fürchterlichsten, in dem man ja niemals die Wahrheit sagen könne, zu keinem und zu und über nichts, denn nur die Lüge bringe in diesem Land alles vorwärts, die Lüge mit allen ihren Verschleierungen und Verschnörkelungen und Verstellungen und Einschüchterungen …

Gräm dich nicht, Alter. Ohnehin kein staatlicher Preis.

Das ist gut, flüsterte ich. In der Demokratie geschieht, was wir tun. Tun wir es, geschieht es, tun wir es nicht, geschieht es nicht. In der Diktatur bleibt man ein Kind, man will davonkommen und überleben. Hier jedoch muss man sich wie ein Erwachsener verhalten, als freies, verantwortliches Wesen. Es gibt nicht nur den Staat und den ausgelieferten Einzelnen, es existiert auch die Gesellschaft. So ein Preis zeigt und stärkt gerade die Existenz der Gesellschaft, zeugt von ihrer Autonomie, kultiviert den Raum, in dem es schließlich doch selbstverständlich ist, zivil das Wort zu ergreifen. Bürger, platzte ich laut heraus. Vielleicht könntest du auch noch ein Márai-Zitat bringen. Armer Márai. Vor zehn Jahren haben sie Bibó-Zitate heruntergeleiert, jetzt Márai-Zitate wie Sand am Meer.

Kornél Esti zuckte nur leicht die Schultern, kaum, als zuckte Sándor Rózsa mit der Augenbraue. Wieder wurde es kurz still.

Worüber willst du denn reden?, bohrte ich. Er beugte sich ernst zu meinem Ohr, als würde er es küssen. Oder er küsste es auch. Und sagte etwas. Panisch fuhr ich zurück. Ich hatte damals ein Geheimnis. Schleppte es mit mir herum. Wenn ich in den Spiegel blickte, sah ich mein Gesicht und wusste nicht, von wem die Rede war.

Nein! Nein! Ich bitte dich inständig, das nicht. Das ist unmöglich.

Mein lieber Alter, habe vor nichts Angst. Wenn es Worte gibt, muss man es sagen.

Ich habe keine Angst – und ob ich hatte –, nur ist das jetzt nicht aktuell beziehungsweise jetzt noch nicht, ich bitte noch um ein wenig Aufschub, nicht viel, nur ein wenig, ich würde mich wirklich mit wenig zufriedengeben … Ich bettelte traurig.

Bist du verrückt geworden?, er sah mich verblüfft und angewidert an. Du sprichst mit mir, als wäre ich der Tod, der Tod höchstpersönlich … Ich könnte sagen, du bist mir ein schöner Freund … Ich danke dir wirklich, der reinste Wahnsinn, könnte ich sagen, danke schön! Natürlich hatte er auch schon bis dahin Luft geholt, hier aber, vor dem letzten »danke schön« mit Sicherheit.

Danke schön.

Und vorsichtig, ein Bein nach vorn schiebend wie Zirkuspferde, wie es die Bandscheibenvorfall-Gebrauchsanweisung vorschreibt, verbeugten wir uns. Was eigentlich?, vielleicht noch am ehesten die Zirkuspferde sind Estis Leben geworden. Und irgendwie der grandiose, leichte Bandscheibenvorfall.

Leseliebe-Schmus

Esti hatte, wie es früher hieß, eine Romanze mit dem Lesen. Eine Leseliebe. Mit wem also, wann, wo?

Es ist egal, wann, bei Sonnenaufgang, bei Sonnenuntergang, bei Mondaufgang, bei Monduntergang, wenn der erste Schnee fällt, die erste Schwalbe da ist, am Dienstag, am Mittwoch, halb zwei, halb drei, halb vier, zu Weihnachten, zu Ostern, zu Mariä Himmelfahrt, zu Christi Himmelfahrt, am 3. August 1969, zu Silvester, zur Ernte, bei einer Sternschnuppe, als die 1956er Revolution ausbrach, als die Russen in Prag einmarschierten, die Polen in Polen, die Amerikaner in Kuwait, als die Russen Kabul, Budapest, Prag, Warschau, Kiew etc. verließen, als wir die Vojvodina bombardierten, als ich zum ersten Mal meine Periode hatte, zum zweiten Mal, zum dritten Mal, als mein Bruder ein Tor für die Deutschen schoss, als mein Großvater väterlicherseits starb, als meine Großmutter väterlicherseits starb, als meine Großmutter mütterlicherseits starb, als meine Mutter starb, als mein Vater starb, wenn ich sterben werde, im Augenblick des Todes, als meine Tochter geboren wurde, mein Sohn, noch eine Tochter, noch ein Sohn, als mein Enkel geboren wurde, beim Kuttelkochen, als deine Mutter uns die Tür öffnete, beim Zubereiten von Filet Wellington (blutig!, blutig!), es ist egal, wo, wie, im Sitzen, im Stehen, im Liegen, beim Spazieren, rennend, stürmend, fliegend, schwimmend, auf dem Bauch liegend, auf der Seite, auf dem Rücken, im Handstand (*»möge doch jemand helfen«*), in der Hocke, auf allen vieren, nackt, im Frack, mit Zylinder, in Fußballschuhen, in Pantoffeln, mit BH, im Lodenmantel, in der Pariser Metro, in einer Wiener Straßenbahn (Rennweg!), in der Berliner S-Bahn, im ersten Stock eines Londoner Busses, vor einer Explosion, während einer Explosion, nach einer Explosion (anstelle einer Explosion: was für ein schöner Gedanke!), im Bett, auf der Récamière, auf dem Sofa, in der Matratzengruft, auf dem Tisch, auf dem Stuhl, im Ohrensessel, auf dem Boden, an der Decke, im Keller, auf dem Dachboden, im Kühlschrank, in der Gulaschsuppe, nüchtern, unter Alkoholeinfluss, gut gelaunt, schlecht gelaunt, lustlos, in Peru, in Japan, in Hoyerswerda, egal mit wem, mit einem Klassiker, einem Zeitgenossen, einem Erfolgreichen, einem Erfolglosen, einem Unbekannten, einem halb Bekannten, einem viertel Bekannten, achtel, sechzehntel, zweiunddreißigstel, 2 hoch n, einem Großen, einem Kleinen, einem Blonden, einem Braunen, einem Schwarzen, einem Gelben, einer Frau, einem Mann, between (ich wiederhole mich), mit einem Jungen (fast noch ein Kind!), einem Alten (er sabbert), einem Großen (Kosztolányi), einem Sanften (Ödön von Horváth), einem mit großem Hintern (Balzac), einem mit Knoblauchzehenhintern (Joyce), und da capo, bei Sonnenaufgang –

Diese Affäre, dieses da capo ist Estis Leben.

Satzzeichenliebe-Schmus

Hymne auf das Semikolon. – Jetzt beantworten wir ausnahmsweise nicht die Frage, was ist der Ungar jetzt (»ein Gerippe nur«), und auch über den Franzosen sagen wir lediglich, dass er üblicherweise mit der Form, mit seinem leidenschaftlichen und sorgfältig ausgearbeiteten Verhältnis zu ihr, wenn auch nicht identifiziert, so doch in Zusammenhang gebracht wird; und mit der Liebe, davon jedoch sehen wir jetzt aufgrund des Mangels an Platz, Zeit und Liebe ab.

Es brauchte eine französische Schwiegertochter, denn zur Schwiegertochter gehört die Tastatur, um zu erfahren, dass auf der französischen Tastatur das Semikolon eher kommt als der Punkt, dass also das Semikolon direkt erreichbar ist, der Punkt aber über zwei Tasten. Ich weiß nicht, ob der verblüffende und radikale Charakter dieser Tastaturentscheidung ersichtlich, begreiflich ist. Beziehungsweise im Gegenteil, dass sie für die Franzosen selbstverständlich ist. Nicht wegen der Revolution, wegen dieser Semikolonanordnung müssen wir, wie der Dichter sagt, auf sie schauen.

Das Semikolon ist das literarischste Satzzeichen; denn Satzzeichen sind zugleich Redezeichen, das Semikolon jedoch am wenigsten: Sein Zuhause ist der Text, dort ist es heimisch, meistens ist es nicht zu hören, nur zu sehen. Und natürlich zu spüren und zu ersehnen.

Es trennt nicht nur Satzteile voneinander (oder verbindet sie), dies macht auf seine ungehobelte, mechanische, praktische oder praktisch bescheidene Weise auch das Komma, sondern auch Welten; die Menschheit. Ich wäre enttäuscht, würden die Freunde meiner Freunde – wiewohl ich weiß, dass die Freundschaft keine transitive Relation ist – es nicht verwenden. (Ich sehe wohl, dass das Eis hier dünn ist, doch wir bewegen uns nicht auf dem Gebiet von Eigensinn oder Hochmut; und dies ist nicht wie das keuchende Lob auf die Konjugation der ik-Verben, hier sehe ich nicht die selbstverständliche (Selbst-)Lächerlichkeit des imperativen Bonmots »ein guter Mensch konjugiere die ik-Verben gut, schlechte schlecht«.)

Lernen wir jemanden kennen, ist es vielleicht das, was wir zuerst klären sollten: Verwendet er es?, verwendet er es nicht? Eine gemeine Seele nie. Und in schlechten Texten, im Boulevard kommt – wetten! – dieses Zeichen nicht vor. Sicher, wenn es in einem Text vorkommt, heißt das noch gar nichts; errette uns, o Herr, von den Snobs!

Ein vornehmes Satzzeichen; das ist wahre Vornehmheit: Feinheit und nicht Überheblichkeit. Altmodisch, leicht resigniert; alt, aber nicht veraltet. In ihm steckt Kraft, Selbstsicherheit, weil Zeit in ihm steckt, Tradition. Gut möglich, dass diese Tradition, wäre sie eine

Latte, wackelt. – Das aktuellste Satzzeichen sind übrigens die Anführungsstriche. Ein postmodernes Zeichen, es setzt alles in die Fiktion des *sozusagen*. »Die« »postmoderne« »Welt« »setzt« »jedes« »Wort« »in« »Anführungsstriche« (vor allem das Ich und Gott, die sie auch regelmäßig verwechselt, was dann die Quelle von viel Traurigkeit geworden ist, wird, werden wird). Sie setzt ein Hindernis zwischen den Gegenstand und den Namen des Gegenstands oder, besser, sie konstatiert diese Verknorrung und nimmt sie zur Kenntnis, zieht die Selbstverständlichkeit der sprachlichen Konvention in Zweifel – und, ah, schon wieder sind wir bei Wittgenstein und dem Sprachgebrauch …

Das Semikolon ist die Organizität schlechthin, das diskrete Zeichen der Strukturiertheit des Denkens; es signalisiert die empfindliche Zusammengehörigkeit, die Kohäsionskraft und das ständige Pulsieren von Identität und Verschiedenheit, das wir getrost mit der europäischen Kultur als solcher gleichsetzen können. Das Semikolon ist das Emblem dieser Kultur; ihre letzte Festung – wollte ich schreiben, doch besser: am Aussterben: Festung und Mastodon.

Schrieb Kornél Esti; und es fiel ihm noch ein, dass aus jeder Festung – ausnahmslos – eine Ruine wird, doch das schrieb er nicht mehr hin. Nicht die Festung, nicht die Ruine, dieses »wird« ist Estis Leben.

Schmus

Kornél Esti wurde unvermittelt, von einem jungen Mann, gefragt, warum er schreibe. Wird das nicht vielleicht aus meinen Texten klar?, antwortete er nur so. Wochen später erhielt er einen Brief, darin stand nur: Nein. Er sah es förmlich vor sich, wie der junge Mann den Kopf senkte.

Sein kurzes Leben

Distanz-kurzes

Esti hatte diese große, große Fähigkeit, Distanz zu schaffen. Abstand zu halten. Nur: wovon? Von wo wird der Abstand gemessen? Vom Leben, haben die Theorieexperten die Antwort parat. Nur gerade diese Distanz ist sein Leben geworden. Schreibe, und jammere nicht.

Fragment-kurzes

, kreischte Kornél Esti wie eine Ballkönigin, die sich gerade auf ihren Hintern gesetzt hat; (Esti) sitzt auf dem Parkett, grinst, über ihr wird Walzer getanzt. Dieses Sitzen und dieses »über ihr« ist ihr Leben. Und, überflüssig zu erwähnen: der Walzer!

Zwei Gardeleutnant-kurze

Mein kleiner Gardeleutnant. Stop. Ich habe nichts zu erzählen, du bist mir nur in den Sinn gekommen. Stop. Esti. Stop. Dieses leer verstrichene Verlangen ist Kornél Estis Leben.

*

Liebe Dóra, in Esti stieg eine alles hinwegfegende Sehnsucht auf, dies auszusprechen. Dieses Fegen ist sein Leben geworden.

Zwei unterbringen-kurze

Das Motto von Kornél Estis Leben könnte sein: Bringen wir in einem (realen) Satz die Wörter beziehungsweise Ausdrücke »Kabanos«, »Hundert-Lei-Maid von Csíkszentdomokos« und »Rührei brüsen« unter. Ich muss nicht sagen, dass dieses in Klammern gesetzte »real« Estis Leben ist.

*

»Sie zog den BH aus – ihre Brüste wie die Ohren eines Vizsla.« Das müsste man in einen größeren Zusammenhang oder eine kleinere Handlung einbetten. Dieses Einbetten ist Estis Leben. Dieser BH ist Estis Leben. Dieser Vizsla ist Estis Leben. Mit jedem Vizsla, so auch mit diesem, verhält es sich so, dass er dem Jäger das entdeckte Wild anzeigt. Auf Englisch nennt man das pointing. Ohne einen Laut verharrt er in Vorstehpose. Diese Lautlosigkeit ist Estis Leben. Doch das ist noch nicht die Lösung des Problems.

Das woran-kurze

Das Leben ist unerträglich süß, las Kornél Esti in einem seiner alten Hefte. Er streckte sich, die Knochen knackten, wie eine faule Großkatze oder Munkácsys *Gähnender Lehrjunge*. Woran mag ich gedacht haben? Das ist sein Leben geworden, dahinterkommen, hinter das Unerträgliche, das Süße. Und, fällt mir ein: hinter das Heft.

Das halblang-kurze

Flittchen, das geht nicht für die Zeit des Konstanzer Konzils, H ü b s c h l e r i n , so nannte man affektiert die Huren, die für die Zeit des Konzils dem Bedarf entsprechend in die Stadt geholt wurden, ihre Zahl ist zwischen sechshundert und tausendfünfhundert anzusetzen.

Esti stand auf der Seite von Johannes XXIII. oder, besser, er schwankte, er hatte keinen Durchblick, und er war des Durcheinanders um Päpste und Gegenpäpste überdrüssig. Auch der Jan Hus war ihm sympathisch. Er hatte das Gefühl, das Ganze würde zu nichts Gutem führen, die Menschen waren wieder einmal des Denkens müde, da zu Anfang des fünfzehnten Jahrhunderts.

Er ging viel spazieren. Er hatte einen Lieblingsplatz, für ein ungarisches Herz war das schon ein Berg, von dem sich eine Aussicht auf den Bodensee eröffnete. Und er sah im See den Rhein. Vielleicht waren es nur Farben, doch vielleicht entstanden die Farben durch die Wasserbewegung. Das betrachtete er den ganzen Tag, den Rhein im Bodensee. Dort fehlte ihm nichts. Das war die Handlung seines Lebens, dieses »nichts«.

Tschechow-kurzes

Anton Pawlowitsch Tschechow graute es vor Schnittblumen. Seinen Besuchern schenkte er gern Blumen aus seinem Garten, immer verwelkte, damit die Besucher sie nicht in die Vase stellten, damit sie zu Hause nicht in Versuchung gerieten, in die Vasestell-Versuchung. *Das* war Kornél Estis Leben, das wäre ihm lieb gewesen.

Schminke-kurzes

Es hat mich überrascht, sagte Kornél Esti und schminkte sich dabei mit großer Sorgfalt, dass ich prompt in den Himmel gekommen bin. Mehr kann man über sein Leben auch nicht sagen. (Höchstens die Schminke, fügte Gott scherzhaft hinzu.)

Flugasche-kurzes

Was machen Sie hier, dröhnte Gott zwischen den Wolken wie in einer älteren – oder Retro- – Inszenierung der *Tragödie des Menschen*. Ich wälze mich herum, antwortete Kornél Esti unbeteiligt. Gott in seiner Güte akzeptierte die Antwort, die Blitze schickte er allein wegen der Nachbarn, damit sein Haus nicht ins Gerede kam. Sicher, so brannte das Haus ab. Sicher, es gab eine gültige Hausratversicherung. Sicher, mit intrigantem Kleingedruckten. Ich wälze mich herum, Esti nickte mit dem traurigen Gefühl von Glück inmitten der schwarzen Flugasche, die schon sein Leben war.

Der Sinn des Lebens

Ob das Leben einen Sinn hat oder nicht, ist eine komplizierte Frage. Ich kann darauf keine Antwort geben. Ich würde gern, wenn ich könnte, aber ich kann darüber nur lachen, sagte Kornél Esti freundlich. Dieses »sagte« ist Estis Ernst, und dieser Ernst sein Leben.

In welchem er den wonnigen Schauder babylonischer Sprachverwirrung genießt

Bulgarische Skizze. – Giovanna, sie war Kornél Estis bulgarischer Schaffner. Könnte ich sie vögeln!, nun, das ist es, was Esti nicht einmal in den Sinn kam, doch kam ihm in den Sinn, dass es ihm nicht einmal in den Sinn kam. Giovanna war eine Frau, gleich alt, ein Arbeitstier, sie kam aus dem nahen toskanischen Dorf »hinauf«, um bei Esti zu putzen.

Ich hatte eine bescheidene *casa* gemietet, sagte Esti, eine von diesen kleinen Wundern der italienischen Architektur, ihr wisst ja, Ebenmaß, Schönheit, Weltganzes in einigen übereinandergeschichteten Steinbrocken; ein Zimmer, jedoch groß und hell, mit der koketten Verheißung der Unendlichkeit und schelmischer Nachmittage. Giovanna kam alle zwei Tage, früh, in der wertvollsten Arbeitszeit, nicht wahr; anfangs floh ich hinaus in den Garten und spazierte und spazierte, doch dann blieb ich, knurrte wie ein verdrossener Wachhund, ein unberechenbarer Komondor etwas Grußartiges und versteckte mich in meinem Schreibtisch. Beim Eintreten holte sie einmal tief Luft, und von da an redete sie und redete sie – und zwar derart schnell und in einer derart wilden lokalen Variante des Italienischen, dass ich, ich schwöre es, kein Wort verstand.

Es ist ein ungeheures Vergnügen, Freunde, in der Fremde so herumzulaufen, dass einen der Lärm der Münder gleichgültig lässt und man jeden, der einen anredet, blöde anstarrt. Was für eine vornehme Einsamkeit, Freunde, was für eine Unabhängigkeit und Sorglosigkeit. Mit einem Mal fühlt man sich als unmündiger Säugling. Es erwacht ein unerklärliches Vertrauen in die Erwachsenen, die so viel klüger sind. Man überlässt das Reden und das Handeln ihnen. Und akzeptiert alles unbesehen beziehungsweise ungehört.

Derart exemplarisch war die Situation nicht, denn Giovannas Geschnattere interessierte mich nicht, dabei war es kein Monolog, sondern ein Gespräch, das ich von Zeit zu Zeit durch ein Räuspern oder ein Mhm voranbringen musste. Manchmal gelang es mir, Städtenamen zu identifizieren, Siena, schien sie gesagt zu haben, oder doch eher Siesta?, ich wusste nicht, wo es langging, wo wir entlanggingen, ob wir uns gerade über die Sicherheit von Atomreaktoren oder die Unsicherheit von Oralsex austauschten. Doch wir tauschten uns aus. Ich sagte zumeist »ja«, denn »ja« kann sich auf vielerlei Weise winden, es kann Frage sein, »nein« bedeuten, Rechenschaft fordern, Verwunderung ausdrücken, es kann sogar »ja« heißen, mit *si* riskierte ich also nicht viel, kam mit meiner Arbeit weiter. Nach einem vertraulich klingenden *si* entstand eine bestürzte Stille. Hätte Schweiß eine Stimme, wäre nur das Dröhnen von Giovannas süßlichem Arbeitsgeruch zu hören gewesen.

Sie richtete den Blick forschend auf mich und erkundigte sich energisch: *Si*? Ich dachte, wenn ich es gesagt habe, dann habe ich es gesagt, Petőfi feilscht nicht, e i n M a n n e i n W o r t, mit männlicher Strenge nickte ich, *si*. Giovanna sperrte ungläubig den Mund auf, *si-i-i*? Bitte nicht mir auf die Nerven gehen, selbst wenn ich am Rande eines dunklen, unbekannten Abgrundes wanke, ist es *si*, ein *si*, wie es die Leute hier seit Garibaldi nicht erlebt haben, *si!*, rief ich also kämpferisch, als hätte ich das geliebte Siebenbürgen zurückerobert, obwohl Giovanna dafür gewiss kein Sensorium hatte. Also Südtirol.

Da stand die Frau bereits an der Mündung des Schreibtischs, sozusagen; für das kämpferische *si* hatte ich aufstehen müssen. Aufspringen. Wir standen einander Auge in Auge gegenüber. Teilnahmsvoll musterte sie mein Gesicht. Fast flüsternd fragte sie, *si?* Es gab kein Zurück mehr, *si*, hauchte ich. Tränen glitzerten in ihren Augen, *povero uomo*, sagte sie, jede Silbe betonend, *povero uomo*, und rannte wie ein verstörter Backfisch hinaus.

Das ist mein Leben, jenes geheimnisvolle Leben, das nur diese italienische Frau kannte, das dem wonnigen Schauder babylonischer Sprachverwirrung entsprungen ist, die Uendlichkeit, Verzweiflung, schwere Glückseligkeit des *povero uomo*, des armen Mannes.

Die gute Absicht

Esti drückte schon seit einiger Zeit die Frage, und zwar tierisch, ob er möglicherweise ewig lebe. Bitte nicht. Das ist zu lang. Er sehe die gute Absicht von Da Oben, und er wolle auch nicht rebellieren, doch er nähme nicht so gern an diesem Projekt teil. Unter die Erde, Würmer, es war einmal, Schluss, das ist sicher, das hat Würde, ein menschliches Antlitz, er gehe gar nicht ins Detail. Er wolle sich durchaus nicht als undankbar erweisen, als ließe er anmaßend seiner Zunge freien Lauf. Er spürte, dass seine Argumentation nur halbwegs überzeugend war.

Dann beruhigte ihn das uneindeutige Ergebnis einer Untersuchung, die infolge mehrmaliger Atemnot gemacht wurde und seiner Ansicht nach im Wesentlichen auf Missverständnissen beruhte, in dieser Sache. Doch er war nur halbwegs beruhigt. Diese »halbwegs« sind sein Leben geworden.

Die Verwunderung

Bei Esti wurde Brustkrebs festgestellt, Brustkrebs! Bei Esti! Er hatte sich erkältet, beim Husten stach es leicht in der Rippengegend, er langte hin, tastete, und wo an den Rippen im Allgemeinen die Brüste beginnen, die Titten, nun, wenn man welche hat, spürte er einen Knoten, ein Geschwulst, etwas. Als die Ärzte das Verdikt sprachen, nahm er es keinen Augenblick lang ernst, einen Mann kann man mit so etwas nicht erschrecken. Auch die Baroness gerät bei einem Hodenbruch nicht außer sich. Doch gerade als er das zu Ende gedacht hatte – starb er auch schon. Darüber war er aufrichtig verwundert. Diese Verwunderung, dieses überraschte Staunen, diese leichte Enttäuschung von sich selbst sind dann sein Leben geworden, wenn das ein Leben ist, doch, ist es.

Lied von der Einsamkeit

Nach alldem stellte sich Kornél Esti Gottes Leben vor. Lied von der Einsamkeit.

Das »nach alldem« bedeutet Folgendes: Ein unangenehmer, grauer Januar brach über Estis Land herein. Oder war er von vornherein da gewesen? Doch keine Metaphorisierung, kein versteckter Sinn zwischen den Zeilen, sondern es ist kalt, fröstelnd beginnst du zu quengeln, schaust auf das Thermometer, es ist gar nicht *so* kalt (Celsius), doch du quengelst weiter. Es ist, als kämst du zu spät, vergeblich zerrst du dir nach dem Pullover den Mantel über, es ist zu spät, deine Knochen frieren.

Der Knochenfrost ist am schlimmsten, brummte Esti vor sich hin und dachte wieder einmal an Gott. Wenn man klären könnte, warum man eigentlich Geschichten erzählen muss – warum eigentlich? –, dann müsste man so langsam Gottes Geschichte erzählen. Der Hund jaulte vor der Tür, auch er hatte den Januar satt, er wollte herein. Nein. Esti hatte schon den Gestank des nassen Fells in der Nase. Hund draußen, Mensch drinnen, gäbe es doch nur eine Ordnung in der Welt. An der man festhalten kann.

Esti hielt an Gott fest. Während er dessen Geschichte (in dieser säkularisierten westlichen Welt) dennoch darin sah, dass er, Gott, verschwunden war, der gütige und strafende Gott des Christentums war verschwunden; der Schöpfer, Quelle jeder erdenklichen Vollkommenheit, Wegweiser jedes ehrbaren menschlichen Strebens, hatte aufgehört, die Schwelle (der Haufen?) zu sein, über die jeder stolpern muss. Stolpern kann, aber nicht muss.

Er ist kleiner geworden, dachte Esti, wie sein Freund, der sich immer schiefer hielt, er war nicht nur krumm geworden, sondern auch zur Seite hin schief, so dass er jetzt mindestens einen Kopf kleiner war als Esti, dabei hatten sie vor zehn Jahren noch Mäntel getauscht (gebrauchte, aber von Boss!). Das Problem ist auch nicht, dass Gott kleiner, sondern dass er eine Frage der Entscheidung geworden ist. Eine Möglichkeit. Eine Option. Auf das Persönliche zusammengeschrumpft. Deshalb ist er nicht »tot«, der Gottesglaube ist auch weiterhin der Kiel in der seelischen Balance vieler Menschen. Doch wäre es nur die Parodie der Aufklärung, würde jener Haufen immer kleiner, niedriger. Wäre das Transzendente eliminierbar. Und dann bliebe doch der emanzipierte Mensch, mag sein, allein, aber frei, mit der gewichtigen Erhabenheit der Freiheit.

Inzwischen hatte jemand den Hund hereingelassen; der hatte sich hereingelassen. Der Hund schnupperte. Esti schnupperte. Doch das für sich selbst verantwortliche Individuum als schon beinahe »heiliger« Grundwert – es ist nicht nur undenkbar, sondern einfach nicht zu verstehen ohne jene biblische Offenbarung, die den Menschen als Ebenbild Gottes ansieht. Die Erfahrung der Welt minus Religion: das ist zu wenig.

Irgendwie also ist es am Ende noch nicht zu Ende. Oder der Anfang ist nicht da, wo er zu sein scheint. Hinter jedem Strauch ist Gott zu vermuten. Der Hund blickte mit reumütigen Hundeaugen. Ihre Blicke trafen sich, ich möchte, mein Herr, nicht katzbuckeln oder im Erlebnisbecken des Quengelns versinken, doch wir sind allein geblieben, zu zweit, du und ich. Kein wir, es gibt kein wir.

Nach alldem stellte sich Kornél Esti Gottes Leben vor. Ein Lied. Lied von der Einsamkeit.

Das Messingleben

Jahrelang hing eine nackte Glühbirne über seinem Kopf. Esti störte das nicht. Dann auf einmal dieses Messinggerät. Eine komplizierte Handarbeit, an feinen Ketten hängt eine Halbkugel, an der unten, eine neue Dimension oder zumindest Etage eröffnend, an noch einer, schwächer aussehenden, gold glänzenden Kette ein kleiner Halbmond angebracht ist, der sich über der Halbkugel wiederholt, direkt an der Aufhängung; rundherum auf der Halbkugel Löwenköpfe, Gesichter, Löwengesichter, aus der Nähe betrachtet allzu menschlich. Falls es Menschen sind, dann lachen, falls Löwen, dann fletschen sie die Zähne.

Das wäre sein Leben? Das?

Doch da muss man hinzufügen, dass Estis Eltern klein waren, gewesen waren, gewesen sind (was ist denn jetzt richtig?, gibt es denn in diesem Land keine anständige Vergangenheit?), Esti aber stieß sich manchmal an der Lampe den Kopf, so sah es aus, danach passte er eine Weile auf, dann vergaß er es, dann stieß er sich den Kopf, dann passte er erneut auf, dann eines Tages wieder. So verging die Zeit. Vielleicht noch so viel, dass die untergehende Sonne das Gold lila färbte und diese hoffnungsfrohe Melancholie das ganze Zimmer durchstrahlte, wenn da keine Wolken oder Ähnliches waren, gewesen sind, zum Beispiel viele viele Flugzeuge. Oder eine Vogelwolke. Oder Fledermäuse. Fliegen, sehr sehr viele.

Appendix: Estis Kampf mit der Natur. Morgenschatten bringt Schlaf über die Gebiete, nein. Morgenschatten nimmt das Gesicht der Bäume in Schlafeshand, nein. Des Morgenschattens schlaftrunkene – – – scheiß drauf, Morgen, Schatten, Schlaf, Baum, löst es doch selbst.

Ein großer Siebzigjähriger

Kornél Esti wurde alt (contradictio in adiecto), womit er gerechnet hatte, er hatte darüber dies und das gelesen, er wusste, dass es kommen wird, wenn es kommen muss, es störte ihn auch nicht sonderlich, abgesehen von der vielen kleinen Scheiße, die ihn seit einiger Zeit tierisch störte, doch er hatte nicht damit gerechnet, dass auch seine Freunde alt würden, und auch da befremdete es ihn nicht, den heimtückischen Angriff der Zeit mitansehen zu müssen, den herzzerreißend banalen Zerfall der Zellen und Zellzusammenhänge, sondern –

Sondern über seinem Kopf hingen wie schwarze Wolken, eine ständige Bedrohung die sogenannten runden Jahreszahlen, die Jubiläen (»die durch fünf und zwei teilbaren«), die Fünfzig, dann die Sechzig, um die Fünfundsechzig kommt man mit ein bisschen Glück herum, doch bei der Siebzig und der Fünfundsiebzig hat man keine Chance mehr, da kann man sich nur fügen – dass also seine Freunde oder die, die er schätzte, deren geistige Leistung ihm wirklich etwas bedeutete (oder würde er jetzt nie mehr gestehen können, dass diese Bedeutsamkeit bloß eine theoretische Konstruktion ist, weshalb sie durchaus auch real sein kann), soundso alt wurden.

Ein Glück, dass schon so viele gestorben sind.

Esti wusste oder hatte jedenfalls das Gefühl, er konnte vielen Menschen viel verdanken. Das mochte er an diesem ganzen ungarischen Kram am ehesten leiden, diesen Dank. Es konnte in diesem Land gar nicht so viele Idioten geben, dass das Saldo nicht doch positiv gewesen wäre. Saldo, ein schönes, ungarisches Wort, wie Perle, Lilie, Mutter.

Doch da leuchtete über den schwarzen Wolken Kornél Estis Glücksstern auf. Denn wieder war jemand siebzig geworden, jemand im obigen Sinne, nicht ganz sein Freund, denn die Freundschaft ist konkret, Umarmung und Fußball schauen, trinken, essen, die Freundschaft ist irdisch, alltäglich, kein Feiertagsunternehmen, Pullover, nicht Smoking (aber auch nicht Trainingshose), doch fast sein Freund, Esti tat es nicht nur gut, an diesen Mann zu denken, es war auch beruhigend, denn, und hier kommt der Glücksstern, gerade das Lebenswerk dessen, der da siebzig wurde (bestehend aus dem von ihm Geschriebenen, dem von ihm Gesagten beziehungsweise aus seinem Leben als solchem), war es, das ihn, Esti, nicht nur ermutigte, sondern geradezu ermächtigte, auf die Geburtstagsgrußpflicht, auf dieses dämliche Muss zu pfeifen.

Nicht dass so ein Gruß notwendig hohl sein muss, ist doch der feierliche Anlass eine gute Gelegenheit, durch beziehungsweise mit Hilfe der Augen des Gefeierten unsere Angelegenheiten, unsere Situation zu durchdenken; der gute Gruß ist kein Schmeicheln, keine Ehrenrunde, sondern ein wahrer Gruß, keine Formalität, sondern Form, keine Äußerlichkeit, sondern existentiell.

Das ist es! Unser in uns lebender Freund, der konkrete, sagt gerade, beschäftige dich ausschließlich mit den einschneidend wichtigen Dingen, mit dem, was in dein Leben hineinschneidet. Und lass dein Leben so sein, dass diese Dinge, diese Einschnitte möglich sind. Sie sind nicht das Große, Bedeutende und auch nicht ganz das Persönliche. Man muss das von Fall zu Fall zu prüfen. Bei Verstand sein, sagt er zusammen mit einem anderen Freund von uns. In einem freien und unabhängigen Land, sagt er, können wir nicht jeden Tag mit den Worten »Ich bin Ungar!« aufwachen – vielmehr mit den folgenden: »Das und das ist meine Aufgabe, das muss ich machen.«

Die Würde der Arbeit. Die Würde des Lesens. Die Würde des Schreibens. Auf Leben und Tod.

Esti sinnierte wie so oft manisch über die Natur der Liebe. Dann wie so oft über die Zahlen. Ist es grauenvoll oder einfach notwendig (das heißt, das Leben ist so), dass dem Gefeierten ein mehr als vierzig Jahre alter, damals als konkretes Tagesprogramm zu verstehender Text, sein eigener Text, plötzlich so vorkommt, als wäre er heute Morgen geschrieben worden? Die Aufgabe ist gestellt, mit dem Geschwätz, mit dem Bluffgeschmetter, das aus den Lautsprechern dröhnt und auf das übrigens außer uns noch niemand hereingefallen ist, muss Schluss sein, Zitat Ende.

Wie oft habe ich das zitiert. Bin dadurch klüger geworden. Zehn Jahre älter als ich, zählte Esti. Dies hat sich als eines der beständigsten Dinge in Estis Leben erwiesen. Mit diesen zehn Jahren ist es immer so, ist es so gewesen, ist es so, wird es so sein. So wird es sein – eine Weile. Dieses »eine Weile« ist, jetzt aber wirklich, Kornél Estis abenteuerliches Leben.

KISZ-Bericht

Kornél Esti ist ein heiterer, geselliger, höflicher Ungar von freundlicher Grundnatur. Ein nützliches Mitglied der Gemeinschaft. Sein Radio ist kaputtgegangen. So hat er sich an die Stille gewöhnt. Hat sich mit ihr arrangiert. Tagelang kein Laut, es sei denn, vom Tejo her zieht ein Sturm auf. Sein eigenes Schniefen (Nasenpolyp?) hört er nicht, das zählt also nicht. Auch die Laute der Natur zählen nicht, so auch nicht der Sturm, insofern korrigiere ich das Obige. Auch die Zikaden nicht. Er ist nicht einsam, nur ist niemand neben ihm. Physisch verstanden. Auch die Stille ist physisch verstanden, nix meta.

Diese Stille beschreibt am genauesten sein Leben.

Auf irgendeine Weise müssten die Zikaden doch zählen. Es würde die falsche Rührung dämpfen, denn die Zikaden sind halt so.

Appendix: Irgendjemand schickte, ohne den Absender zu nennen, leere Briefe an Esti, der sie lang und mit großem Genuss las. Das gehört noch mit zur Stille. Als er der Baroness davon berichtete, schien die von nichts zu wissen. Sie lügt, dachte Esti. Was für ein Trottel Sie sind, kreischte die Baroness fröhlich und schüttelte gespielt den Kopf. Sie sind ein Ochse! Da bin ich hier in meiner ganzen Pracht und Sie lesen leere Briefe? Er sah die Baroness in ihrer ganzen Pracht an, zuckte die Schultern, Komik und Elend, Komik und Elend, so heißt es im *Tonio Kröger*. Esti zuckte, die Baroness schüttelte, unmöglich, dass das alles ist, ich zucke, sie schüttelt, unmöglich. Sein Herz lebt – – –

Die Sprache der Blumen

Es gab eine Zeit, da fickte Kornél Esti für Geld; doch man müsste das nicht so drastisch formulieren, es könnte die Empfindungen der Nachbarländer und die Großzügigkeit der Babits-Anhänger verletzen. Freilich, sowohl Geld als auch Ficken sind Tatsachen, rein de facto. Die Geldscheine wurden taktvoll auf den Nachtschrank gelegt oder stilvoll in das gerade dort befindliche Buch geschoben. Auch wenn Esti nicht immer Geld erhielt, es kam vor, dass er Urlaubs- oder Essensgutscheine oder Anteilscheine erhielt (oder nur einen Rat, und nichts ist besser als ein guter Rat), und zuweilen entwickelten sich auch kompliziertere Beziehungen, der klassische Ausdruck ist am treffendsten:

Esti wurde ausgehalten.

Puppenjunge zu sagen wäre sowohl zu viel als auch zu wenig. Und selbstverständlich, wenn Puppenjunge, dann auch ficken, dabei würden wir, nicht wahr, dieses Wort gern vermeiden. Das ist schwer, ich schwöre es, schwer. Auch Esti spitzte die Sache nicht auf das Ficken zu, sondern – nun, ziemlich banal auf das Leben, also das übliche aufgeputschte Frauenheld-Geschwafel, dass er sich nur im Schoß einer Frau sicher fühle, nur dort fröstele ihn nicht, dort wisse er überhaupt von sich selbst, dort wisse er, dass er lebe, in diesem heißen Schoß und so weiter, wir haben es zur Genüge gehört.

Setzen Sie sich auf meinen Schoß und wir unterhalten uns, sagte Esti gewöhnlich zu den Frauen, wenn es Frauen waren, denen er das sagte. Auf Portugiesisch kann man selbst in so einer Situation noch ausgezeichnet »Sie« sagen, denn es gibt aus dem dreizehnten Jahrhundert eine Konjugationsform, genauer eine die Konjugation mit der Anrede vermischende Möglichkeit, die gleichzeitig archaisch und wie Jargon klingt, also abhängig von der Klangfarbe (und plötzlich von einigen Namen) mal leicht altmodisch, mal keck unverschämt wirkt, auf alle Fälle aber spielerisch sinnlich.

Für das florierende Geschäft spielte neben dieser sprachlichen Besonderheit, diesem verführerischen Tango von Endlichem und Unendlichem (oder, noch besser, dieser Folia, die, wie wir wissen, ein der Sarabande verwandter Tanz im Dreivierteltakt ist), neben diesem Tanz also spielte es eine wichtige Rolle, dass Esti sich mit ungeheurer Geschwindigkeit ausziehen konnte. Geschwindigkeit ist gar kein gutes Wort, denn für die braucht es Zeit, und Esti fiel dabei quasi aus der Zeit. Jeder in der Zeit, Esti außerhalb. Dieser Ruf verbreitete sich, das gefiel der Kundschaft.

Hinzuzufügen wäre noch, dass sie sich, obwohl Esti jene Schoßunterhaltung aufrichtig versprach, solange sie säßen, sich ineinander hin und her bewegten, würden sie sich (menschlich) unterhalten, doch niemals unterhielten, niemals. Es gab nichts, worüber.

Dieses »nichts« und das Bewegen waren Estis Leben – in einer Zeit.

Wieder ein Hund

Es ist mir ein Pleschör, dass Sie zum flüchtigen Tee an diesem Nachmittag gekommen sind, muss man auf Portugiesisch so sagen: Es ist das große flüchtige Geschenk meines Lebens, dass ich mich im Laufe dieses einsamen Nachmittags mit Ihnen treffen konnte. Weniger zu sagen wäre ungehobelt. Doch die Baroness wusste nicht, dass sich Esti in der Sprache der Blumen derart auskannte, deshalb war nach dem Tee die Sonne noch nicht einmal untergegangen, schon hatte sie sich bis über beide Ohren verliebt. Esti konnte nicht vermuten, dass jemand bei ihm die sprachliche Versiertheit nicht vermutete.

Als sich dieses Missverständnis Jahrzehnte später aufklärte, war es schon zu spät. Wenn du dich jetzt erdreistest zu sagen, die Baroness hob die Stimme – in letzter Zeit konnte sie ruhig die Stimme heben, konnte ohne Erregung und Wut brüllen, und es gab wenig Dinge, die furchterregender waren als das –, wenn du die Frechheit besitzt, Hase, jetzt zu sagen, dieses »spät« sei dein Leben, dann erschieße ich dich wie einen Hund.

Dieser Hund ist Estis Leben.

Hörübung

Esti hört: Umarmen Sie mich nur, Kornéllein, umarmen Sie mich … So ist's gut, er hat einen kleinen Bauch, braucht er auch, was ist das für ein Mann, der keine Autorität hat.

Esti sagt: Sie gefallen mir, Ilona.

Esti hört: Sie mir auch.

Esti hört: Mein erster Herr war schrecklich reich, sechzig Morgen, nicht versalzen, ein Haufen Schafe, mehr als achtzig, und ich ein armes Mädchen, so arm, wie man es nur in der Tiefebene sein kann, meine Mutter war mit uns allein geblieben, sie kämpfte allein, nahm jede Arbeit an, unser Vater lachte nur im Himmel, er ist mit Absicht gestorben, sagte unsere Mutter zornig, damit er nicht mehr kämpfen, nicht mehr ständig zornig sein muss, ermüdend zornig, wie der Hüftverschleiß ist auch der Schmerz ermüdend, deshalb bin ich zu diesem reichen Bauern gegangen, einem Großbauern, der Kampf, Kornéllein, die Müdigkeit hatten ein Ende, es gab, wissen Sie, nur ein Problem, ein kleines Problem, das Problem war, dass ich diesen Menschen nicht liebte, und als wir in der Sakristei standen und auf den Priester warteten, da sagte ich zum Herrgott, Herrgott, bestrafe mich nicht, doch wenn ich jemanden finde, den ich liebe, dann werde ich diesen armen Mann hier neben mir auf der Stelle betrügen, und nun, er hat mich nicht bestraft.

Esti hört: Nach meinem Józsi, denn ihn hat der Herr auf grausame Weise zu sich genommen, nun ja, er wird wissen, warum, ich, Kornéllein, spreche seitdem nicht mehr mit ihm, nach meinem Józsi brauchte ich keinen Mann mehr, keiner konnte mir gefallen, nicht einmal der, der mir gefiel, lange trieb sich hier ein Witwer herum, er könne mir mit diesem oder jenem helfen, ich solle es ruhig ihm überlassen, er würde auch das Holz nach hinten bringen, ich sagte ihm, meinetwegen, meinetwegen könne er es nach hinten bringen, doch ich würde ihm die Arbeitszeit bezahlen, er hat sich aus dem Staub gemacht, ich habe ihn nie wieder gesehen, habe das Ganze selbst in den Holzschuppen gebracht, dorthin, wo ich meinen Józsi am Strick gefunden habe, dabei, Kornéllein, kann ich einen Mann noch als Mann sehen, selbst mit achtzig, nicht als ob das Alter nicht zählte, es zählt sogar sehr, und wissen Sie, wo?, Kornéllein, dort, wo es nur noch geht, wenn Liebe dabei ist, ohne Liebe geht es nicht, wenn man jünger ist, geht es immer, lachend wie die Huren, doch das kann ich nicht mehr, dazu ist mein Körper schon zu schwach, es braucht Liebe, braucht auf jeden Fall Liebe, Kornéllein, das ist die Wahrheit.

Kornél Esti hört nicht, sagt nicht: Diese Wahrheit ist Kornél Estis Leben, sein ganzes Leben lang hat er sich gewünscht, dies sei sein Leben.

Nuttig

Kornél Esti trug als Studentin skandalös kurze Röcke, was als nuttig bezeichnet wurde und was höchstens der *Zeitgeist* entschuldigte, der es gerade für wichtig erachtete, Sex und Krieg auseinanderzuhalten, und dabei Ersteren bevorzugte. Das ist der eine Strang.

Der andere Strang ist Ultimo.

Estis Ziehvater, von Esti nur »letzter Mann meiner Mutter« genannt, während sie bis zum Tod der Mutter ausdauernd und ergebnislos daran arbeitete, dass er der vorletzte wurde, war ein hoher Apparatschik, ein halbhohes Tier im Innern, sonst ein Prollkind aus Angyalföld, der nach dem obligatorischen Leben – Dachau all inclusive – als zuverlässiger Kader: sein ganzes Leben lang Karten kloppte. Er verstand sich darauf. Die kleine Esti aber sog das Wissen in sich auf. Sie lernte schnell, ihr Interesse wandte sich nach kurzer Zeit dem Halbblatt zu und Betli spielte sie am elegantesten, ihr Ziehvater nannte sie nur Betli-Königin, meine Betli-Königin, denn er spielte nicht nur pausenlos Ultimo, er trank auch pausenlos. (Um ein einträgliches Zitat zu bringen: Kornél Esti spielte Ultimo wie Géza Ottlik Bridge; legendär.)

Nach der Universität kam sie zur Feuilletonredaktion einer Tageszeitung, misstrauisch wurde sie empfangen, »Ästhetik? Gelehrtentussi?, was?«, und alle schnitten Grimassen, während sie auf Estis Schenkel starrten, auf jenen geheimnisvollen Sommersprossenstrauß, dort, schon ziemlich weit oben. Lauter Männer, alte, zynische, nach Tabak stinkende Vierzigjährige. Und sie spielten Ultimo, Ultimo ist ein Spiel für Männer. »Mann« möchte ich jetzt nicht definieren, würde Esti herausplatzen. Sie arbeitete viel, schrieb, erledigte die Post und die Angelegenheiten der Redaktion, die Herren waren nach drei nur noch zu Ultimo und Bier zu gebrauchen. Auch das Bier ließen sie Esti holen sowie Schnitzel- und Pariser Semmeln.

Am Nachmittag schauten auch die Autoren vorbei, und währenddessen lief, summte, wie vom Tonband, unaufhaltsam dieses ordinäre, leere Männergelaber. Setzen Sie sich hier auf meinen Schoß, schönes Judenmädchen, mit diesen Worten grapschte einmal ein zufällig vorbeigekommener, angeheiterter Literaturhistoriker, der sich bei der Verbreitung, Neuentdeckung der Literatur der ungarischen Minderheiten unvergängliche Verdienste erworben hatte, nach Esti, woraufhin ein anderer zufälliger Besucher, ein Dichter, übrigens einer der Favoriten des Literaturhistorikers, ohne zu überlegen den Rotwein (von skandalöser Qualität) auf ihn kippte, begleitet von einem leisen, fast schon verschämten »du Laus!«.

Das Leben trieb dahin, dieses sanft schäumende osteuropäische Leben, Esti war aufmerksam, lernte, schuftete und war furchtbar dankbar, als sie nach zwei Jahren wirklich hässlich und hinterhältig rausgeworfen wurde, in hohem Bogen.

Doch zuvor noch der andere Strang.

Nach einer Zeit wurde es relativ ruhig um Esti, das kleine Kollektiv der Redaktion hatte sich damit abgefunden, jenen Sommersprossenstrauß nicht näher kennenlernen zu können. Relativ ruhig deshalb, weil der Korrektor die Hoffnung nicht aufgab, Esti doch noch das Höschen abzuschwatzen, deshalb redete er für Esti (was er unter »für Esti« verstand) literarischen Schmus; die Literatur ist ein großer Herr. Esti wurde den Gedanken nicht los, dass der Mann in Wahrheit die »Frau des Dichters« rumkriegen wollte – inzwischen war Esti mit dem Rotweindichter zusammengekommen –, es gibt diese seltsame latente Homosexualität zwischen Kerlen, die über die Frauen läuft. Armes Rindvieh, so fasste es das (hier und jetzt) überhaupt nicht obskure Objekt der Begierde mitleidslos zusammen.

Es ergab sich, dass Esti als vierter Mann einspringen musste. Die Männer belehrten sie mit netter Überheblichkeit, sehen Sie, Kornéllein, das hier ist ein ungarisches Blatt, zweiunddreißig Karten, glauben Sie es, Kornéllein, es sind so viele, zählen Sie, mein Engel, nicht nach. Esti ließ sie machen, sollten sie doch schulmeistern, sie lächelte unschuldig wie eine auf die Sekretärin aufgepfropfte Hausfrau. Zwei, drei Runden hindurch schaute sie nur zu, und da sah sie, wie klug ihr (Zieh-)Papa spielte. Nach der ersten gewonnenen Partie wurde sie gefeiert, nach der zweiten ermuntert, nach der dritten trat Stille ein, eher verwunderte als eisige oder wütende, und am Ende blechten sie wie die Blöden. Innerhalb von drei Stunden hatten sie auch ihr letztes Hemd verspielt (im übertragenen Sinn).

Wo hast du das gelernt?

Zu Hause, antwortete Esti trocken und setzte sich nie mehr zu ihnen und holte ihnen nie mehr Bier. Dieses »nie mehr« ist ihr Leben geworden. Und auch die kurzen Röcke, nur werden die nicht mehr als nuttig bezeichnet.

Diese

Parodie (denn – fast – alles ist Parodie). – Esti konnte diese Eszti nicht ausstehen, nach dem Sportunterricht roch er sie auch, pfui, dennoch spielten sie Mann und Frau. (Esti-Eszti, das brachte sie zusammen; Worte!, pfui, könnten wir noch hinzufügen.) Das Mädchen kam für die Hausaufgaben rüber und sagte, sie sollten Mann und Frau spielen. Meinetwegen, Esti zuckte die Schultern und begann sich auszuziehen. Sie standen einander nackt gegenüber, die Zeit verging langsam wie in einer Ehe, dann nahm Esti seinen Pimmel und zeigte ihn wie einen Schatz oder ein Weihnachtsgeschenk vor.

Ich weiß, was das ist, und auch diese Eszti zuckte die Schultern.

Weißt du nicht. Weiß ich doch. Nicht. Doch. Nicht. Doch. Bitte, dann sag es. Sage ich nicht. Weil du es nicht weißt. Doch, ich weiß es. Weißt du nicht. Weiß ich doch. Nicht. Doch.

Sie keuchten. Schon gut, süßer Kornél, ich sage es. Für dich bin ich nicht süßer Kornél. Du hast recht, du bist ein kleiner Idiot. Und auch dann weiß ich, was das ist, und ich habe es bei meinem Vater schon gesehen. Na bitte!, dann sag es! – Stille.

Schlangenmuschi.

Esti blieb der Mund offen, sag das noch einmal. Schlangenmuschi. Noch einmal. Nein. Eszti, ich bitte dich. Gut, aber wirklich nur einmal, Schlangenmuschi. Wundervoll, Esti seufzte, küsste das Mädchen, *ja*, Schlangenmuschi, wie schön!, und rannte in das andere Zimmer, um es aufzuschreiben (schnell auf einen Zettel und von da später in sein Wörter-Heft; er hatte ein Wörter-Heft, ein Sätze-Heft und ein Geschichten-Heft), Schlangenmuschi. Dass sie hinter ihm herrief: Die von meinem Vater ist viel größer!, hörte er *nicht* mehr.

Als er dem Kindergarten entwuchs, wurden obiges »ja« und letzteres »nicht« sein Leben.

Monatsfluss

Frauenskizze. – Esti hatte ihre Tage. (Stille) Was zum Kaco gibt's da zu staunen, jeden Monat, und wenn wir schon dabei sind, die Uhr kann man danach stellen, Patek Philippe. Der Schiffskapitän machte die Gesellschaft extra darauf aufmerksam, dass weder Watte noch Schambinde noch Tampon, weil es dann Verstopfung gibt. Fröhlich durchschnitt das elegante Wasserross die Wellen, als die Soße losging, mit dem rosa Zeug alles hochkam. An Deck waren außer Esti, die im Alter Balzac'scher Frauen war, noch eine sechzigjährige Frau und Männer, Männer, Männer. Kel malör. Keiner sagte ein Wort, doch alles war klar. Langsam wurden Esti, das Schiff und jeder Winkel der anmutigen Meeresbucht von Scham überzogen.

Wenn Esti jemandem verständlich machen wollte, was Scham ist, dann erzählte sie dies. Jeder verstand es. Dieses Verständnis ist Estis schweres, an Inhalten reiches Leben geworden.

Das zitternde Reich des Herzens

Kornél Estis Herz wurde alt, es trocknete nicht aus, vereinsamte nicht, aber es wurde alt. Er bemühte sich, das Altherrentempo zu vermeiden, mit besonderer Rücksicht auf Gemurre und Resignation, an deren Stelle er wildes Gemurre und wilde Resignation treten ließ. Und um nicht dem Laster der falschen Bescheidenheit zu verfallen, übte er launisch (wie Federn im Wind) Sex im Stehen. Die zitternden Knie! Die zitternden Knie sind sein Leben.

Sexskizze

Kornél Esti wurde deklassiert. Das war zu erwarten gewesen. Die Fabrik der Familie wurde verstaatlicht, er blieb, weil er als Chemiker bleiben durfte.

Esti war diesmal ein geborener Gentleman, auch wenn momentan kein Bedarf daran bestand. Vor die Nase wurde ihm eine Revisorin gesetzt, eine zuverlässige Genossin, eine religiös strenge Kommunistenseele in einem strengen kleinen Kostüm. Oh, Rózsika, ich küsse Ihre kleine Hand, Esti versuchte es aus Routine, doch nicht nur, dass es zu nichts führte, ihm wurde auch eine drohgebärdende Abfertigung zuteil. Es verschlug ihm die Süßholzraspelsprache. Das war ihm noch nicht untergekommen: Die Frau war verlorengegangen, und an ihrer Stelle war eine eisige Prinzipien-Ideologie-Konstruktion geblieben. Dann halt so, mit diesen Worten kommentierte Esti schulterzuckend die Situation und vergrub sich wie gewohnt in die Arbeit, auch wenn seine Augen von Zeit zu Zeit auf dem von weitem wie eine knackige kleine Frau aussehenden Objekt ruhten.

Dann also die Arbeit. Im düster braunen Abendrot beugt sich Kornél Esti in der Einsamkeit seines Büros über Hauptbücher, in der Unwirtlichkeit seines Labors über Pipetten, als besagte Rózsika die Tür aufreißend hereinstürmt, das Kostüm wie eine Uniform der Staatssicherheit, das Gesicht entschlossen wie die Bodenreform, die starre Haltung der direkte und versengende Ausdruck des Klassenkampfes. Mit müdem Entsetzen hebt Esti die langen Wimpern, Genossin, das ist alles, was er herauspressen kann. Da sprudelt eine wunderschöne tiefe volltönende Stimme aus dieser Rózsika.

Nun fick mich doch endlich, du verdammter Piratenwichser!

Bei dem Wort »Pirat« kehrt auch in Esti der Mann zurück. Dieser Pirat ist sein Leben geworden.

Skizzenvariante

Esti musste für den Satz »Nun fick mich doch endlich, du verdammter Piratenwichser!« einen Kontext finden. Da kam die Baroness herein. Auf die Schnelle nahm Esti sie im Stehen so in Augenschein, dass sie die Ohren anlegte (sowohl sie als auch Esti, das sind, der Ordnung halber, insgesamt vier Ohren). Das ist nun wirklich eine Skizze, doch dies, diese angelegten Ohren, sind sein Leben geworden. Anmerkung: Wenn so, dass ihr Hören und Sehen vergeht, dann sind diese Taubheit und Blindheit Estis Leben.

Er verzettelt sich

Esti wurde gern um Vor- und Nachworte gebeten, und er schrieb diese auch gern. Beziehungsweise mal schrieb er sie, mal nicht. Kornél Esti konnte gut ja und gut nein sagen. In Vorworten war er vielleicht überzeugender als in Nachworten, böse Zungen behaupteten, in jenen könne er bravourös die Freiheit des »Vor-dem-Lesen-Seins« ausnutzen, könne hin und her schweifen, ohne dass ihm der Gegenstand, der konkrete Klotz des Buches am Bein hinge, das Ding an sich ihn zügele. Die bösen Zungen formulierten das natürlich schärfer.

Zuletzt hatte er gerade den Auftrag für einen Donau-Fotoband bekommen. Über die Donau schwatzte er immer gern. Er kannte den Fluss gut; sie hatten, sozusagen, eine Romanze. Er setzte sich also hin, nicht auf Steine am Flussdamm, aber an seinen Schreibtisch, um die Auftragsarbeit zu erledigen. Wenn er aus dem Fenster blickte, sozusagen plötzlich die leicht angeschwollene Donau sah, schien die Sonne (auf die Donau, nicht auf ihn), Schiffe kamen und fuhren, Möwen auf und ab – nun, als wäre der Vormittag in Ordnung. Wie sehr dieser Fluss zu der Stadt gehört, das kam ihm wieder in den Sinn. Dann noch, dass sie die einzige echte, große Donaustadt ist. Irgendwie fielen ihm immer seine alten Sätze wieder ein … Gute Sätze, er hatte nicht im mindesten ein Problem mit ihnen, man könnte sie in eine neue Reihenfolge bringen, nur …

Vielleicht der Sprühregen (scheint nun die Sonne oder regnet es?) oder der *Verdacht* auf beginnende Kopfschmerzen bewirkten, dass Kornél Esti sich nicht scheute, auf einmal über den Sinn des Lebens nachzudenken. So stieg jene Frau von damals in seiner Erinnerung auf.

Damals, als aus dem Lenin- der Theresienring wurde und findige Studenten aus Konservenbüchsen mit der Aufschrift »Der letzte Atem des Sozialismus« Geld schlugen, lebte eine Frau in der Majakowskistraße (damals schon wieder Königsstraße) Nummer 13, im Gozsdu-Hof, dem vielleicht »größten und geheimnisvollsten Durchgangshaus« von Budapest, eine Frau, die dick und rosig war wie ein Ferkelchen, aber dennoch beliebt bei allen in der Umgebung, sogar in Ráckeve hatte sie Verehrer, und in Újpest, vielleicht wegen ihres Geruchs, denn sie roch so gut. Die Frau, die ansonsten allein lebte, sammelte in kleinen Fläschchen die Donau. Sie hatte Donau am Abend und Donau am Morgen, Frühlings-Donau, zürnende Donau, Treibeis-Donau (die sie im Kühlschrank verwahrte), sie hatte grüne Donau, helle, graue und blaue Donau, wer könnte alles aufzählen; sie standen in Reihen in einem handgeschnitzten Regal über ihrem Bett, und wer zu ihr kam, alle ihre Verehrer, musste sich die Sammlung ansehen. Das ist die Donau, brummten die Männer.

Und das ist das Donau-Vorwort, brummte Esti und reiste seinem sehnsüchtigen Herzen folgend hinab: zur blonden Theiß.

Esti, Leben, das.

Bis ans Ende unseres Lebens

Kornél Esti, dieser aus Worten gewobene usw., lernte eine Frau kennen. Die Rehaugen hatte, vier Kinder und in den unerwartetsten Augenblicken, in der Küche, im Büro, an der Bushaltestelle Rad schlug. Hopp, und sie schlug ein Rad, n e u n K o m m a n e u n. Das bestaunte Esti bis ans Ende seines Lebens, beziehungsweise darauf wartete er ständig. Nichts und niemand interessierte ihn wirklich, nur das Rad. Ob noch eins käme. Doch immer kam noch eins. Zumindest bis ans Ende seines Lebens.

Sechzig

Kornél Esti wurde vor sechzig Jahren geboren. Mehr als fünfzig Jahre später beendete er gerade einen Roman, es wütete ein ungemütlicher Januar, und niemanden hätte es überrascht, wenn die Donau wie in guten alten Zeiten zugefroren wäre, übrigens fror sie nicht zu, so gut sind die neuen Zeiten dann doch nicht, beim Schwatz mit einem befreundeten Schriftsteller entschlüpfte ihm, besser gesagt, ihnen, denn in großer Eintracht, einander bestärkend und ermunternd klopften sie sich gegenseitig auf die Schulter, am Telefon, wer weiß, wie lange sie schon hinter ihren Schreibtischen säßen, doch kaum etwas habe sich geändert, auch nach vielen Jahrzehnten der Arbeit, des Schaffens machten sie mehr oder weniger dieselben Fehler, stünden vor denselben, höflich gesagt, Problemen, lediglich eine Sache habe sich geändert, sie wären von alldem jetzt vielleicht weniger entsetzt. Darauf lief es hinaus.

Als er sich dann an sein neues Buch setzte, musste er feststellen, dass es nicht stimmte, auch das Entsetzen hatte sich nicht geändert. Egal, er zuckte die Schultern. Draußen wütete jetzt der Sommer. Doch nicht einmal die Ältesten erinnerten sich daran, dass man die Donau einst trockenen Fußes hätte überqueren können. Eine derart gute Zeit ist vielleicht gar nicht vorstellbar. Ich könnte es trotzdem versuchen, murmelte er vor sich hin und zuckte nur deshalb nicht die Schultern, weil er sowieso schon dabei war.

Kornél Estis Leben.

Vielleicht

Pläne. Ausschließlich über unernste, nein, ernste und unernste Dinge mit dem ganzen Ernst, der ganzen ironischen Würde des Sprechens.

Im konkreten Fall. Nation, Sakralität, ungarische Schicksalsfragen. Und so weiter. Kornél Esti – Kind seiner Zeit – blickte in den Spiegel und legte folgendes Bekenntnis ab (ich bitte die Aufrichtigkeit zu beachten, die vermutlich durch die frühe Stunde zu erklären ist): Als ich mich am Morgen in mein Zimmer setzte, seufzte ich, ich befürchte, seufzte ich glücklich: »Ich möchte über Unsinn schreiben! Über Ottos Mops, zum Frühstück servierte Nieren, die kosmischen Zusammenhänge, in denen mein über ein Jahr lang täglich fotografierter Schwanz steht. Und ich werde lernen: dem Vaterland tief in die Augen zu schauen, wie es ein anständiger Mensch tut, und zu fragen: *How much, Herzchen?* Hohle Einfälle, veralteter und verschrobener Humor, Trotzpose und Selbstgefälligkeit, Seichtheit.« Er lutschte am Bleistiftende. Vielleicht gelingt es. Die Hoffnung stirbt zuletzt, sagte er und gab – als Letztes – seine Seele an den Schöpfer zurück. Die Hoffnung ist Estis Leben.

Schlachtruf im einundzwanzigsten Jahrhundert

Kornél Esti überblickte sein Œuvre. Was auf dem Tisch lag, auf dem Tisch der Nation. Gott, Vaterland, Familie, stellte er fest. Sie können mich mal. In diesem Können, Mitleid und Lachen verging dann sein Leben.

Schruppen, schlichten, polieren

Zuerst schruppen, dann schlichten, schließlich polieren, sagte zu Esti eine Eisen- und Metalldrehermeisterin namens Ágnes Gergely, denn Esti lernte gerade Eisen- und Metalldreher im, sagen wir so: Tanzgetümmel der osteuropäischen Geschichte. Ein humorloser Scherz dieser Geschichte. Damals hätte er nicht geglaubt, dass das sein Leben würde: Schruppen, Schlichten, Polieren. (Korrektur oder lapsus vitae: Als er sich mit der Drehermeisterin traf, las Esti ihr mit seiner üblichen stürmischen Dankbarkeit obigen Text vor, doch vor Aufregung las er statt Polieren immer Posieren, dieses Rindvieh. Dieses Rindvieh ist sein Leben.)

Schruppen

Nichts tat so weh, wie es geschrieben zu sehen, sagte Kornél Esti. Dieses »nichts« ist sein Leben. Mein Schatten ist real.

Schlichten

Er wechselte die Tinte, *Super Quink, Parker*, sie war blau, aber nicht blass. Er dachte, nun könne ihm nichts mehr passieren. Dieses »nichts« ist Kornél Estis Leben.

Polieren

Esti platzte herein wie ein *hannibal ante portas*, er grinste wie ein Honigkuchenpferd, ich erinnere mich nicht mehr, worum es ging (in concreto woher er kam), eine Frau oder Philosophie (in concreto Gott), sein Gesicht strahlte, alles an ihm war entflammt, und während ihm Kellner Karcsi, gleichsam angesteckt von Estis wahllosem Enthusiasmus, aus dem Überzieher half, rief Esti aus: Ich kam, sah und verlor!

Das! Dieser Sieg ist Kornél Estis schönes Leben. Und das Ende der Welt ist der Anfang der Welt. Das wollte ich dir sagen.

Inhalt

SIEBENUNDSIEBZIG GESCHICHTEN

I Esti wird vorgestellt

II Rausch in der Frühe

V Verhängnis und Bedrängnis

VI Unser einsames Vaterland

VII Im Rachen des Todes

KORNÉL ESTI

DIE ABENTEUER DES KORNÉL ESTI